Ein leeres Boot am Strand

Ein Highland-Krimi

Renate Dietrich

Vorwort

Ist Schottland tatsächlich so, wird sich manche Leserin oder mancher Leser fragen: Wo sind denn die Dudelsäcke, die Kilts und der schottische Whisky? All dies ist natürlich auch Schottland und erfreut Einheimische und Touristen gleichermaßen.
Aber dann gibt es auch noch dieses Schottland der abgelegenen Täler, in die sich kaum einmal Fremde verirren:

Ein Schottland, in dem jeder jeden auf eine Weise kennt, die fast schon ungehörig ist,

ein Schottland, in dem Menschen und Landschaft ein langes Gedächtnis haben, vor allem für alle Verletzungen, die sie erlitten haben, sei es die von gestern oder die von vor zweihundert Jahren,

ein Schottland, in dem es wenig zuverlässige Arbeit gibt und in dem die Menschen trotzdem überleben wollen,

ein Schottland, in dem Konflikt nach Regeln ausgetragen werden, von denen der Rest der Welt ausgeschlossen bleibt.

Das Tal, das Dorf und die Menschen in dieser Geschichte sind ebenso erfunden, wie das, was ihnen geschieht oder was sie selbst anrichten. Und doch spiegelt die Geschichte Erfahrungen von mehr als dreißig Jahren an der Westküste von Schottland wider, Erfahrungen, von denen die meisten beglückend waren, aber auch solche, die bestürzend und tieftraurig waren.

Inhaltsverzeichnis

Prolog

Das über ihm zusammenschlagende Wasser ernüchterte ihn nur für einen Augenblick. In diesem Moment begriff er, dass er in großer Gefahr war und vielleicht sterben würde. Er schlug mit den Armen um sich und erreichte noch einmal die Oberfläche. Doch bevor er schreien konnte, hatte ihn die Schwere seiner Kleider und der Stiefel zusammen mit den höherschlagenden Wellen wieder nach unten gezogen in die Tiefe der fischigen Finsternis.

Automatisch hatte er die Augen geschlossen, um sie vor dem brennenden Salzwasser zu schützen. Aber dennoch sah er Susan so deutlich, als stünde sie vor ihm und hielte Edith an der Hand, Edith, das kleine Mädchen mit großen erschrockenen Augen. Nun kamen Mutter und Tochter auf ihn zu. Als ob sie ihn retten könnten, wenn sie ihn nur erreichten!

Er riß den Mund auf, weil er das mörderische Zerren in der Brust nicht mehr ertragen konnte und schluckte salziges Meerwasser, während sein Körper unterging und sein Bewußtsein in der Dunkelheit versank.

Kapitel 1

Es hatte seit Tagen geregnet. Steven hatte nachts die Tropfen gegen die Scheiben trommeln hören, als er, wie so häufig in den letzten Nächten, viel zu lange wach lag, um nicht immer wieder in demselben Albtraum unterzugehen. Gegen fünf war er aufgestanden und nach draußen gegangen. Über den Bergrücken im Osten hatte sich unterhalb der dichten dunklen Wolken ein Band bläulichrosa Scheins ausgebreitet, bis schließlich in einem überwältigenden Augenblick das Licht der Sonne durchgebrochen war und das Tal, die Berge und das Meer mit silbrigem Leuchten überzogen hatte, als wäre dies der Augenblick der Schöpfung.

Als er nach dem Frühstück die große Reisetasche und seine Wanderstiefel in den Kofferraum packte, war die Sonne schon lange wieder hinter den Wolken verschwunden, die jetzt so tief hingen, dass er die andere Seite der Bucht nur ahnen konnte. Für einen Augenblick hatte der Regen sich eine Pause gegönnt, aber immer noch durchdrang die feuchte Kühle alles. Er blickte auf die immer noch aufgewühlte Wasserfläche und fühlte wieder die eisige Kälte und das abgrundtiefe Entsetzen.

Er verscheuchte die Erinnerung an seinen Albtraum, so gut es ging, und stellte sich lieber vor, dies sei die offene See, wie er sie in seiner Kindheit gekannt hatte. Er erinnerte sich deutlich des seltsam erhabenen Gefühls, als er mit seinem Großvater vor dessen Haus gestanden hatte. Wie der alte Mann damals nach Westen gedeutet und dazu geflüstert hatte „Amerika!“, als gäbe er dem Kind ein großes Geheimnis mit auf den Weg.

Ein weiter Weg, dachte Steven, als er sich zum Eingang des Hotels umdrehte, wo Norma stand und ihm schweigend zusah, wie er seine Sachen einpackte. Warum dachte er an sie immer als alte Frau? Als er zum ersten Mal hier ankam, und das war mehr als zehn Jahre her, erschien sie ihm schon alt, obwohl sie nur wenige Jahre trennten. Donnie war damals noch ein halbes Kind gewesen, elf oder zwölf Jahre alt. Ein in sich gekehrter Junge, der seine Zeit gebraucht hatte, um ihn überhaupt einmal direkt anzusprechen.

Nach einigen Jahren hatte er geglaubt, einer der ihren geworden zu sein, Teil der Gemeinschaft des Tales. Nur weil sie ihn wiedererkannten, ihn beim Vornamen nannten und ihn an den harmloseren ihrer Unterhaltungen teilnehmen ließen. ‚Ich hätte mich nicht damit zufrieden geben dürfen,' dachte Steven. Es hätte nichts geändert. Er hatte Anteil, an dem was geschehen war, aber keine Schuld. So hoffte er.

Nun hatte er sich entschieden und nun gehörte er tatsächlich dazu. Selbst wenn er niemals zurückkehren sollte, war er Teil des Netzes geworden, in dem sie alle hingen, um sich gegenseitig zu stützen oder sich auch zu vernichten, falls es nötig wäre. Dabei wusste er doch ganz genau, dass er wiederkommen würde. So bald wie möglich. Susan hatte ihm sogar ein Zuhause angeboten. Wenn er nur keinen zweiten Schritt vor dem ersten machte. Wenn er sie nur nicht mit seinen Gefühlen überforderte. Er könnte hier zuhause sein. Wenn er es nur richtig anstellte.

Zehn Jahre lang war er zu Gast gewesen, hatte Jahr für Jahr gesehen, wie die Dinge im Dorf gleichblieben oder sich veränderten. Hatte belustigt zugehört, wenn ihm der neueste Klatsch zugetragen wurde. Hatte mit distanzierter Trauer gehört, wer in der Zwischenzeit gestorben war. Er hatte die wenigen Babys, die in dieser menschenarmen Gegend zur Welt kamen, mit der nötigen Bewunderung zur Kenntnis genommen, um ihre Fortschritte dann von Jahr zu Jahr wie im Zeitraffer wahrzunehmen. Dieses Jahr konnten sie schon laufen. Ein Jahr später sprachen sie schon. Nun gingen sie schon zur Schule. Bald würden sie fortgehen. Die Jahre waren an ihm vorbei geflossen. Er hatte es kaum bemerkt.

Als er zum ersten Mal hier eintraf, war Susans Tochter Edith noch ein kleines Kind. Jetzt war sie vierzehn, fast fünfzehn. Man begann sich nach ihr umzusehen, sie würde sicher einmal ebenso schön wie ihre Mutter, sagten die Leute. Sie selbst fand sich allerdings zu groß, zu schlaksig, kein Kind mehr, aber auch noch keine Frau. Sie würde einmal ihrer Mutter ähneln, sagten die Leute. War das gut? Oder war es das, was sie auf keinen Fall werden wollte.

An diesem Morgen, als Steven seine Taschen packte, betrachtete Edith sich einmal mehr kritisch im Spiegel. Sie suchte nach Spuren ihres Vaters in ihrem Gesicht. Zum ersten Mal, seit er tot war. Und zum ersten Mal überhaupt. So lange er lebte, hatte sie nicht viel darüber nachgedacht, was sie von ihm haben könnte. Für sie war er nur der Mann, der kam und ging, wie es ihm beliebte. Und wenn er wieder fort war, zu seinen Weibern, wie es hieß, ohne dass sie wirklich verstand, was es bedeutete, mußte man sehr vorsichtig sein. Die Verzweiflung brachte ihre Mutter dazu, ungerecht zu sein und manchmal auch zuzuschlagen, ohne Grund.

Edith wußte genau, wie Verzweiflung sich anfühlte. Es gab so viele Arten davon: Der qualvolle Tod eines Tieres, das Unverständnis, das ihr die ganze Welt entgegen zu bringen schien, die unerklärliche Wut ihrer Mutter. Verzweiflung war ein fester Knoten in der Brust, der seit ihrer frühesten Kindheit unauflösbar mit Dunkelheit verknüpft war. Und nun gab es eine weitere Verzweiflung, worüber man selbst mit der Mutter nicht sprechen konnte. Das war, den Griff der harten Hand eines Mannes zu spüren, seinen schweren Atem nahe ihrem Gesicht und nicht entkommen zu können.

Wenn es das war, wovon die älteren Mädchen in der Schule flüsterten und dabei rot wurden, so wollte sie lieber nicht erwachsen werden. Seltsamerweise hatte sie sich ihre Mutter und ihren Vater immer als Paar vorstellen können. Vielleicht weil sie sich so ähnlich waren? Weil beide so heftig werden konnten, dass es keine Grenze mehr zu geben schien. Aber nun sollte sie sich ihre Mutter mit Steven vorstellen? Das konnte sie nicht.

Hätte es damals geregnet, Steven hätte wahrscheinlich niemals den Weg in das Tal gefunden. Er erinnerte sich an die erste Fahrt nach Kinlochlever, als wäre es gestern gewesen. Er war auf dem Weg nach Norden, um in den Bergen von Assynt zu wandern, doch dort war er niemals angekommen.

Er hätte die Abzweigung zum Loch Lever überhaupt nicht bemerkt, hätten nicht die Sonnenstrahlen das Band der Straße zum Paß in goldenes Licht getaucht. Spontan hatte er angehalten, hatte den nachfolgenden Verkehr an sich vorbeifließen lassen, um dann die wenigen Meter zurück gesetzt und in die schmale Strasse abzubiegen. Als er den Serpentinen zur Höhe des Passes folgte, fühlte er ein beglückendes Kribbeln wie beim Aufbruch in ein großes Abenteuer. Jenseits des höchsten Punktes hatte er angehalten und zum ersten Mal staunend das samtene Grün des Tales und das mit Silberfäden durchzogene Schwarzblau des Wassers in sich aufgenommen. Noch heute, wenn er das Glück hatte, an einem sonnigen Tage anzukommen, murmelte er leise: „Shangri-La!“, wenn er die Stelle passierte, wo ihn die Liebe zu diesem fast schon fremden Land plötzlich überwältigt hatte.

Er war ja selbst Schotte, aber sein Heimatrecht hatte er schon lange verloren. Vor einigen Jahren war er mit ein paar der ebenfalls älter gewordenen Nachbarsjungen noch einmal nach Stulay hinüber gerudert. Sie hatten sich zusammengetan, weil sie sich alle nach dem verlorenen Zuhause sehnten und sich dennoch vor dem Alleinsein mit der Insel und mit den Erinnerungen fürchteten. Aber das hatten sie sich erst zögernd eingestanden, als sie abends in einem der noch nicht ganz verfallenen Häuser um den Kamin am Feuer saßen und schon eine Menge getrunken hatten.

Er hatte seinen Vater gefragt, ob er mitkommen wollte, aber der hatte nur den Kopf geschüttelt: „Was soll ich da?“ Sein Vater war zurückgeblieben in dem Altersheim in Oban, in dem er nun bereits seit vielen Jahren lebte, zuerst mit seiner pflegebedürftigen Frau, Stevens Stiefmutter, und nun, nach ihrem Tod, allein.

Steven hatte seinen Vater nur selten weinen gesehen. Das erste Mal, als Stevens Mutter gestorben war. Steven war damals fünfzehn gewesen und hatte die Trauer seines Vaters deutlicher im Gedächtnis behalten als sein eigene. Sein großer, starker Vater war fassungslos darüber gewesen, dass ihm das Leben das antun konnte, denn Fiona war seine große Liebe gewesen, von der er schon als Vierzehnjähriger gewußt hatte, dass er sie heiraten würde. Ein so früher Tod war in seinem unerschütterlichen Gefühl von Zusammengehörigkeit einfach nicht vorgesehen gewesen.

Zuletzt hatte er seinen Vater ein paar Tränen vergießen sehen, als seine zweite Frau Maureen nach den langen Jahren dieser schrecklichen Krankheit doch noch friedlich eingeschlafen war. Da war es Trauer, in die sich die wehmütige Erleichterung mischte, von nun an nur noch die Bürde des eigenen Sterbens tragen zu müssen.

Was Steven aber mehr schmerzte als diese Tränen der Trauer um die zwei Mütter, die er in seinem Leben gehabt hatte, war die Erinnerung an das versteinerte Gesicht seines Vaters, als Stulay geräumt wurde. Die Regierung hatte den letzten Familien, die noch auf der Insel ausharrten, eine Art Ultimatum gestellt: Umsiedlung und Entschädigung oder ein Leben auf der Insel, von jeglicher Art von Versorgung abgeschnitten: keine Fähre mehr, keine Post, keine Versorgung der Kranken, keine Schule für die Kinder. Keiner hatte sich daraufhin für das Bleiben entschieden.

Steven erinnerte sich daran, wie sein plötzlich gealterter Vater im letzten Boot saß und nicht ein einziges Mal zurücksah. Er hatte kein Wort gesprochen, die ganze Fahrt über, aber als sie ungefähr die Hälfte hinter sich hatten und das Festland in Sicht kam, waren einige Tränen über die dunklen, faltigen Wangen gerollt, ohne dass er sie weggewischt hätte.

Er hatte verstanden, warum sein Vater noch nicht einmal zurückkehren wollte, auf die Insel, auf der er sein ganzes bisheriges Leben verbracht hatte, wie sein Vater und sein Großvater und viele Generationen vor ihm. Nach dem Ausflug mit den alten Freunden, war auch Steven, außer einem verkaterten Schädel, nur die Überzeugung geblieben, dass es keinen Sinn hatte, den Ort der Kindheit noch einmal aufzusuchen, in der Hoffnung dort ein Gefühl von Heimat wiederzufinden.

Er hatte in dem Haus gestanden, in dem er geboren wurde und das er bis zu seinem dreizehnten Jahr höchstens ein oder zweimal im Jahr verlassen hatte, um auf dem Festland neue Hosen oder Stiefel zu kaufen und ins Kino zu gehen, was immer ein besonderes Fest war. Er hatte durch das zusammengefallene Dach nach oben in den weiten Himmel geschaut und den lehmigen aufgeweichten Boden unter seinen Füßen gespürt. Er war plötzlich dankbar dafür, dass sein Vater das nicht sehen musste.

Später waren sie über die Hügel zur anderen Seite der Insel gewandert und hatten sich gegenseitig an die Abenteuer ihrer Kindheit erinnert. An Alistair, der an einem wunderbar stillen Tag ertrunken war, als das Meer so glatt und friedlich erschien, dass keiner sich erklären konnte, wie es geschehen konnte. An die Hügel, zu denen sie das erste Mal Mädchen mitgenommen hatten, um mit ihnen im Heidekraut zu liegen, vorsichtig die ersten Küsse zu tauschen und die Dämmerung abzuwarten.

Ihr Ehrgeiz war stets gewesen, Lachse mit bloßen Händen zu fangen. Lachse, die eigentlich dem Lord gehörten, so wie alles auf der Insel, denn ihre Eltern waren allesamt Pächter des sogenannten „Clanchefs", der sich selten sehen ließ und mit den Bewohnern nur über einen Verwalter verkehrte. Dabei hatten sie noch Glück, dass sie nicht allzuoft den Besitzer wechselten, so wie andere Inseln, die mit Familien und Höfen von Hand zu Hand gingen, ohne dass jemals etwas für die Verbesserung ihrer Lebensumstände getan wurde.

Dem fernen Herrn gehörten auch die Kaninchen, für die sie Fallen gebaut hatten, von denen der erwachsene Steven wußte, dass sie blutrünstig waren. Das war das einzig Tröstliche an der Leere und der Einsamkeit, die sie auf Stulay vorfanden, dass die Tiere und Pflanzen der Insel die Menschen wohl nicht vermisst hatten.

So hatte Steven seine Heimat verloren, die er schon lange vorher verlassen hatte, wie so viele Schotten, die in der Welt suchen mußten, was ihr karges, leeres, wunderbares Land ihnen nicht bieten konnte.

Nach dem Studium in Edinburgh hatte Steven sich in Cambridge beworben, als dort eine Doktorarbeit ausgeschrieben worden war, die seinen Interessen als Kunstgeschichtler entsprach. Zu seiner eigenen größten Überraschung war er akzeptiert worden. Er hatte seine Arbeit mit großer Energie betrieben, nicht weil er viele Gedanken an eine künftige Karriere verschwendet hätte, sondern weil das Thema ihn mit sich fortgerissen hatte. Er war ein geborener Spurensucher und hatte schon als Kind versucht, stets Erklärungen für das angeblich Unerklärliche zu finden.

Ohne seinen Kunstlehrer, der ihm die Malerei eröffnet hatte, wäre er nach der Schule vielleicht zur Polizei gegangen, mit dem Wunsch, Detektiv zu werden. So einer, wie er in den Krimis vorkam, die er damals verschlang. Aber dann hatte Mr. Robertson - „Michael“ für ihn seit vielen Jahren - ihm eine Tür in eine Welt geöffnet, die seinem nicht minder großen Bedürfnis nach Schöpfung und Schönheit entgegen kam, und so war er, da er sich als Maler zu unbegabt fühlte, ein Forscher geworden, der den Geheimnissen der Kunst auf andere Weise auf die Spur kommen wollte.

Als er damals auf der Höhe über den Loch Lever gestanden hatte, hatte die Vollkommenheit des Bildes, das er vor sich sah, ihn überwältigt. Das war der Inbegriff der kargen Schönheit seiner Heimat, nach der er sich gesehnt hatte, die er in seinen vergeblichen Bemühungen, sie in seinen Bildern festzuhalten, immer als unerreichbare Vision in sich getragen hatte, und die er auf unzähligen Bildern anderer gesucht hatte.

Als er jetzt zurückfuhr und aus alter Gewohnheit kurz vor dem Paß noch einmal anhielt, um sich umzuschauen und sich von dem Tal und seinen Bewohnern zu verabschieden, lächelte er traurig bei dem Gedanken, wie wenig vollkommen die Welt jenseits dieser Berge in Wirklichkeit war. Und dennoch würde er bald zurückkehren. Denn nun gehörte er tatsächlich zu ihnen, so wie die Menschen im Tal ihn endlich auch als zugehörig betrachteten. Durch die Ereignisse und sein Wissen darum war er einer der ihren geworden. Und weil er geschwiegen hatte, wie alle anderen auch.

Er wäre Susann bereits am ersten Abend begegnet, das behauptete sie jedenfalls später. Er konnte sich nicht daran erinnern. Woran er sich erinnerte: Dass er die kurvenreiche Straße hinunter ins Tal gefahren war, voller freudiger Erwartungen, was ihn hinter der nächsten Kurve erwarten würde. Die Straße führte durch einen der seltenen natürlichen Waldstreifen, an die die Forstkommission noch nicht Axt und Bandmaß gelegt hatte. Er kam an zwei kleinen Weilern vorbei, von denen er heute ganz selbstverständlich als Fearnbay und Fearndale sprach, obwohl er sie am Anfang oft verwechselt hatte. Dass er sich in der Nähe von Ansiedlungen befand, erkannte er nur aus den Schildern an der Straße. Jedes der wenigen Häuser stand für sich allein, weit entfernt von den Nachbarn. Die Zufahrten zu den einzelnen Häusern, die vielleicht noch als Teerstraßen begannen, wurden bald zu Schotterpisten, die nach tagelangen Regenfällen fast unpassierbar waren, mit Zäunen und Toren, die Schafe und Rotwild von den wenigen Flächen fernhalten sollten, auf denen Gemüse oder Hafer angebaut wurde.

Kinlochlever dagegen war ein richtiges Dorf, mit aneinandergereihten Häusern, einer Hauptstraße und zwei Seitenstraßen, der Ruine eines Wehrturms, der auf dem Hügel über die Ansiedlung wachte, der Kirche der Presbyterianer mit dem anschließenden Friedhof, auf dem Jeremy beerdigt worden war, obwohl es Bedenken gegeben hatte, so lange das Gerücht umging, er wäre niemals ertrunken, hätte er nicht sterben wollen.

Die Ansiedlung war nicht natürlich entstanden, sondern war vor zweihundert Jahren geplant und erbaut worden, als während der napoleonischen Kriege ein besonder hoher Bedarf an Seeleuten bestand. Die damals Mächtigen waren davon ausgegangen, dass, wenn man die Schotten erst einmal am Meer ansiedelte, sie sich daran gewöhnen würden und mit der Zeit auch brauchbare Matrosen abgäben. Bis das auf dem Reißbrett entworfene Dorf gebaut war und man die ersten Familien hatte dazu bewegen können, sich dort anzusiedeln, war Napoleon allerdings schon endgültig besiegt und nach Sankt Helena verfrachtet worden.

Was sich Kinlochlever aus dieser Zeit erhalten hatte, war der Stadtplan mit dem regelmäßigen Geviert von Straßen, einem unverhältnismäßig großem Platz in der Mitte, auf dem die zukünftigen Matrosen das Exerzieren hätten lernen sollen und einigen schönen alten Gebäuden, die sich von den Häusern der ärmeren Leute dadurch unterschieden, dass sie von allem Anfang an mit behauenen Steinen und Mörtel errichtet worden waren und so die zwei Jahrhunderte überstanden hatten.

Direkt neben dem Friedhof entdeckte Steven einen kleinen Parkplatz, mit einem Fußweg, der zum Strand hinunterführte und so Trauer und Vergnügen vorzüglich miteinander verband. Von dort war es nicht mehr weit bis zur Schule, ein schmuckloser, flacher Bau, in dem in dem einen Flügel der jeweilige Lehrer mit seiner Familie lebte, in dem anderen die etwa fünfundzwanzig Kinder zwischen fünf und dreizehn Jahren ihren Unterricht mehr oder weniger über sich ergehen ließen

Vor der Schule gab es einen Spielplatz mit einigen Geräten, der nachts hell ausgeleuchtet wurde, weil eine Verordnung es so forderte, genauso, wie die Auffahrt zur Praxis des Arztes nachts hell erleuchtet war. „Kinlochlever City Lights!", spotteten die Einheimischen, wenn sie auf die acht Straßenlaternen angesprochen wurden, die gleißende Inseln im Dunkeln der Nacht bildeten und erbarmungslos bis zum Sonnenaufgang brannten.

Der niemals zum Exerzieren genutzte Platz wurde durch das Hotel abgeschlossen, rechts davon befand sich der Laden, in dem man alles bekam, was man in diesem Tal brauchte, aber immer nur von allem eine Sorte oder eine Größe, denn für eine größere Auswahl reichte der Platz nicht aus. Links neben dem Hotel konnte man in einem überraschend geschmackvoll dekorierten Laden Souvenirs und Kunstgewerbe kaufen. In dessen Hinterzimmern übte Billy, der Friseur, einen seiner vielen Berufe aus, und seine Frau erledigte auf ihrer Nähmaschine alle möglichen Änderungen und Reparaturen.

Daneben befand sich der lokale Fish & Chip-Shop, der allerdings nur in den Sommermonaten geöffnet hatte, dann aber dem ständig wechselnden Wetter trotzend Tische und Bänke vor dem Laden aufstellte und damit der Bar des Hotels erhebliche Konkurrenz machte, bis Jeremy sich entschloß, auch vor dem Hotel Bänke aufstellen zu lassen.

Mr. Wong, dem der Fish & Chip-Shop gehörte und der aus Hongkong stammte, dies aber selbst schon fast vergessen hatte, war in seiner Wut in die Bar gestürmt, um Jeremy zur Rede zu stellen, hatte sich aber schnell beruhigt, als ihm von Angesicht zu Angesicht klar wurde, dass Jeremy fast zwei Köpfe größer war als er selbst und mindestens doppelt so schwer.

An der Mole lagen in der Regel sechs oder sieben Boote, im Sommer auch oft mehr. Fremde Segelschiffe machten hier Station, ab und zu sogar eine richtige Hochseeyacht. Seltener einmal kam ein Boot der Kriegsmarine in den kleinen Hafen. Einmal vor vielen Jahren war sogar die köngliche Jacht Britannia in die Bucht eingelaufen. Die Königin und ihre Familie waren zwar nicht an Land gekommen, aber sie hatte den sich am Ufer Versammelten zugewunken. Einige hatten gekichert, als der Earl of Loverdale, der doch schon ein älterer Herr war, auf dem Pier vor seiner Königin das Knie gebeugt hatte, solange sie an Deck zu sehen war, aber andere hatten die Geste gut geheißen und betont, wie edel und stolz der Earl in seinem Kilt, dem Plaid über der Schulter und dem Barett mit der hohen Feder auf dem Kopf ausgesehen hatte. „Und er hat nicht einen Moment den Kopf gesenkt! Nicht vor der englischen Königin!", erzählten dieselben Leute noch Jahre später voller Genugtuung.

Früher war der Fischfang ein wichtiger Bestandteil der isolierten Ökonomie des Tales gewesen, heute fuhren nur noch wenige Boote hinaus und dann eigentlich nur, um die eigene Versorgung zu ergänzen. Die Bucht war durch die großen Fischfangflotten, die von der Ostküste kamen, völlig überfischt und erholte sich nur langsam. Nur Big Finn und Wee Finn, eigentlich Finlay MacDonald Senior und Junior, erzielten mit ihren Hummerreusen noch ein halbwegs ausreichendes Einkommen.

„Hier heißen alle MacDonald“, hatte Big Finn Steven ganz am Anfang einmal erklärt. Das stimmte nicht ganz, obwohl es viele MacDonalds gab. Ursprünglich war das Loch Lever jedoch MacLeod Land. Steven hatte auf der Karte, die die alten Clangrenzen auswies, nachgeschaut. Es war eine kleine Enklave, übriggeblieben von dem großen Besitz der Lord of the Isles, und es gab auch noch genügend MacLeods in der Gegend.

Norma und Donnie zum Beispiel waren MacLeods. Steven war am Anfang davon ausgegangen, dass Norma Jeremys Frau und dieser damit auch Donnies Vater wäre. Aber als er ihr einmal sagte, wie ähnlich Donnie seinem Vater wäre, und dabei auf die beiden Männer im Boot gedeutet hatte, hatte sie nur gelacht und gesagt: „Gott sei Dank ist er seinem Vater ähnlich. Wäre er Jeremy ähnlich, ich hätte ihn schon als Baby ertränkt.“

Vom Dorf aus sah man in der Bucht die kleine Insel liegen und auf der anderen Seite der Bucht die Rahmen der Käfige der Fischfarm, die silbrig im Wasser glänzten. Dort fanden die meisten Männer und auch ein paar Frauen Arbeit. Harte Arbeit, schlecht bezahlte Arbeit, aber immerhin regelmäßige Arbeit in einer Gegend, die sonst nur von Schafen, einigen Rindern und Schweinen und dem bißchen Tourismus im Sommer lebte.

Beim ersten Mal war Steven nach einem kurzen Stopp, bei dem er bis zum Ende der Mole gelaufen war, erst einmal weitergefahren bis kurz hinter Port Newton die Welt dann plötzlich zu Ende war. Die

Straße machte noch einen Bogen um einen Hügel herum und führte geradewegs zum Tor der riesigen Schonung, die die Forstkommission angelegt hatte. In diesem künstlichen Wald, der den ganzen vor ihm liegenden Hang und die benachbarten Hänge bedeckte, waren alle Bäume von derselben Art. Und sie waren in Reih und Glied so dicht angepflanzt, dass ein Durchkommen völlig unmöglich war. Dieses war kein Wald, in dem man spazieren oder wandern konnte. Nach einigen Jahren wurden die Bäume massenhaft geerntet, wie ein gigantisches Kornfeld, und die Aktion hinterließ jahrelang eine Wüste, bis neue Bäume nachgewachsen waren.

Die Leute aus Port Newton mochten diesen dunklen, undurchdringlichen Wald nicht. Er paßte nicht in ihre Landschaft, fanden sie. Aber auch hier fanden einige der Männer zumindest zeitweise Arbeit, weshalb der Widerstand niemals zu irgendwelchen Aktionen geführt hatte. „Du wendest dich einfach dem Meer zu und vergißt die Bäume in deinem Rücken“, gab Hamish ihm den guten Rat, als sie beim abendlichen Bier in der Bar auf den Forstkommissionswald zu sprechen gekommen waren. Das war irgendwann in seinem zweiten oder dritten Jahr gewesen.

Im ersten Jahr hatte Steven auf dem Platz vor der Einfahrt zu der Schonung gewendet und war nach Kinlochlever zurückgefahren, mit der Absicht, in dem Hotel abzusteigen, das er beim Vorbeifahren bemerkt hatte. Wenn er die Wahl hatte, bevorzugte er die angenehme Anonymität eines Hotels. Wenn die Familien, die Übernachtung und Frühstück anboten, freundlich waren, bezogen sie Gäste oft in ihr Familienleben mit ein, was ihn überforderte, denn er war im Grunde kein geselliger Mensch. Wenn aber schiere Not die Hausfrau zwang, Zimmer zu vermieten, dann wurde er das Gefühl nicht los, ein unerwünschter Eindringling in einem Terrain zu sein, auf dem er nichts zu suchen hatte, und dass die Bewohner nur auf sein Verschwinden warteten.

Vor dem Hotel beobachtete Norma Jeremy dabei, wie er die leeren Kisten in den kleinen Lastwagen packte. Sie bemerkte das fremde Auto erst, als es an ihr vorbei den Parkplatz des Hotels ansteuerte. Aus dem Wagen schraubte sich ein langer Kerl mit rotblondem Haaren und einem ebensolchen Bart. Hosen und Wetterjacke wirkten, als wären sie für jemand anderen gekauft worden und würden nur mit Hilfe von Gürteln an dem schlaksigen Kerl festhalten, der da auf sie zukam.

„Guten Tag. Schöner Tag heute, was?"

„Aye!"

„Verzeihen Sie, gehören Sie zu dem Hotel?"
„Aye!"
„Hätten Sie vielleicht ein Zimmer für mich?"
„Wir haben nur Doppelzimmer."
„Das wäre mir recht. Ich schlafe lieber in einem großen Bett. Bei meiner Länge..."

Er bemühte sich erfolglos, mit einem Lächeln ihre abweisende Knappheit aufzuweichen.

Sie sah wieder von ihm weg und zu dem Lastwagen hinüber, in dem sich, wie der Fremde bemerkte, etwas rührte. Man konnte einen halblauten Fluch hören, so als hätte ein Kopf gerade unsanfte Bekanntschaft mit etwas Hartem gemacht.

„Ist noch etwas frei?", fragte der Fremde schließlich leicht ungehalten, da er sich vergessen fühlte. Ohne sich zu ihm umzudrehen, antwortete die Frau: „Vierzig Pfund das Zimmer. Fünfzig mit Dinner. Dinner ist um halb acht."

Sie ging voraus, die Treppe empor, dann nach rechts, durch zwei Feuerschutztüren, um die Ecke herum und wieder drei Stufen nach unten. Sie öffnete und ließ ihn eintreten. Sie wußte, es würde ihm gefallen. Es war ein schönes Zimmer. Sie hatten den Winter damit zugebracht, diesen Teil des Hotels zu renovieren. Die Wahrheit war, Donnie und sie hatten es getan. Jeremy hatte das Material gekauft und ihnen Anweisungen gegeben, dann hatte er sich in die Bar hinter die Theke gestellt. Als ob die wenigen Gäste, die während des Winters hereinschauten, nicht auch hätten nach „Bedienung“ rufen können, wenn sie ab und zu ein Bier brauchten!

„Das ist tatsächlich ein sehr nettes Zimmer!“, meinte der Lange, nachdem er sich umgeschaut hatte. Sie hatte nichts anders erwartet.

„Wie lange bleiben Sie?“

„Ehrlich gesagt, ich weiß es noch nicht. Erst mal für eine Nacht. Wahrscheinlich bleibe ich aber länger. Ich wollte eigentlich nach Assynt und bin nur zufällig hierhergeraten. Aber es ist so schön hier. Kann ich Ihnen morgen früh Bescheid sagen?“

„Aye.“

Bevor sie ging, drehte sie sich noch einmal um und sagte: „Die erste Nacht muß im Voraus bezahlt werden. Und Sie müssen sich unten eintragen!“

„Wer war das?“, fragte Jeremy, als er endlich mit dem Einladen fertig war.

„Neuer Gast.“

„Für wie lange?“

„Ein paar Tage. Vielleicht. Will es sich bis morgen überlegen.“

„Paß auf, dass er sich einträgt und bezahlt! Und sag deinem Sohn, dass ich erwarte, dass er hier ist, wenn ich zurückkomme! Habe keine Lust die schweren Kisten allein zu schleppen!“

„Ja. Schon gut. Du hast ihn selbst gesagt, er soll sich endlich um den Torf kümmern. Also ist er gegangen!“

„Ja, gegangen, aber nicht zum Torfstechen! Ich habe ihn vorhin bei den Booten gesehen. Irgendwann treibt er es mal zu weit. Dann setzt´s was. Kannst du ihm von mir ausrichten!“

Norma stand in der Küche und bereitete den Braten vor. Sie ärgerte sich über Jeremy. Und sie ärgerte sich darüber, dass sie sich ärgerte. Sie wußte, wenn sie Donnie Jeremys Botschaft ausrichtete, würde der seinen Zorn an ihr auslassen, aber er würde es nicht wagen, einfach wieder zu verschwinden. Ließ sie es darauf ankommen, um nicht schon wieder mit ihrem Sohn zu streiten, war die Wahrscheinlichkeit groß, dass sie mit den schweren Kisten allein dastehen würde. Der Teufel sollte die beiden Kerle holen!

Der Lange steckte den Kopf zur Küchentür herein: „Entschuldigung! Ich habe gerufen, aber Sie haben es wahrscheinlich nicht gehört. Ich wollte bezahlen. Und wo ist das Gästebuch? Ich sollte mich doch eintragen."

Sie wischte ihre Hände am Handtuch ab, das sie sich um die Taille geknotet hatte und ging zum Empfang hinüber, wo sie das Buch unter der noch ungeöffneten Post fand und vor ihm aufklappte. Sie nahm ihm das Geld ab und verschloß es in der Kasse unter dem Tresen.

„Lassen Sie's dann einfach liegen!" Sie deutete auf das Gästebuch. Als sie später wieder vorbeikam, lag das Buch immer noch geöffnet da. „Steven MacFarlane", las sie. „Cambridge, Trinity College." Ein Studierter also.

Steven war tatsächlich von dem Zimmer überrascht. Das Äußere des alten Hauses, dessen ältester Teil noch aus unverputzten Natursteinen gemauert war, mit einem undefinierbar geschmacklosen Anbau auf der rechten Seite, sowie die Schroffheit der Wirtin, die ihm äußerst hinterwälderisch erschien, hatten ihn eine solche harmonisch gestaltete Einrichtung nicht erwarten lassen.

Es war ein nahezu quadratischer Raum mit einem Sprossenfenster, aus dem man das Loch überblicken konnte und einem zweiten über Eck, welches die Sicht auf die Berge freigab, von denen er gekommen war. Vor dem Fenster zum Wasser stand ein wunderschöner alter Eichentisch mit einem passenden, mit Schitzereien verzierten Stuhl.

Als erstes packte er seinen Laptop aus, dann einige Bücher. Er stapelte sie sorgfälig auf dem Tisch, dessen Platte trotz der Spuren langer Nutzung sorgfältig poliert war. Das war seine Art, einen Raum in Besitz zu nehmen. Er grinste über sich selbst und fühlte, dass er sich bereits für längere Zeit einrichtete.

Das Bett war breit und bequem, mit einem ausladenden Kopfteil aus demselben alten Eichenholz wie Tisch und Stuhl. Zugedeckt war es mit einem farbenfrohen Quilt, der sicherlich eine Handarbeit war. Die Farbe der Wände und des Teppichbodens waren sorgfältig auf dieses Prunkstück abgestimmt, wie die Kachelung des Bades, das im Übrigen ganz neu hergerichtet schien. Es bestand die erste Duschprobe glänzend. Steven fühlte sich frisch und glücklich, als er die Treppe herunterkam.

Abends traf Steven zum ersten Mal auf Jeremy. Er hatte sein Dinner bestellt und stand jetzt an der Bar, um einen Aperitif zu bestellen. Dann setzte es sich zu den zwei Paaren und den zwei älteren Damen, die ebenfalls auf ihr Dinner warten. Das verband, und so wurde auch er schließlich in eine Unterhaltung einbezogen, die sich vor allem um das Woher und das Wohin drehte. Die beiden Damen, die dem Dialekt nach aus Aberdeen kamen, versicherten ihm, dieses Tal wäre eines der Schönsten, und er würde hier genügend Gelegenheiten für lange, einsame Wanderungen finden.

Trotz der angeregten Unterhaltung bekam er mit, dass der Lieferwagen vorfuhr. Dann hörte er die rauhen Kommandos einer männlichen Stimme und die festen Schritte in der Hotelhalle. In der

Bar fühlte er auf einmal eine Spannung, als erwarteten alle den Auftritt einer wichtigen Persönlichkeit. Und dann betrat Jeremy die Bar, sah sich langsam um, bis er alle Augen auf sich fühlte. Dann grinste er und die vorherige Spannung löste sich wieder in viele einzelne Unterhaltungen auf.

Susan hatte sich eilig ihrem Nachbarn zugewandt und ihn in ein Gespräch verwickelt. Sie hatte den Blick der Wirtin vermieden, als sie ihren Gin Tonic bestellte und auch, als sie ihn bekam und bezahlte. Manchmal schaffte sie es sogar schon, sich für viele Wochen von dem Hotel fern zu halten.

Eigentlich tat sie ihr leid. Norma selbst hatte sich schon lange damit abgefunden, dass Jeremy andere Frauen hatte. Jede andere Frau, um genau zu sein. Es brach nicht ihr Herz, weil sie ihr Herz im Gegensatz zu Susan nicht an Jeremy verloren hatte. Der Grund, warum er ihr Bett teilte, wenn er nicht gerade wieder einmal unterwegs war, war nicht, weil sie ihn liebte, sondern weil es ihr das Gefühl gab, weiterhin die Herrin des Hotels zu sein. Obwohl sie beide wußten, dass das nicht stimmte.

Nach dem Tod ihres Vaters und nachdem die Erbschaftssteuer bezahlt war, hatte ihre Mutter das Hotel verkaufen müssen. Hundertfünfzehn Jahre MacLeod´s Inn waren vorüber, als die Bank sich geweigert hatte, ihnen einen weiteren Kredit einzuräumen. Ein gewisser Jeremy Richardson aus Glasgow hatte das Hotel gekauft.

Dieser Jeremy Richardson war eingetroffen und hatte sie bereits am zweiten Tag gefragt, ob sie nicht bleiben und für ihn arbeiten wollte. Die Bezahlung, die er ihr anbot, war nicht überwältigend, aber er erlaubte ihr, mit ihrer Mutter und dem kleinen Donnie, der damals gerade zwei wurde, in ihren angestammten Räumen zu bleiben und manchmal sogar zu vergessen, dass sich die Zeiten geändert hatten.

Zehn Tage später war er, nachdem die letzten Gäste die Bar verlassen und sie zusammen die abschließenden Arbeiten des Tages erledigt hatten, ohne weitere Umstände in ihr Zimmer gekommen. Er hatte das schlafende Kind mitsamt dem Bettchen aufgehoben und nach draußen getragen. Dann hatte er sich zu ihr ins Bett gelegt und dabei war es dann geblieben.

Ihrer Mutter zuliebe hatte sie so getan, als wäre sie glücklich mit Jeremy. In Wirklichkeit hatte sie sich immer nur als ein Teil des Handels um das Hotel betrachtet. Ihr Körper gegen das Recht, das Hotel weiterhin als MacLeods Hotel zu führen.

Steven hatte wie die meisten anderen Gäste zur Tür geschaut, als der Wirt die Bar betrat. Er sah einen großen athletischen Mann mit einem ebenmäßigen, fast edlen Gesicht, umrahmt von schwarzen Locken und einem kurzgeschnittenen schwarzen Bart, hellen grünen Augen und schließlich einem leicht ironischen Lächeln. Der Mann war sich seiner Wirkung offensichtlich völlig bewußt und nahm die Huldigung allgemeiner Aufmerksamkeit routiniert entgegen. Der Maler in Steven konstatierte ohne innere Anteilnahme, dass dieses wahrscheinlich einer der schönsten Männer war, die er je gesehen hatte. Doch es beschäftigte ihn nicht weiter, da in diesem Augenblick die Wirtin die Dinnergäste in den Speisesaal hinüberbat.

Susan hatte Jeremy hinter sich eintreten gespürt. Sie brauchte sich gar nicht erst umzudrehen. Sie wußte, dass er jetzt die Reihe der Gäste abschritt, wie er es immer tat.

„Guten Abend, Donnie. Hamish! Wie geht's? Schöner Tag heute, Julian..."

Er blieb hinter ihr stehen: „Susan!?" Nur das. Kein Gruß und keine Frage nach ihrem Befinden. Nur dieses betonte „Susan".

Sie drehte sich langsam um, als hätte sie gar nicht mit ihm gerechnet: „Guten Abend, Jeremy. Wie geht es Dir?“ Sie zwang sich, unbefangen zu klingen. Sie wußte, dass sie damit keinen hinters Licht führte. Hier wußten alle Bescheid. Jeder in der Reihe der verstohlen zu ihnen Hinüberblickenden kannte jede Einzelheit des stillen Kampfes, der seit Jahren zwischen ihnen tobte.

Als Susan schwanger war, hatten viele gehofft und manche gefürchtet, Jeremy und sie würden schließlich doch heiraten, und Jeremy würde endlich zur Ruhe kommen. Für ein paar Monate sah es auch so aus. Aber die Zeit war vergangen, Edith war geboren worden und nichts hatte sich geändert. Bis zu dem Tag, als Jeremy mit dieser Engländerin, die ihre Ferien in Kinlochlever verbrachte, ein so öffentliches skandalöses Verhältnis begann, dass auch dem Letzten klar wurde, dass er damit seine Freiheit feierte.

Seitdem war Krieg zwischen den beiden. Einer, in dem die Trümpfe nur zu ungleich verteilt waren. Wenn die Provokation zu groß wurde, schlug Susan zu, mit Worten und manchmal auch mit Fäusten, viel zu blind vor Zorn und Enttäuschung, um richtig zu zielen, so dass es für Jeremy ein Leichtes war, sie sich vom Leibe zu halten und mit einem Schulterzucken zur Tagesordnung überzugehen.

Jeremy war sich ihrer sicher und das amüsierte ihn. Er ließ sie ein Stückchen laufen, bis das unsichtbare Band zwischen ihnen straff gespannt war, dann holte er sie mit einem kleinen Ruck zurück, um sie anschließend wieder von sich zu stoßen.

„Es geht mir gut“, antwortete er ruhig lächelnd. „Was macht Edith?“

„Fein. Sie schläft heute Nacht bei ihrer Tante. Ihre Vettern aus Dundee sind zu Besuch.“

„Schön für sie.“ Jeremy war bereits weitergegangen, sprach jetzt Alistair an und zog ihn in eine Ecke. Susan konnte sich denken, worüber sie sprachen. Alistair versorgte das Hotel mit Wild, von dem niemand fragte, woher es kam. Jetzt ist Kaninchenzeit, dachte Susan. Und: Hatte Jeremy verstanden, dass sie heute Nacht allein zu Hause sein würde?

Das Dinner war vorzüglich. Steven hatte die Wirtin um ein weiteres Glas Bier gebeten. Ein Junge von ungefähr zwölf Jahren brachte es ihm an den Tisch. Der Junge war schwarzhaarig, sah aber sonst seiner Mutter außerordentlich ähnlich. „Ist das Ihr Sohn?", fragte Steven, als sie später an seinen Tisch trat, um zu hören, ob alles in Ordnung sei.

„Aye."

„Ein sehr netter Junge. Er hilft Ihnen sicher eine Menge?"

„Aye", sagte sie und sah ihren Gast zum ersten Mal etwas freundlicher an. „Er ist schon in Ordnung."

Viel später erfuhr Steven, dass sie sich vor Donnies Geburt große Sorgen gemacht hatte. Das war, als die Wirtin schon lange „Norma" für ihn geworden war. Er hatte ihre Schroffheit zu verstehen gelernt, so wie sie begriffen hatte, dass dieser schlaksige Fremde mit den langen Sätzen und den fremden Worten es gut mit ihr meinte und ihr Vertrauen nicht mißbrauchen würde.

„So lange ich mit Hamish ging, habe ich mir keine Gedanken gemacht. Was denkt man schon, wenn man jung ist? Er sah gut aus, und er war gut zu mir. Hier im Tal ist die Auswahl nicht so groß und es ging lange ganz gut mit uns. Als ich schwanger wurde, wollte er mich selbstverständlich sofort heiraten. Wir haben dann mit dem Pfarrer gesprochen. Der hat gesagt, das gibt ein Unglück. Weil wir doch Cousins ersten Grades sind. Dass wir eine Sondererlaubnis bräuchten. Und dass unsere Kinder allesamt blöd werden würden. Donnie ist aber zum Glück nicht blöd geworden."

„Und Hamish? Was hat er dazu gesagt?"

„Er hat den Pfarrer verflucht. Ich glaube, seitdem hat er freiwillig keinen Fuß mehr in die Kirche gesetzt. Er würde mich noch heute auf der Stelle heiraten, denke ich. Aber ich habe einfach nicht mehr gewollt und gekonnt."

„Und dann kam ja auch Jeremy?"

„Jeremy..." Norma sah ihn nachdenklich an und schüttelte dann den Kopf. „Wäre Hamish nicht der Sohn meines Vaters Bruder, kein Jeremy der Welt hätte uns auseinanderbringen können."

Und nun hatte ausgerechnet Hamish MacLeod Jeremys Sarg vorne rechts getragen. Das war die Position, die dem wichtigsten Mann der Familie zukam. Donnie war hinter ihm gegangen, nicht links vorne, wie es sein Status als Quasi-Sohn eigentlich mit sich gebracht hätte. Aber das war nicht das einzige Merkwürdige an Jeremys Beerdigung gewesen.

Steven war erst kurz vorher in Kinlochlever angekommen. Er hatte ein ganzes Jahr in den USA verbracht, hatte im März von dort aus kurz angerufen, um sein übliches Zimmer zu reservieren. Alles war wie immer gewesen. Jeremy hatte ihn in drei Sätzen über die Neuigkeiten aus dem Tal auf den letzten Stand gebracht und ihm versprochen, dieses Jahr mit ihm auf den Ben Lever zu steigen, nachdem er letztes Jahr wegen des Unglücks mit dem Boot nicht hatte größere Touren unternehmen können.

Steven glaubte, Jeremy nach all den Jahren ziemlich gut zu kennen. Er wußte, dass dieser ein Schlitzohr war, ein Weiberheld und ein Großmaul, aber er schätzte ihn trotz allem. Irgendwie war der Mann einfach großartig. Vielleicht war es, weil er sich so offensichtlich außerhalb jeder Moral bewegte, sein verrücktes Leben lebte, ohne sich dafür zu rechtfertigen oder zu entschuldigen. Er war einerseits mutig und großzügig, war aber auch zu wirklichen Ungeheuerlichkeiten fähig. Dabei war er von überwältigender Offenheit. Bei allem, was er anrichtete, stand er immer dazu, allerdings mit einer Haltung, die sich am Besten mit ‚Na und?' beschreiben läßt.

Steven wußte, dass die Basis für seine Freundschaft mit Jeremy nicht zuletzt darin bestand, dass sie aus so verschiedenen Sphären kamen, als stammte einer von ihnen von einem anderen Stern. Er war sich übrigens nie ganz sicher, wer von ihnen tatsächlich der Alien war. Weil sie aus so verschiedenen Sphären stammten, kamen sie sich aber auch nicht in die Quere.

Er war Gast in Jeremys Hotel, bezahlte seine Rechnung ebenso zuverlässig wie seine Schulden in der Bar, wofür er willkommen war und im Laufe der Jahre sogar mit bestimmten Privilegien ausgezeichnet wurde, die ihn von den anderen, den ‚normalen' Gästen, abhoben. Jeremy seinerseits war der Besitzer des Hotels und profitierte Jahr für Jahr finanziell von Stevens Treue. In Sachen der Lokalität war Jeremy der Meister und er konnte nur von ihm lernen. Für den Rest der Welt war er, Steven, zuständig und Jeremy scheute sich nicht, ihn auszufragen, wenn ihn die Probleme der Welt irgendwann doch einmal tangierten.

Jeremy war nicht das, was man gebildet hätte nennen können, aber er war auf seine Art gescheit. Steven amüsierte es, ihm zuzuhören, wenn er ihm seine eigene Philosophie darlegte. Von den Dingen, mit denen Steven sich beschäftigte, verstand Jeremy nichts. Steven sprach sowieso nur selten davon und brach ab, wenn er spürte, dass er seinen Freund langweilte.

Jeremy hatte tatsächlich keine Ahnung von Kunst und auch keinen besonderen Geschmack. Dass er Stevens Aquarelle, die der selbst Stümpereien nannte, geradezu als Meisterwerke pries, war nur ein Beweis dafür, dass er nichts davon verstand, aber freundlich sein wollte.

Jeremy war im Allgemeinen leicht zu begeistern, wenn es nicht mit Verpflichtungen für ihn verbunden war. Steven nahm sein Lob nicht ernst und freute sich doch darüber. Jedoch lehnte er das Ansinnen, solche Bildchen in Serie zu produzieren und sie über das Hotel zu verkaufen – natürlich mit einer gewissen Provision für Jeremy – Jahr für Jahr dankend ab.

Sie sprachen hauptsächlich über das, was sie unmittelbar umgab: das Wetter, die Berge und den Fischfang. Über die Benachteiligung der einsamen Gebiete Schottlands, von denen die ferne Zentralregierung in London anzunehmen schien, dort lebte sowieso niemand. Ein Zustand, an dem sich durch die Etablierung eines schottischen Parliaments wenig geändert hatte, denn immer noch standen die dichter besiedelten Gebiete zwischen Edinburgh und Glasgow in einem nahezu historischen Gegensatz zu den dünn besiedelten Gebieten an der Westküste. Es war die alte Feindschaft zwischen der schottischen Krone und den Herren der Inseln, die sich als eigenständige Fürsten ihrer Gebiete empfanden und dementsprechend handelten.

Es gab sie aber, die Menschen an der Westküste und auf den Inseln, wenn ihre Anzahl auch gering war. Eine Bevölkerung, in denen jeder einzelne seit jeher sehr eigenständig, um nicht zu sagen, eigensinnig war, und der es daher schwer fiel, sich gemeinsam für ihre Interessen zu organisieren und einzusetzen.

Jeremy und einige andere machten immer mal wieder Vorschläge, wie die wirtschaftliche Situation im Tal verbessert werden könnte, die zu nichts führten, so lange die einzige Straße weiterhin einspurig war und unerbittlich an dem großen Tor in Port Newton endete und die Verbindung zur Außenwelt in alten Telefonleitungen und einer unzureichenden Verbindung zum Internet bestand. Sogar der Handymast, der dem letzten Sturm zum Opfer gefallen war, wartete immer noch auf Ersatz.

Steven hätte zu gern gewußt, was Jeremy wirklich über Frauen dachte. Er beobachtete, wie sein Freund eine nach der anderen bekam und wieder fallen ließ, Frauen auf der Durchreise, die im Hotel Station machten, Mädchen aus dem Tal, die das richtige Alter erreicht hatten, hübsch genug waren und trotz der Warnung ihrer Mütter der Bar nicht fern blieben, Ehefrauen und Witwen, so lange sie nur ansehnlich genug waren. Jeremy war nicht diskret, dennoch kam es selten zu einem öffentlichen Skandal. Seine offensichtliche körperliche Kraft und die Beschämung durch seine anscheinend unermüdbare Männlichkeit hielten Rivalen auf Abstand, wenn es auch hinter seinem Rücken genügend haßerfüllte Blicke gab.

Steven dagegen war Frauen gegenüber immer zurückhaltend gewesen. Früher hätte man ihn sicher als schüchtern bezeichnet. Seine einzige längere Beziehung hatte bereits in der Schule begonnen. Damals bestand sie vor allem aus Aufregung und Erprobung. Mit der Zeit war sie Routine geworden, ein wenig sentimentales, eher praktisches Zusammensein, das ohne großes Bedauern ihr Ende fand, als er nach Cambridge ging, und sie auf keinen Fall ihre Stelle in Edinburgh aufgeben wollte. Sie hatte dann bald einen anderen geheiratet. Sie waren Freunde geblieben. Er besuchte sie und ihre mittlerweile fünfköpfige Familie, wenn immer er nach Edinburgh kam. Die Kinder sahen in ihm einen netten, ein bisschen seltsamen Onkel.

Seitdem war er keine feste Bindung mehr eingegangen und nur wenige flüchtige. Er wußte, dass es unter seinen Studentinnen immer einige gegeben hatte, die es ihm nicht übelgenommen hätten, wenn er von ihnen mehr gewollt hätte als Betrachtungen zur Mariendarstellung des späten Mittelalters. Aber er hatte dieses sein theoretisches Wissen nie praktisch umgesetzt.

Er war sich nicht sicher, ob er Jeremy beneidete, oder ob es ihn ärgerte, zum Zeugen für seinen Frauenverschleiß zu werden. Allerdings, wenn er Susans Gesicht sah, so schön und so verloren, wie ihre Augen an Jeremy hingen, wenn sie glaubte, unbeobachtet zu sein, dann krampfte sich etwas in ihm zusammen und ließ den Wunsch in ihm aufflackern, selbst ein wenig attraktiver und einnehmender zu sein.

Susan war ihm bald aufgefallen. Nicht bereits am ersten Abend, aber kurz danach. Erst fand er sie nur wunderschön, wie eine Madonna, die man nur aus der Ferne verehren konnte. Als er sie näher kennenlernte, entdeckte er ihre durchaus weltliche Seiten. Sie sorgte mit praktischer Umsicht für sich und ihre kleine Tochter und man konnte ihr nicht leicht etwas vormachen. Sie war eher zart als robust, verfügte aber über eine erhebliche Willenskraft in allen Bereichen, die nicht Jeremy betrafen. Was Jeremy anging, war sie in ihrem Verhalten völlig unzurechnungsfährig.

Steven war zuerst verblüfft über den Wandel, der über sie kam, wenn immer sich Jeremy in ihrer Nähe befand. Später glaubte er sie besser zu verstehen, als er erfuhr, dass Jeremy Ediths Vater war, dachte aber, dass sich Jeremy Normas wegen von Susan fernhielt. Erst nach dem Angriff mit dem Messer begann er, zu begreifen, dass es auch andere Wahrheiten gab.

Der Angriff passierte im vierten oder fünften Jahr, als er sich schon sehr behaglich in MacLeods Hotel fühlte, manchmal sogar schon hinter der Bar aushalf, wenn alle anderen gerade beschäftigt waren, oder den neuen Gästen am Empfang das Gästebuch zuschob, wenn Norma in der Küche unabkömmlich war.

Zwei junge Frauen aus Glasgow waren im Hotel abgestiegen. Steven traf sie zuerst an der Anmeldung und bemerkte belustigt, dass das eine Mädchen, welches ihrem Aussehen nach chinesischer Herkunft sein mußte, den denkbar breitesten Glasgower Dialekt sprach. Ihre Freundin dagegen war das Urbild einer auf sehr anziehende Art rothaarigen, sommersprossigen Schottin. Die beiden bildeten einen reizvollen Gegensatz, der in der Bar für nicht geringes Aufsehen sorgte.

Jeremys Glasgower Akzent war noch ein bißchen ausgeprägter geworden, als er den beiden Geschichten über das Tal erzählte, von denen jede noch ein bisschen übertriebener war als die vorige. Die beiden Frauen waren sichtlich angetan von der Aufmerksamkeit dieses anziehenden Mannes und pendelten zwischen ungläubigem Staunen und lautem Gelächter hin und her. Jeremy hatte sich den ganzen Abend ausschließlich mit den beiden beschäftigt, hatte gelacht, hatte sie nacheinander geküßt, hatte Norma arbeiten lassen und Susan nicht eines Blickes gewürdigt.

Noch bevor die Bar schloß, war er mit ihnen auf ihr Zimmer gegangen, welches direkt neben Stevens lag. Als der später die Treppe hochkam, war der Spektakel nebenan unüberhörbar und eindeutig. Das lag auch daran, weil die Tür einen Spalt offenstand, so als hätten sie es zu eilig gehabt, um sie sorgfältig hinter sich zu schließen.

Steven versuchte angestrengt, sich nicht vorzustellen, was nebenan geschah. Dann hörte er auf einmal Schreie und Gepolter auf dem Flur. Er riß seine Tür auf und sah, wie Susan den Gang entlang stürmte, Norma und andere dicht hinter ihr. Norma versuchte noch, sie aufzuhalten. Susan riß sich los, und Steven sah, dass sie ein großes Küchenmesser in der Hand hielt. Einem merkwürdigen Impuls gehorchend warf er sich zwischen sie und die Tür, nicht, weil er Jeremy und die beiden Frauen schützen wollte, wie Jeremy später immer behauptete, sondern weil er Susan vor dem Anblick bewahren wollte, den sie haben mußte, wenn sie die Tür aufriß.

Das Messer traf ihn an der Hand. Es war nur eine oberflächliche Wunde, aber das Blut brachte Susan zur Besinnung. Sie brach schluchzend zusammen und wurde schließlich weggeführt. Steven stand da und betrachtete verblüfft seine blutende Hand. Als er sich umdrehte, lehnte Jeremy an der Tür, ohne Verlegenheit nackt, mit einem spöttischen Grinsen auf dem Gesicht, und sah der abziehenden Gruppe hinterher. Dann sah er Stevens Blut auf den Boden tropfen und das Grinsen verschwand auf der Stelle.

„Es ist wirklich nur ein Kratzer“, beruhigte ihn Steven, als Jeremy darauf bestand, ihm die Hand zu verbinden. „Du solltest dir mehr Gedanken darüber machen, wo das Messer gelandet wäre, wenn sie dich erwischt hätte!“

„Susan würde mir niemals etwas antun.“

„Das sah aber eben ganz anders aus.“

„Das verstehst du nicht. Das ist doch alles nur Theater.“

Kapitel 2

Steven wartete drei Tage, dann hielt er es nicht mehr aus und fuhr zu Susan. Er hatte sich aus Dingwall Blumen mitbringen lassen. Ausgerechnet von Jeremy, der seine wöchentliche Einkaufsrunde gemacht hatte. Aber er hatte ihm nicht gesagt, für wen sie bestimmt waren.

Als er Kinlochlever verließ, sah er am Straßenrand einen kleinen Kerl, der mit einem Fuß auf festem Grund und mit dem anderen im Graben die Strasse entlang hüpfte und dabei den Daumen auf und ab schwenkte. Natürlich hielt Steven an. Da es niemandem einfallen würde, im Tal öffentliche Verkehrsmittel einzuführen, war jeder, der mit dem Auto unterwegs war, durch eine stillschweigende Übereinkunft verpflichtet, alle mitzunehmen, die an der Straße standen. Touristen waren allerdings von dieser Regelung ausgenommen. Sie wussten es halt nicht besser.

Er hätte den Schulbus davonfahren lassen, weil er Suzie Wong noch bis zu dem Fish und Chip-Shop ihres Vaters begleiten wollte, erzählte Sean MacLeod vertrauensvoll, nachdem er es sich auf dem Beifahrersitz bequem gemacht hatte. Er hätte sogar einen Teil seines Taschengeldes für eine Portion Chips geopfert, um einen Grund zu haben, sich noch etwas länger in ihrer Nähe aufhalten zu können.

Er gestand Steven diese seine seltsame, aber auch beglückende Befangenheit, wenn immer er mit dem Mädchen allein war. „Ich bin neun! Warum?“, antwortete Sean, als Steven ihn fragte, wie alt er wäre. Und er war nicht beleidigt, als Steven herzlich lachte.

In Port Newton hatte der Junge ihm das Haus von Susan MacDonald gezeigt und war dann ausgestiegen. Steven konnte sich denken, dass am Abend jeder im Tal wissen würde, dass er mit einem Blumenstrauß bei Susan Besuch gemacht hatte, aber daran hatte er sich schon gewöhnt, dass Nachrichten in dieser Gegend auf geheimnisvollen Wegen in kurzer Zeit große Distanzen zurücklegen konnten.

Susans Tochter öffnete die Tür. Sie war ebenso alt wie Sean, aber sie war mindestens einen Kopf größer. Ihr Gesicht mit den riesigen erschrockenen Augen erinnerte ihn schmerzlich an Susans verzweifelten Ausdruck, als sie sich vor ihm auf den Boden geworfen hatte.

„Hallo!"

„Ja?"

„Ich bin Steven MacFarlane. Ist deine Mutter zu Hause?"

„Warum?" Die Gestalt rührte sich nicht und versperrte weiter die Tür.

„Kann ich sie sprechen?"

„Warum?"

„Ich hätte sie gern besucht. Ich wollte hören, wie es ihr geht."

„Sie will niemanden sehen."

„Kannst du sie nicht fragen?"

„Wenn sie aber doch niemanden sehen will."

„Bitte, geh zu ihr und sag ihr, Steven ist hier. Ich habe sie im Flur aufgehalten. Vor ein paar Tagen. Im Hotel. Sie braucht sich keine Sorgen zu machen. Sie hat mich nicht wirklich verletzt. Ich wollte ihr sagen, dass mir schrecklich leid tut, was passiert ist. Ich habe ihr auch ein paar Blumen mitgebracht." Steven hatte das Gefühl, er spräche eine auch ihm fremde Sprache, als er dem Kind ein wenig linkisch den Strauß entgegenstreckte.

Edith nahm den Strauß zögernd entgegen und schloß die Tür, ohne ihn auch nur noch einmal anzuschauen. Er blieb stehen, weil ihm nichts besseres einfiel. Als sich die Tür wieder öffnete, stand Susan da und hielt den Strauß mit der rechten Hand fest gegen ihre Brust gedrückt. „Kommen Sie herein! Edith sagt, Sie haben mir diese Blumen mitgebracht? Ich habe noch nie Blumen geschenkt bekommen."

Sie beschäftigte sich den ganzen Nachmittag mit den Blumen. Über die Ereignisse im Hotel sprach sie nicht. Sie hatte Tee gemacht, und dann hatte sie wieder angefangen, an den Blumen in dem Krug herumzuzupfen, um zu sehen, ob sie sie nicht noch gefälliger arrangieren könnte. „Ich habe noch nicht einmal eine richtige Vase."

Der Krug stammte wohl noch aus der Zeit, als man die frischgemolkene Milch aus dem großen Bottich in Krüge umfüllte, die man dann auf den Tisch stellte. Steven nahm sich vor, ihr beim nächsten Mal eine Vase mitzubringen.

„Jetzt haben wir keine Kühe mehr. Nur ein paar Schafe."

Susan arbeitete einige Stunden in der Woche in der ärztlichen Praxis, erledigte den Schriftverkehr und die Abrechnungen. Das und die Schafe reichten ihnen beiden zum Leben. Von Jeremy hatte sie niemals einen Penny bekommen und hatte auch nichts von ihm gefordert.

„Ich habe ihr immer angeboten, für Edith zu zahlen," erklärte Jeremy Steven ein bisschen mürrisch, als ihnen auf einer ihrer Wanderungen einmal der Schulbus begegnete. So wie sie das Kind sofort erkannten, so hatte Edith auch sie bemerkt und hatte sich nach ihnen umgedreht. So behielten sich Vater und Tochter gegenseitig im Blick, bis der Bus um die nächste Kurve verschwunden war. Sie hatten sich angestarrt, aber sie hatten sich nicht gegrüßt, fiel Steven damals auf.

„Aber das ist ja typisch für Susan, dass sie ihren Stolz hat", nahm Jeremy schließlich den Gedanken wieder auf. „Es hätte ihr gefallen, mir das Geld ins Gesicht zu werfen, wenn ich versucht hätte, ihr welches zu geben. Ich habe trotzdem für Edith gesorgt. Wenn sie achtzehn ist, steht ihr ein Konto zur Verfügung, auf das jedes Jahr fünfhundert Pfund gehen. Damit kann sie dann machen, was sie will. Wie findest du das?"

„In Ordnung, denke ich."

„Ich finde das großzügig!"

„Das kann ich nicht beurteilen. Sie muß es dir schon wert sein. Schließlich ist sie deine Tochter."

„Was heißt das schon?" Jeremy lachte spöttisch. „Angeblich ist sie ja nicht die einzige. Es ist schon öfter passiert, dass eine Frau ankam, mit der ich irgendwann einmal geschlafen hatte, und mir vorheulte, sie sei schwanger. Ich frage Dich, was hat das mit mir zu tun? Ich finde, es ist ihre Sache, dafür zu sorgen, wenn sie keine Kinder wollen. Und zweitens, wer sagt denn, dass ich derjenige bin? Weißt du, sie legen sich für mich hin, sie legen sich auch für andere hin. Aber bei Edith ist das anders. Sie ist ganz eindeutig meine Tochter und ich bin stolz auf sie. Sie wird eines Tages genauso schön wie ihre Mutter. Und wahrscheinlich genauso dickköpfig."

Als Steven nach seinem ersten Besuchs von Port Newton nach Kinlochlever zurückgefahren war, wußte er, dass er Susan liebte. Er wußte es mit der Bestimmtheit, mit der er wußte, dass auf den Tag die Nacht folgte. Es überraschte ihn noch nicht einmal, so als hätte er immer gewußt, dass es in seinem Leben noch etwas anderes geben würde als die laue Zuneigung und das ab und zu auftauchende körperliche Verlangen, das er für seine erste Freundin empfunden hatte. Es war auch jetzt keine stürmische Verliebtheit, sondern eine tiefe unerschütterliche Überzeugung, dass er niemals jemand anderen würde lieben können. Er machte sich übrigens auch keine Illusionen, nicht über Susans Gefühle für ihn und nicht über seine Chancen bei ihr.

Bei dem ersten Ceilidh, an dem er teilgenommen hatte, hatte sie ihn zwar einmal geküsst, aber es hatte sich fremd und sogar ungehörig angefühlt. Wahrscheinlich war sie an diesem Abend ein bisschen beschwipst gewesen, vielleicht war sie auch unbefangener, weil Jeremy niemals an dieser Art von Vergnügen teilnahm. Da das Fest im Gemeidesaal stattfand, der Eintritt wohltätigen Zwecken zu Gute kam und die Bar traditionell von immer denselben Leuten betrieben wurde, konnte Jeremy daran nichts verdienen.

Er hatte sich immer wieder darum bemüht, selbst die Bar zu übernehmen und für die Getränke das zu nehmen, was er auch in seiner Bar dafür verlangte. Aber damit war er immer wieder gescheitert. Danach war er dazu übergegangen, solche Zusammentreffen zu torpedieren, zum Beispiel, indem er für denselben Abend eine Quiz-Nacht ansetzte. Aber selbst damit hatte er sich als weitgehend als machtlos gegen gewisse Traditionen erwiesen. Deshalb konnte er nun nicht gut auf einem Ceilidh auftauchen, obwohl fast das ganze Tal dort versammelt war, und es an diesen Abenden in seiner Bar außerordentlich ruhig zuging.

Steven war mitgegangen, nicht weil er tanzen wollte, ganz im Gegenteil: Er bezeichnete sich als leidenschaftlichen Nichttänzer. Es waren die Erinnerungen an seine Kindheit, wo auf Stulay Ceilidhs Teil des Lebens waren, wenn auch in einem bescheideneren Rahmen. Damals hatte man sich meist in dem einen oder anderen Haus versammelt. Es wurde getrunken, gesungen und sogar getanzt, wenn der Platz ausreichte und sich genug Gäste mit Musikinstrumenten eingefunden hatten. Die Musik bestand meist aus einer Ziehharmonika und ein oder zwei Gitarren. Den Rhythmus dazu klopfte man mit den Händen auf den Tischen. Es waren Nächte, in denen auf Stulay mehr gelacht wurde, als während des ganzen übrigen Jahres, die aber meist im Morgengrauen ein bisschen melancholisch endeten, wenn sich auch noch die letzten leise schwankend auf den Nachhauseweg machten.

Diese Erinnerungen an die Ceilidhs auf Stulay schienen Steven manchmal die einzigen Bilder von früher zu sein, die er noch farbig im Gedächtnis hatte, während vieles andere ihm nur noch grau, weiß oder schwarz erschien.

Natürlich hatte er auch später in der Schule tanzen lernen müssen. Wie alle schottischen Schüler hatte er die Grundfiguren einiger Volkstänze gelernt und getanzt, widerstrebend und ungeschickt und um so befangener, je mehr die Mädchen die Sache in die Hand genommen und ihn herumgeschubst hatten, bis er sich an der richtigen Position wiederfand.

Zu seinem ersten Ceilidh in der Dorfhalle von Kinlochlever war er mit der Haltung eines Wissenschaftlichers gegangen, der erforschen will, ob es die Eingeborenen immer noch so halten, wie er es in Erinnerung hatte. Oder wenigstens hatte er sich das eingebildet. Aber eine solche freundlich distanzierte Haltung hatte schon die ersten Tänze nicht überstanden.

Denn getanzt hatte er! Man hatte ihn an der Hand genommen, er konnte sich hinterher nicht erinnern, wer es eigentlich war, und er hatte sich in der Mitte der Halle wiedergefunden, in einem Reigen, in dem er an vielen bekannten und einigen wenigen unbekannten Gesichtern vorbei gekommen war. Sie hatten ihn angelacht und er hatte mitgelacht. Sie hatten ihn auf der Stelle herumgedreht und in die richtige Richtung geschoben. Irgendwie hatten seine Füße schließlich die Schritte getan, zu denen man sie in der Schule gezwungen hatte. Sein Körper wusste noch, was zu tun war, während sein Kopf mehr und mehr in einer Wolke von Alkohol, Musik und vielleicht auch schlichtem Glück versank.

Aufgefordert hatte er allerdings niemanden. Seine Partnerinnen hatte er sich auch nicht ausgesucht. Irgendwie war er einfach von Hand zu Hand weitergereicht worden, bis er sich schließlich in einer Pause der kleinen Band, die aus Ziehharmonika, Gitarre und Bass bestand, neben Susan am Büffet wiederfand. Als hätte sie etwas zu beweisen, füllte sie ihm seinen Teller, hielt ihm sogar einen Happen hin, damit er davon abbeißen konnte, wobei seine Lippen ihre Hand berührten, was ihr zu gefallen schien. Schließlich legte sie ihm einen Arm um die Schulter, wozu er sich zu ihr hinunter beugen musste, und küsste ihn auf den Mund. Dann ließ sie ihn fahren und sah sich triumphierend um, bevor sie ebenso plötzlich verschwand, wie sie neben ihm aufgetaucht war.

Das alles schien ihm am nächsten Tag wie ein verrückter Traum. Er war sicher, dass sie alles leugnen würde, wenn er sie darauf anspräche. Im hellen Licht des Tages war von dem Zauber der Nacht nichts viel mehr übrig als Kopfschmerzen und ein wenig Unbehagen darüber, sich lächerlich gemacht zu haben.

Auf Jeremys Beerdigung hörte Steven zum ersten Mal von Donnas Baby, das vor einem halben Jahr zur Welt gekommen war. Donna Barnes, geborene MacDonald, war Susans jüngere Schwester. Donna und Julian Barnes, der Lehrer der kleinen Grundschule, die sich noch hatte im Tal halten können, waren seit acht Jahren verheiratet. Davor waren sie schon drei Jahre miteinander gegangen, wie man es im Tal nannte. Jeder wußte, wie sehr sie sich ein Kind gewünscht hatten. Sie waren sogar bei allen möglichen Ärzten gewesen. Es wurde gemunkelt, es läge an ihm, was vielleicht nur daher kam, dass er ein Fremder war, einer, der sich nie ganz in seine Umgebung einleben konnte und immer der Lehrer blieb, „den sie uns aus Aberdeen geschickt haben". Es mochte stimmen, denn als endlich der ersehnte Sohn zur Welt kam, schien Julian alles andere als glücklich zu sein.

Steven machte eine Bemerkung darüber, warum wohl der Lehrer auf Jeremys Beerdigung fehlte, als einer der Alten sich zu ihm hinüberbeugte und flüsterte, das sei ja wohl verständlich, schließlich habe ihm Jeremy dieses Kuckucksei ins Nest gelegt. Steven sah erschrocken zu Susan hinüber, die neben ihrer Schwester saß. Die beiden Frauen schienen sich gegenseitig zu stützen, ohne dass sie sich berührten oder miteinander sprachen.

Murdo MacLeod war bei der Beerdigung anwesend und auch Peter Nicholson, aber Freddy Logan fehlte. Das war eigentlich kein Wunder, denn von den dreien war Freddy bei weitem der Unversöhnlichste, der, der niemals über Jeremys Betrug hinweggekommen war und der stets seinen Haß vor sich her trug wie eine Standarte.

Murdo und Peter hatten abgewunken, hatten später sogar grinsend zugegeben, dass sie selbst ein Stück dazubeigetragen hatten, hereingelegt worden zu sein. Mit ein bißchen Nachdenken hätten sie eigentlich darauf kommen können, dass Vertrauen in Jeremys Wort zu setzen, war, als wollte man an einem stürmischen Tag zum Fischen fahren. Es konnte gut gehen, es konnte aber auch höllisch schief gehen, viele Fische würde man aber auf keinen Fall nach Hause bringen.

„Es hängt damit zusammen, dass wir uns immer wieder an der Idee besaufen, dass uns einer hier im Tal vernünftige Arbeit verschaffen könnte", meinte Peter. „Hätte Jeremy mir ein altes Auto verkaufen wollen, ein paar Schafe oder ein Stück Land, wäre ich von vornherein vorsichtiger gewesen."

Steven hatte nie richtig verstanden, was eigentlich geschehen war. Nur, dass viele Leute meinten, dass Jeremy diesmal wirklich zu weit gegangen wäre, eine Grenze überschritten hätte, die das sonst sehr tolerante Ehrgefühl der Einheimischen verletzte. Und dass die Bar für einige Zeit bemerkenswert leer war. Ja, einige hatten sogar den weiten Weg über den Paß genommen, um nicht in MacLeods Bar gesehen zu werden, wenn sie der Durst quälte. Sie waren zurückgekehrt aus Mitleid mit Norma, die es auszubaden hatte, wenn die Geschäfte schlecht gingen. So sagten sie hinter Jeremys Rücken. Niemand hätte gewagt, es ihm direkt ins Gesicht zu sagen. Und Jeremy ging wie immer achselzuckend zur Tagesordnung über. Und nach einer Weile war alles wieder beim Alten, bis auf Freddy natürlich, von dem es hieß, er habe sein ungemütliches Temperament von seinem Großvater geerbt. „Logan!", sagten die Leute, „Der war schon immer viel zu ungestüm. Müssen MacGregors unter ihren Vorfahren gehabt haben."

Soweit Steven wußte, ging es irgendwie um das Boot, die „Seagull". Das Boot, das im letzten Jahr untergegangen war, wobei Jeremy sich nur mit letzter Kraft und einigen Verletzungen hatte retten können. Ausgerechnet über der tiefsten Stelle des Lochs hatte es eine Explosion gegeben und das Boot war in wenigen Minuten gesunken. Jeremy war allein an Bord gewesen. Warum er eigentlich dort draußen war, wußte keiner.

Jeremy hatte das Boot gebraucht gekauft. Die Bank hatte ihm einen Kredit zu besonders günstigen Bedingungen gegeben. Weil es der Verbesserung der Infrastruktur dienen sollte. Ein Angebot für die Touristen, mit einem Boot aufs Meer gefahren zu werden, die Schönheit der Bucht von See aus zu erleben, das fehlte Kinlochlever. So hatte Jeremy jedem erklärt, der es hören wollte.

Das Boot war groß. Zu groß, sagten viele. Und viel zu teuer im Unterhalt. Es verbrauchte erhebliche Mengen Treibstoff, und Jeremy sah darauf, dass niemand es betrat, der nicht für die Fahrt zahlte.

Wieder hatte es eine schrecklichen Streit zwischen ihm und Donnie gegeben, der das Boot natürlich seinen Freunden vorführen mußte, ohne mit dem großen schweren Kahn richtig umgehen zu können. Jeremy war mit dem Dinghy hinter ihnen hergefahren und hatte sie regelrecht geentert, gerade als Donnie klar geworden war, dass er das Boot niemals ohne Schaden an die Mole zurückbringen könnte. So war er im Grunde seines Herzens froh, als er Jeremys Kopf über der Bordwand auftauchen sah. Dann aber hatte Jeremy ihn vor allen seinen Freunden fürchterlich verdroschen, als wäre er noch ein kleines Kind, bevor er ihn in das kleine Boot hinunterschickte und selbst die „Seagull" sicher anlandete. „Ich hasse dich! Ich hasse dich! Eines Tages zahle ich es dir heim!", hatte Donnie aus sicherer Entfernung gebrüllt.

„Eines Tages bringe ich ihn um!", hatte er später zu seiner Mutter gesagt, als die ihm in der Küche das blaugeschlagenes Gesicht mit Essigwasser kühlte. Für einen Moment hing die Hand mit dem nassen Lappen regungslos in der Luft. Nicht dass er es sagte, erschreckte sie. Er hatte es schon öfter gesagt, aber da war es im Zorn ausgestoßen, der Protest eines wütenden Kindes. Jetzt sagte er es ganz ruhig wie die Feststellung einer unumstößlichen Tatsache.

„Du hättest das Boot nicht nehmen dürfen! Da muß ich Jeremy Recht geben. Wenn ich nur daran denke, was alles hätte passieren können! Man darf das Boot nur fahren, wenn man vorher eine Prüfung gemacht hat."

Und das war das Problem. Jeremy hatte jemanden einstellen wollen, der das Boot für ihn fuhr. So hatten Murdo, Hamish und Freddy auf eigene Kosten einen Kurs absolviert und Jeremy stolz ihre Zertifikate präsentiert, weil der ihnen Arbeit versprochen hatte. Doch da lag die erste Saison bereits hinter ihm und die Hoffnungen auf das große Geschäft hatten sich nicht erfüllt.

Alles wäre vielleicht noch friedlich abgegangen, hätte Jeremy im nächsten Frühjahr ganz offen mit den dreien über die Probleme der mangelnden Auslastung des Bootes gesprochen. Aber das hätte Jeremys Eingeständnis vorausgesetzt, sich verkalkuliert zu haben. Dazu war er einfach nicht fähig. Er machte keine Fehler und Niederlagen gab es für ihn nicht.

Steven hatte keine Ahnung, was er dann eigentlich getan oder gesagt hatte. Alles, was er wußte, war, dass keiner der drei Männer jemals das Boot gesteuert hatte. Und dass in der Bar die Gäste wegblieben.

Jeremy benutzte das Boot bei den wenigen Gelegenheiten, bei denen er genügend Anmeldungen für eine Rundfahrt hatte. Es hieß, er selbst habe überhaupt keine Befähigung, ein solches Boot zu führen. Es gab Gerüchte darüber, dass die häufigen privaten Besuche des örtlichen Polizisten und seiner Verlobten in der Bar damit zusammenhingen, dass dieser dort seine Getränke ganz besonders günstig bekommen könnte. Falls es Bestechung war, wäre sie allerdings ganz überflüssig gewesen, denn die Leute im Tal lösten ihre Probleme meist ohne äußere Hilfe, vor allem aber ohne die Hilfe des Gesetzes.

„Weißt du, was passiert, wenn du hier den polizeilichen Notruf wählst?", hatte Hamish Steven einmal gefragt. „Du bekommst die automatische Bandansage: ‚Hinterlassen Sie Ihre Nachricht. Wir rufen so bald wie möglich zurück.' Von der nächsten Polizeistation bis hierher dauert die Fahrt mindestens eine Stunde. Im Notfall kann das Gesetz sowieso nicht eingreifen. Also müssen wir selbst zurecht kommen." Das „Gesetz", das war der Streifenwagen mit den zwei Polizisten, die aus einem anderen Teil Schottlands stammten, damit sie sich nicht in familiäre Loyalitäten verstrickten, was sie aber nicht daran hinderte, Freundschaften zu schließen.

Die Sache mit dem Boot lief also nicht gut. Jeremy versuchte alles mögliche, um wenigstens auf seine Kosten zu kommen. Er bot sogar Fahrten am Sonntag an, was ihm erneut den Zorn vieler im Dorf zuzog. Er hatte bereits gegen den erheblichen Widerstand der Kirche eine Sonntagskonzession für seine Bar durchgesetzt und die Kritik nur dadurch etwas abgemildert, dass die Leute nun dort ihre Sonntagszeitungen abholen konnten und nicht auf die Postauslieferung am Montag warten mußten. Die Sonntagsfahrten mit dem Boot allerdings erfüllten keine wie immer geartete Funktion für die Gemeinde und wurden deshalb von allen rundweg abgelehnt. Selbst die, die nicht religiös waren, achteten doch aus Tradition die strenge Sonntagsruhe und fühlten sich ebenso belästigt wie die Kirchgeher.

Und dann explodierte eines schönen Tages die „Seagull“ und versank wie ein Stein in der dunklen Tiefe. Big Finn und Wee Finn waren Zeugen des Unfalls und holten Jeremy an Bord ihres Kutters, als der mit einigen Verletzungen und Verbrennungen wild rudernd ihrem Boot entgegen schwamm.

Für Wochen war das Unglück das Hauptgesprächsthema im Tal und vor allem in der Bar, wo Jeremy mit bescheidenem Stolz einem mitleidigen Publikum seine Wunden präsentierte und Norma und Donnie die ganze Arbeit überließ, während er sich von dem Schock erholte und sich pflegen ließ.

Einige meinten, das Boot sei doch nicht so zuverlässig gewesen, wie Jeremy immer behauptet hatte, oder er habe doch wohl zu wenig Ahnung von der Wartung gehabt. Leiser wurde darüber gesprochen, dass Freddy Logan seinen unglaublichen Zorn auf Jeremy ja wohl immer noch mit sich herumtrage und dem aufbrausenden Temperament der MacGregors ein Racheakt durchaus zuzutrauen wäre. Dann wurde auf einmal bekannt, dass das Boot hoch versichert war, viel höher als die Summe, die Jeremy ursprünglich dafür bezahlt hatte. Die Spekulationen verstummten und machten dem Austausch wissender Blicke Platz.

Steven beobachtete die Bargäste, wenn das Gespräch einmal auf Jeremys seltsamen Unfall kam, und meinte, in ihren Gesichtern eine Mischung von widerstrebender Bewunderung und anerkennendem Abscheu für Jeremy zu entdecken.

Und nun, fast genau ein Jahr später, war Jeremy tatsächlich ertrunken. In einer stürmischen Nacht, in der er aus unbekannten Gründen mit dem kleinen Boot unterwegs war, das am nächsten Morgen an der Rückseite der Insel angetrieben entdeckt worden war.

Zuerst hatte er einfach als verschwunden gegolten. Es gab böse Stimmen, die meinten, er hätte sich aus dem Staub gemacht. Keiner wußte genau warum, aber Jeremys Ruf war von der Art, dass es niemanden verwundert hätte. Norma und Donnie schüttelten nur die Köpfe, als nach ihm gefragt wurde. Die Bar machte in diesen Tagen einen besonders guten Umsatz.

Aber dann hatten sie Jeremy gefunden, oder das, was von ihm übrig war. Wanderer hatten die Leiche zuerst auf der anderen Seite der Bucht angeschwemmt an einer ziemlich unzugänglichen Stelle entdeckt. Sie waren nicht hinabgestiegen, denn selbst aus dieser Entfernung war klar, dass es sich um einen Toten handeln mußte, und Erste Hilfe nicht mehr zu leisten war. Einer war zum nächsten Haus gelaufen, um die Polizei zu verständigen, und die übrigen hatten oberhalb der Klippe gewartet, um den Polizisten den Weg zu weisen, wobei sie sich bemühten, nicht nach unten auf das zu schauen, was einmal ein Mensch gewesen war.

Auch für die beiden Polizisten, die schließlich mit dem Boot von Kinlochlever herübergekommen waren, war der Anblick so fürchterlich, dass sie sich erst einmal übergeben mußten, bevor sie sich dem aufgedunsenen und angefressenen Körper nähern konnten. Ihr Polizeidienst in einer Gegend, in der das größte Verbrechen Trunkenheit am Steuer war, hatte sie auf einen solchen Anblick nicht vorbereitet.

Es gab natürlich eine polizeiliche Untersuchung. Die Anhörung der Zeugen sowie der Bericht des Gerichtsmediziners ergaben ein unklares Bild. Es wurde festgestellt, dass Jeremy betrunken war, als er starb. Er war eindeutig ertrunken, das zeigte die Untersuchung seiner Lunge und der Atemwege. Wie er ins Wasser geraten war, konnte nicht geklärt werden. Spuren einer eventuellen Gewalt waren durch die anschließende Zerstörung des toten Körpers durch Brandung und Felsen nicht mehr nachweisbar. Sehr vorsichtig deutete der Mediziner an, dass herausgetrennte Fleischfetzen sowohl der Nahrung von Meerestieren, als auch der von Tieren an Land gedient haben könnten.

Norma und Donnie sagten aus, dass sie beide am fraglichen Abend nach Ende des Barbetriebes ins Bett gegangen seien und Jeremys Abwesenheit sowie das Verschwinden des Bootes erst an nächsten Morgen bemerkt hätten. Da Jeremy stets seiner eigenen Wege gegangen war, hatte es auch niemanden erstaunt, dass die beiden zunächst nicht beunruhigt waren oder nach Jeremy gesucht hatten.

Beide konnten auch nicht sagen, ob es irgendeinen Anlaß für einen Selbstmord gegeben habe. Norma schnaubte verächtlich, als sie danach gefragt wurde: „Der und Selbstmord! Mord vielleicht, Selbstmord nie!"

Der untersuchende Beamte wollte wissen, was sie meinte. Ob sie am Ende damit andeuten wollte, Jeremy sei gewaltsam ums Leben gekommen. Norma verstand den Mann zunächst nicht. Natürlich sei er gewaltsam ums Leben gekommen. Ob sie meinte, jemand anderes hätte die Hand im Spiel gehabt, wurde dieser deutlicher.

„Um Gottes Willen! Nein! Er ist besoffen rausgefahren und ertrunken. Ich habe nur gedacht, weil Sie gefragt haben, ob er sich selbst hätte etwas antun können. Er würde eher jemandem anderen umbringen als sich selbst."

Hatte Jeremy Feinde? Genug, bestätigte Norma. Aber doch keinen, der ihn hätte umbringen wollen. Auch Donnie gab zu, dass Jeremy eine Menge Leute gegen sich aufgebracht hatte. Aber das sei schon immer so gewesen. Nein, von einem aktuellen Anlass wisse er nichts.

Die beiden Ortspolizisten, die am Anfang bereits ihre Aussage über den Fund der Leiche gemacht hatten, wurde noch einmal zu ihren Ermittlungen befragt. Sie hatten fast das ganze Dorf verhört. Zwar hatten viele Jeremy an diesem Abend in der Bar und im Hotel gesehen, jedoch gab es für das, was nach der Sperrstunde geschah, keine Zeugen.

„Es war eine recht stürmische Nacht", fügte der ältere der beiden Polizisten hinzu, als ob er die Leute entschuldigen wollte. Es hätten sich keinerlei Anzeichen ergeben, dass etwas anderes vorläge als ein bedauerlicher Unglücksfall, an dem das schlechte Wetter und die Betrunkenheit des Opfers eine gewisse Mitschuld trügen. Der Staatsanwalt hatte sich dem angeschlossen und den Fall für erledigt erklärt, nicht ohne darauf zu verweisen, welche Gefahren im übermäßigen Genuss von Alkohol lägen, und damit war der Leichnam schließlich zur Beerdigung freigegeben worden.

Die Verhandlung hatte an dem Tag stattgefunden, an dem Steven angekommen war. Er war vor dem Hotel vorgefahren und hatte sich gewundert, dass es, obwohl es doch mitten in der Saison war, verschlossen, und kein Mensch zu sehen war. Ein großer weißer Zettel hing an der Tür: „Wegen dringender Angelegenheiten bis 17.00 Uhr geschlossen."

Steven stellte die Reisetasche ab und sah sich um. Auch der Fish & Chip-Shop war geschlossen. Ein ähnlicher Zettel hing auch an der Tür des Dorfladens.

Ein halbes Dutzend Motorradfahrer saßen auf der Bank am Pier und hielten ein Picknick. Er gesellte sich zu ihnen. „Scheint alles geschlossen zu sein", sagte er zu niemandem bestimmten.

„Ja, merkwürdiges Kaff!" Der Sprecher biss gierig in sein Sandwich.

„Und wir sind extra hierhergefahren, weil uns die Bar empfohlen worden ist", muffelte ein anderer mit vollem Mund.

Steven schlenderte auf die Mole hinaus bis zu ihrem Ende und kehrte dann langsam um. Er war fast wieder bei den Motorradfahrern angelangt, als der Schulbus um die Ecke bog. Ronny war stets um diese Zeit unterwegs, um die Kinder von der Schule abzuholen und zurück in ihre Dörfer zu bringen. Steven eilte die wenigen Schritte bis zur Mitte der Straße und fuchtelte mit den Armen, sodass der Fahrer ihn gar nicht übersehen konnte. Aber nicht Ronny saß hinter dem Steuer, sondern seine Tochter Aileen.

„Hallo, Aileen. Wie geht es dir? Ronny ist doch hoffentlich nicht krank?"

„Hallo, Steven. Nein, Vater ist in Ordnung. Wann bist du angekommen?"

„Gerade eben. Aber das Hotel ist geschlossen. Alles ist zu. Was ist denn los?"

„Heute ist doch die Untersuchung. Alle sind wohl dort. Vater musste auch hin. Deshalb fahre ich heute für ihn."

„Was für eine Untersuchung?"

„Na, die polizeiliche Untersuchung, wo alle noch einmal aussagen müssen."

„Aileen! Bitte hab Mitleid mit mir! Ich bin vor nicht einmal zehn Minuten angekommen. Ich weiß nicht, wovon du redest!"

„Na, weil Jeremy doch ertrunken ist. Da gibt es natürlich eine polizeiliche Untersuchung. Eine ganze Reihe von Leuten müssen ihre Aussagen noch einmal machen. Sie sind alle zusammen mit Jimmys Bus hingefahren, weil das doch billiger ist. Am Nachmittag werden sie zurück sein."

„Was? Jeremy? Jeremy ist tot? Ertrunken?"

„Sag ich doch. Und jetzt muss ich zur Schule. Die Kinder warten. Ich sehe dich später!"

Wie vor den Kopf geschlagen war Steven zurückgeblieben, als Aileen mit einem Kavaliersstart den Minibus in Richtung Schule davonschießen ließ. Er setzte sich schließlich in sein Auto und fuhr langsam nach Port Newton bis zum allerletzten Ende der Straße. Dort, vor dem großen Tor der Schonung blieb er eine Weile stehen und starrte vor sich hin. Dann wendete er und ließ den Wagen ohne Gang den abschüssigen Weg wieder zurückrollen.

Als er vor Susans Haus zum Stehen kam, begriff er, dass er gehofft hatte, ihr zufällig zu begegnen. Er stieg aus dem Wagen und ging auf ihr Haus zu, unentschlossen, ob er wirklich anklopfen sollte. Noch bevor er die Tür erreicht hatte, wurde sie geöffnet, und er wurde so der Entscheidung enthoben. Edith stand in der Tür. Sie war nun schon fast so groß wie ihre Mutter. Ein Füllen, fand Steven. Sie bestand größtenteils aus Armen und Beinen. Sie sagte nicht „Hallo" und lächelte ihn nicht an. Sie murmelte nur: „Ich habe dich kommen gesehen. Sie hat sich hingelegt. Ich wollte nicht, dass sie das Klopfen hört."

„Ich will sie auch nicht stören. Nur, ich bin gerade angekommen. Und Aileen hat mir erzählt, was passiert ist. Ich dachte, ich komme kurz vorbei, um zu fragen, ob ich irgendetwas für euch tun kann?"

Edith schüttelte den Kopf. Sie sah wie immer ernst aus und ein bisschen zu blass. Aber sie hatte nichts Verweintes an sich. Sie stand einfach nur da und schien darauf zu warten, dass er verschwinden möge, damit auch sie sich wieder zurückziehen könnte.

„Kannst du mir nur schnell erzählen, was eigentlich passiert ist? Aileen hat mir nur gesagt, dass Jeremy ertrunken ist. Wann ist das passiert? Und was ist eigentlich passiert?"

Edith sah zu ihm auf. Einen Augenblick lang fürchtete er, sie würde sich einfach umdrehen und verschwinden. dann jedoch zog sie leise die Tür hinter sich zu und winkte ihm zu, ihr zu folgen. In einiger Entfernung ragten die Spitzen des felsigen Untergrundes durch die dünne Bodendecke. Dorthin führt Edith ihn, setzte sich auf einen der Steine und wartete ergeben, während er seinen Sitz auswählte und versuchte, eine einigermaßen erträgliche Position für sich zu finden.

Nach einigen ihm ewig erscheinenden Momenten, während deren Steven sich bemühte, seine Ungeduld nicht allzu deutlich zu zeigen, begann sie leise: „Ich weiß nur, was die Leute sagen. Mein Vater“, sie stockte kurz, als ginge ihr das Wort schwer über die Lippen. „Mein Vater ist nachts mit dem Boot rausgefahren und nicht zurückgekommen. Zwei Tage später haben sie das Boot gefunden. Die Leute haben gesagt, er wäre abgehauen. Vor zwei Wochen haben dann Wanderer drüben am anderen Ufer eine Leiche entdeckt.“ Sie sprach jetzt schneller, so als wollte sie es hinter sich bringen: „Er muss schrecklich ausgesehen haben. Sie haben Norma und Donnie geholt, um ihn zu identifizieren. Sie haben wohl erzählt, er wäre angebissen gewesen...“ Sie schüttelte sich vor Abscheu und auch Steven bekam eine Gänsehaut. Er versuchte vergeblich seine eigene lebhafte Phantasie unter Kontrolle zu halten. Da er es gewöhnt war, in Bildern zu denken, stand ihm auch jetzt ein Bild klar vor Augen, und das war alles andere als appetitlich.

„Wie geht es deiner Mutter? Ist sie sehr verzweifelt?“, fragte er schließlich.

„Ich weiß nicht. Sie sagt nichts.“

„Wie ging es denn so, seit wir uns zum letzten Mal gesehen haben? Ich meine, hat er sich mal bei Euch blicken lassen, hat er sich mehr um Euch gekümmert?“

Edith biss sich auf die Lippen. Sie hatte niemandem etwas erzählt, nicht einmal ihrer Mutter. Sie hatte versucht, Jeremy aus dem Weg zu gehen. Aber sie hatte doch gespürt, wie er sie beobachtete. Wegen ihr käme er hauptsächlich, hatte er zu ihr sogar einmal vor ihrer Mutter gesagt.

„Sie haben immerzu gestritten“, gab sie schließlich zu, um irgendeine Antwort zu geben.

Steven war so lange sitzen geblieben, bis das Schweigen des Kindes ihm in den Ohren gedröhnt hatte, in der Hoffnung, die Haustür würde sich doch noch öffnen und Susan würde heraustreten. Dann war er so langsam wie möglich zum Auto zurückgegangen. Er hatte sich noch einmal umgedreht, als er den Wagen erreichte. Hinter dem Vorhang glaubte er eine Bewegung zu sehen, aber das konnte auch Edith sein, die die Haustür hinter sich zugezogen hatte.

Hinter der Haustür, im Halbdunkel des Eingangs stieß Edith auf ihre Mutter, die sich vorsichtig an die Wand gedrückt hatte, um nicht noch im letzten Moment gesehen zu werden.

„Was wollte er?“ fragte sie flüsternd, als ob er, der bereits den Motor angelassen hatte, sie immer noch hören könnte.

„Er wollte wissen, was passiert ist.“

„Was hast du ihm gesagt?“

„Dass mein Vater ertrunken ist.“

„Und?“

„Er wollte wissen, wie es dir geht und ob er uns helfen kann.“

„Er soll sich um seine eigenen Angelegenheiten kümmern!“

Edith zuckte nur mit den Schultern und ging an ihrer Mutter vorbei nach oben.

Als er nach Kinlochlever zurückkehrte, war der vorher so bedrückend stille Platz zum Leben erwacht. Die letzten verließen gerade Jimmys kleinen Bus. Die große schwere Eingangstür zum Hotel und zur Bar stand weit offen, und sie nahmen ihren Weg dorthin. Kein lautes Wort war zu hören, aber die überall mit gesenkten Köpfen geführten Gespräche erfüllten den Platz mit einem merkwürdigen gleichförmigen Murmeln.

Steven parkte seinen Wagen und wurde, als er auf das Hotel zuging, mit stummen Kopfnicken begrüßt. Er war den meisten zumindest vom Sehen her bekannt, was bei seiner großen auffälligen Gestalt, seiner roten Mähne und dem Bart auch nicht erstaunlich war.

Einige musterten ihn mit unverhohlener Neugier, denn es war auch bekannt, dass er – obwohl aus einer für sie fremden Welt kommend – immer als einer der Freunde des Verstorbenen gegolten hatte.

Hinter der Bar versuchten zwei Frauen aus der Nachbarschaft des Andrangs Herr zu werden. Trotz der vielen Menschen hörte man auch hier kein lautes Wort. Einen Augenblick lang kämpfte Steven mit dem Gefühl, er habe Watte in den Ohren. Was seine Zimmerreservierung betraf, so konnten die beiden ihm nicht helfen, also musste er an der Rezeption die Klingel drücken und damit Norma aus ihren privaten Räumen holen.

Es dauerte eine Weile, bis sie mit hartem vorwurfsvollem Gesicht im Dunkel des Flurs auftauchte. Dann erkannte sie ihn. Erkannte ihn an seiner Gestalt und an seiner immer etwas schlaksigen Haltung, die sie rührte, weil er sie immer an einen zu schnell gewachsenen Halbwüchsigen erinnerte, der noch nicht recht wusste, wohin mit sich und seinen langen Gliedern.

„Steven! Mein Gott, wir haben dich ganz vergessen!“ Sie ließ es zu, dass er sie umarmte. Ihr Gesicht war weicher und freundlicher geworden mit jedem Schritt, den sie auf ihn zugetan hatte.

„Norma! Es tut mir so leid. Ich hatte keine Ahnung. Wenn ich Euch störe, kann ich auch irgendwo anders unterkommen.“

„Unsinn! Das ist ein Hotel und du bist ein Gast. Wir müssen ja doch irgendwie weitermachen. Gut, dich zu sehen!“ Sie hielt ihn auf Abstand und betrachtete ihn von Kopf bis Fuß, wofür sie den Kopf erheblich in den Nacken legen musste. „Geh in die Bar und lass dir was zu trinken geben. Geht aufs Haus. Dein Zimmer ist in einer halben Stunde fertig.“

Steven bezahlte seinen Whisky natürlich selbst. Er zahlte auch für einige der Leute, die er kannte. Es war so üblich. Man sagte der Bedienung hinter der Theke, wen man einladen wollte. Die ging zu den Eingeladenen und fragte nach deren Wünschen, worauf meistens die Gegenfrage kam, wer denn der Einladende wäre. Die Leute wussten gut einzuschätzen, wer sich eine solche allgemeine Einladung leisten konnte. Wenn John einlud, von dem alle wussten, dass er der liebenswürdigste, freigiebigste, aber auch mittelloseste Trinker im ganzen Tal war, so lehnten viele freundlich ab, mit der Begründung, gerade genug zu haben, oder sie ließen sich nur ein halbes Bier kommen. Bei anderen war es schon ein ganzes Bier, und wenn gerade ein frisches vor ihnen stand, ein Pint auf Vorrat. Steven gehörte in die Kategorie ‚Whisky' - zusammen mit dem Earl of Loverdale und ein paar anderen - und nahm grinsend hin, dass die Leute hier davon ausgingen, ein Cambridge-Professor müsse geradezu im Geld schwimmen.

Diese sehr soziale Art des gemeinschaftlichen Trinkens führte allerdings auch dazu, dass in der Regel mehr getrunken wurde, als für die Trinker gesund gewesen wäre, dass man in diesem Zustand dann ins Auto stieg, denn der Fußweg nach Hause wäre ja viel zu weit gewesen, und dass auf dieser Heimfahrt dann der eine oder andere im Graben landete. Schmunzelnd und hinter vorgehaltener Hand wurde vermutet, dass Robby the Smith deshalb immer dasselbe Auto in derselben Farbe kaufte, damit nicht allzu sehr auffiele, dass das letzte Exemplar schon wieder zu Schrott geworden war.

Fast genau eine halbe Stunde und einige Drinks später, als Steven sich gerade den dritten Bericht über die Ereignisse anhörte, die sich alle wenigstens in dem Punkt glichen, dass die Leiche wohl in einen ganz besonders üblen Zustand gewesen sein müsse, trat Donnie auf ihn zu. „Mutter schickt mich. Das Zimmer ist jetzt bereit."

„Hallo, Donnie. Danke!"

Eigentlich brauchte Steven die Hilfe des Jungen nicht, aber er nahm ihn mit und drückte ihm den Rucksack und die Wanderschuhe in die Hand, denn er erwartete, dass Donnie das Bedürfnis haben würde, ihm seine Version der Geschichte unter vier Augen zu erzählen. Wie immer führte Donnie ihn zu dem Zimmer, das nun schon seit einigen Jahren ganz selbstverständlich „Stevens Zimmer" war, selbst, wenn es zwischendurch von andere Gästen bewohnt wurde.

Als sie das Gepäck abgestellt hatten, blieb Donnie jedoch stumm und schien es eilig zu haben, davon zu kommen. Sonst war er meistens stehen geblieben und hatte an der Überdecke des Bettes herumgezupft, als müsse er nicht vorhandene Krümel beseitigen, um Steven die Gelegenheit zu geben, ihn zu fragen, wie es ihm ginge. Daraus war dann oft eine längere Unterhaltung geworden, bei der Steven mehr als einmal das Gefühl hatte, die Rolle eines älteren Bruders oder eines freundlichen Onkels einzunehmen. Die Zutraulichkeit des heranwachsenden Jungens hatte Steven öfter in Verlegenheit gebracht, denn sie hatte ihn mit Details von Jeremys Leben vertraut gemacht, von denen er lieber nichts wissen wollte, wenn er sie nicht nur für maßlose Übertreibungen eines eifersüchtigen Kindes hielt.

Von dieser kindlichen Offenheit war allerdings nichts zu spüren, als Donnie sich nun von ihm abwandte. Steven hielt ihn zurück: „Es muss ein schrecklicher Schock für Euch gewesen sein?“ Er bemühte sich um einen gleichmütigen Ton.

„Aye, war es wohl.“

„Ich habe gehört, Jeremy war mit dem Boot allein draußen und es soll ziemlich stürmisch gewesen sein?“

„Wird wohl so gewesen sein.“

„Weißt du, was er da draußen wollte?“

Donnie vermied es, ihn anzuschauen. „Keine Ahnung. Er hat doch immer gemacht, was er wollte.“

„Ich weiß. Wenn er sich was in den Kopf gesetzt hat... aber er war doch eigentlich nicht unvorsichtig?“

Donnie zuckte nur mit den Schultern. „Wenn er gesoffen hatte ...“

„Hat er das?“

„Ich weiß nicht. Ich hab ihn nicht beachtet.“

„Man hätte ihn vielleicht zurückhalten sollen.“

„Und wie? Konnte man bei ihm doch nie genau sagen, wie betrunken er war.“

Das war richtig. Steven erinnerte sich. Da gab es Augenblicke, wo er Jeremy beneidet hatte, der nach ausgedehnten Abenden, an denen nach der Sperrstunde hinter verschlossenen Türen weitergesoffen wurde, so nüchtern und fit erschien, als sei er gerade frisch und ausgeruht aus dem Bett gestiegen. Aber er hatte auch den Moment erlebt, wo dieses auf einmal umschlagen konnte, wo von einem Augenblick auf den anderen aus dem anscheinend völlig nüchternen Jeremy ein bösartiger und manchmal auch bedrohlicher Volltrunkener werden konnte.

Er war Jeremys Ausbrüchen nie direkt ausgesetzt gewesen, aber er war dabei, als dieser in einem seiner betrunkenen Wutanfälle drei Stühle zertrümmert hatte, als bestånden sie nur aus Sperrholz, und mit der abgeschlagenen Stuhllehne die Gläser, die sich noch auf der Theke befanden, heruntergefegt hatte. Und das alles, weil Norma es gewagt hatte, ihn vor seinen Saufkumpanen zum Aufhören aufzufordern. Steven hatte gefürchtet, Jeremy würde als nächstes auf Norma losgehen, aber diese Gefahr bestand offensichtlich nicht.

Später hatte Steven Norma einmal ganz vorsichtig daraufhin angesprochen, hatte versucht herauszuhören, ob Jeremy ihr gegenüber jemals gewalttätig geworden war. Aber Norma hatte die Andeutung anscheinend noch nicht einmal verstanden, hatte auch nicht betroffen oder verärgert reagiert. Das hatte Steven irgendwie beruhigt.

„Wie verkraftet deine Mutter das alles?“, wandte er sich nun wieder an Donnie, der sich immer noch an der Türklinke festhielt.

„Ach, ganz gut, denke ich. Am Anfang war es... Sie dachte ja immer, die Tür geht jeden Moment auf und er kommt zurück. Sie hat halt irgendwie weitergemacht. Es war ja nicht so, als ob sie verheiratet gewesen wären...Wenn du verstehst, was ich meine?“

„Ich habe gehört, ihr musstet ihn identifizieren. Das muss ja grausig gewesen sein?“

Donnie verzog das Gesicht zu einer Grimasse, die kein Lächeln war. Steven erkannte, dass sich dahinter Beschämung über seine Schwäche angesichts des Todes verbarg.

„War schon ziemlich schlimm. Aber irgendwie war er da nur so ein Stück ... Wir haben ja nur das Gesicht gesehen. Das hatten sie etwas hergerichtet."

Steven sah in die andere Richtung, er wollte Donnie nicht noch befangener machen. Eine Weile packte er aus, während der jüngere ihm dabei zuschaute, unentschlossen, ob er gehen oder bleiben sollte.

„Und was gibt es sonst Neues?" Eine dämliche Frage, dachte Steven, aber es fiel ihm nichts Besseres ein, um das Gespräch in weniger belastende Bahnen zu lenken.

Donnie zuckte mit den Schultern, dann ging ein kleines Lächeln über sein Gesicht: „Erinnerst du dich an Maggie Smith?"

Steven erinnerte sich dunkel an ein junges Mädchen mit kurzem lockigen Haar, das die Farbe von Weizen hatten. Sie gehörte zu einer Gruppe von gleichaltrigen Teenagern, die ständig zusammensteckten, und die er eigentlich nur kichernd erlebt hatte. Jeremy hatte ihm einmal zugeflüstert: „Warte noch ein, zwei Jahre, dann sage ich dir, welche im Bett die Beste ist!"

„Ja, ich erinnere mich. Und wie geht es Maggie Smith?"

Donnie machte ein feierliches Gesicht und erklärte: „Wir gehen jetzt miteinander!"

„Das ist ja großartig! Ich gratulieren dir! Sie ist sicher ein sehr nettes Mädchen?"

Donnie nickte eifrig. „Sie ist... sehr hübsch!", brachte er hervor, aber mehr war nicht aus ihm raus zu bekommen. „Mutter wartet unten auf mich!", murmelte er und wandte sich zum Gehen, aber im letzten Augenblick fiel ihm noch etwas ein: „Ich soll dich fragen, wann du essen willst. Mutter sagt, es gibt heute kein Dinner, aber einen Snack kannst du natürlich immer bekommen."

„Sag ihr, sie soll sich keine Mühe machen. Ein paar Sandwiches reichen. Ich kann auch in die Küche kommen und sie mir selber machen."

„So ein Unsinn!", brummte Norma, als Steven ihr später denselben Vorschlag machte. „Deswegen hören wir doch nicht auf, unsere Gäste zu versorgen." Sie reichte ihm die Speisekarte. „Es gibt alles außer frischen Muscheln. Dazu bin ich heute nicht gekommen." Ihre Haltung und ihre Stimme waren knapp und faktisch wie immer.

Es hatte eine Versammlung der Gemeindeältesten gegeben. Sie war nicht formell einberufen worden, aber als die ersten Gerüchte auftauchten, der Pfarrer sei nicht bereit, Jeremy christlich unter die Erde zu bringen, weil der Verdacht, er hätte den Tod gesucht, nicht beseitigt war, hatten die alten Männer ihre gemütlichen Plätze am abendlichen Kaminfeuer verlassen und sich nach und nach mit langsamen Schritten im Haus des Pfarrers neben der Kirche eingefunden, das auch solchen Zusammenkünften diente.

Sie waren allesamt strenge ernste Männer, die ihre Aufgabe Gott und den Menschen gegenüber ernst nahmen, und wenn sie stritten, dann über das Bessere, welches der Feind des Guten war. Niemand erfuhr Genaues über die Versammlung, aber am Ende waren sie mit bösen Augen und roten Köpfen herausgekommen und am bösesten hatte der Pfarrer dreingesehen, als er am folgenden Sonntag in der Kirche die Ankündigung des Begräbnisses von Jeremy Richardson machen musste, eines christlichen Begräbnisses auf dem Friedhof der kleinen Gemeinde.

Der Tote war in einem bereits verschlossenen Sarg aus der Stadt gebracht und in dem Raum des Hotels aufgebahrt worden, in dem man normalerweise das Dinner einnahm. Die wenigen Hotelgäste mussten sich bis zur Beerdigung für die Mahlzeiten mit der Bar zufriedengeben, was eine erhebliche Einschränkung bedeutete, da diese Abend für Abend gut besucht war.

Von den Gesprächen, die er hörte oder an denen er teilnahm, gewann Steven den Eindruck, dass die Gruppe der um Jeremy Trauernden eine verschwindende Minderheit war, angesichts der überwältigenden Mehrheit, die jede Betrachtung mit dem Ausdruck begann: „Man solle ja nicht schlecht über Tote reden, aber..."

Steven betrachtete die Menschen, die sich vor dem Hotel versammelten, um den Verstorbenen auf seinem letzten Weg zu begleiten. Kaum einer fehlte, so als ob sich das Dorf vergewissern wollte, dass er nun wirklich unter die Erde gebracht würde. Man hatte sich darauf geeinigt, keinen Trauergottesdienst abzuhalten, aber der Pfarrer würde dem Zug voranschreiten und am Grab ein paar Worte sprechen. Damit wäre der Form Genüge getan.

Als der Sarg von den sechs Männern herausgetragen wurde, entstand zunächst eine auffällig große Lücke dadurch, dass niemand das Bedürfnis hatte, als Hauptleidtragender in der ersten Reihe zu gehen. Norma hatte sich geweigert, mit zum Friedhof zu gehen, da die Trauergemeinde später im Hotel erwartet wurde, und sie ihre Küche nicht allein den hilfreichen Frauen aus dem Dorf überlassen wollte. Donnie, der vielleicht ein Recht auf die erste Reihe gehabt hätte, war einer der Sargträger. Susan war gekommen, reihte sich aber mit ihrer Schwester Donna weiter hinten ein. Die beiden Schwestern, die sich ähnlich sahen, ohne dass man Donna auf dieselbe Weise schön genannt hätte wie ihre ältere Schwester, schienen sich aneinander festzuhalten und vermieden mit gesenkten Köpfen jeglichen Kontakt mit ihrer Umgebung. Steven hatte sich automatisch hinter Susan eingereiht, so als könne sie seine Nähe, von der sie vielleicht gar keine Kenntnis nahm, irgendwie beschützen.

Den Anfang des Trauerzuges hatten schließlich notgedrungen die alten Männer gebildet, die dieses Begräbnis durchgesetzt hatten. Die meisten waren in den selten getragenen dunklen Anzügen gekommen, die nur zu solchen Gelegenheiten hervorgeholt wurden.

Der eine oder andere kam auch im Kilt. Die bunten Farben der Tartans brachten eine fast unangemessene Festlichkeit in den Trauerzug.

Steven hatte aus seinem eigentlich für Wanderungen gedachten spärlichen Kleidungsbestand diejenigen Stücke herausgesucht, die dem Anlass halbwegs gerecht wurden. Von Mr. Wong hatte er sich eine dunkle Krawatte geliehen, die er zu dem bedecktesten seiner Flanellhemden trug, zusammen mit einer dunklen Jeans und einem Anorak. In solchen Momenten war ihm seine eigene Größe und sein leuchtendes Haar fast peinlich, da er es gar nicht vermeiden konnte, aus der Menge herauszuragen.

Während des Trauerzuges wurde sich Steven einer seltsamen Spannung bewusst. Als sie sich um das offene Grab versammelt, und die Träger den Sarg auf die Holzbalken abgestellt hatten, trat der Pfarrer vor und das Murmeln der Menge verstummte allmählich.

„Wir haben uns heute hier versammelt, um unserem Bruder Jeremy Richardson das letzte Geleit zu geben“, begann der Pfarrer in getragenem Ton, als Steven eine leise Stimme neben sich hörte: „Nicht *mein* Bruder!“

„Der zu frühe Tod unseres Bruders Jeremy Richardson...“

„Nicht früh genug!“

Der Pfarrer warf einen säuerlichen Blick in die Richtung, aus der das gekommen war und fuhr fort: „...hat uns alle zutiefst erschüttert.“

Jemand kicherte, verschluckte sich sofort, und dann war es wieder still. Der Pfarrer zögerte einen Herzschlag lang und sprach dann weiter: „Aber die Wege des Herrn sind nun einmal unergründlich.“

„Aber gerecht!“ Wieder hörte Steven die Stimme hinter sich und halbverschlucktes Kichern.

Der Pfarrer sah nun endlich verärgert auf und sagte mit seiner Alltagsstimme, der jede Getragenheit abging: „Ihr wisst, dass ich nicht scharf darauf war, diese Beerdigung durchzuführen. Nachdem ich aber dem Drängen einiger von euch nachgegeben habe, erwarte ich jetzt von allen, dass Ihr euch dem Anlass entsprechend benehmt, sonst könnt ihr sehen, wie ihr diese Beerdigung zu Ende bringt."

Ein erschrockenes „hm" ging durch die Menge. Dann trat Hamish MacLeod hervor, der den Sarg vorn rechts getragen hatte und als Oberhaupt der MacLeods gelten mochte.

„Bringen wir es zu Ende! Ruhe jetzt!", rief er und baute sich direkt neben dem Sarg auf, sodass er die versammelte Gemeinde im Augen behalten konnte. Als kein Muckser mehr zu hören war, drehte sich Hamish zu dem Pfarrer um und sagte ein bisschen verächtlich: „Jetzt sage dein Gebet, Pfarrer, und lass uns ihn unter die Erde bringen!"

Der Pfarrer senkte gehorsam den Kopf und begann mit dem Vaterunser, in das eine Vielzahl von Stimmen einfiel. Dann wurde der Sarg nahezu hastig in die Grube hinabgelassen. Der Pfarrer machte das Kreuzzeichen über dem Grab und segnete die Umstehenden, dann raffte er seinen Talar und eilte mit schnellen Schritten davon.

Es hatte keine Blumen gegeben. Einige wenige waren an die offene Grube getreten und hatten eine Handvoll Erde hinuntergeworfen. Steven war einer der letzten in dieser Reihe gewesen. Das hatte ihn von Susan getrennt, die sich abrupt umgewandt hatte und unter den ersten war, die zurückgingen, immer noch am Arm ihrer Schwester.

Steven schaute zu, wie die beiden Totengräber sofort begannen, den Rest der Erde wieder einzufüllen, nachdem keiner mehr dem Toten die letzte Ehre erweisen wollte. So kam es, dass er schließlich weit hinter den anderen zum Dorf zurückging, und, als er die Bar betrat, von einem nahezu fröhlichen Lärm der sich gegenseitig übertönenden Stimmen fast betäubt wurde.

Hinter der Bar halfen wieder die zwei Frauen aus dem Dorf aus und hatten alle Hände voll zu tun. Donnie vertrat die Trauerfamilie zusammen mit Hamish, seinem Vater. So nebeneinanderstehend war die Ähnlichkeit zwischen den beiden unübersehbar, und die Achtung, die dem Alten entgegengebracht wurde, färbte auch ein wenig auf den Jungen ab. Steven hatte sie nie zusammen gesehen, da Hamish zu Jeremys Lebzeiten die Bar gemieden hatte, und er hatte nicht vermutet, dass es eine besondere Bindung zwischen Vater und Sohn gäbe. Aber jetzt, wo er sie in Ruhe beobachten konnte, bemerkte er eine Art von Fürsorge in Hamishs Umgang mit dem Jüngeren und den schüchternen Respekt, den der Junge seinem Vater entgegenbrachte.

Steven hatte sich einen Whisky geben lassen und sich zu der Bank vor dem Fenster durchgedrängt, wo er neben einem der Kirchenältesten einen schmalen Platz fand.

„Was war eigentlich das Problem mit Jeremys Beerdigung? Es kann doch keiner ernsthaft geglaubt haben, dass er Selbstmord begangen hat?“, fragte er seinen Nachbarn, nachdem die ersten Höflichkeiten ausgetauscht waren.

„Ach, der Pfarrer ist ein solcher Sturkopf! Außerdem hat er Jeremy verabscheut. Na ja, da war er allerdings nicht der Einzige.“

„Und wie habt Ihr ihn überzeugt?“

Sein Nachbar warf ihm einen Blick zu, indem ein deutliches Zwinkern mitschwang und sagte: „Kirchengeheimnis! Du verstehst?“

„Aber warum habt ihr Euch so für ihn eingesetzt, wenn ihn alle angeblich so gehasst haben?“

„Wegen der Frauen natürlich. Norma und Susan. Sie haben es schon schwer genug. Was kann Susans Tochter für diesen Vater? Und dann auch noch damit leben zu müssen, wenn es quasi amtlich bestätigt wird, dass er sich das Leben genommen hat.“

Und dann hörte Steven von seinem Nachbarn zum ersten Mal, dass auch Donnas Baby Jeremy zum Vater haben könnte, und fragte sich erschrocken, was dieses, ob nun wahr oder nicht, für Susan bedeuten mochte.

Er hatte seit Jeremys Tod gehofft, in Ruhe mit ihr sprechen zu können, aber sie hatte sich nicht blicken lassen. Er war sogar eines Vormittags unter einem Vorwand zum Arzt gegangen, weil sie meistens vormittags in der Praxis arbeitete, aber eine andere Sprechstundenhilfe hatte ihn empfangen und als er nach ihr gefragt hatte, erklärt, Susan sei krank und deshalb zu Hause. Er verbrachte anschließend ziemlich unangenehme zehn Minuten damit, dem Arzt die undeutlichen Symptome eines schmerzenden Rückens zu erklären und wurde mit einer Salbe davongeschickt, die er in den nächsten Abfalleimer warf. Als er unmittelbar darauf zu Susan fuhr, um einen Krankenbesuch zu machen, öffnete ihm niemand. Das Haus hatte verlassen gewirkt. Aber nun saß auch sie in der Bar, obwohl sie sich kaum an der Unterhaltung beteiligte.

Norma hatte sich unter den Gästen der Trauerfeier bisher nicht blicken lassen und Donnie zuckte nur mit den Schultern, wenn er nach ihr gefragt wurde. Schließlich aber betrat sie die Bar, gefolgt von zwei Nachbarinnen, die große Tabletts mit dampfenden, mit Hackfleisch gefüllte Teigröllchen hereintrugen. Norma zögerte einen Moment auf der Schwelle und die, die sie bemerkten, verstummten.

Susan hob den Kopf und sah zu ihr auf. Dann erhob sie sich, trat auf Norma zu und die beiden Frauen umarmten sich stumm. Schließlich schob Norma die jüngere Frau sanft von sich und sagte mit lauter, sachlicher Stimme: „Hier kommt ein kleiner Snack. Bitte greift zu!“, worauf die unterbrochenen Gespräche wieder aufgenommen wurden, als wäre nichts geschehen.

„Jeremys trauernde Witwen!“, murmelte es neben Steven, und als der sich umwandte, setzte sich gerade Murdo MacLeod zu ihm. Murdo war Hamishs Bruder, Donnies Onkel. Er war, wie Steven wusste, einer von denen, die Jeremy hereingelegt hatte, als es um die „Seagull“ gegangen war. Dass er keine Träne um Jeremy vergoss, war zu erwarten. Steven mochte Murdo wegen seiner gescheiten Boshaftigkeiten, die ganz beiläufig in Gespräche tropften und deren Wirkung sich oft erst nach einer Denkpause entfaltete.

„Und dabei ist der ‚Ach-so-früh-verstorbene‘ am Ende tatsächlich erfolgreich dem Joch des Eheglücks entgangen.“

„Meinst du, er hätte schließlich doch noch eine von ihnen geheiratet?“, fragte Steven.

„Susan oder Norma? Nein!“ Murdo schüttelte schmunzelnd den Kopf. „Warum auch? Von ihnen bekam er ja alles, was er wollte, ohne sich zu verpflichten. Und manchmal mehr, als er sich wünschte. Samantha Cameron jedoch, wer weiß?“

„Wer ist Samantha Cameron?“

„Richtig! Du bist ja gerade erst angekommen. Hat dir denn noch keiner von Samantha Cameron erzählt?“

Steven schüttelte den Kopf.

„Sie war Jeremys neueste Flamme. Das war einmal eine, die hat ihn richtig zappeln lassen. Er war es einfach nicht gewöhnt, dass sie sich nicht sofort für ihn hinlegen. Das hat ihn wahrscheinlich gereizt. Er hat sich ganz schön zum Narren gemacht. Es gab nicht wenige, die darauf gewettet haben, sie würde ihn endlich klein kriegen. Oh, ja, die war knallhart.“ Murdo nickte bedächtig mit dem Kopf.

„Ist sie von hier? Es gibt hier doch keine Camerons?“

„Ja, ist das nicht schrecklich? Ausgerechnet eine Cameron! Nein, sie war wohl ursprünglich aus Glasgow. Sie hat irgendetwas mit Wirtschaftsentwicklung zu tun. Regierungssachen, weißt du. So eine Agentur, die öffentliche und private Mittel sammelt und damit Projekten in unterentwickelten Gebieten auf die Beine hilft. So nennen sie uns nämlich: ein unterentwickeltes Gebiet! Die war eine ganz Gescheite! Jeremy hatte wieder mal so eine seiner verrückten Ideen und versuchte, dafür Geld lockerzumachen. Deshalb hat man sie hierhergeschickt. Jeremy hat wohl geglaubt, er kann sie wie üblich um den Finger wickeln. Da gab es allerdings ein böses Erwachen für unseren armen Jeremy!"

„Ist sie heute hier?"

„Nein. Seitdem Jeremy verschwunden ist, hat sie keiner mehr zu Gesicht bekommen. Deshalb kam ja auch zuerst das Gerücht auf, er hätte sich einfach nur verdrückt. Ihr hinterher oder mit ihr zusammen."

„Und du meinst, Jeremy wollte sie tatsächlich heiraten?"

„Es hätte schon schlechtere Wetten gegeben."

„Was haben denn Norma und Susan davon gehalten?"

„Was Norma gedacht hat, weiß kein Mensch. Gesagt hat sie nichts. Wie immer. Sie ist meine Kusine, aber ich könnte nicht behaupten, mich mit ihr auszukennen. Susan hat allerdings einen mächtigen Spektakel veranstaltet."

„Sie ist doch nicht wieder mit einem Messer auf ihn losgegangen?"

„Nein, glaube ich nicht. Zumindest habe ich nichts davon gehört. Aber alle haben gehört, wie sie geschrien hat, dass sie ihn umbringt, wenn er sich noch einmal ihrem Haus oder ihrer Tochter nähert. Weil, das war hier, vor dem Hotel, mitten auf dem Platz und vor allen Leuten. Ist noch gar nicht so lange her." Murdo machte eine Geste zum Eingang der Bar hin. Nach einer Weile fuhr er nachdenklich fort: „Eigentlich komisch. Jetzt ist er tot. Und es war ein schlichter Unfall. Hätte doch viel besser gepasst, wenn ihn einer umgebracht hätte. Hätte es selber tun können, wenn ich nicht so ein friedlicher Mensch wäre."

„Freddy Logan?"

„Der arme Freddy! Klar hätte der es tun können. Wenn Jeremy ihn auch nur auf fünf Meter an sich herangelassen hätte, aber so dumm war der nun auch wieder nicht. Weißt du: Freddy, das ist einer, der gerät in Rage und schlägt zu. Aber Planung ist überhaupt nicht sein Ding. Deshalb habe ich auch nie geglaubt, dass es Freddy gewesen sein könnte, der letztes Jahr die „Seagull" in die Luft gejagt hat."

„Wenn sie tatsächlich gesprengt worden ist..."

Murdo grinste: „Doch. Das ist sie! Ich habe es selbst gesehen, als ich da drüben mit dem Hund unterwegs war, weil wir Schafe heruntergeholt haben. Ich war zwölf Jahre bei den Pionieren. Da haben wir alles gesprengt, von der kleinsten Hundehütte bis zur größten Brücke. Ich kenne mich damit aus."

„War Jeremy am Ende auch bei den Pionieren?"

Murdo lachte leise und klopfte ihm anerkennend auf die Schulter. Dann hob er sein Glas und rief laut: „Auf Jeremy!" und die Leute in der Umgebung hoben ihre Gläser und murmelten: „Auf Jeremy!".

Als die Frauen aus der Bar verschwunden waren, lockerte sich die Stimmung merklich. Zur offiziellen Sperrstunde marschierte der ganze Trupp geräuschvoll Abschied nehmend zur vorderen Tür hinaus, die dann deutlich vernehmbar verschlossen wurde. Und kurz danach kamen die meisten – diesmal jedoch sehr viel behutsamer - zur Hintertür wieder herein, durch die Küche hindurch, nickten den Frauen zu, die mit Norma noch in ihrem privaten Wohnzimmer saßen und nahmen wieder ihre Plätze an der Bar ein.

Steven war betrunken und damit sehr zufrieden. Sturzbesoffen zu sein, das wenigstens schuldete er seinem toten Freund. Tiefsinnig stellte er Betrachtungen über die Natur des Rausches an: „Weißt du", sagte er zu seinem Nebenmann, „weißt du, dass ein Whiskyrausch ganz anders ist als ein Bierrausch? Ganz anders...Weißt du das?“ Er hatte den Eindruck, sein Nachbar schüttele den Kopf, war sich dessen aber nicht ganz sicher. „Doch!“, beharrte er. „Das ist so: Bier macht dich traurig. Je mehr du trinkst, desto grauer wird die Welt! Das ist Bier! Aber Whisky! Whisky macht dich mutig! Du wirst zum Helden. Du fühlst, dass dir das Universum gehört! Und nichts kann dich mehr schrecken!“

Er versank in seinen Überlegungen. Dann merkte er, dass er sich, erschöpft durch das anstrengende Nachdenken, heftig nach einem weiteren Whisky sehnte. Er wartete, ob einer vorbeikäme, was aber nicht geschah. So beschloss er sich selbst auf den Weg zur Bar zu machen. Als er endlich aufrecht stand, merkte er, dass sein Körper noch viel betrunkener war als sein Kopf. Der Weg nahm deshalb einige Zeit in Anspruch. Er war dankbar, sich festhalten zu können. Aber statt des Holzes der Bar war es ein rauer Stoff, an den er sich festklammerte, und darunter spürte er einen Arm. Er sah auf und fand sich Nase an Nase mit Donnie, der sich nun wiederum selbst an ihm festzuhalten schien. Er war sich nicht sicher, wer von ihnen beiden stärker schwankte, aber irgendwie waren sie sich gegenseitig eine Stütze.

„Donnie! Was denkst du? Hat Jeremy Whisky oder Bier getrunken, bevor er das Boot genommen hat. Weil, wenn er Whisky getrunken hätte ... das würde es erklären. Weil, mein Lieber, ich habe da nämlich eine Theorie. Weißt du? Habe ich dir schon erzählt...“ Wieder fiel es ihm schwer, zu entscheiden, ob der andere den Kopf schüttelte oder ob das Schwanken von seinem eigenen eingeschränkten Gleichgewichtssinn kam. Er entschied sich für das Erstere. „Weißt du, ich denke, Whisky macht einen mutig! Mit Whisky denkst du, die ganze Welt gehört dir! Donnie, mein Junge, verstehst du, was ich meine? Wenn Jeremy Whisky getrunken hat, dann hat er sich nicht um das schlechte Wetter geschert...dann hat er gedacht, er kann alles!“

„Das Schwein...das Schwein hat sowieso gedacht, er kann alles.“ Donnies Stimme drang mühsam zu ihm durch. „Dazu braucht er nicht besoffen zu sein. Er kann doch immer alles. Er kann ... er kann mich mal!“ Stevens Blick klärte sich für einen Augenblick und er sah Tränen in Donnies Augen.

„Weinst du?“, fragte er mit belegter Stimme.

„Weinen? Ich? Quatsch! Glaubst du, ich vermiss ihn? Ich hätte ihn auch oft ...“ Der letzte Teil des Satzes blieb in der Luft hängen.

„Umbringen können?“ Steven fühlte das Schwanken wieder stärker und wollte sich an Donnies Schulter festklammern. Der riss sich jedoch los und schien plötzlich nüchterner als zuvor.

„Nichts!“, zischte er, packte Steven an den Schultern und schüttelte ihn. „Nichts! Nichts habe ich... Hörst du! Überhaupt nichts!“

Steven Kopfs pendelte dem Schütteln nach, und es dauerte eine Weile, bis sich der Tumult in seinem Hirn wieder gelegt hatte. Durch den dichten Alkoholschleier hindurch blitzte ihm der Gedanke auf, dass das alles sehr seltsam war, aber dem Blitz folgte kein Gedankendonner nach.

Kapitel 3

Am nächsten Morgen fühlte er sich fürchterlich. Auch die Vermutung, dass es wahrscheinlich der Hälfte der Männer im Tal nicht anders ginge, vermochte ihn wenig zu trösten. Obwohl die Wolken dicht und tief hingen, erschien ihm das Tageslicht grauenvoll gleißend und die Reflexion auf dem Wasser viel zu silberhell.

Auf dem Weg nach unten kam er an der Küche vorbei, aus der er leise Stimmen hörte. Kurz darauf erschien Norma und fragte, was er frühstücken wollte. Sie war so ruhig und gelassen wie immer, nur die dunklen Schatten unter ihren Augen verrieten die Erschöpfung der letzten Tage. Er bat um eine große Kanne Kaffee und Toast. Norma schlug vor, ihm ein kräftiges Frühstück mit Schinken und Ei zu machen, aber er winkte angewidert ab. Als er nach Donnie fragte, verzog sie nur das Gesicht zu etwas, was unter anderen Umständen vielleicht ein Grinsen gewesen wäre.

Er wanderte an diesem Tag bis zum Ende der Bucht. Der kühle Wind tat ihm gut, und obwohl dichte Wolken den ganzen Tag über ihn hinweg zogen und ihn zeitweise sogar einhüllten, regnete es nur wenig. Das feine Nieseln, der kaum zu spüren war, erfrischte ihn mehr, als dass es ihn störte. Nach den ersten Kilometern fühlte er seine Benommenheit verschwinden und am Ende der Bucht, die er am frühen Nachmittag erreichte, waren außer dem Hunger, der sich immer deutlicher meldete, keine Nachwirkungen der letzten Nacht mehr zu spüren.

Er ließ sich auf einem Felsen oberhalb der abschüssigen Küste nieder und blickte auf die Wasserfläche hinaus. Er saß eine ganze Weile so still, dass die Schafe in seiner Umgebung ihre natürliche Scheu verloren und grasend langsam näherkamen. In der Stille hörte er das Rupfen des Grases und das Mahlen der Mäuler. Als er sich schließlich regte, um die hypnotische Stimmung, in die die graue Unendlichkeit von Zeit und Raum ihn eingehüllt hatte, abzuschütteln, sprangen die Tiere, die die Einsamkeit mit ihm geteilt hatten, erschrocken zur Seite und flüchteten den Hang hinauf.

Am Horizont zog ein Schiff langsam von Süd nach Nord. Oder er bildete es sich nur ein, weil sich ein dunkler Schatten übers Meer bewegte. Früher fuhren Fähren die ganze Küste hinauf und hinunter, brachten Passagiere, Waren und die Post zu den Bewohnern der Westküste, als es noch keine Straßen gab und die ersten Eisenbahnlinien gerade geplant wurden. Heute dachten Besucher, sie wären hier weitgehend abgeschnitten gewesen vom Rest der Welt. Aber das war niemals der Fall.

Die Küste war vor dem ersten Weltkrieg belebter und besuchter als jemals hinterher. Jedes verlassene Schulgebäude hatte damals um die siebzig Schüler, manche Orte, die heute völlig verlassen waren, hatten sogar mehr als eine Bar und auf jeden Fall mehr als eine Kirche. Ab und zu spaltete sich nämlich ein Teil jeder Gemeinde vom Rest ab, weil der ihnen zu weltlich oder zu streng war, und baute sich eine eigene Kirche, in der dann, nach ein oder zwei Generationen, die nächste Spaltung erfolgte.

Waren sie wirklich so streitsüchtig, fragte er sich, als er über Jeremys Beerdigung nachdachte. Der Pfarrer gegen die Alten des Dorfes, die Gemeinde gegen die Fremden, die mit Job gegen die ohne Job, die Trinker gegen die Abstinenzler. Und doch erschien flüchtigen Besucher der Zusammenhalt unter den Menschen und die Hilfsbereitschaft fast unerschöpflich.

Und irgendwie stimmte doch beides. Man konnte den Nachbarn hassen oder zutiefst verachten, aber wenn er Hilfe brauchte, dann packte man mit an, genauso wie man es umgekehrt von ihm erwartete. Letztlich, so dachte er, sind sie doch eine Art Notgemeinschaft. Sie hassen sich alle gegenseitig, wissen aber, dass sie nur zusammen überleben können.

Er hätte nicht wirklich sagen können, worüber er sonst noch nachgedacht hatte, falls man das Vorbeiziehen innerer Bilder überhaupt hätte Denken nennen können. Die Landschaft, die er vor Augen hatte, wurde durch dieselbe Landschaft in einem anderen Licht abgelöst, so wie er sie erlebt hatte, als er mit Jeremy zum ersten Mal hier war.

Das Bild des verstorbenen Freundes tauchte vor seinem inneren Auge auf, so lebhaft, als säße er tatsächlich an seiner Seite. Das breite Lachen, die weit ausgebreiteten Arme, mit den Jeremy die Landschaft in sich hineintrank. Das für ihn so typische rotschwarz karierte Hemd über der abgewetzten Jeans, die in hohen Stiefeln steckte, die Wachstuchjacke, deren grüne Farbe durch unzählige Regengüsse langsam ins Braun gewechselte, an einem Finger über die Schulter geworfen.

Dann erinnerte sich Steven plötzlich an den kleinen Alistair, der ertrunken war, als sie noch Kinder waren und auf Stulay lebten. Er hatte schon lange nicht mehr daran gedacht, aber nun stand ihm auch dieses Bild deutlich vor Augen. Männer hatten ihn vom Strand heraufgetragen. Er sah weiß aus, seltsam ausgewaschen, als hätte das Meer ihm alle Farbe entzogen. Sein linker Arm hing herunter und schien mit jedem Schritt des Trägers herüber zu winken, so als führe er ein Eigenleben, das mit dem toten Körper nichts zu tun hatte.

Eine Möwe schrie, und ihm war, als er hörte Alistairs Mutter. Sie hatte nur einen Schrei ausgestoßen, als sie ihr das tote Kind in die Arme legten, aber Steven erschien es, als klänge dieser Schrei fort und fort. Wenn er die Augen schloss, hörte er ihn immer noch aus großer Ferne, diesen einen Schrei, der weder aus dem Tierreich noch aus der Menschenwelt zu stammen schien.

Es erstaunte ihn nicht, dass der kleine Alistair plötzlich wieder in seiner Erinnerung aufgetaucht war. Er hatte nicht viele Tote gesehen, und dieses war der einzige, den er gesehen hatte, nachdem er aus dem Wasser gezogen worden war. Aber nach allem, was er gehört hatte, taugte die Erinnerung an Alistair nicht, sich den zerschundenen, aufgeblähten Körper vorzustellen, der früher einmal Jeremy war.

Hatte Alistair gewusst, dass er ertrinken würde, als das Wasser über ihm zusammenschlug? Hatte Jeremy es geahnt? Was fühlte ein Mensch im Augenblick des Sterbens? Mein Freund, dachte Steven, ich hoffe, dass die recht haben, die denken, dass ein großer Friede über einen kommt. Ich wünsche dir, du mögest einen sanften Tod gehabt haben. Aber an Jeremy war nie etwas Sanftes gewesen, warum also sollte gerade sein Tod anders gewesen sein als der Rest seines Leben?

Steven schüttelte die Geister der Toten ab und machte sich auf den Rückweg. Je weiter er sich von der offenen See entfernte und am Rand der Bucht entlang schritt, desto mehr senkten sich die Wolken und hüllten ihn in einen Schleier feinen Nebels. Er fürchtete sich nicht, denn der Weg war ausgetreten und da, wo er über Felsen führte, durch Steinhaufen markiert, sodass keine Gefahr bestand, vom Weg abzukommen. Er war diesen Weg schon oft gegangen, alleine oder mit Jeremy.

Es war eine der ersten Wanderungen gewesen, die sie zusammen unternommen hatten. Die Initiative dazu war meist von Jeremy ausgegangen. Schließlich, so hatte der erklärt, hätte er ja keinen Urlaub wie andere Leute, sondern er hätte ein Hotel zu führen. Was er aber schnell vergaß, wenn der Tag von dieser typischen Silbrigkeit erfüllt war, die eine Mischung von Sonnenschein und Kühle war. Dann waren Norma und Donnie sehr gut in der Lage, allein mit dem Hotel zurechtzukommen, dann musste er hinaus, je höher, je lieber. Jeremys ungestümes Bewegungsbedürfnis, das seinen großen ansehnlichen Körper ständig in Spannung zu halten schien, trieb ihn immer wieder hinaus, ein Verhalten, für das die meisten seiner Nachbarn nur wenig Verständnis hatten.

In der mühseligen Auseinandersetzung mit der sie umgebenden, oft unwirtlichen Natur, hatten sie gelernt, ihre Kräfte einzuteilen und mit ihren Energien hauszuhalten. Sicherlich zogen sie los und liefen weite Strecken, um Schafe zusammenzutreiben, wenn die Zeit der Geburt der Lämmer oder die Zeit der Schur nahte, oder wenn im Herbst die Lämmer von ihren Müttern getrennt und zum Verkauf oder zum ersten Überwintern an der milderen Ostküste abtransportiert wurden. Aber einfach nur zum Spaß einen Berg zu ersteigen, noch dazu in diesem höllischen Tempo, und dann wieder hinunterzulaufen, nur weil das Gefühl, es geschafft zu haben, so befriedigend war, erschien ihrer strengen puritanischen Natur fremd.

Auch Steven war diese Art von Wollust eigentlich fremd, aber er war ein erfahrener und ausdauernder Wanderer, und das Gelände zu erkunden war schließlich einer Gründe, seine Ferien immer wieder in den Highlands zu verbringen. Zumindest erklärte er es sich selbst so: Lesen könnte er schließlich auch zuhause.

So gab er einen hinreichenden Gefährten für die Ausbrüche des anderen ab, wenn er ihm auch nicht über jeden Pfad folgte und oft belustigt den Kopf schüttelte, wenn dieser wie ein junger Hund von ihm weg tobte, noch den letzten Hang bis zum Grat hochkletterte und dann wieder zu ihm zurückkehrte, ihm, der derweilen mit ruhigen gleichmäßigen Schritten dem vorgeschrieben Weg gefolgt war.

Steven erinnerte sich, während er durch den Nebel lief, an Gespräche, die sie auf Gipfeln geführt hatten, erschöpft und glücklich im Gras liegend. Auf dem Ben Lever, dem höchsten Berg, der über dem Loch thronte, hatte Jeremy ihm erzählt, wie er einmal Susan überredet hatte, mit ihm hierauf zu kommen.

„Sie ist wie alle hier. Sie versteht nicht, warum sie auf einen Berg steigen soll, wenn da oben keine Schafe zu holen sind. Dabei ist sie eine gute Wanderin. Sie hat ohne Mühe mitgehalten. Sie war zwar außer Puste, als wir hier ankamen, aber das ist jeder. Vor allem das letzte Stück hier über den Kamm hat es in sich. Wie du weißt..." Jeremy lachte. Steven war an einer Stelle ausgerutscht und fast gestürzt. Er spürte den Schlag gegen den Oberschenkel noch, wo sich in den nächsten Tagen ein blaugrüner Bluterguss bilden sollte. Deshalb konnte er nur mühsam über Jeremys Spott lächeln.

„Hier oben haben wir Edith gemacht!“, bekannte Jeremy plötzlich. „Deshalb ist sie wahrscheinlich so seltsam und so wild. So erkläre ich mir das jedenfalls. Weißt du, wie das ist, auf dem Gipfel eines solchen Berges an einem herrlichen Tag in vollem Sonnenlicht von einer Frau bestiegen zu werden, auf die du scharf bist wie irgendwas? Wenn dein ganzer Körper schon schön nass und glitschig ist und du sowieso schon keuchst? Und sie sich wie ein Fisch anfühlt, der sich unter deinen Händen windet, und sie schreit und stöhnt mit dem Wind?“

Steven wusste es nicht, und es war ihm peinlich, es sich vorzustellen. Besonders, da es sich um Susans Körper handelte. Sie war in seiner Wahrnehmung zuallererst ein Madonnengesicht mit den schönsten und manchmal traurigsten Augen der Welt, zart und dennoch voller Intensität. Ein Wesen, das er mehr beschützen als besitzen wollte. Keine nackte, schweißbedeckte Gestalt, in leidenschaftlicher Umarmung mit diesem Mann, der so hemmungslos mit seiner Körperlichkeit um sich warf. Auch jetzt auf seiner einsamen Wanderung, verbot er sich jede Vorstellung ihrer Nacktheit und auch die Erinnerung an den Ausdruck auf Jeremys Gesicht, als dieser auf dem Gipfel des Ben Lever fröhlich seinen Erinnerungen nachgehangen hatte.

„Mein kleiner puritanischer Spießer!“ Jeremy hatte schließlich lachend Stevens sichtliches Unbehagen bemerkt und war ihm dabei mit einer rauen und doch zärtlichen Geste mit der Hand in die Haare gefahren, hatte seinen Kopf kräftig nach unten gedrückt, bis Stevens Gesicht fast seine Schenkel berührte und ihn dabei geschüttelt, wie ein Hund, der sich seine Beute um die Ohren schlägt. Dann hatte er ihn losgelassen, war aufgesprungen und schon auf dem Weg ins Tal, bevor sich Steven noch von dem Schock erholt hatte, dass ihm die Berührung der rauen Hand alles andere als unangenehm gewesen war.

Jeremys Körperlichkeit! Steven hielt einen Moment inne und starrte hinaus auf die milchige Wolkenmasse, unter der sich das Meer verbarg. Unvorstellbar, sich Jeremys toten Körper in diesem Wasser treibend vorzustellen! Und jetzt in dieser Kiste in einer lehmigen Grube ein paar Meilen weiter des Wegs! All die Kraft, die Energie, die übermäßige Freude am Leben, am Genuss! Zum ersten Mal spürte Steven eine tiefe Lustlosigkeit und wusste, dass dieses die Trauer war, die sich bisher nicht hatte einstellen wollen. In den Tagen zuvor waren seine Gefühle durch ein wildes Wirrwarr von Unglauben, Entsetzen, Orientierungslosigkeit und banalen Bedürfnissen gedriftet. Nun war es still um ihn und die Tiefe seines Verlustes sank langsam ein.

Zögernd setzte er seinen Weg fort. Er erreichte die Kante, hinter der der gewundene Pfad ein paar hundert Meter an der Steilküste entlang führte, eine Strecke, auf der man auch bei klarer Sicht seine Sinne zusammenhalten musste, weil immer wieder Steinschläge das Passieren schwierig machten. Steven konzentrierte sich auf seine Schritte und erschrak deshalb nicht wenig, als er aufblickte und in einiger Entfernung einen weiteren Wanderer bemerkte.

Der Mann war zu weit entfernt, als dass man mehr als seine Umrisse erkennen konnte. Mit langen sicheren Schritten bewegte auch er sich auf das Dorf zu. Steven war verblüfft, denn er hatte angenommen, weit und breit der einzige zu sein, der an einem solchen Tag auf diesem Weg unterwegs war, was natürlich lächerlich war, denn jeder hatte das Recht, hier zu wandern. Der Andere war sicherlich auch aufgebrochen, um zum Kap zu wandern, und hatte dann vernünftigerweise umgedreht, als der Nebel dichter wurde.

Plötzlich sehnte Steven sich nach menschlicher Gesellschaft und beschleunigte seine Schritte, um den anderen einzuholen. Dieser verschwand gerade hinter einer Ecke und als Steven um dieselbe Ecke bog, war er schon zwei Kurven weiter. Dann verdeckte ihn die

Dichte der herabsinkenden Wolken, und als Steven, der sich mit der rechten Hand an der Felswand entlang tasten musste, auf der anderen Seite herauskam, war der andere schon wieder ein gutes Stück voraus. Steven eilte, sodass er fast rannte, aber so sehr er sich auch beeilte, der Abstand zwischen ihnen wurde nicht geringer, ja, er vergrößerte sich sogar noch. Steven überlegte, ob er rufen sollte, aber dann kam er sich in seiner plötzlichen Beklemmung irgendwie lächerlich vor.

Nun lag nur noch ein kurzes Stück des engen Pfades vor dem Fremden, bevor der Weg sich von der Steilküste wegwandte und aufs offene Moor hinaus führte, wo das Gehen einfacher war, die Möglichkeit, sich im Nebel zu verlaufen, aber größer, da die natürlichen Hinweise spärlicher waren, und eine Bodenwelle der nächsten glich. Plötzlich wandte sich die Gestalt um, mit einer Geste, die wie ein Winken oder wie ein Gruß wirkte, und war dann Stevens Blick entzogen, als er um die nächste Ecke bog.

Steven erstarrte in Schock und Panik, denn er war sich plötzlich sicher, dass dies Jeremy gewesen sein musste, der ihm dort voraus gegangen war. Es konnte nicht sein! Aber er hatte ihn doch gesehen? Oder sah er in jedem Schatten nun schon ein Gespenst? Als er wieder zu sich kam, rannte er los. Aber als er den Übergang zum Moor erreichte, war niemand mehr zu sehen, obwohl die Sicht sich gebessert hatte, und er das Moor ohne Probleme durchqueren konnte.

Es war einer der üblichen Abende. Die Familien waren nach ihrem Tagewerk nach Hause zurückgekehrt und hatten sich zum Tee um den Tisch versammelt. ‚Tee', so nannte man in dieser Gegend die traditionelle Abendmahlzeit, und die hatte nur ganz am Rande mit einem heißen Getränk zu tun. Später machten sich die Frauen auf den Weg zum Bingo, welches alle vier Wochen einmal von einem reisenden Unterhaltungskünstler im Gemeindesaal veranstaltet wurde, während die Männer sich wie üblich in der Bar versammelten, die zu dieser Zeit immer noch eine eifersüchtig gehütete männliche Domäne war.

„Bingo! Pha! Weiberkram!“, hatte Steven mehr als einmal gehört. Die es sagten, waren dieselben, die gebannt vor dem Fernsehschirm saßen, wenn Fußball gespielt wurde, die verbissen um Punkte beim Darts kämpften und von denen so mancher den Weg zum Buchmacher auch blind gefunden hätte, um auf Pferde, Hunde oder irgendwas anderes zu wetten.

Steven setzte sich zu Hamish MacLeod, der seit Jeremys Tod regelmäßig in der Bar auftauchte und langsam in die Rolle des Hausherrn hineinzuwachsen schien. Nicht, dass er hinter der Bar gestanden hätte, aber Norma und Donnie fragten ihn ganz offen um Rat und Anweisung, und diese wurden mit großer Selbstverständlichkeit gegeben, so als sei die Rolle der Autorität bereits von allen akzeptiert.

Wäre es ein anderer gewesen, Steven hätte sicherlich nicht über seine merkwürdige Begegnung gesprochen und sie selbst vielleicht bald vergessen. Hamish jedoch war einer von den klugen älteren Männern, die, obwohl sie nichts von der Welt gesehen haben, außer dem, was das Fernsehen an bunten Bildern lieferte, enormes Wissen und grenzenloses Verständnis für die Dinge des Lebens ausstrahlten. Im Tal genoss er den Ruf eines Weisen und sein Urteil wurde von vielen Leuten ernst genommen.

„Glaubst du an so etwas wie Erscheinungen?“, fragte Steven, als er ihm seinen Whisky reichte, den er an der Bar für ihn hatte auffüllen lassen.

„Was für Erscheinungen?“

„Etwas, was nicht einfach zu erklären ist.“

Hamish wiegte bedächtig den Kopf hin und her und zwinkerte ein wenig belustigt mit den Augen: „Ich glaube an allerhand. Die merkwürdigsten Dinge geschehen. Im letzten Winter bin ich einmal spät nachts durch den Wald gefahren. An einer scharfen Kurve habe ich plötzlich gebremst. Ich wusste selbst nicht warum. Ich bremse da sonst nie. Um diese Zeit kommt dir ja sowie so keiner entgegen. Aber als ich dann im Schritttempo um die Ecke schlich, stand mitten auf der Straße ein großer Hirsch und glotzte mir in die Scheinwerfer. Wenn ich mit meinem normalen Tempo um die Ecke gekommen wäre, hätte ich ihn voll erwischt. Ich weiß bis jetzt nicht, was es war, was mich zum Bremsen gebracht hat, aber als ich den Hirsch sah, habe ich nur ganz ruhig gesagt: ‚Das habe ich gewusst!' Mein Bruder saß neben mir. Du kannst ihn fragen. Und so was ist mir nicht zum ersten Mal passiert."

„Ich habe heute für einen Moment gedacht, ich hätte Jeremy gesehen."

„Jeremy? Jeremy Richardson? Den wir gerade beerdigt haben?" Hamish kniff die Augen zusammen, aber diesmal lag kein Lächeln darin.

„Ja. Auf dem Pfad an der Steilküste, auf dem Rückweg von Kap Lever. Kurz bevor es über das Moor geht."

Hamishs Gesicht entspannte sich, als wäre er erleichtert, was Steven erstaunlich fand. „Und was hast du gemacht?"

„Ich habe versucht, den Mann einzuholen, aber er war zu schnell. Ich habe ihn aus den Augen verloren. Dann bin ich weiter gegangen, weil ich dachte, ich sehe ihn vielleicht auf dem Parkplatz oder hier im Dorf. Ich meine natürlich, jemand, der Jeremy ähnlichsieht. Nur um sicher zu sein. Klingt albern, nicht wahr?"

„Ich weiß nicht." Er dachte einen Moment nach. „Wie ich es sehe, hast du drei Möglichkeiten. Erstens, es war ein anderer Wanderer, der dich nur an ihn erinnert hat. Wäre ja kein Wunder, nachdem wir uns in den letzten Tagen mit kaum etwas anderem beschäftigt haben."

„Niemand hier sieht so aus wie Jeremy!"

„Ein Fremder?"

„Dann hätte ich ihn doch auf dem Parkplatz sehen müssen."

„Er könnte auch vom Moor aus direkt über die Berge gewandert sein, um ins nächste Tal zu kommen."

„Bei diesem Nebel? Und in der Höhe war es wahrscheinlich noch schlimmer."

„Naja, die Leute sind oft unvernünftig. Die zweite Möglichkeit: Wir haben den Verkehrten beerdigt."

„Wäre das möglich?"

Eine verrückte Hoffnung überschwemmte Steven, aber Hamish schüttelte entschieden den Kopf: „Nein! Er war zwar entstellt, wie Norma und Donnie mir erzählt haben, aber er war ganz eindeutig er selbst. Es ist auch niemand sonst vermisst worden. Ich glaube, das können wir ausschließen."

„Und die dritte Möglichkeit?"

Hamish wiegte sich einige Augenblicke hin und her, bevor er sich zu einer Antwort aufraffte: „Abergläubische Leute würden versuchen dir weiszumachen, es sei Jeremys Geist gewesen, der umgeht, weil er so viel Schuld auf sich geladen hat, dass er im Tod keine Ruhe findet. Aber das ist natürlich alles Unsinn. Kein vernünftiger Mensch glaubt an so etwas! Willst du noch einen?"

Er erhob sich und griff nach Stevens Glas und machte so klar, dass das Thema für ihn beendet war. Steven sah ihm hinterher, als er zur Bar ging, Donnie herbeiwinkte und leise mit ihm sprach, als er ihm die leeren Gläser zuschob. Da hörte er neben sich ein leises Lachen: „So ein Blödsinn! Er weiß ganz genau, was für ein Zeichen das ist. Jeder hier würde dir dasselbe sagen."

Der Alte, den er schon oft gesehen hatte, dessen Namen er aber nicht kannte, zog den Kopf zurück und rückte wieder von ihm ab.

„Was für ein Zeichen?"

„Sie kommen doch nicht nur wegen ihrer eigenen Sünden zurück! Wenn einer zum Beispiel erschlagen worden ist, dann kommt er wieder, bis sein Mörder bestraft ist, und seine Seele endlich Ruhe findet. Weiß doch jeder!"

„Jeremy ist erschlagen worden?"

„Erschlagen, ertrunken ... Was weiß denn ich?" Der Alte kicherte vor sich hin. „Irgendetwas wird schon gewesen sein, wenn er jetzt wiedererscheint."

„Aber alle sagen, es sei ein Unglück gewesen."

„Du sprichst mit den falschen Leuten. Die richtigen Leute würden dir was anderes erzählen!"

„Wer sind die richtigen Leute?"

Der Alte kicherte wieder. Er gab keine Antwort. Steven blickte zur Bar hinüber und sah, dass Hamish mit den gefüllten Gläsern bereits auf dem Rückweg war. Ob er gehört hatte, worüber sie gesprochen hatten, wusste Steven nicht. Er sah nur, dass Hamishs Augen wütend funkelten, als er den Alten barsch anfuhr: „Duncan, du hältst besser den Mund! Es weiß ja nicht jeder, dass du im Kopf nicht richtig bist. Am Ende nimmt dich noch einer ernst!"

Duncan kicherte wieder und hielt Hamish sein Glas hin: „Wenn du willst, dass ich den Mund halten soll, musst du es dich schon etwas kosten lassen, mein Lieber!"

Hamish riss ihm das Glas aus der Hand und ging zur Bar zurück.

„MacLeod!" Duncan spuckte das Wort fast aus. „Was für ein feiner Haufen! Treibt es mit seiner Kusine, macht ihr ein Kind, denkt aber nicht daran, sie zu heiraten. Sieht dann zwanzig Jahre zu, wie sie einen anderen mit ins Bett nimmt, den er am liebsten umbringen würde. Kaum ist er tot, nistet er sich hier ein. Legt sich ins gemachte Nest. Dafür, dass er nie in die Kirche geht, trägt er die Nase verdammt hoch."

„Ein Narr! Beachte ihn nicht!", brummte Hamish, nachdem Duncan seinen spendierten Whisky ausgetrunken hatte und mit einem spöttischen Dank seiner Wege gegangen war.

„Wer ist das? Ich habe ihn schon öfter hier gesehen, aber noch nie mit ihm gesprochen", fragte Steven.

„Duncan Trinidad?“

„Trinidad?“

„Trinidad! Er ist ein MacDonald. Ist viele Jahre zur See gefahren. Erzählt immerfort Geschichten aus der Karibik, deshalb ist irgendwann der Name „Trinidad“ an ihm hängen geblieben. Wie soll man sonst auch die ganzen MacDonalds auseinanderhalten?“

„Oder die MacLeods!“

Hamish lachte: „Oder die MacLeods! Weißt du, wie sie mich nennen?“

Steven gab es ein bisschen beschämt zu.

„Hamish, the Badger! Glaubst du, ich weiß das nicht? Es ist nichts Schlimmes dabei. Der Name kommt von ‚the badge‘. Was dachtest du, woher er kommt?“

Steven hatte in der Tat etwas anderes vermutet und erinnerte sich an den anzüglichen Witz, den er gehört hatte, als man ihn das erste Mal mit Hamishs Spitznamen vertraut gemacht hatte. Hamish erriet seine Gedanken sehr wohl.

„Nichts da! ‚The Badger‘ ist mir geblieben, weil ich eine Medaille bekommen habe. Ich hatte Harold MacLellan und seinen Sohn gerettet, als ihr Boot unterging. Musste ein paar Mal tauchen, bis ich sie erwischt habe. Hinterher haben sie gesagt, ich hätte mein Leben riskiert. Deshalb gaben sie mir diesen Orden. Das war in Aberdeen, ist lange her, es stand damals sogar in der Zeitung. Die Queen Mother war dabei und hat mir die Hand gegeben. Nicht, dass das wichtig gewesen wäre...“ Hamish grinste verlegen. Wie die meisten von der Westküste war er eher anarchistisch, einer, der vom Staat und seinen unbequemen Regeln wenig hielt, mit starken, wenn auch heimlichen monarchistischen Tendenzen und einem ausgeprägten Sinn für Recht und Ordnung, soweit es seine eigenen Rechte und seine selbstgewählte Ordnung betraf.

„Dann musst du aber ein sehr guter Schwimmer gewesen sein!“

„Was heißt, gewesen sein? Ich schlage dir immer noch jeden hier um die Bucht auf jede Distanz! Und mein Sohn schwimmt genauso gut!“

„Donnie ist ein guter Schwimmer?“

„Klar! Wenn er muss, schwimmt er wie ein Fisch. Er ist nur kein Angeber. Das ist er nicht!“

Steven sah zu Donnie hinüber, der gerade mit einer neuen Kiste voller Flaschen hereinkam. Er hielt die Kiste ohne alle Anstrengungen mit einer Hand, während er mit der anderen die Klappe zum Tresen hochhob.

Steven fragte sich, warum er nie bemerkt hatte, wie kräftig Donnie geworden war. In seinen Augen war er immer noch der Dreizehnjährige mit dem schüchternen Lächeln und den linkischen Bewegungen, der, als er Vertrauen zu dem langen schlaksigen Fremden gefasst hatte, der so viel wusste und so viel erklären konnte, nicht mehr von seiner Seite gewichen war.

Bis... ja, bis seine wachsende Freundschaft mit Jeremy das Kind aus seiner Nähe verdrängt hatte. Und Jeremy hatte ihn auch als Freund für sich reklamiert, mit derselben Rücksichtslosigkeit, mit der er alles für sich in Anspruch nahm, nach dem ihm der Sinn stand, ohne auch nur zu bemerken, dass er andere damit verletzte oder zurücksetzte.

Ohne eine Spur von Eitelkeit überlegte Steven, ob Donnie auch seinen Verlust auf die Liste all der Zurücksetzungen eingetragen hatte, die er wohl gegen Jeremy geführt hatte. Dessen ständige Missachtungen, die ihn immer wieder dazu brachte, sich in sinnlose und hoffnungslose Kämpfe mit Jeremy zu verstricken, aus denen ihn nur allzu oft seine Mutter retten musste.

„Was glaubt er, wer er ist? Dieser Bastard! Ich bring‘ ihn um, wenn er noch einmal einfach verschwindet, wenn ich ihn brauche!“, hatte Steven Jeremy mehr als einmal brüllen hören. Jeremy hatte in

Donnie immer nur eine Art Leibsklaven gesehen, niemals so etwas wie einen Sohn, und niemals ein Kind, das zu beschützen auch seine Aufgabe gewesen wäre.

„Ich bring´ ihn um..." Steven hatte es öfter gehört, aber nie ernst genommen. Aber was wäre wirklich geschehen, wenn Norma nicht immer wieder dazwischengetreten wäre? Und wie wäre es weitergegangen, nun, wo Donnie erwachsen wurde. Ein Mann, der in jedem anderen Mann einen Rivalen sehen könnte.

Immerhin gab es jetzt eine Maggie Smith! Steven hatte die beiden zusammen beobachtet und war sich sicher, dass Donnie ein bisschen aufgeschnitten hatte, als er ihm erzählt hatte, er „ginge" mit Maggie. Es war wohl eher so, dass Donnie ihr mit schüchterner Beharrlichkeit folgte, und es ihr gefiel, ihn ein bisschen an der Nase herumzuführen.

Sie war tatsächlich auffallend hübsch geworden, diese Maggie Smith, die er eigentlich nur als kleines Pummelchen in Erinnerung hatte. Was wäre passiert, wenn Jeremy auch auf dieses Mädchen seinen üblichen Anspruch erhoben hätte? Und sie vor Donnies Augen genommen und dann wieder weggeworfen hätte, wie es seine Art war. Donnie hätte ihn dafür umbringen können. Denn dass Donnies Gefühle für Maggie echt waren und tief gingen, daran gab es für Steven keinen Zweifel.

Norma legte die beiden Steaks auf die Bratfläche. Sie breitete die Salatblätter auf dem Tellerrand aus, legte Gurkenscheiben und Tomatenviertel darauf und garnierte mit der vorbereiteten Kräutermischung. Sie holte die Pommes Frites aus dem Ölbad und stellte den Korb zum Abtropfen an den Rand. Alle diese Handgriffe, die sich jeden Tag zur Dinner Zeit wiederholten, führte sie mechanisch aus, während ihre Gedanken davonliefen.

Ihre Großmutter hatte ihr die Geschichte von den *'Kleinen Leuten'* erzählt, als sie ungefähr drei Jahre alt war, und ein Kinderkummer, der nicht weniger gewaltig war, als jeder andere in ihrem späteren Leben, sie überwältigt hatte. Norma konnte sich nicht mehr erinnern, warum damals das große Unglück über sie gekommen war, aber sie hatte auch später, als Donnie aufwuchs, nie vergessen, dass jedes Alter seine eigene Form der Trauer mit sich brachte. Der Verlust des geliebten Teddy Bärs, den Jeremy in den Müll geworfen hatte, weil er ihn alt und schmutzig fand, hatte Donnies Herz gebrochen. Die Mutter hatte das verstanden. Jeremy hatte nur gelacht.

Die Geschichte der *'Kleinen Leute'*, die die Großmutter wieder und wieder erzählen musste, bis das Kind zu groß geworden war, um darin Trost zu finden, ging so, dass sie nach Koboldart eigentlich nicht sehr liebenswürdig und hilfsbereit waren. Sie waren ihrer Natur nach auf Unfug aus und spielten den Menschen gern alle möglichen Streiche, vor allem in der Dämmerung, wenn der Nebel die Welt in ein merkwürdiges Zwischenlicht tauchte und die Grenzen zwischen der *Großen* und der *Kleinen* Welt verschwammen. Aber wenn ein Mensch große Sorgen hatte und ohne alle Hintergedanken und Eitelkeiten unendlich betrübt war, konnte es geschehen, dass er die Herzen der *'Kleinen Leute'* doch rührte und diese dann zur Hilfe kämen, oftmals mit verblüffenden Lösungen für Probleme, die zuvor absolut unlösbar erschienen.

Das Kind, so murmelte ihr die Großmutter vor dem Einschlafen ins Ohr, würde am nächsten Morgen aufwachen, die Sonne würde scheinen und die Welt würde wieder heil und gut sein. Wenn das geschah, so hätten sich die *'Kleinen Leute'* während der Nacht um das Kinderbett versammelt und hätten eine ihrer skurrilen Debatten geführt, bis sich das Große Unglück endlich aus dem Staub gemacht hätte.

Norma hatte versucht, dieses Kinderwissen um die Bewältigung von Leid an ihren eigenen Sohn weiterzugeben, aber irgendwie fehlte ihr die Magie der Großmutter. Donnie hatte zwar am nächsten Morgen nicht mehr geweint, aber der gehetzte unglückliche Ausdruck in seinen Augen war geblieben. Für lange Zeit, manchmal sogar noch heute, sah Norma es ganz deutlich, wenn Donnie sich für verraten und verloren hielt.

Ohne dass sie auch nur ein Wort darüber verloren hätten, war Norma klar, dass ihr nun erwachsener Sohn zum ersten Mal richtigen Liebeskummer erlitt, und sie haderte mit dem Schicksal, dass ihm ausgerechnet dieses Flittchen sein Herz stehlen musste. Hergelaufenes Pack, dachte sie, obwohl die Familie von Maggie nun auch schon seit zwanzig Jahren im Tal lebte. Aber bei diesen Zugewanderten fehlte einfach der Hintergrund einer langen, allen bekannten Familiengeschichte. Man konnte nie wissen, woran man war, wenn jemand einfach nur Smith hieß.

Aber jetzt ging es nicht um Donnies Probleme, sondern ihre eigenen. Sie würde nicht mehr wie als Kind an der Hand ihrer Großmutter zu der Quelle weit oberhalb des Dorfes steigen. Dort, hatte die alte Frau ihr gesagt, wäre der Eingang zum Reich der *‚Kleinen Leute‘*. In der zweiten Nacht nach Neumond, wenn der Mond nur eine ganz zarte Sichel bildete und der Nebel die Berge einschloss, könnte man, wenn man ganz fest daran glaubte und mit geschlossenen Augen dreimal die Quelle umrundete, das Tor auf einmal deutlich vor sich sehen. Einige sehr Beherzte hatten angeklopft und waren eingelassen worden. Aber keiner dieser Verwegenen wäre jemals zurückgekommen. Obwohl sie vielleicht in Saus und Braus ewig weiterlebten, blieben die Vernünftigeren doch vor dem Tor stehen und sagten nur ihre Bitten. Dann bestand die Möglichkeit Hilfe zu erhalten, vielleicht, unter Umständen, wenn die *‚Kleinen Leute‘* gerade in der richtigen Stimmung waren. Wenn man die Bitte aus vollem Herzen und mit reinem Gewissen aussprach! Naja, dachte Norma, aber ihre Probleme waren nicht gerade von der Art, die man zu denen tragen konnte.

Sie fand Steven in seinem Zimmer, noch nicht ausgezogen, aber lang ausgestreckt auf seinem Bett mit einem Buch in der Hand. „Kann ich hereinkommen?"

„Aber natürlich."

Steven war vom Bett aufgesprungen, in seine Schuhe gefahren und hatte das Buch zugeklappt. Er hatte es so gelegt, dass Norma den Titel nicht sehen konnte, als wäre es ihm peinlich. „Ist es dir lieber, wenn ich herunterkomme?", fragte er. Er war sogar ein bisschen rot geworden.

Norma dachte, wie seltsam, dass er immer noch so schüchtern ist. Was für ein Gegensatz zu Jeremy! Und trotzdem waren die beiden Freunde gewesen. Jeremy, das wusste sie, hielt eine Menge von Steven und wurde ärgerlich, wenn sich jemand über ihn lustig machte, was die Leute im Dorf hinter seinem Rücken gern taten, wegen seiner für sie ungewohnten akademischen Ausdrucksweise, seiner roten Haare und der oft kindhaft ungelenk wirkenden Schlacksigkeit.

„Nein", antwortete sie. „Ich störe dich nur einen Moment. Es ist so, dass morgen um zehn Uhr der Anwalt aus der Stadt kommt. Es geht um Jeremys Testament. Du müsstest auch dabei sein, hat er gesagt."

„Ich?"

„Ja. Er hat heute angerufen. Er hat wissen wollen, wie man dich erreichen kann. Ich habe ihm gesagt, dass du gerade hier bist. Da hat er gesagt, dass er herkommen wird. Und dass ich dir Bescheid sagen soll. Weil er doch nicht gewusst hat, wie er dich sonst erreichen soll."

„Bedeutet das, dass ich irgendwie in Jeremys Testament vorkomme?"

„Wird wohl so sein. Du bist nicht der einzige. Susan wird auch da sein, wegen Edith. Schließlich ist sie seine Tochter, nicht wahr? Und wir natürlich auch."

„Weißt du, worum es geht?"

„Keine Ahnung! Ich habe noch nicht einmal gewusst, dass er ein Testament gemacht hat. Obwohl, eigentlich ist es logisch, weil er doch Angehörige hatte. Aber dann denke ich wieder, er hat doch nie ernsthaft daran gedacht, dass er auch einmal sterben könnte."

„Hatte er sonst keine Familie?"

Norma schüttelte den Kopf. „Jedenfalls keine, die ich kenne. Er hat ja nie viel über sich erzählt. Aber er hat auch nie Post von Verwandten bekommen, nicht einmal Weihnachtskarten. Hat er mit dir jemals über seine Leute gesprochen?"

„Nicht direkt. Höchstens so allgemein, wie man eben sagte: ‚meine Mutter' oder ‚mein Vater'. Ich hatte den Eindruck, sie lebten nicht mehr. Aber Geschwister hat er nie erwähnt. Und das hätte er doch wahrscheinlich getan, wenn er welche gehabt hätte? Oder?"

„Wer kann das bei Jeremy schon wissen? Auf jeden Fall weißt du Bescheid. Morgen um zehn."

Steven hatte keine Gelegenheit gehabt, mit Susan zu reden, außer den paar hölzernen Worten, die sie nach Jeremys Beerdigung gewechselt hatten. Aber das war auch seine eigene Schuld, dachte er, als er wieder auf dem Bett lag und die Decke anstarrte. Er verbot sich, was er doch schrecklich vermisste, bei Susan in dem bequemen alten Sessel neben dem Feuerplatz zu sitzen und die gleichmütige Freundlichkeit zu spüren, mit der sie ihn aufnahm. Ohne ihn besonders zu beachten, ließ sie ihn reden und machte nur ab und zu überraschend originelle Bemerkungen. Ihre Hände, die Wäsche zusammenlegten, etwas ausbesserten, Blumen zurechtzupften, alles das war ihm ein vertrauter Teil jedes Sommers geworden.

Er hätte gesagt, er nähme Rücksicht auf sie, hätte ihn jemand gefragt. Aber natürlich fragte ihn niemand. Und niemand verdächtigte ihn, dass er sich selbst etwas vormachte. Die Wahrheit war, dass er sich in Susans Haus mehr vor dem Schatten Jeremys fürchtete als an jedem anderen Ort. Überall sonst war Jeremy sein Freund, in Susans Haus jedoch war er immer sein größter Feind gewesen. Und tot, so fürchtete Steven, war Jeremy für ihn endgültig unbezwingbar geworden.

Er erinnerte sich sehr gut an die heftigen Auseinandersetzungen, die er in der ersten Zeit mit Susan gehabt hatte. Als er sie umwarb, mit einer Beharrlichkeit, die er sonst nur seiner Wissenschaft widmete. Bevor sie schließlich in einer Art Waffenstillstand das Thema „Jeremy" zu den Akten gelegt hatten und in eine Freundschaft eingemündet waren, die jegliche Erwähnung von „Liebe" zum Tabu machte und ihm dafür gestattete, wann immer er das Bedürfnis danach hatte, ihre Nähe zu suchen, ohne dafür eine Erklärung abgeben zu müssen.

Sie hatte ihn mit ihren großen Madonnenaugen angesehen und gesagt: „Du verstehst nichts!" Sie hatte es mit einer solchen Endgültigkeit und einer Gleichgültigkeit jenseits des Zorns gesagt, dass es ihn völlig hilflos machte. Er bemühte sich sehr, sie zu verstehen. Aber gleichzeitig wollte er ihr auch helfen, sich zu retten, weil er spürte, dass sie jeder Tag und jede Stunde, die sie weiter in dieser absurden Hoffnung auf Jeremys dauerhafte Zuneigung verbrachte, nur noch tiefer ins Unglück stürzen würde. Wenn er ihr den lebendigen Jeremy nicht ausreden konnte, der sie quälte und verletzte, sie anzog und sie immer wieder von sich stieß, wieviel weniger konnte er gegen einen Toten argumentieren, den die Erinnerung im Laufe der Zeit auch noch verklären würde?

Es hatte keinen Sinn, weiter zu grübeln. Entschlossen griff er zu seinem Buch, aber der ausführliche, um nicht zu sagen, langatmige Bericht über das Aufspüren von Heiligen Brunnen in der Bretagne, ihre Erbauer und deren spirituelle Hintergründe, vermochte ihn nicht mehr zu fesseln. Nachdem er drei Seiten umgeblättert hatte, nur um dann zu merken, dass er sich nicht an ein einziges Wort erinnern konnte, tauschte er das Buch gegen eine Fachzeitschrift ein.

Ohne großes Interesse blätterte er die Seiten um und betrachtete eigentlich nur die Abbildungen der besprochenen Kunstwerke. „Ich sollte mir vielleicht lieber einen Comic kaufen, Texte scheinen mich im Moment zu überfordern." Schließlich blieb sein Blick an einem Satz hängen: „Thematisch beruft sich Brady selbstbewusst auf Leonardo da Vinci, dessen Zeichnungen er als ‚unmittelbare Wiedergabe von Gedanken' empfindet, ‚die eine neue Naturwissenschaft begründet'. Wie sehr Brady dabei auf das Wort ‚neu', auf Veränderung, fixiert ist, lässt sich fast von jedem Blatt und jeder Zeichnung ablesen. Alles scheint – mit einem Brady-Wort – ‚in besonders großer Flüssigkeit und Beweglichkeit' zu sein. Linien und Formen erwecken den Eindruck, als sei das Zeichenblatt nur eine Durchgangsstation flüchtiger Materialisation von Kräften, die in die Natur zurückdrängen. Selbst ein statisches Kreuz befindet sich im Widerstreit mit einer Endgestalt; die Farben Braun und Schwarz liegen sozusagen im Clinch um die Vormacht im christlichen Symbol."

Empört sprang Steven auf die Füße, ein solcher Unsinn konnte einfach nicht unwidersprochen bleiben. Er setzte sich an den Tisch und zog seinen Laptop heran, um einen seiner berühmten sarkastischen Leserbriefe zu schreiben, aber als er alles in der für ihn notwendigen Ordnung um sich herum arrangiert hatte, war das Feuer seines Zorns bereits wieder erloschen. Er versuchte es mit drei verschiedenen Anfangssätzen, aber keiner behagte ihm. Er musste sich eingestehen, dass er sich fühlte, als stocherte er nur noch mühsam in einer letzten Glut herum, in dem vergeblichen Bemühen, die Flamme des Zorns wieder anzufachen.

„Es interessiert mich einfach nicht genug!", dachte er. „Sollen sie doch schreiben, was sie wollen!" Er legte sich wieder auf das Bett und verbrachte die nächsten Stunden damit die Decke anzustarren.

Kapitel 4

„Ich werde morgen da nicht hingehen!“, rief Susan schließlich aus, nachdem das Schweigen zwischen ihnen gehangen hatte wie ein verstaubter Schleier.

„Du wirst!“ Edith baute sich vor ihrer Mutter auf, die Fäuste in den Seiten, die Füße in den Boden gestemmt, als zöge sie von daher ihre Kraft.

Susan starrte ihre aufgebrachte Tochter an und schüttelte schließlich nur müde den Kopf.

„Du wirst dahin gehen!“, wiederholte das Kind störrisch. „Ich will es! Der Anwalt hat gesagt, es geht um mich. Du musst mich nur vertreten, weil ich noch minderjährig bin. Und, verdammt noch mal, du wirst mich vertreten!“

„Schrei mich nicht an! Was versprichst du dir davon, wenn ich gehe?“

„Er war schließlich mein Vater. Oder?“

„Ein schöner Vater!“ Susans Stimme klang heiser. So war sie immer, wenn der Abscheu ihr fast die Kehle zuschnürte.

Edith schossen die Tränen in die Augen. Aber sie hielt stand. Sie hatte, seit sie denken konnte, das Gefühl, dass nicht aller Hass ihrer Mutter auf den Vater gerichtet war, sondern dass ein Teil des Hasses auch ihr galt, der ungewollten Tochter.

Susan stand auf und ging zum Fenster hinüber. Sie blickte nach draußen, ohne etwas zu sehen. Keiner ahnte, dass sie an diesem schrecklichen Tag früher nach Hause gekommen war und Jeremy mit Edith gesehen hatte. Sie hatte mit ihrer Tochter darüber nicht sprechen können. Hätte sie den Eindruck gehabt, Edith hätte ihren Vater dazu ermuntert, sie hätte sie umgebracht. Aber sie hatte nur Bestürzung und Angst in Ediths Gesicht gesehen und gleichzeitig ihr unschuldiges Nichtverstehen, und sie hatte begriffen, dass das Schlimmste noch nicht geschehen war.

Edith ahnte nichts davon, aber Susan wusste, was sie tat, als sie sich auf den Dorfplatz stellte und brüllte, dass sie Jeremy nicht mehr in der Nähe ihrer Tochter dulden würde. „Ich bringe dich um, wenn du das Kind noch einmal anrührst!“, hatte sie gebrüllt, sodass jeder es hören konnte. Und nun war Jeremy tot und ihr Herz war kalt.

Sie wandte sich zu ihrer Tochter um und sagte mit ruhigerer, fast bittender Stimme: „Ich verstehe dich wirklich nicht, Kind. Du und ich, wir waren uns doch einig, dass wir nichts von ihm wollen. Warum jetzt auf einmal die Aufregung, wegen irgendeiner Erbschaft?“

„Weil er tot ist! Deshalb! Warum soll ich auf etwas verzichten, was mir zusteht? Er weiß nichts davon. Er kann nicht mehr über dich triumphieren. Falls das alles Unsinn ist, können wir immer noch ablehnen. Aber wenn du morgen da nicht hingehst, werde ich mich für den Rest meines Lebens fragen, was er mir wohl hinterlassen wollte?“

„Du meinst, er liebt dich genug, um etwas für dich zu tun? Du hoffst immer noch, er wäre in der Lage, wie ein richtiger Vater zu fühlen! Vergiss es! Das wird er niemals tun!“

„Merkst du eigentlich, dass du die ganze Zeit redest, als wäre er noch da?“ Ediths Stimme hatte einen leisen gehässigen Unterton. „Du willst einfach nicht zugeben, dass er tot ist! Dass es vorbei ist! Glaubst du wirklich immer noch, du könntest ihn mit deinen kleinen Tricks zurückholen? Von dort, wo er jetzt ist, kommt er nicht zurück! Nicht zu dir und nicht zu irgendeiner anderen Frau!“

Susan brach in sich zusammen, fiel auf den Sessel und schlug die Hände vors Gesicht. Schluchzen schüttelte sie. Edith fühlte sich beschämt und hilflos. Alle Gehässigkeit war auf der Stelle vergessen, sie war nur noch ein Kind, das fassungslos über den Schmerz der geliebten Mutter ist. Sie fiel neben dem Sessel auf die Knie und versuchte ungeschickt, die Hände und Arme ihrer Mutter zu streicheln.

Susan hob den Kopf und sah ihre Tochter an. Nicht zum ersten Mal dachte sie: „Er ist wirklich dein Vater. Wie ähnlich du ihm bist! Ich wünschte, du wärest nie geboren worden!“

Wieder einmal hätte keiner sagen könne, wie die Nachricht sich verbreitet hatte, aber als Steven am nächsten Morgen gegen zehn Uhr in die Hotelhalle kam, sah er, dass die Bar trotz der frühen Stunde ungewöhnlich gut besucht war. Viele der Kirchenältesten, die Jeremys christliche Beerdigung gestattet hatten, standen da zusammen mit ein paar jungen Männern, die angeblich gerade nichts Besseres zu tun hatten, während einige Frauen in der kleinen Hotelhalle Platz genommen hatten und von Norma mit spöttischer Aufmerksamkeit Kaffee serviert bekamen.

„Wenn sie schon wegen des Spektakels gekommen sind, dann sollen sie wenigstens dafür bezahlen!", flüsterte Norma Steven im Vorbeigehen zu, nachdem sie unerbittlich neben der alten Mrs. MacDonald stehen geblieben war, bis auch diese sich aufgerafft hatte, eine Tasse Tee zu bestellen.

Das Eintreffen des Rechtsanwaltes brachte die unterdrückte Erregung zum Sieden. Ein großer schwarzer Rover war vorgefahren, ein älterer, weißhaariger Herr war ausgestiegen. Jetzt zog er sein etwas verbeultes Jackett zurecht, angelte nach einer Aktentasche, die auf dem Beifahrersitz lag, und betrat die Halle. Mit hochgezogenen Augenbrauen nahm er die vielen neugierigen Blicke zur Kenntnis, die ihm folgten, als Norma ihn leise begrüßte und ihn in ihren privaten Bereich führte. Steven und Donnie, der seinen Platz hinter der Bar an eine der hilfsbereiten Nachbarinnen abgeben hatte, folgten ihnen.

Steven war eigentlich nicht überrascht, auch Hamish MacLeod in Normas Wohnzimmer vorzufinden. Er hatte gerade den Rechtsanwalt begrüßt und wandte sich nun mit der Geste des Hausherrn Steven zu, um ihn einzuladen, Platz zu nehmen.

„Wir sollten noch auf Susan warten", schlug Hamish vor, als alle saßen. Sie warteten stumm. Das Ticken der Uhr an der Wand tönte laut in der Stille des Zimmers. Der Anwalt räusperte sich zu guter Letzt: „Das ist ein schönes Tal, das Sie hier haben", meinte er. „Allerdings ein bisschen abgelegen."

Hamish schnaubte höflich Zustimmung.

„Wie war das Wetter denn so in den letzten Tagen hier auf Ihrer Seite?“ Der Anwalt wandte sich nun an Norma.

„Ging so.“

Dann wurde es wieder still.

„Da kommt sie!“ sagte Donnie.

„Geh und lass sie hinten rein! Sie soll nicht durch die Halle an all den Weibern vorbeigehen müssen.“

Susan war in der Mitte des Raumes stehen geblieben. Sie nickte kurz einmal in die Runde. Norma deutete auf den Stuhl neben Steven. Susan setzte sich steif nieder, so als wollte sie vermeiden, mit dem Rücken die Lehne zu berühren.

„Ich nehme an, Sie sind Susan MacDonald?“

Sie nickte Zustimmung.

„Mein Name ist Melrose. Ich vertrete Miller, Melrose und Barnett. Der verstorbene Jeremy Richardson hat ein Testament verfasst und in unserer Obhut gelassen.“ Der Anwalt sah sich um. „Mr. und Mrs. MacLeod kenne ich bereits. Dies, nehme ich an, ist Ihr Sohn Donald? Ja? Dann müssen Sie Steven MacFarlane sein, der Freund des Verstorbenen?“

„Nun ja...“ Die Beschreibung machte Steven befangen, vor allem, weil er Susans Blick auffing, der ihn schmerzte, ohne dass er ihn hätte deuten können.

„Gut. Dann sind wir also vollzählig. Ich verlese jetzt das Testament.“

Er öffnete seine Aktentasche und zog einen dünnen Hefter hervor, dem er ein einzelnes Blatt entnahm:

Ich, Jeremy Richardson, geboren den soundsovielten und so weiter, verfüge hiermit wie folgt über meinen Nachlass:

1. Für meine Tochter Edith MacDonald, Tochter von Susan MacDonald habe ich ein Konto angelegt, welches ihr zu ihrem achtzehnten Geburtstag zur Verfügung steht. Die Hälfte der von mir abgeschlossenen Lebensversicherung über 50.000 £ soll ebenfalls auf dieses für meine Tochter bestimmten Konto eingezahlt werden. Die treuhänderische Verwaltung bis zum Moment der Übergabe liegt bei den Anwälten Miller, Melrose und Barnett. Ich bitte ihre Mutter Susan MacDonald, Vernunft anzunehmen und selbst, falls sie das Recht dazu noch haben sollte, dieses Legat für meine Tochter nicht zurückzuweisen. Ich war immer bereit, für Edith zu sorgen, aber Susans Stolz hat das verhindert. Sie soll Edith selbst entscheiden lassen, was sie mit ihrem Leben und ihrer Zukunft machen will. Vielleicht wird sie das Geld noch einmal gut gebrauchen können.

2. Die andere Hälfte der Lebensversicherung vermache ich Donald MacLeod. Ich fürchte, wir haben nicht gut zueinander gepasst. Ich habe ihn ebenso wenig zum Sohn haben wollen, wie er mich zum Vater. Dennoch möchte ich, dass er seine Chance bekommt. Ich würde mich freuen, wenn er sich endlich aufraffen könnte, die Schürzenzipfel seiner Mutter loszulassen und etwas mehr von der Welt zu sehen, und wenn er dazu dieses Geld nutzen könnte, woanders eine vernünftige Ausbildung zu machen. Weiterhin vermache ich ihm mein Boot, in der Hoffnung, dass er es nicht sofort zum Kentern bringt.

3. Die goldene Uhr und die goldenen Manschettenknöpfe, die ich von meinem Vater geerbt habe, vermache ich Hamish MacLeod mit der Bitte, sie später an seinen Sohn weiterzugeben. Was immer Hamish vermutet hat, ich hatte nie etwas dagegen, die Frau mit ihm zu teilen. Ich habe mit so vielen Männern die Frauen geteilt. Es gab also keinen Grund für die Geheimnistuerei, die Hamish und Norma all die Jahre für mich veranstaltet haben. Dieses Geschenk ist ein Zeichen meines Einverständnisses, wenn Hamish jetzt wieder seinen angestammten Platz in Normas Bett einnimmt.

4. Dem Ort Kinlochlever vermache ich 5.000 £. Die Gemeinde soll dafür neue Bänke am Pier aufstellen, mit Schildern, die mich als Spender nennen. Ich bedauere nur, die Gesichter nicht zu sehen, mit denen sich unsere lieben Nachbarn und vor allem die Nachbarinnen auf etwas niederlassen müssen, das meinen Namen trägt.

5. Zum alleinigen Erben aller meiner übrigen Besitztümer habe ich Steven MacFarlane bestimmt, der über viele Jahre der beste und treuesten Freund war, den ich je hatte. Steven träumt davon, sich hier niederzulassen. Ich weiß auch, dass sich sein Traum nicht nur auf die schöne Landschaft bezieht. Dieses Erbe gibt ihm nicht nur die Möglichkeit, es zu tun, es soll ihn dazu zwingen, sich endlich zu entscheiden.

Allerdings verfüge ich, dass Norma MacLeod ein lebenslängliches Wohnrecht im Hotel eingeräumt wird. Und einen guten Rat habe ich noch für ihn: er täte gut daran, sie das Hotel so weiterführen zu lassen, wie sie es gewohnt ist.

Und vermutlich wird er ihr auch ein besseres Gehalt zahlen, als ich es je getan habe. Ich hoffe, dass sein gutes Herz nicht dazu führt, dass er in Kürze pleite ist.

Zum Vollstrecker dieses Testaments bestimme ich Mr. Melrose von der Kanzlei Miller, Melrose und Barnett.

Kinlochlever, den soundsovielten

Jeremy Richardson

Zeugen: Allison Smith und Jack Anderson, beide Rechtsanwaltskanzlei Miller, Melrose und Barnett.

Wieder dröhnte nur das Ticken der Wanduhr ihnen allen in den Ohren. Susan saß mit gesenkten Kopf da und atmete heftig, als wäre sie gerannt.

„Das ist unmöglich!“, murmelte Steven schließlich. „Das kann ich auf keinen Fall annehmen.“ Er wandte sich dem Anwalt zu. „Was geschieht, wenn ich das ablehne?“

„Dann werden wir versuchen müssen, die gesetzlichen Erben zu finden. Das wird nicht leicht sein. Warum sollten Sie es nicht annehmen?“

„Ich habe überhaupt kein Recht darauf. Das Erbe, das ist doch vor allem das Hotel, oder? Wenn jemand ein Recht darauf hat, dann Norma MacLeod und ihr Sohn. Schließlich hat es ihnen früher gehört und sie haben ihr ganzes Leben dafür gearbeitet.“

Norma hatte während der Verlesung des Testaments still auf ihrem Stuhl gesessen, wie sie stets etwas undurchdringlich Ruhiges an sich hatte. Erstaunlicherweise lächelte sie jetzt auf einmal Steven an, ein Lächeln, das so fehl am Platz schien, dass dieser sich peinlich berührt fühlte.

„Rege dich nicht auf, Steven!“, sagte sie. „Das Hotel ist nicht zu vererben. Es gehört mir sowieso!“

„Wie bitte?“ Das war die ungläubige Stimme des Anwaltes.

Norma lachte. Es begann mit einem seltsamen Laut zwischen zusammengepressten Zähnen, aber dann konnte sie es nicht mehr zurückhalten. Sie lachte so, dass sie sich schließlich an Hamishs Arm festhalten musste. Steven dachte, sie müsste übergeschnappt sein.

Schließlich wiederholte sie: „Das Hotel gehört mir! Jeremy hat es mir schon vor einiger Zeit überschrieben. Mit allem Grund und Boden und allem Inventar, einschließlich dieser Wohnung.“

Fast spöttisch sah sie Steven an: „Vielleicht findet sich ja noch etwas, was Jeremy gehört, das du erben kannst! Das Hotel gehört auf jeden Fall den MacLeods.“

„Können Sie das denn beweisen?“, fragte der Anwalt steif vor Empörung.

„Natürlich kann sie das beweisen!“, mischte sich Hamish ein. „Grundstücksurkunde und alles. Es liegt alles bei den Anwälten Pollard und Long. Kollegen von Ihnen!“

„Und wann soll das gewesen sein?“

„Vor vier, fünf Monaten etwa. Es war am Ende des Winters.“

„Das Testament ist vor einem Jahr unterschrieben worden. Im September. Wenn er sich ein halbes Jahr später anders entschieden hat, warum hat er dann sein Testament nicht geändert? So macht das doch keinen Sinn.“ Der Anwalt klang fast ein bisschen verzagt.

Norma stand resolut auf: „So war er halt! Jeremy! Immer etwas Neues im Kopf. Hat doch keiner gewusst, was er immerfort geplant hat.“

Der Anwalt hatte sich ebenfalls erhoben: „Das Testament ist auf jeden Fall gültig. Falls die Überschreibung des Besitzes auf Sie in Ordnung ist, wovon ich jetzt einmal ausgehe, was ich aber natürlich überprüfen muss, dann ist Professor MacFarlane immer noch der

Erbe für alles, was als Mr. Richardsons Eigentum zum Zeitpunkt seines Todes zu gelten hat. Was das ist, muss natürlich festgestellt werden. Das andere sind Legate, die erfüllt werden müssen, soweit die Mittel dafür vorhanden sind."

„Kann ich das Legat für meine Tochter ablehnen?", fragte Susan.

„Warum sollten Sie das tun?" Der Rechtsanwalt fuhr erstaunt und ein wenig verärgert zu ihr herum. Es hatte schon genug Störungen des üblichen Ablaufes gegeben. Er war es nicht gewöhnt, mit Erben konfrontiert zu sein, die nichts eiligeres zu tun hatten, als abzulehnen.

„Das tut jetzt nichts zur Sache. Ich will nur wissen, ob ich es rechtlich kann."

„Wie alt ist Ihre Tochter?"

„Vierzehn."

„Nun, wenn sie vierzehn ist, dann hat sie ein erhebliches Mitspracherecht. Sie können nicht gegen ihren Willen etwas ablehnen, von dem sie nur Vorteile hat und keine Nachteile. Und ich kann nicht sehen, wie ihr aus dieser Hinterlassenschaft Nachteile entstehen sollten. Sie kann natürlich nicht über das Geld verfügen. Ebenso wenig wie Sie, Mrs. MacDonald. Aber Sie können sie nicht daran hindern, wenn sie achtzehn ist, mit dem Geld zu machen, was sie will. Ich denke, Sie sollten mit ihrer Tochter darüber sprechen und sie dann entscheiden lassen. Mit vierzehn sind junge Mädchen doch schon sehr vernünftig."

Susan setzte sich wortlos wieder hin und verkrampfte ihre Hände im Schoß.

„Und Sie, Mr. MacLeod, haben Sie auch Bedenken, das Legat anzunehmen?" Er sah mit gelinder Resignation zu Donnie hinüber. Der blickte seine Mutter an, dann suchten seine Augen die seines Vaters. Schließlich schüttelte er den Kopf. „Nein, ich glaube nicht." Er war rot geworden, wie immer, wenn er vor fremden Menschen über persönliche Dinge Auskunft geben musste.

„Gut. Sie haben zwei Wochen Zeit, Ihre jeweiligen Entscheidungen zu treffen. Was das Erbe betrifft, so schlage ich vor, dass Sie, Mrs. MacLeod und Sie, Professor, sich zusammensetzen und das Eigentum des Verstorbenen durchgehen, insbesondere daraufhin, ob es Bankkonten, Sparbücher oder ähnliches gibt. Wenn Sie irgendwelche Unterlagen finden, teilen Sie es mir sofort mit. Die Banken werden zwar Ihnen keine Auskunft geben, in meiner Eigenschaft als Testamentsvollstrecker kann ich aber die eventuellen Summen feststellen lassen. Gibt es noch irgendwelche Fragen?"

Keiner antwortete. Steven schüttelte nur stumm mit dem Kopf.

„Ich denke, das ist dann alles für den Augenblick. Falls Sie noch Fragen haben, können Sie mich in meiner Kanzlei erreichen."

Er zog seine Brieftasche und entnahm ihr einige Visitenkarten, die er auf den Tisch legte. „Ich darf mich dann verabschieden?" Er wandte sich zur Tür, als diese im selben Moment von außen aufgerissen wurde.

„Ich sehe, ich komme gerade noch zurecht! Hier wird wohl das Fell des Bären verteilt. Aber nicht so hastig, meine Freunde! Bevor sich hier einer seines Erbes erfreut, will ich erst einmal das hier bezahlt haben!"

Der Eindringling warf ein beschriebenes Blatt Papier auf den Tisch. „Ich hätte von Ihnen erwartet, dass Sie von selbst zu mir kommen, Norma! Wenigstens, um mich zu informieren, wie die Dinge stehen. Ich finde es eine wirkliche Unverschämtheit, dass ich nur zufällig durch das Gerede der Leute erfahre, dass heute hier die Testamentseröffnung ist."

Die Raum Versammelten starrten ihn verblüfft an. Dann blickten sie fragend zu Norma hinüber, die als Antwort nur mit den Schultern zuckte. Anwalt Melrose fasste sich als erster: „Guten Tag, Sir. Mein Name ist Melrose. Ich bin der von dem verstorbenen Jeremy Richardson bestimmte Testamentsvollstrecker. Sie scheinen mir einen Anspruch anmelden zu wollen? Mit wem habe ich übrigens das Vergnügen?“

„Das ist seine Lordschaft, der Earl of Leverdale“, murmelte Donnie verlegen.

„Richtig!“, polterte der Graf. „Und richtig, ich habe einen Anspruch. 30.000 £! Das ist mein Anspruch! Hier ist der Schuldschein. Geschrieben und unterschrieben von dem ehrenwerten Verstorbenen. Sie können ihn alle sehen. Bevor also hier irgendetwas verteilt wird, will ich erst mein Geld zurück.“

Hamish MacLeod nahm den Schuldschein auf, las ihn kurz und reichte ihn Norma hinüber. Diese sah kurz auf das Papier und sah dann Hamish an, mit einem langen, nachdenklichen Blick. Steven dachte, wie sie sich so anschauen, sehen sie beide aus, als teilten sie einen heimlichen Witz.

„Darf ich bitten?“

Norma reichte das Blatt dem Anwalt weiter. Der schob seine Brille auf der Nase zurecht und las halblaut: „Ich, Jeremy Richardson, geboren dann und dann, wohnhaft Kinlochlever, erkläre hiermit, dass ich 30.000 £ von dem Earl of Leverdale erhalten habe.

Diese Summe ist eine Anzahlung des Earls of Leverdale auf seinen Anteil an dem Projekt: Highland Adventure Park Ltd. Sollte, aus welchen Gründen auch immer, das Projekt nicht zustande kommen, verpflichte ich mich, die Summe dem Earl of Leverdale zurückzuerstatten. Als Sicherheit setze ich das Hotel MacLeods Inn ein. Kinlochlever, den 5. Mai ..., Unterschrift.“

„Und wo ist der Highland Adventure Park?“, schnaubte der Earl. „Gestorben! Zusammen mit seinem Erfinder! Also will ich mein Geld zurück.“

„Highland Adventure Park?", fragte Steven. „Was soll denn das sein?"

„Wann, sagen Sie, hat Mr. Richardson das Hotel auf Sie überschrieben?", fragte Anwalt Melrose Norma im gleichen Moment, als ginge ihm auf einmal ein Licht auf.

Hamish antwortete an Normas Stelle langsam und bedächtig: „Er hat es im März oder April auf Norma überschrieben. Das genaue Datum müsste ich nachschauen. Aber auf jeden Fall vor dem Mai. Ende April waren schon die neuen Lämmer da. Und ich kann mich erinnern, als der Vertrag gemacht wurde, haben wir noch darüber geredet, dass die Lämmer nun bald geboren werden."

„Was? Wie?", donnerte der Graf. „Was heißt das, das Hotel ist überschrieben?"

„Das heißt," der Anwalt bemühte sich ein verräterisches Zucken um die Mundwinkel zu unterdrücken, „dass zu dem Zeitpunkt, als dieser Schuldschein geschrieben wurde, das Hotel nicht mehr Mr. Richardson gehörte. Er hat Ihnen einen Schuldschein ausgestellt auf etwas, was er nicht mehr besaß."

„Aber das ist Betrug!", brüllte der Earl. „Ich gehe zur Polizei!"

Der Anwalt zuckte mit den Achseln. „Ich glaube nicht, dass eine Anzeige unter diesen Umständen noch viel bringen würde. Was meinen Sie?"

Der Earl hielt einen Moment inne und starrte ihn an. Dann sagte er etwas ruhiger: „Ach so, ja. Ich verstehe." Er sah in die Runde: „Dann muss ich mich halt an die Erben halten. Das Recht habe ich ja wohl, Herr Rechtsanwalt? Oder? Wenn Norma nun das Hotel gehört, dann muss sie ja wohl auch für Jeremys Schulden einstehen."

Der Anwalt schüttelte den Kopf: „Ich muss Sie leider enttäuschen. Mrs. MacLeod hat das Hotel nicht geerbt. Das Hotel wurde ihr von Mr. Richardson überschrieben. Hier, das ist der Erbe. Sie haben natürlich das Recht, das Geld von ihm zu fordern." Der Anwalt deutete auf Steven. „Das Problem ist nur, dass wir bisher nicht wissen, ob es überhaupt etwas zu erben gibt. Und der Erbe kann natürlich die Erbschaft immer noch ausschlagen."

Steven machte eine kleine Verbeugung und breitete die Hände in einer Geste belustigter Verzweiflung aus.

Der Earl of Leverdale funkelte ihn wütend an: „Also Sie beerben diesen feinen Herrn! Na, Sie werden von mir hören. Darauf können Sie Gift nehmen. MacFarlane!" Damit stob er wieder zur Tür hinaus, die er hinter sich zuknallte.

„Ich glaube, wir können jetzt alle einen Schluck vertragen!", sagte Norma mit ihrer üblichen gleichmütigen Stimme in das betretene Schweigen hinein.

Hamish räusperte sich. „Gute Idee! Donnie?"

„Klar, klar. Bin schon unterwegs!"

Nach wenigen Augenblicken kam Donnie mit einer Flasche Whisky unter dem Arm, Gläsern in der einen und einem Wasserkrug in der anderen Hand zurück. Hamish zog ihm vorsichtig die Flasche unter dem Arm hervor, bevor er sie bei dem Versuch, alles gleichzeitig auf den Tisch zu stellen, fallenlassen konnte.

„Wäre doch schade darum...", sagte er, während er sich anschickte, einzuschenken.

„Ich schulde seiner Lordschaft also 30.000 £, wenn ich die Erbschaft annehme?" sagte Steven mit einem tiefen Seufzer.

„Rechtlich gesehen schon", bestätigte der Anwalt, der sein Jackett aufgeknöpft und die Brille abgenommen hatte, und gleich um vieles menschlicher wirkte.

„Und wenn ich die Erbschaft ablehne, dann nicht?"

„Nein, dann nicht."

„Aber dann lehne ich doch die Erbschaft sofort ab, oder?"

„Überstürzen Sie nichts! Verschaffen Sie sich doch erst einmal einen Überblick, was alles vorhanden ist. Vielleicht bleibt ja noch etwas übrig, selbst nachdem Sie die Schulden bezahlt haben."

„Aber es ist doch Geld da. Zum Beispiel die Lebensversicherung über 50.000 £?" Susans Frage klang drängend.

„Meinen Sie, so Ihr Problem mit Ihrer Tochter lösen zu können?"

Susan sah betreten zu Boden, aber der Anwalt fuhr sofort sachlich fort: „Nein, das ist nun die besondere Eigenschaft von Legaten, dass sie in diesem Falle nicht antastbar sind. Es ist eine etwas kompliziertere Materie, aber wenn Sie interessiert sind..."

Susan winkte ab. Dann kam ihr eine andere Idee: „Warum fragt eigentlich niemand, wo das viele Geld geblieben ist? Norma, was hat Jeremy mit dem ganzen Geld gemacht? Und was ist das mit diesem Highland Adventure Park?"

„Keine Ahnung! Jeremy hatte ja immer irgendwelche komischen Projekte."

Auch die anderen schüttelten nur die Köpfe.

Der Anwalt übernahm wieder die Initiative: „Man müsste tatsächlich in Erfahrung bringen, was es mit diesem Highland Adventure Park auf sich hat. Sie sollten vielleicht noch einmal versuchen, mit seiner Lordschaft zu sprechen, Mr. MacFarlane."

Die Unterredung mit dem Earl war weniger peinlich, als Steven sie sich vorgestellt hatte. Der Tag und die Nacht, die vergangen waren, hatten viel dazu beigetragen, die Gemüter zu beruhigen.

Der Earl begegnete ihm bereits, als Steven auf das Herrenhaus zuging, das etwas abgelegen inmitten eines großen Gartens mit weitausladenden alten Bäumen stand. Die zwei Labradorhündinnen, an denen der Earl mit brummiger Zuneigung hing, stürzten auf Steven zu und umsprangen ihn mit lautem, freudigen Gebell. Sie waren völlig harmlos und noch ziemlich verspielt, konnten aber mit ihrer Größe und ihren bemerkenswerten Gebissen Eindringlinge sehr wohl erschrecken.

Steven kannte die beiden Hündinnen gut, hatte er doch oft mit ihnen auf der großen Wiese nahe des Hotels herumgetobt, hatte für sie Stöcke geworfen, die sie mit glücklichem Gebell gefunden, zurückgebracht und ihm vor die Füße gelegt hatten. Er kannte auch genau die Stelle, wo liebevolles Kratzen die Hündinnen in einen absoluten Freudentaumel versetzen konnte. So beugte er sich jetzt zu ihnen herunter, streichelte das glänzende schwarze Fell und wehrte lächelnd ab, als die eine der beiden ihm dringend das Gesicht ablecken wollte.

„Laura, Lee! Zurück! Platz!“ Die Hündinnen drehten sich nur schweifwedelnd nach ihrem Besitzer um, stupsten aber sofort wieder nach Steven, als der seine Hände zurückziehen wollte.

„Lassen Sie sie doch! Sie tun mir ja nichts.“

„Ich weiß. Aber eines Tages werden sie mal mit ihren Schmutzpfoten irgendeine Lady im Sonntagsstaat anfallen. Und Sie kennen ja unsere Ladies. Ich will mir lieber nicht vorstellen, welches Donnerwetter sich dann über mir zusammenbrauen würde. Ganz zu schweigen von der Rechnung für die Reinigung.“

Der Earl griff nach Lauras Halsband und zog sie zurück. Lee begriff das offensichtlich als Aufforderung zum Spiel und begann aufgeregt um ihren Herrn herumzutanzen.

„Hör auf, Lee! Platz!“

Die Hündin setzte sich abrupt mit einer Miene, die sagte: "Hier sitzt der bravste Hund der Welt!" Ihr Hundegesicht war so ausdrucksvoll, dass die beiden Männer lachen mussten.

„Sie sind schon welche!“, brummte der Earl nicht unfreundlich.

„Wunderbare Hunde!“, meinte Steven versöhnlich.

„Ja, wunderbar! Vor allem im Winter, wenn es stürmt und dunkel ist und die Damen trotzdem morgens um sieben Uhr ihren ersten Auslauf haben müssen. Aber was will man machen? Diese großen Hunde müssen einfach rennen. Da hilft nichts!“

„Ich wollte Sie nicht bei Ihrem Spaziergang stören. Vielleicht darf ich ein paar Schritte mit Ihnen gehen? Ich möchte gern noch einmal mit Ihnen über diesen Schuldschein sprechen. Und über dieses Projekt, welches Sie gestern erwähnt haben."

„Schon recht. Habe mir schon gedacht, dass Sie deswegen gekommen sind. Ich bin gestern wohl etwas übers Ziel hinausgeschossen. Aber versetzen Sie sich mal in meine Lage! Seit Richardsons Tod warte ich darauf, dass Norma oder irgendwer mit mir spricht und mir sagt, was nun werden soll. Und nichts!

Und dann komme ich gestern mit den Hunden zurück und treffe den Gärtner, der gerade aus der Bar kommt. Am Vormittag! Na, dem habe ich vielleicht was erzählt! Und was sagt er als Entschuldigung? Dass ja wohl der Rechtsanwalt gekommen sei, um das Testament zu verlesen! Und keiner hat mir Bescheid gesagt. Ich also nichts wie hin.

Na, den Rest kennen Sie. Es tut mir leid, wenn ich zu grob war, aber es hat mich wirklich aufgeregt.“ Er sah zu Steven hinauf, der seine Schritte den seinen angepasst hatte. „Wissen Sie, ich bin kein reicher Mann, was immer die Leute auch sagen mögen. Ich habe mein Auskommen. Aber Sie glauben gar nicht, was es kostet, dieses Haus halbwegs in Stand zu halten!

Das Land? Das meiste ist sowieso nur Steine und Moos. Der Wald bringt vielleicht meinen Erben mal ein Einkommen. Bei Waldwirtschaft muss man einen langen Atem haben. Die Pacht für das Weideland ist auch seit Jahren nicht mehr gestiegen. Es geht einfach nicht, selbst wenn ich es wollte.

Die Menschen hier leben ja alle nur von der Hand in den Mund. Wenn ich die Pacht erhöhen würde, würden eine ganze Reihe von langjährigen Pächtern nicht mehr mithalten können. Sie würden aufgeben müssen, abwandern. Und die Folgen davon kennen wir ja. Nein, was die Einnahmen betrifft, reicht es so gerade aus. Also, die 30.000 £, die haben mir richtig wehgetan. Die kann ich nicht einfach so wegstecken und Feierabend sagen."

„Das verstehe ich ja alles! Sie müssen aber auch begreifen, dass keiner der Anwesenden etwas davon gewusst hat. Norma und Donnie waren ja ebenso überrascht, wie der Rest von uns. Ich bin sicher, dass sie sonst auf jeden Fall mit Ihnen Kontakt aufgenommen hätten."

„Das will ich schon glauben. Ich habe ja gestern gesehen, wie sie reagiert haben. Obwohl... nehmen Sie es mir nicht übel, aber an einer Stelle hatte ich eher den Eindruck, die MacLeods lachen mich aus."

Steven hatte denselben Eindruck gehabt, aber er bemühte sich, ernst zu bleiben und dem Earl zu versichern, er müsse sich in der Aufregung getäuscht haben.

„Ja, aber was machen wir nun?", fragte der Earl schließlich ziemlich ratlos. Steven versuchte zuversichtlich zu klingen: „Ich werde auf jeden Fall mein Bestes versuchen, um die Situation aufzuklären und Ihnen Ihr Geld zu verschaffen. Aber dazu müsste ich mehr über dieses Projekt erfahren. Und Sie sind der einzige, der mir dabei helfen kann, denn Sie haben offensichtlich die Informationen. Können wir damit anfangen, dass Sie mir erzählen, was es mit dem Highland Adventure Park auf sich hat?"

„Natürlich. Lassen Sie uns reingehen. Wir waren jetzt lange genug unterwegs, die Damen und ich. Wir machen es uns in der Bibliothek gemütlich und dann erzähle ich Ihnen alles, was ich weiß."

Sie betraten das Haus durch den Hintereingang, der in den Küchentrakt führte. Der Earl hatte, anders als seine Vorfahren, keine stattliche Dienerschaft mehr. Früher hatte er mit seiner Frau zusammen das Haus und den Garten selbst in Ordnung gehalten. Dabei hatten sie noch drei Kinder erfolgreich großgezogen, die in Edinburgh, London und New York lebten und nur noch ab und zu nach Hause kamen.

Nun, nachdem er schon einige Zeit verwitwet war, führte eine Frau aus dem Dorf ihm tagsüber den Haushalt, und der Gärtner, der sich um den Garten kümmerte, genoss als Teil seiner Bezahlung freies Wohnrecht in dem Teil des Gebäudes, in dem früher Kutschen, Pferde und die Kutscher untergebracht waren. Nebenbei hatte er sich im Laufe der Zeit auch das gewohnheitsmäßige Recht erworben, in den ehemaligen Ställen eine kleine Werkstatt zu betreiben, in der er allerlei Reparaturen ausführte und den Leuten im Tal so den langen Weg in die Stadt ersparte, wenn er auch nicht in jedem Fall völlig zuverlässig arbeitete und der Earl sich manchmal durch den Krach gestört fühlte, den das Hämmern, die Bohrer oder die Schleifmaschine machten.

Der Earl hielt Steven die schwere Eichentür auf, durch die man vom Hintereingang und dem Küchenbereich in die vorderen Räume kam, die früher den Herrschaften vorbehalten waren. Steven war bereits zwei oder dreimal hier gewesen, denn der Earl hatte ihn als eine willkommene Ergänzung zu einigen der Dinners betrachtet, zu denen er von Zeit zu Zeit einlud.

Auf diesen Festen traf man stets eine bunte Mischung von Menschen, Leute aus dem Dorf ebenso wie Freunde der Kinder aus aller Welt und den einen oder anderen speziellen Gast. Einmal war es ein berühmter Bergsteiger und Filmemacher, der in der Gegend unterwegs war, einmal war es ein bekannter Politiker, mit dem Earl seit ihrer gemeinsamen Studienzeit befreundet war.

Es ging immer fröhlich und locker zu, ohne steifes Zeremoniell, was in einem bemerkenswerten Gegensatz zu der Einrichtung des Hauses stand, die zum größten Teil noch aus dem Anfang des letzten Jahrhunderts stammte und gediegen und ehrwürdig wirkte.

„Stammt aus der Zeit noch vor Viktoria! Wissen Sie, warum wir noch so vielen alten Kram herumstehen haben?“, hatte die Gräfin wenige Monaten vor ihrem Tod Steven einmal anvertraut. „Weil wir uns neue Möbel einfach nicht leisten können. Das einzige, was wir in diesem Haus gründlich erneuert haben, waren die Heizung, die Küche und die Bäder. Und zur Silbernen Hochzeit haben wir uns ein neues Bett gegönnt! Das ist jetzt auch schon wieder so viele Jahre her! Aber für die Renovierung haben wir zehn Jahre lang eisern sparen müssen und dann haben wir noch zehn Jahre gebraucht, um unsere Schulden wieder abzubezahlen.“

Steven dachte, dass mit dem Verkauf einiger der alten Möbel oder der Gemälde das ganze Haus hätte neu eingerichtet werden können, aber er wusste, dass ein solcher Vorschlag nur auf völliges Unverständnis gestoßen wäre, also hielt er besser den Mund.

Er folgte dem Earl in die Bibliothek. Er liebte diesen Raum und konnte gut verstehen, warum der Earl ihn, seit er allein lebte, fast ausschließlich benutzte. Im Licht, das durch die hohen Fenster fiel, konnte man sehen, dass das Leder der beiden einander gegenüberstehenden Sofas und des Sessels mit der hohen Lehne abgeschabt, ja an einigen Stellen sogar gebrochen war. Auch die schweren Samtvorhänge und der große Teppich vor dem enormen Kamin mit der hellen Marmorverkleidung waren verblichen und zeigten bereits dünne Stellen. Aber das wunderbare alte Holz der Regale und Vitrinen glänzte von der Mühe, die sich Generationen mit dem Polieren gegeben hatten, und die Bücherregale bargen manche Schätze, die Steven nur mit Andacht und großer Vorsicht in die Hand nehmen wollte.

Sofas und Sessel standen um den Kamin herum, der nun im Sommer natürlich nicht beheizt wurde. Dorthin führte ihn der Earl und schenkte dann für beide einen kleinen Whisky mit einer erheblichen Menge Wasser ein, wie es sich für die frühe Tageszeit gehörte. Sie nahmen Platz und die Hündinnen ließen sich zu ihren Füßen nieder, sodass jede einen Mensch zum Streicheln hatte.

„Also schießen Sie los! Was möchten Sie wissen?“

„Vielleicht fangen wir damit an, dass Sie mir einfach erzählen, was es mit dem Highland Adventure Park auf sich hat."

„Gut. Also, das Ganze hat eine lange Vorgeschichte, die mit all dem hier zu tun hat.“ Der Earl schloss mit einer ausholenden Geste den Raum, das Haus und vielleicht sogar das ganze Tal ein. „Seit ich denken kann, noch bevor ich den Besitz von meinem Vater übernommen habe, habe ich mir den Kopf zerbrochen, wie die Situation im Tal verbessert werden könnte. Nicht nur wegen meiner eigenen Einnahmen, obwohl es ganz schön wäre, etwas besser bei Kasse zu sein, sondern auch um das Leben der Leute hier etwas leichter zu machen.

Diese Gegend ist ständig am Ausbluten, weil es zu wenig Arbeit gibt. Die Jungen müssen gehen. Stattdessen kommen Rentner, um sich hier anzusiedeln. Ich habe nichts gegen Rentner, bin ja selbst in dem Alter, aber es belastet den Gesundheitsdienst überdimensional, während der Schule die Schüler fehlen.

Viele Häuser, in den Familien viele Generationen gelebt haben, werden zu Ferienhäusern und stehen den größten Teil des Jahres leer. Verstehen Sie mich recht, ich habe auch nichts gegen Feriengäste. Der Tourismus sind ein wichtiger Teil unserer Einkommens. Aber nur eine Ferienkolonie zu sein, ist einfach zu wenig. Es ist unnatürlich. So kann eine Gemeinde auf Dauer nicht existieren.

Sie wissen ja, was passiert, wenn die jungen Leute abwandern. Zuerst lohnt sich der Bus nicht mehr, weil keiner mehr regelmäßig in die Stadt fährt. Dann muss der Laden schließen. Die Besitzer werden alt und finden keinen Nachfolger, weil das Geschäft sowieso nur schleppend läuft. Die wenigen Schulkinder müssen schließlich doppelt so lange fahren oder sie müssen ins Internat, weil die Schule vor Ort mangels Kindern geschlossen wird. Alles das vertreibt noch mehr Familien und schließlich ist außer der schönen Landschaft und ein paar Ferienhäusern nichts mehr übrig. Ich weiß, dass es durchaus Kreise gibt, die eine solche Entwicklung begrüßen würden, aber ich gehöre nicht dazu."

„Ich verstehe Sie gut. Ich weiß nicht, ob Sie wissen, dass ich ursprünglich von Stulay stamme..." Steven sagte es zögernd, denn er wollte nicht den Eindruck erwecken, über die Vergangenheit zu klagen.

Der Earl sah ihn aufmerksam an, dann nickte er. „Dann wissen Sie, wovon ich spreche. Das war eine schlimme Geschichte, diese Zwangsumsiedlungen. Ich glaube, das würden man heute nicht mehr so machen. Aber man kann die Geschichte leider nicht einfach zurückdrehen. Ja, es war ein Unglück! Dieselbe Missachtung von Menschen und ihrem Recht auf Heimat wie bei den großen Vertreibungen in den letzten Jahrhunderten. Soweit ich weiß, hat keiner meiner Vorfahren dabei besondere Schuld auf sich geladen, aber natürlich waren sie alle eine Klasse, und sie sahen das Land als etwas an, das auszubeuten sie das Recht und die Pflicht hatten. Im Namen des sogenannten Fortschritts! Für das britische Empire! Ich habe mich ein bisschen mit den Vertreibungen hier in der Region beschäftigt, als ich jünger war. Vielleicht kommt daher eine Art Schuldgefühl, der Wunsch, etwas wieder gutmachen zu wollen an den Menschen, die geblieben sind."

Der Earl nahm einen tiefen Schluck, sah einen Moment nachdenklich vor sich hin und fuhr dann fort: „Wie immer auch! Ich würde gerne dazu beitragen, in diesem Teil der Welt etwas zu bewegen. Aber es ist schwierig, sehr schwierig. Wir haben keine große Unterstützung. Hier in Schottland nicht und schon gar nicht in London. Auf wen sollten wir auch Druck ausüben mit den paar Wählern hier?

Glauben Sie mir, seit Jahren arbeiten wir daran, wenigstens die einspurigen Straßen zweispurig ausgebaut zu bekommen. Für die Touristen ist es ja vielleicht ganz charmant, immer auszuweichen und sich freundlich zuzuwinken, aber wissen Sie, was das für eine Qual ist, wenn man die Straße so schnell wie möglich hinter sich bringen will, weil bei der Frau neben einem die Wehen begonnen haben und man dauernd anhalten muss, weil so ein dusseliger Tourist mit seinem Wohnanhänger nicht rechtzeitig ausgewichen ist? Das habe ich dreimal mitgemacht!"

Er lächelte, dann wurde er wieder ernst. „Alles, was hergebracht oder von hier abtransportiert wird, dauert ewig und ist doppelt so teuer, weil der Weg über die Berge so beschwerlich ist. Und dann haben Sie noch Glück gehabt. Sie müssen einmal nachschauen, wie viele Firmen sich schlichtweg weigern etwas in die Highlands oder auf die Inseln zu liefern. Na, und dann sitzen Sie stundenlang zusammen mit einem von einer der Regierungen, reden sich den Mund fusselig und werden weggeschickt mit einem halbherzigen Versprechen, man würde sich des Problems annehmen. Und dann geschieht wieder nichts, weil gerade der Straßenbau irgendwo anders wichtiger ist."

„Verzeihen Sie, aber was hat das Ganze mit dem Highland Adventure Park zu tun?"

„Warten Sie! Ich komme gleich dazu. Ich wollte nur, dass Sie das Gesamtbild verstehen. Ich bin kein Freund von Jeremy Richardson gewesen. Wer war das schon? Aber ich habe an ihm geschätzt, dass er an diesem Punkt so ähnlich dachte wie ich, und dass er sich nicht einfach damit zufriedengeben wollte, dass alles so weiterlief, wie bisher.

Wissen Sie, die Leute hier sind auf ihre Art ja träge, nahezu südländisch. Sie machen alles so, wie sie es gewohnt sind. Wenn Sie einen Vorschlag machen, wie etwas verbessert werden könnte, bekommen Sie bestenfalls freundliche Skepsis. Jede Idee braucht mindestens zwei Generationen um einzusinken. Jeremy war da anders.

Ihm fiel ständig etwas Neues ein. Sicher waren viele seiner Ideen verrückt und undurchführbar, aber wenigstens hat er nicht, wie die meisten hier, einfach resigniert, den Kopf in den Sand gesteckt und den Dingen ihren Lauf gelassen."

„Es tut mir gut, Sie das sagen zu hören! Seit seinem Tod habe ich eigentlich nur Übles über ihn gehört. So, als wären die Leute erleichtert, dass er endlich aus ihrem Leben verschwunden ist."

„Täuschen Sie sich nicht! Ich habe nur seinen Unternehmungsgeist geschätzt. Sonst habe ich nicht viel von ihm gehalten. Ich weiß, dass Sie sich immer als sein Freund betrachtet haben, aber Sie können die Augen nicht davor verschließen, dass er wirklich üble Seiten hatte!"

„Inwiefern übel? Ich weiß, er hat Frauengeschichten gehabt. Und er war auch manchmal jähzornig und aufbrausend. Vielleicht hat er auch den einen oder anderen übers Ohr gehauen. Aber ich kann einfach nicht glauben, dass er so verabscheuungswürdig war, wie die Leute ihn jetzt hinstellen."

„Fanden Sie es nicht scheußlich, wie er sich der Mutter seiner Tochter gegenüber verhalten hat?"

„Ich maße mir nicht an, über die Beziehungen anderer Menschen zu urteilen", antwortete Steven steif und hoffte, dass er dabei nicht allzu persönlich betroffen wirkte.

„Nein?"

„Nein! Es war seine Privatsache, und es gehörten zwei dazu." Steven fühlte, wie bitter diese Einsicht für ihn selbst war.

„Und was war das damals mit dem Boot? Das war doch nicht weniger als ein geplanter Versicherungsbetrug? Immerhin eine Straftat."

„Das ist doch unbewiesen. Im Zweifel für den Angeklagten. Und außerdem habe ich immer den Eindruck gehabt, dass die Leute hier im Tal ihn damals sogar ziemlich clever fanden. Schließlich wurde niemand direkt geschädigt."

„Nur die Versicherung und die Leute, die in die Versicherung einzahlen!“, bemerkte der Earl trocken. „Sie wollen direkt Geschädigte? Würde Sie ‚Erpressung‘ mehr beeindrucken?“

„Erpressung? Wollen Sie wirklich behaupten, Jeremy hätte Leute erpresst? Wen? Und wozu?“

„Wozu erpresst man Leute? Weil man dadurch etwas erreichen will, oder?“

„Wen soll er denn erpresst haben?“

„Den alten Alistair MacDonald, zum Beispiel.“

„Und warum soll er ihn erpresst haben?“

Steven spürte, wie er langsam die Geduld verlor. Was immer der Earl ihm beweisen wollte, es interessierte ihn eigentlich nicht, weil es nicht zum Kern der Sache führte. Aber der Earl ließ nicht locker: „Nun, schließlich ist Alistair der lokale Wilddieb, nicht wahr?“

„Sie wissen das?“

„Dass er mein Rotwild schießt? Natürlich weiß ich das“, der Earl lachte. „Das war immer schon so. Wenn es nicht ein MacDonald war, war es ein MacLeod. Wenn nicht ein MacLeod, dann ein anderer Mac. So lange sie es nicht zu wild trieben, haben meine Vorfahren stets ein Auge zugedrückt. Was soll man denn sonst tun? Sie erwischen einen. Am nächsten Tag ist ein anderer unterwegs.

Aber Jeremy Richardson kam ja aus Glasgow. Er hat nicht gewusst, wie wir hier miteinander umgehen. Er hat von den Wilddiebereien profitiert, wie schon sein Vorgänger. Auch das weiß ich. Das Hotel hat dem jeweiligen Wilddieb immer das Überzählige abgekauft. Aber alles in Maßen, sage ich immer! Also, Jeremy hat sein Wild immer billig von Alistair bekommen und keine Fragen gestellt, aber eines Tages hat ihm die Menge nicht mehr gereicht oder Alistair wollte mehr Geld, auf jeden Fall gab es Streit. Und Alistair sagte, dann liefert er ihm halt überhaupt nichts mehr.

Wissen Sie, was Ihr Freund Jeremy dann gemacht hat? Er hat ihm gedroht, dass er ihn anzeigen wird. Alistair hat das nicht geglaubt, weil so etwas hier einfach nicht gemacht wird, und schließlich hatte Jeremy ja selbst jahrelang von ihm profitiert. Also hat er nur gelacht. Da ist Ihr Freund Jeremy zu mir gekommen und hat ihn bei mir angeschwärzt! Nun, es tat mir sehr leid, aber natürlich musste ich etwas unternehmen, nachdem ich offiziell eingeschaltet war. Ich habe also Alistair herbestellen müssen und habe ihm die Leviten gelesen, so dass sie es noch in Port Newton hören konnten. Der arme Alte war schrecklich eingeschüchtert. Ich hätte ihm so gern gesagt, er soll es doch nicht so schwernehmen, ihm irgendwie zugezwinkert, aber das ging ja nun einfach nicht.

Ich dachte, danach wäre Ruhe. Und das war es auch. Nur, dass ich schließlich herausgefunden habe, dass Jeremy am Ende doch seinen Kopf durchgesetzt hat, weil er Alistair angedroht hat, wenn er nicht tut, was er will, wird er das nächste Mal direkt zur Polizei gehen. Und diesmal hat ihm Alistair geglaubt. Und seitdem hat Jeremy ihn zu jeder Zeit zum Wildern in die Berge geschickt, auch dann, wenn Schonzeit war. Aber Alistair ist kein Tierquäler. Er ist früher nie außerhalb der Jagdsaison losgezogen. Es hat ihm richtig das Herz gebrochen."

„Wenn das alles so stimmt, dann wundere ich mich schon darüber, dass Sie überhaupt noch Geschäfte mit Jeremy gemacht haben."

„Sie haben recht. Deshalb habe ich Ihnen ja auch erzählt, was mich dazu bewogen hat. Ich würde mit dem Teufel paktieren, wenn das Ergebnis wäre, dass sich die Situation hier im Tal deutlich verbessern ließe. Jeremy kam also im letzten Jahr zu mir mit dieser Idee eines Abenteuerparks. Er sagte, es wäre ganz einfach, aus diesem neuen Regierungsfond Gelder für ein solches Unternehmen zu bekommen. Er hatte schon erste Kontakte zu einer Agentur in Glasgow. Eine junge Dame war auch ein paar Mal hier. Ich habe selbst mit ihr gesprochen, sonst hätte ich mich nicht darauf eingelassen. Es schien soweit alles ganz vernünftig zu sein."

„Was sollte das denn sein, dieser Highland Adventure Park?“

„Also, wir wollten die Teile von meinem Land nutzen, die eigentlich nur brachliegen. Es sollten verschiedene Stationen geschaffen werden, die alle etwas mit dem Leben in den Highlands zu tun haben, eine Mischung aus Museum und Aktion, wenn Sie verstehen, was ich meine. Natürlich auch einiges an Technik dabei. Ohne das geht es ja wohl nicht mehr, wie die junge Dame aus Glasgow immer wieder betonte.

Ein Kernstück sollte hier Leverdale House sein. Einige Räume sollten zur Besichtigung freigegeben werden und in einigen Räumen sollten Gäste untergebracht werden, die sich das leisten können, denn diese Unterbringung sollte sehr exklusiv sein. Ölscheichs, reiche Russen oder Amerikaner und so etwas.

Wir wollten die Hafenanlagen so ausbauen, dass wir hier so etwas wie eine kleine Marina haben könnten, damit Jachten anlegen können. Und natürlich einen Hubschrauberlandeplatz, für dieselbe Klientel.

Das Hotel sollte im alten Stil hergerichtet werden, eine Herberge für Besucher, die gut, aber etwas preiswerter untergebracht sein wollten. Dann wollten wir die verfallenen Häuser hinten am Hang aufbauen und im Stil der früheren Crofthäuser einrichten, sodass man sie besichtigen oder auch bewohnen konnte, als Ferienhäuser für Familien oder größere Gruppe. Preiswerte Unterkünfte eben. Natürlich mit modernen sanitären Einrichtungen.

Ein Tiergehege hatten wir geplant, damit auch die Kleinen ihren Spaß haben. Ein, zwei Karussells. Wir wollten Werkstätten einrichten, mit Handwerkern, um zu zeigen, wie die Leute früher gearbeitet haben, Ein Restaurant mit der Art von Verpflegung, wie sie früher hier üblich war, serviert von Leuten in passenden Kostümen. Dazu eine Art Achterbahn eingebaut ins Gelände. Sie wissen ja, wie sehr es hier auf und ab geht. Und noch ein paar andere Dinge, zum Beispiel eine Sommerskipiste.

Unser Traum war, schließlich sogar ein Schwimmbad zu bauen, mit Sauna und allen Schikanen. Natürlich möglichst viel unter Dach wegen des schlechten Wetters und der Mücken. Ein Aquarium, das Meer mit einbeziehen. Jeremy meinte, man könnte hier so viel machen. Eine Sternwarte auf das Dach setzen! Die Sicht ist ja wunderbar, wenn es einmal keine Wolken gibt. Am Ende könnte man sogar mit Nordlichtern werben, die manchmal auftauchen. Er war wirklich unerschöpflich mit seinen Ideen.

Natürlich hätten wir erst einmal bescheidener anfangen müssen. Aber das Wichtigste, so meinte jedenfalls die junge Dame aus Glasgow, wäre, dass wir alles in einer Hand behalten, dem Ganzen einen zündenden Titel geben und eine vernünftige Werbung dafür machen. Solche Parks wären ganz groß im Kommen sagte sie. Die Leute wüssten überhaupt nicht mehr, was sie in ihren Freizeit mit sich anfangen sollten, und wollten diese Art von Unterhaltung."

„Disneyland in den Highlands. So etwas?"

„Genau! Schauen Sie sich doch den Zirkus um das Loch Ness an! Ich gebe ja zu, dass es ein seltsames Gewässer ist, aber ist es die ganze Aufregung wirklich wert? Aber Jahr für Jahr kommen Tausende dorthin, obwohl es wirklich schönere Plätze in Schottland gibt. Sie haben halt eine gescheite Public Relations, wie diese Dame sich ausdrückte.

Ich kann das ja nicht so gut verstehen, dieses Bedürfnis nach Aufregung, *Action,* wie man heutzutage wohl sagt. Ich bin ganz zufrieden damit, hier in meinem Sessel zu sitzen und zu sehen, wie draußen das Wetter über die Landschaft zieht, aber natürlich bin ich auch altmodisch, wie meine Töchter mir immer wieder sagen. Ich habe selbstverständlich auch mit meinem Sohn in New York darüber gesprochen, denn schließlich ist es ja sein Erbe, das hier verbaut werden soll. Aber er fand die Idee nicht schlecht und hat mir nur den Rat gegeben, nichts ohne meine Anwälte zu machen. Ich habe mich, ehrlich gesagt nicht getraut, ihm zu sagen, dass ich da schon Geld investiert hatte."

„Das waren die 30.000 £?"

„Ja richtig. Die 30.000 £! Unsere prinzipielle Abmachung war, dass ich das Land und einige Sicherheiten einbringe und Jeremy das Hotel so stark belastet, wie es nur geht, um das Anfangskapital aufzubringen. Dann wollten wir sehen, wie viele Regierungszuschüsse wir lockermachen können.

Zu einem späteren Zeitpunkt hatten wir dann vor, Anteile an die Leute hier auszugeben, um die Gemeinschaft miteinzubeziehen und um weiteres Kapital aufzubringen. Wenn wir erst einmal die ersten Erfolge gehabt hätten, wären bestimmt einige bereit gewesen, zu investieren. Mr. Wong, zum Beispiel, hätte das Restaurant übernehmen und seine lächerliche kleine Bude endlich schließen können."

„Klingt alles irgendwie schrecklich. Aber es hätte sicherlich Erfolg haben können."

„Das dachte ich eben auch. Man kann den Fortschritt nicht aufhalten. Aber trotzdem wollte ich vorsichtig sein. Jeremy kam eines Tages an und sagte, wir müssten 60.000 £ bereitstellen, um der Stelle in Glasgow zu beweisen, dass wir ein gewisses Grundkapital aufbringen könnten. Die Verhandlungen wären jetzt zu diesem Punkt gekommen. Er hätte 30.000 £ auf seinem Konto. Ich solle ihm meine 30.000 £ überweisen, dann ginge alles in Ordnung.

Aber ich wollte nicht einfach so viel Geld überweisen, ohne irgendeine Art von Sicherheit oder einen Vertrag, denn bis dahin hatten wir immer nur geredet. Es war ja gar nichts schriftlich festgehalten worden. Dann nahm er einen Zettel und wollte mir einfach eine Quittung geben. Aber das hat mir nicht gereicht. Also habe ich ihm diktiert, was er schreiben sollte. Er war nicht gerade begeistert. Er beschuldigte mich, dass ich ihn das ganze Risiko tragen lasse. Aber schließlich hat er doch unterschrieben."

„Und dann?"

„Zunächst ist erst einmal überhaupt nichts passiert, und die junge Dame von der Agentur aus Glasgow ist auch nicht mehr aufgetaucht. Und das nächste, was ich höre, ist, dass Jeremy verschwunden ist. Da habe ich mich schon gewundert. Aber ich wusste nicht, was ich tun sollte, also habe ich erst einmal abgewartet. Naja, den Rest kennen Sie. Möchten Sie noch einen?"

Der Earl schwenkte sein leeres Glas. Steven lehnt dankend ab, aber der Earl genehmigte sich noch einen kräftigen Schluck, diesmal ohne Verdünnung.

Steven dachte eine Weile nach: „Aber immerhin besteht doch die Möglichkeit, dass das Geld noch irgendwo vorhanden ist."

„Wenn Sie das sagen..." Der Earl klang nicht sehr hoffnungsvoll.

„Wer außer Ihnen und Ihrem Sohn war noch über diese Pläne informiert?", fragte Steven weiter.

„Ich weiß es nicht. Ich habe mit niemandem darüber gesprochen. Ich hatte mal in der Bar eine Bemerkung gemacht, so in Richtung, es wäre doch gut, wenn... nur um mal die Reaktion zu testen, aber die war ziemlich negativ. So sind die Leute hier. Alles Neue ist erst einmal Unfug. Jeremy hat dann gemeint, wir sollen keine schlafenden Hunde wecken und lieber unseren Mund halten, bis alles so weit unter Dach und Fach ist. Wissen Sie, wenn Sie den Leuten sagen können, wir werden dreißig, vierzig Leute einstellen und wir machen richtige Arbeitsverträge, nicht nur auf Tagelöhner Basis, wie es hier üblich ist, ich denke, dann hätte die Mehrheit schon mitgezogen. Also haben wir vorläufig unseren Mund gehalten. Aber ich dachte natürlich, dass Norma Bescheid weiß. Und vielleicht auch Donnie." Er schüttelte den Kopf.

„Eine Sache verstehe ich nicht. Was ist das für eine Geschichte: Sie sind Jeremys Erbe, aber das Hotel gehört den MacLeods? Und hat der Rechtsanwalt nicht gesagt, die Überschreibung auf Norma hätte stattgefunden, bevor dieser Schuldschein ausgestellt wurde?"

„Ich verstehe es auch nicht. Ich glaube, ich sollte sie einfach fragen, warum das Hotel ihr überschrieben wurde. Es ist mir etwas unangenehm, weil es so klingt, als wäre ich neidisch, aber das ist nicht so wichtig. Jeremy muss ihr ja irgendeine Begründung gegeben haben. Außerdem muss ich sie natürlich auch fragen, ob und wo Jeremy Bankkonten hatte. Vielleicht kann der Anwalt ja etwas herausfinden."

„Die Kontonummer, auf die ich das Geld überwiesen habe, kann ich Ihnen selbstverständlich geben."

„Das ist auf jeden Fall ein Anfang. Danke!"

Kapitel 5

Hätte man seine wenigen persönlichen Freunde gefragt, welcher Stevens größter Fehler wäre, so hätten diese wahrscheinlich ‚Sturheit' genannt und damit auch so etwas wie einen Hang zur Rechthaberei gemeint. Es war wahr: Er gab nicht leicht einen Standpunkt auf. Er hätte diese seine Eigenschaft aber selbst eher als Beharrlichkeit bezeichnet.

Dieses Festhalten an einer Idee hatte in seinem Leben durchaus Früchte getragen. Er konnte sich in seiner wissenschaftlichen Arbeit in eine These verbeißen und an ihr festhalten wider allen guten Argumenten seiner Gegner. Und mehr als einmal hatte sich bestätigt, dass Stevens Gespür für die Zusammenhänge berechtigt gewesen war und ihm einen gewissen Erfolg eingetragen hatte. Dass es ebenso viele Gegenbeispiele gab, wo er sich fürchterlich verrannt und sich zu Zeiten auch blamiert hatte, ließ er nicht wirklich gelten.

Diese verzwickte Geschichte hatte seine detektivische Ader geweckt und er würde nicht eher ruhen, das versprach er sich selbst, bis er eine ausreichende Erklärung für die Dinge hatte, die jetzt so gar keinen Sinn machen wollten. Dass es dabei vor allem auch darum ging, das positive Bild, das er sich von seinem Freund gemacht hatte, nicht zerstören zu lassen, nahm er nur am Rande wahr. Er war ein Forscher, so beruhigte er sich selbst, einer der den Tatsachen auf die Spur kommen wollte, so detailgetreu und objektiv wie möglich. So wie er auch in seiner Wissenschaft vorging. Gefühle hatten in diesem Zusammenhang zunächst nichts verloren, machte er sich selbst vor.

Wäre er ein bisschen ehrlicher mit sich selbst gewesen, so hätte er sich eingestehen müssen, wie stark seine Gefühle berührt waren, spätestens, als er wenig später Susan begegnete. Er spazierte gerade an dem Platz vorbei, den die Gemeinde für Zelte und Wohnwagen bereitgestellt hatte. Es war kein großartiger Campingplatz, aber es gab saubere Toiletten- und Waschanlagen. Die Standmiete war gering und wurde morgens von Ronny, dem Busfahrer, eingesammelt. Wenn man besonders gewitzt sein wollte, dann konnte man im Morgengrauen seine Zelte abbrechen und verschwinden, ohne zu zahlen, aber im Allgemeinen wurde das Vertrauen in die Ehrlichkeit der Campinggäste nicht missbraucht.

In der Mitte des Platzes stand eine Gruppe gleichartiger Zelte im Kreis mit einer Lagerfeuerstelle in der Mitte. Das mussten die Pfadfinder sein, die an ihm auf seinem Rückweg von der gestrigen Wanderung vorbeigetrottet waren. Auch hatte er abends durch das offene Fenster fernes Singen gehört, als er das Licht gelöscht und im Dunklen noch eine Zeitlang wachgelegen hatte.

Die Eingangsplane eines der Zelte wurde zurückgeworfen. Susan verließ als erste das Zelt, dicht gefolgt von Doktor Munro und einem Mann in Pfadfinderuniform, der wahrscheinlich der Leiter der Gruppe war und wie jeder Erwachsene in Pfadfinderkluft ein bisschen merkwürdig aussah. Der Doktor sprach kurz auf ihn ein, reichte ihm dann die Hand und kam mit Susan auf Steven zu, der am Eingang des Zeltplatzes stehen geblieben war.

„Einer von den Pfadfindern krank?", fragte Steven.

„Nun, ja..." Der Doktor zögerte.

Susan schüttelte den Kopf. „Keinen Sinn, es geheim zu halten. Es wird sowieso im Nu herum sein", sagte sie. „Es hat einen Unfall gegeben, einer der Buben ist ins Wasser gefallen und wäre fast ertrunken."

„Von der Mole aus?"

„Nein, nicht von der Mole aus. Sie haben ein Boot stibitzt, drei von ihnen, und sind rausgerudert. Die zwei anderen sagen, sie hätten gar nichts weiter angestellt, aber das müssen sie natürlich sagen. Sie behaupten, sie hätten nur die Plätze wechseln wollen, da wäre auf einmal eine Planke weggerutscht. Ein Junge ist dabei ins Wasser gefallen. Wäre wie ein Schleuderbrett gewesen. Wahrscheinlich haben sie sich gegenseitig geschubst oder so etwas. Sie haben erst versucht, den Jungen wieder ins Boot zu ziehen, aber dabei hat das Boot so viel Wasser aufgenommen, dass sie dachten, das sie gehen auch gleich unter. Also haben sie um Hilfe geschrien. Gott sei Dank waren die Finns auch gerade losgefahren. Die haben sie gehört und sie alle zusammen rausgezogen. Der Kleine, der über Bord gegangen ist, hat allerdings eine ganze Menge Wasser geschluckt."

„Und er hat einen Schock. Natürlich", warf der Doktor ein. „Diese Stadtkinder! Sehen ständig irgendwelche Abenteuer im Fernsehen und glauben dann, dass das alles ganz einfach ist. Der Führer ist vollkommen fertig und macht sich große Vorwürfe. Aber ich habe ihm gesagt, Jungens in diesem Alter zu hüten, das ist schwerer als Mücken fangen. Die Buben wussten ja nur zu gut, dass sie was Verbotenes tun und haben es deshalb in aller Heimlichkeit getan."

„Wessen Boot haben sie denn genommen?"

Susan sah betreten zur Boden und der Doktor räusperte sich, als hätte er etwas im Hals. Schließlich sagte er leise: „Also, um die Wahrheit zu sagen, sie haben Jeremys Boot genommen. Nachdem sie damals das Boot gefunden hatten, scheint Donnie es nur festgebunden zu haben, ohne es weiter zu sichern. Und dann muss er es wohl über allem, was dann passiert ist, vergessen haben. Es war anscheinend kein Problem, es loszumachen und die Holme und Ruder waren auch noch an Ort und Stelle."

Er fand Norma in ihren privaten Räumen. Er hatte die Zeit zwischen Lunch und Dinner abgewartet, da er wusste, dass dieses ein Moment relativer Ruhe war, bevor die Vorbereitungen für das Abendessen sie wieder voll in Anspruch nehmen würden.

„Komm ruhig rein, Steven. Tee? Ich stell gerade den Kessel auf."

Steven setzte sich in den eingesunkenen Sessel rechts von dem kalten Kamin. „Norma, du weißt, dass es mir in keiner Weise darum geht, dir das Hotel streitig zu machen. Aber diese Testament hat mich nun einmal in die vertrackte Lage gebracht, für Jeremy einstehen zu müssen. Und da ist es mir wichtig, zu verstehen, was eigentlich vorgefallen ist. Ich möchte nicht, dass das Gerücht entsteht, Jeremy sei ein Betrüger gewesen oder etwa, du seist auch darin verwickelt."

„Ach, die Leute reden sowieso. Da kannst du nichts machen. Mir ist es egal. Hauptsache, das Hotel gehört mir, alles andere kümmert mich nicht."

„Als Jeremy dir das Hotel überschrieben hat, hat er dir da irgendeine Begründung dafür gegeben?"

„Nicht direkt, er hat nur gesagt, er hat Pläne und dabei würde ihn das Hotel nur belasten. Ich dachte, er will mit dieser Cameron-Frau auf und davon gehen. Verrückt genug nach ihr war er ja. Und dass er mir gegenüber irgendwie ein schlechtes Gewissen hatte."

„Hat er denn irgendwelche Vorbereitungen für einen Umzug getroffen?"

„Nein." Normas Antwort kam zögernd. „Er hat mir gesagt, ich soll meinen Mund halten und so tun, als ob nichts wäre. Außer Hamish wusste niemand davon."

„Wieso wusste eigentlich Hamish davon? Die beiden haben sich doch nicht besonders gut vertragen. Ich hatte immer den Eindruck, als ob sie sich ziemlich weit aus dem Weg gegangen sind."

„Aber ich tue nichts ohne Hamish. Als Jeremy mit dem Vorschlag kam, habe ich ihm gesagt, ich muss erst Hamish fragen, sonst mache ich es nicht."

„Deshalb auch Hamishs Anwälte?"

„Ja, Jeremy hat gesagt, ich soll mich um einen Anwalt kümmern. Also hat Hamish den Termin gemacht. Wir sind alle drei hingefahren. Der Anwalt hat die Dokumente vorbereitet, Jeremy und ich haben unterschrieben. Das war´s!"

„Wusstest du von dem Highland Adventure Park?"

„Nein. Ich wusste, dass Jeremy irgendetwas zusammen mit dem Laird vorhatte. Jeremy gehörte ja nicht gerade zu den Leuten, die regelmäßig ins Herrenhaus eingeladen wurden, aber auf einmal war er dauernd drüben. Also lief da irgendwas."

„Du weißt doch sicher, was Jeremy sonst noch besaß. Bankkonten und so?"

„Es gibt ein Konto für das Hotel, für Einnahmen und Ausgaben. Ich hatte immer eine Berechtigung dafür und es ist zusammen mit dem Hotel auf mich übertragen worden. Jeremy hatte noch ein eigenes Konto, auf das er Geld von dem Hotelkonto überwiesen hat, wenn genug übriggeblieben ist. Ich kenne die Kontonummer von den Überweisungen. Ich weiß aber nicht, wieviel auf dem Konto ist."

„Ist es diese Nummer?" Steven zog den Zettel heraus mit der Nummer, die ihm der Earl gegeben hatte.

„Ja, sieht so aus. Woher hast du die?"

„Diese Nummer hat mir der Earl gegeben. Auf dieses Konto hat er die 30.000 £ überwiesen. Weißt du, ob sonst noch etwas existiert, Aktien, Sparbücher oder so?"

„Keine Ahnung. Wenn, dann müssen die Unterlagen bei Jeremys Papieren sein."

„Du hast Jeremys Sachen noch nicht durchgesehen?"

„Nein, hab´ ich nicht!" Norma klang verärgert, fast trotzig. „Wann hätte ich das denn tun sollen? War ja dauernd was los hier. Außerdem wollte ich nicht, dass die Leute denken, ich hab´s eilig, seine Sachen durchzuwühlen."

„Das kann ich verstehen. Es muss dir wehtun, nach all den vielen Jahren, die ihr zusammen wart."

Sie sah ihn verständnislos an.

„Ich meine, seine Sachen wegzuschaffen, ist doch, als beerdigte man ihn zum zweiten Mal, oder?“

„Du glaubst, ich trauere um ihn?“

„Tust du das denn nicht?“

Sie schüttelte ganz entschieden den Kopf: „Ich bin doch nicht traurig, dass Jeremy fort ist. Aber wenn er nur abgehauen wäre, ohne gleich zu ertrinken, wäre es mir auch recht gewesen. Ich bin allerdings froh, dass das Hotel mir gehört, und dass Donnie und ich eine Sicherheit haben. Und vielleicht auch Hamish, wenn er eines Tages zu alt wird zum Arbeiten.“

Steven fand es schwer, ihre offensichtliche Gleichgültigkeit zu ertragen. Lange Zeit hatte er geglaubt, die beiden seien ein hart arbeitendes, gut aufeinander eingespieltes Paar, das seine Zuneigung, wie so viele Menschen in dieser Gegend, nur nicht in der Öffentlichkeit zeigte. Aber seit der Beerdigung hatte es nicht ein Wort oder eine Geste von Norma gegeben, die darauf schließen ließe, sie vermisse den Verstorbenen oder trauere am Ende um ihn.

„Wenn du willst, kannst du ja Jeremys Sachen durchschauen und darüber entscheiden“, schlug Norma schließlich vor. „Du hättest das Recht dazu und mir würdest du damit Arbeit abnehmen. Ich kann es mir nicht leisten, das Zimmer noch längere Zeit ungenützt zu lassen. Gerade jetzt, mitten im Sommer. Es ist groß. Da könnten wir wenigstens drei Leute unterbringen.“

Für einen Moment flog ein Lächeln über Normas Gesicht, das sie jünger und geradezu mutwillig aussehen ließ.

„Das würde Jeremy gefallen. Und wenn da drei Frauen schlafen, kommt er nachts als Gespenst in ihre Betten!“

„Das war gut. Wirklich sehr lecker.“ Steven legte das Besteck sorgfältig zusammen und schob seinen Teller zurück.

„Ist mal etwas anderes als das ewige Essen im Hotel. Oder?" Susan lächelte ihm über den Tisch zu.

„Ach, ich kann mich nicht beschweren. Norma kocht wirklich ganz gut, aber natürlich nichts so Extravagantes. Wahrscheinlich kann man das in dieser Gegend auch nicht erwarten. Die Gäste kommen ja mit ganz bestimmten Vorstellungen hierher."

„Du findest es extravagant?"

Susan war keine begnadete Köchin, aber von Zeit zu Zeit stürzte sie sich auf ein Rezept, das sie in einer der Zeitschriften fand, die in der ärztlichen Praxis auslagen. Das Ergebnis war stets verblüffend, da es in der Abgeschiedenheit des Hochlandes schwer war, an die richtigen Zutaten zu kommen, und Susan beim dann notwendigen Improvisieren oftmals verblüffende Kombinationen zustande brachte.

Steven hatte sich endlich aufgerafft, seine selbstauferlegte Zurückhaltung aufzugeben. Als er sie am Campingplatz traf, hatte er sie zum Schluss gefragt, ob er sie besuchen könnte. Sie hatte ihn sofort zum Essen eingeladen, so als freue sie sich wirklich auf seinen Besuch, was ihn ein wenig unsicher machte.

Doch der Abend hatte gut begonnen. Sie schien heiter und gelassen, allerdings hatte er es auch peinlich vermieden über das zu sprechen, was sie doch eigentlich beschäftigen musste.

„Was war es eigentlich?" Steven fragte behutsam, um sie nicht in ihrer Freude an ihrer Kochkunst zu verletzen.

„Krabben Cajun mit grünen Bananen und glaciertem Mais. Naja, eigentlich hätte es grüne Bananen sein müssen. Aber, du weißt ja, hier... Also habe ich die unreifsten genommen, die ich im Laden bekommen konnte. Und der Mais ist aus der Dose. Frische Maiskolben gab es nicht. Hat es denn nicht geschmeckt?"

„Doch, sicher, irgendwie war auch Ananas und Kokosnuss dabei, oder?"

„Das war der glacierte Mais." Susan sah ihn zweifelnd an. „Es hat dir also nicht geschmeckt?"

„Doch! Es war ungewöhnlich, aber gut."

„Es war Hundefutter! Scharf gewürzt!" Edith war nicht so kompromissbereit. „Gibt es wenigstens etwas Vernünftiges zum Nachtisch?"

„Edith!!!" Das kam wie aus einem Mund.

„Sie hat einfach keinen Stil!" Susan seufzte und zog eine Grimasse. Ihre Tochter gab ihr die Grimasse zurück.

„Und keine Erziehung, fürchte ich." Susan fuhr ihrer Tochter durch die Haare und schüttelte ihren Kopf liebevoll. „Du kannst dir Eis aus dem Kühlschrank holen, wenn dir meine gebackenen Bananen nicht gefallen."

„Kann ich mein Eis nehmen und mich damit verziehen?" Edith stand bereits an der Tür zum Kühlschrank. Susan lachte, nickte und wartete ab, bis sie die Tür hinter sich geschlossen hatte. Dann holte sie die zwei vorbereiteten Teller aus dem Grill, wo sie sie warmgehalten hatte.

Steven fühlte sich erleichtert und schämte sich ein bisschen dafür. Als Edith noch kleiner war, war ein längeres Gespräch unter vier Augen fast unmöglich, weil das Kind eifersüchtig über die Aufmerksamkeit der Mutter und des Gastes wachte. Aber seit sie begonnen hatte, sich zu einer jungen Dame zu entwickeln, zog sie sich meist rücksichtsvoll zurück und untermalte seine Gespräche mit Susan nur noch durch laute Musik, die aus ihrem Zimmer dröhnte.

Die gebackenen Bananen waren gut, besser als alles, was er während des ganzen Jahres in den USA bekommen hatte, so behauptete er. Susan glaubte ihm erst, nachdem er ihr die lange, traurige Geschichte seiner Fastfood-Ernährung während seines Studienjahres erzählt hatte.

Sie hatte Schottland noch nie verlassen und war auch hier nicht weiter als bis Glasgow und Edinburgh gekommen. So hörte sie sich gern seine Berichte über die Länder an, die er bereiste, und glaubte ihm doch eigentlich kein Wort, weil sie sich nicht vorstellen konnte, dass man anderswo so völlig anders leben könnte als sie und die Menschen, die sie kannte.

„Sie gehen nicht zu Fuß?“, fragte sie fassungslos.

„Doch natürlich. Sie fahren zum Einkaufszentrum und schieben dort mit ihren Wagen herum. Sie joggen, das ist möglich, aber man muss schon den richtigen Outfit haben. Es gibt Leute die klettern extrem steile Felsen hoch, nur in Turnschuhen. Das gilt als sportlich. Aber sonst, nein. Sie gehen nicht zu Fuß. Es gibt keine Bürgersteige, und wenn du in normaler Kleidung eine Straße lang gehen würdest, würdest du wahrscheinlich von der Polizei angehalten.“

„Und das hat dir gefallen?“

„Nein. Das hat mir natürlich nicht gefallen. Ich bin ein ganz altmodischer Europäer. Ich finde die Amerikaner verdreht. Sie sind wie kleine Kinder. Es ist ständig ein bisschen hysterisch, das ganze Leben dort. Aber die Natur ist wirklich überwältigend. Es gibt ein paar Dinge, die kann man nicht beschreiben, die muss man einfach gesehen haben, den Grand Canyon zum Beispiel. Unglaublich, trotz der vielen Touristen. Diese absolute Stille. Sonnenaufgang über dem Monument Valley! Und was für mich natürlich wichtig war, die Anasazi Funde.“

Sie hatten die Gläser mit zum Kamin genommen, in dem ein kleines Feuer brannte, um die Kühle des Abends zu vertreiben. Nachdem er so eine ganze Weile über Amerika erzählt hatte, nahm Steven seinen Mut zusammen und wechselte zu dem Thema, das die ganze Zeit unausgesprochen zwischen ihnen gestanden hatte. „Ich denke, die letzte Zeit war sehr schwierig für dich. Wahrscheinlich möchtest du am liebsten überhaupt nicht mehr daran denken, aber es würde mir sehr helfen, wenn wir trotzdem darüber sprechen könnten.“

„Solange du nicht wieder einmal ausführliche Erklärungen für meine Gefühle möchtest...“

„Nein, es geht mir überhaupt nicht um deine oder meine oder seine Gefühle. Ich würde aber gern wissen, was du zum Beispiel über diese Highland Adventure Park Geschichte weißt."

„Nichts. Ich habe gestern zum ersten Mal davon gehört. Aber ich denke, du warst bei seiner Lordschaft? Also solltest du mir eher was erzählen können."

Steven berichtete ihr kurz von dem Gespräch mit Leverdale, wobei er nur die Fakten nannte und die bittere Beschreibung von Jeremys Charakter nicht erwähnte.

„Samantha Cameron!" Susan Gesicht hatte die übliche Starre angenommen, die sich immer zeigte, wenn sie ihre Verletzlichkeit verbergen wollte.

„Was weißt du von ihr?"

Susan fuhr sich langsam durch die Haare, bis sie sich zu einer Antwort aufraffte: „Sie ist hier wegen irgendeinem Projekt aufgetaucht, aber Jeremy hat nie gesagt, worum es eigentlich ging. Sie sah auf ihre Art ganz gut aus, zumindest waren einige ganz begeistert von ihr. Aber sie war ein bisschen schnippisch, und ich fand sie eher gewöhnlich. Sie war halt anders als die Leute hier.

Zuerst habe ich mir gar nichts gedacht, weil Jeremy nicht gerade nett über sie geredet hat. Dass er sie trotzdem wollte, war so eine Art Reflex bei ihm. Wäre sie mit ihm ins Bett gegangen, er hätte sie am nächsten Tag vergessen. Aber offensichtlich ist sie nicht, denn er ist jeden Tag, den sie hier war, ungeduldiger geworden. Ich war ja nicht dabei, weil ich nicht mehr oft in die Bar gegangen bin, aber ich habe gehört, sie hat ihn richtig zappeln lassen, sodass die Leute schon begonnen haben, sich über ihn lustig zu machen."

Steven glaubte ihr aufs Wort, dass ausführliche Informationen für Jeremys Tun und Lassen in Windeseile bei ihr angekommen waren. Einen solchen saftigen Brocken würden sich die lokalen Klatschmäuler männlichen und weiblichen Geschlechts niemals entgehen lassen.

„Dann ist sie verschwunden. Und ich dachte, nun wäre es gut. Aber er ist ihr hinterher. War tagelang verschwunden, kam dann wieder, ganz euphorisch, machte geheimnisvolle Andeutungen, verschwand wieder. Deshalb hat sich ja am Anfang auch keiner gewundert, als er nicht mehr auftauchte, obwohl das mit dem angetriebenen leeren Boot seltsam war. Jeder hat nur gedacht, er ist halt bei ihr." Susan Stimme brach an diesem Punkt, aber sie hatte sich sofort wieder unter Kontrolle.

„Hat er mit dir je über Geld gesprochen? Zum Beispiel, dass er erhebliche Mittel für sein Projekt bräuchte?"

„Er hat mit mir nie über seine Geschäfte gesprochen. Das einzige Mal, dass Geld überhaupt eine Rolle spielte, war, als er mir unbedingt Unterhaltszahlungen für Edith aufzwingen wollte. Das ist lange her."

„Ich weiß. Du hast es damals abgelehnt, irgendetwas von ihm anzunehmen."

„Ich habe nie einen Penny von ihm genommen. Wenn es nach mir ginge, würde auch Edith sein Geld nicht anrühren."

„Wird sie es denn annehmen?"

„Ich fürchte ja. Sie hat ihren eigenen Dickkopf. Ich kann sie nicht verstehen und sie erklärt es mir auch nicht ..." Susan verstummte.

„Nun, sie ist schließlich seine Tochter, und er hat sie als solche auch immer anerkannt. Ich hatte den Eindruck, dass er auf seine Weise sehr an ihr hing. Er hat oft von ihr gesprochen und war sehr stolz auf sie."

Steven wusste, dass Susan das kaum so hinnehmen würde, aber er erschrak doch über den Ausdruck auf ihrem Gesicht, als sie aufsprang und aufgeregt hin- und herzulaufen begann. Mit einem Zorn, der ihr fast die Stimme raubte, brachte sie hervor: „Mein Gott!

Ein liebender Vater, was? Du hast wie immer keine Ahnung! Du weißt absolut nichts über ihn! Du willst immer nur seine guten Seiten sehen und wirst nie zugeben, was für ein Bastard er gewesen ist!"

Er fiel ihr ins Wort: „Hör auf! Seit er tot ist, höre ich immer nur das! Jetzt, wo er sich nicht mehr wehren kann, fällt jeder über ihn her. Es kotzt mich an! Solange er noch lebte, hat sich diese feige Bande im Dorf nicht getraut. Da war es immer: „Jeremy hier" und „Jeremy da". Und jetzt tun auf einmal alle so, als sei das Land von der Pest befreit. Und du? Du hast all die Jahre keinen Blick für irgendjemand anderen gehabt! Für dich hat doch neben ihm kein anderer Mann bestehen können! Und jetzt redest du über ihn, als wäre er ein Stück Dreck!"

Steven spürte, wie der angestaute Zorn aus ihm herausbrach, und war selbst verblüfft über seine Heftigkeit. Susan sah ihn erschrocken an. Sie hatte ihn noch nie so erlebt. Für sie war er seit Jahren nur der verständnisvolle, immer hilfsbereite Freund, an dem sie jede ihrer Launen auslassen konnte, ohne dass er je die Fassung verloren hätte. Traurig den Kopf schüttelnd sagte sie: „Du verstehst einfach nichts. Es stimmt, ich bin von ihm nicht losgekommen. Aber, dass er ein Stück Dreck war, habe ich schon lange gewusst! Es hat nur nichts genützt."

„Ich habe immer versucht, es zu verstehen. Und ich habe immer geglaubt, da du ihn liebst, muss eine ganze Menge Gutes an ihm sein."

„Du weißt nicht viel über Liebe..."

Steven wollte etwas dazu sagen, ließ es dann aber. Sie waren schon zu oft an diesem Punkt angelangt.

Susan legte noch zwei Stücke Holz aufs Feuer. Sie sahen die Flammen hochschlagen und hörten das Knistern. Schließlich nahm Steven zögernd den Faden wieder auf: „Als ein Freund von Jeremy fühle ich mich in den letzten Tagen immerzu wie ein Angeklagter, der verurteilt wird, ohne überhaupt zu wissen, was er verbrochen haben soll."

„Warum mischst du dich auch ein? Halt dich raus, dann macht dir auch keiner Vorwürfe! Mach es wie ich. Er ist tot. Schwamm drüber und vergessen. Das ist für uns alle das Beste!"

„Ich habe mich doch nicht eingemischt. Ich bin eingemischt worden. Durch das Testament und durch das Chaos, das er hinterlassen hat. Ich fühle mich verpflichtet, die Dinge wieder zurechtzurücken."

„Du musst tun, was du nicht lassen kannst. Aber dann darfst du dich nicht wundern, wenn du auf Sachen stößt, die dir nicht gefallen. Zum Beispiel, dass es Leute gibt, die über seinen Tod nicht traurig sind."

„Und du? Bist du traurig?"

Susan starrte eine Weile ins Feuer und er dachte schon, er bekäme keine Antwort mehr. Aber dann hob sie doch den Kopf und sagte einfach und mit ruhiger, sachlicher Stimme: „Nein. Ich bin nicht traurig. Ich bin aber auch nicht froh. Sein Tod ist wie eine Notwendigkeit. Wäre es nicht passiert, ich hätte ihn eines Tages vielleicht mit meinen eigenen Händen erwürgt!"

Er verbrachte einen langen Tag in dem Raum, den Jeremy all die Jahre bewohnt, aber den Steven trotzdem nie betreten hatte. Die Einrichtung des Zimmers war denkbar einfach. Es wurde hauptsächlich zum Schlafen benutzt, und auch das nicht immer, fiel Steven ein, und er grinste wehmütig.

Das Zimmer besaß ein eigenes Bad. Dort fanden sich die üblichen Utensilien, allerdings nur in der einfachsten und praktischsten Version. Jeremy war sich seines guten Aussehens durchaus bewusst, aber - oder vielleicht gerade deshalb - brauchte er keine Mittelchen, um sich noch attraktiver zu machen.

Im Zimmer selbst wohl das Wichtigste war das Bett, erstaunlicherweise ein Einzelbett, und der Schrank, in dem Jeremys Sachen überraschend ordentlich aufgestapelt oder aufgehängt waren. Unter dem Fenster, aus dem man das Meer und die Mole sehen konnte, stand ein alter Schreibtisch mit zerschlissener Ledereinlage und tiefen Schrammen im Holz und ein sicherlich ebenso alter Stuhl. Steven konnte sich allerdings seinen Freund am Schreibtisch und dort in Arbeit vertieft kaum vorstellen.

Der einzige Computer, von dem Steven wusste, dass Jeremy ihn ab und zu benutzte, befand sich in dem kleinen Raum hinter der Rezeption und diente ausschließlich dem Hotel: der Buchhaltung im Allgemeinen und der Verwaltung der Buchungen im Besonderen. Aber dafür war Norma mehr verantwortlich als Jeremy.

Das für Steven fast Unbegreifliche war, dass Jeremy nicht zu lesen schien. Im diesem Zimmer gab es keine Bücher, Zeitungen oder Zeitschriften, noch nicht einmal ein Tablett, ein E-Book oder Computer. Eine Existenz ohne die Möglichkeit etwas zu lesen, und sei es auch nur für wenige Tage, erschien Steven als die Beschreibung einer möglichen „Hölle auf Erden".

Selbst für die Ferien in Kinlochlever brachte er regelmäßig eine ganze Tasche von Büchern mit, ganz zu schweigen von seinem Laptop und seinem E-Book-Reader. Wieder einmal dachte er darüber nach, wie wenig er doch eigentlich über Jeremy wusste. Er hatte immer angenommen, dass dieser mit seinen ausdrücklichen, wenn auch etwas exzentrischen Ansichten, ein belesener Mann gewesen sein müsste. Aber das war vielleicht sein akademischer Hochmut, warf Steven sich selbst vor, dass er davon ausging, dass man Wissen nur über Bücher erwarb und Informationen lesen musste, um sie zu verstehen.

Dabei hatte er auf Stulay Menschen gekannt, die ihm damals nahezu allwissend vorkamen, da sie jede Frage des wissbegierigen Kindes zufriedenstellend beantworten konnten. Von einem von ihnen hatte er erst Jahre später erfahren, dass er noch nicht einmal richtig lesen und schreiben konnte. Mündliche Überlieferung, dachte er, ein interessantes Thema zu Zeiten eines Tsunamis an Informationen durch ein überbordendes Internet!

Er erinnerte sich an zwei Männer, bei denen er vor vielen Jahren einmal auf einer Wanderung im Norden Unterschlupf gefunden hatte. Sie lebten für sich allein auf einer Croft, so weit von jeder anderen menschlichen Behausung entfernt, dass Steven vermutete, das Haus müsse unbewohnt und verfallen sein, als er sich näherte.

Das Wetter war wie so oft plötzlich umgeschlagen, und er war auf der Suche nach einem Unterstand vor dem herabprasselnden Regen, als einer der Männer ihm freundlich die Tür öffnete und ihn hereinbat. Er hatte den niedrigen Raum betreten, der ihm wie ein Relikt aus einer längst vergangenen Zeit erschien. Da waren noch die alten Boxbetten, mit den strohgefüllten Matratzen, das offene Torffeuer mit den gusseisernen Haken darüber, an denen die Töpfe und Pfannen über das Feuer geschwenkt werden konnten.

Das wertvollste Stück der Einrichtung war eine Anrichte aus Eichenholz, schon mehr als zweihundert Jahre alt, wie einer der beiden ihm versicherte. Und auf dieser Anrichte standen neben Geschirr und einigen wenigen Erinnerungsstücken eine Reihe Bücher. Neugierig hatte Steven die Titel studiert und war einigermaßen verblüfft, denn jedes beinhaltete außerordentlich anspruchsvolle Themen. Da gab es philosophische Werke, Platon und Newton, aber auch die drei Bände der Principia Mathematica von Bertrand Russell. Es gab einige Bücher zu Physik, Astronomie und Geologie, den gesamten Shakespeare, in einer abgegriffenen, sicherlich oft gelesenen Ausgabe, einige Bände Dostojewski und anderes, was Steven niemals in dieser Einöde vermutet hätte.

„Das ist so“, erklärte ihm der ältere der beiden. „Wir sind zwar nicht arm, aber Bargeld ist immer knapp. Wir können es uns nicht leisten, billige Bücher zu kaufen, die man in einem Tag oder einer

Woche ausliest. Also kaufen wir lieber ein teures Buch, wenn es nur richtig schwierig ist. Das lese ich dann im ersten Winter, er liest es im zweiten Winter und im dritten Winter sprechen wir darüber. Ein Buch für 20 Pfund reicht uns so drei Jahre. Das nenne ich sparsam gewirtschaftet!"

Für Steven blieb der Abend und die Nacht mit den beiden unvergesslich. Und diese, die ihm wie die weisen Männer seiner Kindheit erschienen, genossen seinen Besuch, denn er brachte ihnen ein Stück der Welt ins Haus, zu der sie vorher noch keinen Zugang gehabt hatten. Er hatte ihnen später zum Dank ein umfangreiches Werk zur Kunstgeschichte geschickt, welches er selbst sehr liebte, und hatte einen rührende Antwort bekommen, in dem vor allem hervorgehoben wurde, dass sie sich nun für die nächsten drei Jahre die Ausgabe für ein weiteres Buch sparen könnten.

Jeremys Kleidung war schnell sortiert. Einiges konnte noch weggegeben werden, den Rest stopfte Steven in einen der großen Abfallsäcke, die Norma ihm dagelassen hatte. Den Schreibtisch auszuräumen, verunsicherte Steven mehr, da er sich als unberechtigter Eindringling in ein anderes Leben fühlte. Jedoch bezog sich nahezu alles, was er an Papieren fand, auf das Hotel. Private Post fand sich so gut wie keine. Jeremy, so fand er später heraus, hatte die Angewohnheit, private Briefe und Postkarten, die er erhielt, auf der Stelle zu zerreißen und wegzuwerfen.

„Wäre ihm wahrscheinlich peinlich gewesen, wenn ich die in die Hand bekommen hätte. Kamen wohl meistens von seinen, na du weißt schon! Frauen, mit denen er geschlafen hat, während sie hier waren, und die Wunder was meinten, was es zu bedeuten hätte. Als ob ihm das nicht völlig egal gewesen wäre", meinte Norma.

Was Jeremys Geldangelegenheiten betraf, so hatte sich nichts gefunden außer einer Visitenkarte eines Mitarbeiters der örtlichen Bank. Steven war verblüfft, denn er hatte zumindest Kontoauszüge oder etwas Ähnliches erwartet. Norma zuckte nur mit den Schultern, als er sie danach fragte.

Der Anwalt klang besorgt, als Steven ihm am Telefon von der vergeblichen Suche nach Jeremys finanziellen Hinterlassenschaften berichtete. Alles, woran sie sich halten konnten, war die Kontonummer, die ihm vom Earl of Loverdale und von Norma genannt worden war. Der Anwalt versprach sich darum zu kümmern und legte auf.

„Das ist eine merkwürdige Geschichte." Der Anwalt Melrose wandte sich an seinen Partner Barnett, der gerade das Büro betreten hatte, "Würde mich nicht wundern, wenn da irgendetwas oberfaul wäre. Hast du noch deine guten Beziehungen zur Staatsanwaltschaft?"

„Sicher. Meinst du, wir werden sie brauchen?"

„Man kann nie wissen..."

Melrose nahm noch einmal die Akte Richardson zu Hand und blätterte die wenigen Seiten durch. Er erinnerte sich lebhaft an das seltsam widersprüchliche Gefühl, das er gehabt hatte, als dieser Klient zum ersten Mal sein Büro betreten hatte. So, als erschiene neben ihm alles kleiner, zusammengeschrumpfter, dachte Melrose. Es war weniger die stattliche Größe als eine animalische Energie, die von seinem Besucher ausgegangen war. Die Ausstrahlung war nicht nur positiv gewesen. Instinktiv hatte Melrose sich hinter seinem Schreibtisch verschanzt, um das, was da auf ihn zukam, von sich fernzuhalten.

Die nächste halbe Stunde war wie ein merkwürdiger Traum gewesen. Sein Klient hatte keinen Rat vom ihm erbeten und auch keinen angenommen. Er hatte sein Testament fix und fertig im Kopf und hatte es ihm herunterdiktiert, sodass sich der Anwalt auf die Rolle einer Schreibkraft reduziert fand. Er hatte, um seine Würde zurückzugewinnen, die Absichten seines Klienten diskutieren wollen, aber Richardson hatte ihm lachend das Wort im Mund abgeschnitten und war gegangen, so abrupt, wie er gekommen war. Er hatte ihn dann nur noch einmal gesehen, als er kam, um das fertige Testament zu unterschreiben, und wieder war der Eindruck entstanden, ein Sturm sei durch seine ehrwürdige Kanzlei gewirbelt.

Als ein paar Tage nach dem Telefongespräch Steven MacFarlane vor ihm saß, war der Eindruck ein völlig anderer, obwohl es dieser, was die Größe betraf, durchaus mit Richardson hätte aufnehmen können. Aber die jungenhafte Schlaksigkeit und die kleinen Unbeholfenheiten seines Besuchers rührten Melrose eher und ließen kein Gefühl von Einschüchterung bei ihm aufkommen.

„Danke, Professor, dass Sie sich persönlich hierherbemüht haben. Ich dachte, es wäre besser, diese Dinge direkt und nicht übers Telefon zu besprechen. Ich habe mich mit der Bank in Verbindung gesetzt, um Informationen über das Konto zu erhalten, das Sie mir genannt hatten, und die Auskünfte sind doch einigermaßen bemerkenswert. Ich bekomme die Unterlagen noch zugeschickt, aber ich habe mir die wichtigsten Punkte notiert. Also, das Konto existierte seit vielen Jahren unter dem Namen des Verstorbenen. Allerdings wurde dem Namen Jeremy Richardson im März die Bezeichnung „Highland Adventure Park" hinzugefügt. Das ist vielleicht nicht so überraschend. Wir wissen ja, dass Richardson in dieser Sache engagiert war. Seit dem Augenblick der Namensänderung gibt es allerdings auch eine zweite Person, die für das Konto zeichnungsberechtigt ist. Sagt Ihnen der Name Samantha Cameron etwas?"

„Ja, ich habe von dieser Frau gehört. Aber ich verstehe nicht, wieso sie Zugang zu dem Konto hat. Soweit ich weiß, ist sie als Gutachterin für diese Behörde in Glasgow tätig, die Projekte zur lokalen Entwicklung finanziell unterstützt. In dieser Eigenschaft hatte sie mit dem geplanten Highland Park zu tun."

„Gut, vielleicht lässt sich das ja klären. Nun zu dem Kontostand. Also, es tut mir leid, das so hart und unverblümt sagen zu müssen: es ist nichts mehr da! Oder nahezu nichts. Und es wird immer noch regelmäßig abgebucht, sagt die Bank. Stets mit der Unterschrift von MS Cameron. Bis vor ein paar Monaten, ungefähr Februar diesen Jahres, ist das Konto langsam aber stetig angewachsen, bis auf etwa 30.000 £. Seitdem überstiegen die Auszahlungen die Einzahlungen erheblich, sodass sich der Kontostand stetig nach unten bewegte. Dann kam eine große Überweisung im Mai. Das muss das Geld des Earls gewesen sein. Und seit Juli fließt nur noch Geld ab und zwar in stattlichen Beträgen. So an die 8.000 £ bis 10.000 £ pro Monat. Das ist alles, was die Bank mir mitteilen konnte. Wie gesagt, ich erhalte eine Kopie der Kontoauszüge in den nächsten Tagen. Dann können wir uns einen Überblick verschaffen, was mit dem Geld passiert ist. Alles, was ich im Moment habe tun können, war, das Konto sofort sperren zu lassen. Ich hoffe, das war in Ihrem Sinne?"

Debbie Tanner gähnte lange und geräuschvoll, ohne die Hand vorzuhalten. So lange sie noch allein im Büro war, genoss sie es, sich schlecht benehmen zu können. Ihr Chef kam niemals vor halb zehn, was ihr ermöglichte, in der ersten Stunde am Morgen in aller Ruhe wach zu werden, einen Kaffee zu trinken und den Arbeitsstapel auf ihrem Schreibtisch misstrauisch von weitem zu beäugen. Sie wusste, dass dieses einer der Tage war, an dem nichts Erfreuliches passieren würde. Ein Blick aus dem Fenster auf den Nieselregen, der auf die graue Stadt fiel, gab die Stimmung vor. Und so würde wohl ihr ganzer Tag sein, grau bis zum Abend, und wahrscheinlich würde auch das einsame Abendessen vor dem Fernseher keine angenehmen Überraschungen bieten.

Als das Telefon klingelte, rührte sie sich nicht vom Fenster und beschränkte sich darauf, den klingelnden Apparat mit demselben Misstrauen zu betrachten wie zuvor ihren Schreibtisch. Das Klingeln stoppte endlich. Aber man ließ ihr keine Ruhe, denn kurz danach wurde die Tür aufgerissen und die Hilfskraft aus der Nachbarabteilung steckte den Kopf herein. Sie war jung und noch unsicher, so wurde sie rot, als sie ihre ältere Kollegin bemerkte und stotterte:

„Meine Güte. Ich dachte, es wäre noch keiner da. Weil doch das Telefon umgeschaltet hat. Nun habe ich das Gespräch, aber ich kann damit nichts anfangen. Da sucht einer ganz verzweifelt eine Samantha Cameron. Und ich bin doch neu hier. Ich weiß nicht, in welcher Abteilung sie arbeitet."

„Samantha Cameron? Die war früher einmal hier. Aber sie hat gekündigt."

„Können Sie nicht mit ihm sprechen? Bitte! Er lässt sich einfach nicht abwimmeln..."

Debbie hatte eigentlich nicht vorgehabt, höflich zu sein, schon gar nicht freundlich oder hilfsbereit. Vor halb zehn Auskunft geben zu müssen, war eine Zumutung. Und außerdem war sie gar nicht berechtigt, Informationen über die Angestellten weiterzugeben. Eigentlich war es sogar völlig unstatthaft, auch wenn es sich um eine Ehemalige handelte. Aber nachdem sie sich einige Minuten mit Steven MacFarlane unterhalten hatte, setzte sie sich gerade hin und zog den Rock zurecht, obwohl er das über die Telefonleitung gar nicht würdigen konnte. Vielleicht war der Tag ja doch nicht völlig missraten, dachte sie, als durch die dunklen Wolken schließlich sogar ein Sonnenstrahl brach. Ob er wohl irgendwann einmal nach Glasgow käme? Und sich vielleicht dann für ihre Hilfe mit einem Drink revanchieren würde?

Ja, eine Samantha Cameron hatte in dieser Abteilung bis vor ein paar Monaten gearbeitet. Nein, offiziell wusste sie nicht, wo sie jetzt arbeitete. Nun ja, offiziell hätte sie auch keinerlei Auskunft darüber geben dürfen, selbst wenn sie es gewusst hätte. Privat war das eine andere Sache. Sie hatte doch ihrer Kollegin nur einen Gefallen tun wollen, als sie ihr versprach, die noch eintreffende an sie persönlich gerichtete Post an ihre neue Adresse nachzuschicken. Und in gewisser Weise war ja dieser Anruf auch eine persönliche Nachricht, oder? Der Zettel musste noch irgendwo auf ihrem Schreibtisch sein.

Eine Adresse in Edinburgh. Ja, offensichtlich hatte Samantha Glasgow verlassen. Sie diktierte ihm gerade die Anschrift, als ihr Chef zur Tür hereinkam und überrascht registrierte, dass er sie an diesem Morgen bereits bei der Arbeit antraf, und das sogar mit freundlichem Gesicht.

Als nächstes rief Steven die Auskunft an und bat um die Telefonnummer von Samantha Cameron in Edinburgh. Welche Samantha Cameron er wolle, fragte der Operator zurück. Es gäbe fünfzehn Samantha Camerons, dazu noch dreizehn S. Camerons, ganz zu schweigen von den mehr als zwanzig Personen, die nur als „Cameron" eingetragen waren. Steven nannte versuchsweise die Adresse, die er gerade bekommen hatte. Unter dieser Adresse allerdings existierte kein Eintrag. Ein plötzlicher Geistesblitz gab ihm ein, nach Highland Adventure Park zu fragen. Er hatte in Schwarze getroffen, denn der Operator bestätigte die Adresse und gab ihm die Telefonnummer.

Steven war sehr erleichtert, dass bisher alles so einfach gegangen war. Zu früh, wie er bald feststellen musste, denn als er die Nummer wählte, erhielt er die automatische Ansage, dass diese Nummer vorübergehend außer Betrieb wäre. Er rief erneut den Operator an und fragte, was eine solche Nachricht bedeutete. „Meist heißt das, dass die Telefonrechnung nicht bezahlt wurde und deshalb das Telefon gesperrt ist. Es kann natürlich auch ein technischer Defekt sein."

Er hörte, dass sich der jungen Mann am anderen Ende der Leitung um einen ernsthaften Ton bemühte, aber er glaubte, ein Grinsen heraus zu spüren.

„Können Sie feststellen, ob es sich um einen technischen Defekt handelt, und wie lange die Nummer nicht erreichbar sein wird?"

Er musste eine ganze Weile warten, dann kam der Operator zurück: „Es liegt keine Störungsmeldung vor."

„Das heißt, das Telefon ist tatsächlich gesperrt?"

„Ich kann dazu keine weitere Auskunft geben."

Der junge Mann klang jetzt sehr distanziert und knapp. Steven bedankte sich und beendete das Gespräch.

Kapitel 6

Es war schon spät am Nachmittag, als er endlich die neue Brücke überquert hatte und nach Edinburgh hineinfuhr. Die Fahrt hatte länger gedauert, als er erwartet hatte, da Urlauber mit ihren Wohnanhängern das Durchschnittstempo erheblich verlangsamt hatten. Immer noch war die wichtigste Verbindung zwischen dem Norden und der dichtbesiedelten Region zwischen Glasgow und Edinburgh nicht durchgängig vierspurig. Statt die Strecke auszubauen, um Unfälle durch verzweifelte Überholversuche zu vermeiden, hatte man eine Überprüfung der Durchfahrtsgeschwindigkeit eingeführt.

Falls man also zu schnell auf der anderen Seite ankam, konnte man bestraft werden. Bei dem dichten Verkehr, der immer wieder hinter Gespannen und Lastwagen ins Stocken kam, konnte man sich kaum vorstellen, dass irgendeiner schneller als erlaubt durchkommen würde, selbst wenn er in den vierspurigen Abschnitten überholte wie der Teufel.

Nun tauchte er in den Feierabendverkehr einer großen Stadt ein und fand es trotz seines Navis verwirrend, sich zu orientieren. Eigentlich sollte ihm die Stadt aus seiner Studienzeit vertraut sein, aber es gab eine Menge neuer Einbahnstraßen, neue Verbindungen und veränderter Verkehrsführungen. Aber wenn immer er das Gefühl hatte, seine Richtung verloren zu haben, schaute er sich nach der Burg um und wusste wieder wo Süd und Nord, West und Ost war. Eine Burg und kein Leuchtturm und trotzdem eine große Hilfe, wenn man durch diese Stadt kommen wollte.

Er parkte seinen Wagen schließlich an der ersten Stelle, an der das Parken überhaupt möglich war, bezahlte für ein paar Stunden und lief dann quer durch die New Town, bis er eher zufällig an die richtige Adresse geriet. Es handelte es sich um ein gut erhaltenes georgianisches Haus, das vormals sicherlich der Wohnsitz einer begüterten Familie war.

Aber, wie alle Häuser in der Straße, war es schon seit langem in ein Geschäftshaus umgewandelt worden, wobei die einzelnen Etagen von ganz verschiedenen Unternehmen besetzt worden waren, deren einzige Gemeinsamkeit darin bestand, sich die hohen Mietpreise leisten zu können. Da gab es zwei ärztliche Praxen, ein Finanzberatungsbüro, einen Architekten und einige wohltönende Firmenbezeichnungen, unter denen Steven sich nichts Konkretes vorstellen konnte.

„Samantha Cameron" oder „Highland Adventure Park" suchte er allerdings vergeblich. Es gab auf dem Schild jedoch eine leere Fläche, auf der Schraubenlöcher zeigten, dass unlängst erst ein Name entfernt worden war. Steven drückte auf die dazu gehörige Klingel und nach einigen Momenten schellte er kräftig ein zweites Mal. Nichts geschah.

Er blieb vor der Tür stehen, weil ihm nichts Besseres einfiel. Er fühlte sich betrogen, denn so hatte er die lange Fahrt ganz umsonst gemacht. Er schellte weiter, weil er sich einfach nicht entschließen konnte, seine Niederlage einzugestehen und umzukehren. Nach dem sechsten oder siebten Mal öffnete sich die große schwere Tür und ein älterer Herr im dunklem Anzug, Hut und dem üblichen Schirm unterm Arm trat heraus. Er sah überrascht zu Steven auf.

„Lassen Sie mich bitte herein!", rief Steven und drängelte sich an dem Herauskommenden vorbei. „Ich muss zur Highland Adventure Park Gesellschaft."

„Oh, sicher, sicher. Erster Stock rechts."

„Vielen Dank."

„Aber die sind ausgezogen, glaube ich!", rief der Herr ihm nach, als Steven bereits auf dem Treppenabsatz war.

Im ersten Stock rechts fehlte ebenfalls das Schild an der Tür. Steven klingelte auch hier mehrmals, aber er machte sich keine Hoffnung mehr. Als er sich gerade endgültig geschlagen geben wollte, bemerkte er eine Bewegung hinter der Tür. Es war nicht so sehr, dass er etwas hörte, vielmehr spürte er, dass ein Mensch hinter der Tür stand, mit angehaltenem Atem lauschte und wahrscheinlich hoffte, er möge endlich verschwinden.

„Miss Cameron!" Seine eigene Stimme kam Steven ungewohnt schrill vor, als er durch das Treppenhaus rief.

„Miss Cameron! Ich weiß, dass Sie da sind. Machen Sie auf!"

Es raschelte hinter der Tür, so als würde sich die Person nur ein Stück weiter zurückziehen.

„Hören Sie!" Steven sprach immer noch laut, aber er brüllte nicht mehr. „Ich muss mit Ihnen reden! Es geht um Jeremy Richardson. Ich bin ein Freund von ihm. Steven MacFarlane ist mein Name. Vielleicht haben Sie von mir gehört. Es ist wirklich sehr wichtig!"

„Woher kommen Sie?" fragte eine weibliche Stimme gedämpft durch die Tür.

„Im Moment komme ich aus Kinlochlever. Aber..."

„Sie glauben doch nicht, dass ich meine Tür für jemanden aus Kinlochlever öffne?" Das Lachen klang geradezu hysterisch. „Ich will doch nicht so enden wie Jeremy!"

„Was meinen Sie damit? Jeremy ist ertrunken! Es war ein Unfall!"

„Das müssen Sie natürlich sagen, wenn Sie aus Kinlochlever kommen."

„Miss Cameron. So hat das doch keinen Sinn. Wir können uns doch nicht die ganze Zeit durch die Tür anschreien!"

„Dann verschwinden Sie doch! Ich lasse Sie auf keinen Fall herein, solange ich hier allein bin."

„Okay, das kann ich verstehen. Ich mache Ihnen einen Vorschlag: An der Ecke da vorne gibt es eine Pub. Ich warte dort auf Sie. Da gibt es genug Leute, sodass Sie sich nicht ungeschützt fühlen müssen."

Er bekam keine Antwort.

„Miss Cameron! Wenn Sie nicht mit mir reden wollen, muss ich die Polizei einschalten. Wegen Betrugs und Unterschlagung!“

Das war ein Schuss ins Blaue, aber er tat seine Wirkung.

„Woher weiß ich, dass Sie mir nicht im Hausflur auflauern?“

„Schauen Sie zum Fenster hinaus! Ich bin groß und habe rote Haare. Schauen Sie mir zu, wie ich die Straße hinuntergehe, wenn Sie mir nicht trauen.“

Wieder dauerte das Schweigen eine ganze Weile. Schließlich sagte sie: „Gut. Gehen Sie die Straße hinunter! Aber es wird ein bisschen dauern. Ich muss mir erst etwas überziehen.“

Steven war langsam die Straße hinuntergeschlendert. Er hatte zu den Fenstern im ersten Stock emporgeblickt und die Bewegung der Vorhänge wahrgenommen, aber Samantha Cameron hatte er nicht gesehen. Vor dem Pub blieb er stehen und schaute zurück. Da sah er, wie sich die Tür des Hauses, das er gerade verlassen hatte, öffnete und eine Gestalt heraustrat und ohne sich auch nur einmal umzuwenden, in die andere Richtung davoneilte. Bevor er sich noch Rechenschaft darüber geben konnte, warum er sich über ihre Identität so sicher war, rannte er schon hinter ihr her.

Sie hörte ihn bereits, als er noch ein gutes Stück von ihr entfernt war und begann nun selbst zu rennen, ohne sich auch nur einmal nach ihrem Verfolger umzuschauen. Mit dem engen Rock und den Absätze ihrer Schuhe hatte sie jedoch keine Chance. Steven packte sie an der Schulter, als sie wie eine Wildkatze herumfuhr und versuchte, sich von ihm zu befreien, indem sie ihm mit ihren langen Fingernägeln ins Gesicht fuhr. Sie kamen ins Stolpern und rissen sich gegenseitig zu Boden. Sie strampelte sich hoch, aber ehe sie wieder richtig auf die Füße kam, hatte er ihren Knöchel umklammert und sie wieder zu Fall gebracht, sodass sie vor Schmerzen aufschrie und keinen Versuch mehr machte, auf die Beine zu kommen.

Steven stand mühsam auf, klopfte sich den Straßenschmutz von den Kleidern und griff dann nach ihrer Hand. Er zog sie hoch, aber als sie ihren Fuß aufsetzte, schrie sie auf und knickte ein. Steven musste sie auffangen, sonst wäre sie sofort wieder zu Boden gegangen.

„Mein Knöchel!", jammerte sie. Sie klammerte sich an ihn und schien im Moment vergessen zu haben, dass sie sich vor ihm fürchtete.

„Versuchen Sie nicht aufzutreten. Ich halte Sie. Es wird sicher gleich besser."

Sie schaute misstrauisch zu ihm empor, sagte aber nichts.

„Glauben Sie, Sie schaffen es bis zum Pub, oder wollen Sie nicht doch lieber wieder ..."

Er wies mit dem Kopf in Richtung des Hauses, das sie so überstürzt verlassen hatte.

„Was wollen Sie von mir?"

Sie ließ zu, dass er sie stützte, machte aber keine Anstrengung von der Stelle zu kommen.

„Jeremy hat ein Testament hinterlassen, in dem er mich zum Erben bestimmt hat. Ich bin dabei festzustellen, woraus das Erbe besteht. Dabei sind merkwürdige Dinge aufgetaucht, in denen Sie eine Rolle zu spielen scheinen. Also will ich mit Ihnen reden. Das ist doch wohl verständlich?"

„Ich kann Ihnen überhaupt nichts sagen! Ich weiß absolut nichts. Ich habe für Jeremy gearbeitet. Das ist alles. Lassen Sie mich jetzt los!"

Er tat es, aber sie griff mit schmerzverzerrtem Gesicht sofort wieder nach seinem Arm.

„Sie können mich doch nicht fallen lassen! Sie sehen doch, dass ich nicht stehen kann!"

„Sie haben aber doch gesagt..." Steven war nicht zum ersten Mal in seinem Leben über weibliche Konsequenz verblüfft. „Geht es wieder?"

Sie nickt stumm und sah auf die Straße hinaus.

„Wovor haben Sie eigentlich so schreckliche Angst?"

„Wenn Sie aus Kinlochlever kommen und das nicht verstehen, dann hat es auch keinen Sinn, dass wir darüber reden!"

„Versuchen Sie es doch einmal! Vielleicht verstehe ich es ja."

Wieder sah sie zu ihm auf. Er fand sie außergewöhnlich, als er sie jetzt zum ersten Mal etwas ruhiger betrachtete. „Attraktiv" war wahrscheinlich das richtige Wort, wenn er sich von ihr angezogen gefühlt hätte, was aber nicht der Fall war. Aber er konnte sie für einen Moment mit Jeremys Augen sehen und begriff, was für eine Provokation sie für ihn gewesen sein musste. In ihren Augen sah er eine Mischung aus Hilflosigkeit und Cleverness. Sie war eine, die sich stets durchboxte, auch wenn sie im Augenblick nicht weiter zu wissen schien.

„Ich bringe Sie zurück. Sie sollten Ihre Schuhe ausziehen und kalte Wickel um Ihren Knöchel legen. Wenn es nicht besser wird, kann ich Sie zu einem Arzt oder ins Krankenhaus bringen", schlug Steven schließlich vor und sie ließ zu, dass er sie stützte, bis sie vor der Tür ohne Schild angekommen waren. Da sie zögerte, nahm er ihr einfach die Schlüssel ab. Er schloss auf, hob er sie hoch und so kehrte sie - wie eine junge Braut - auf seinen Armen in die ehemaligen Räume der Highland Adventure Park Gesellschaft zurück.

Nachdem er sie auf dem großen eleganten Ledersofa niedergesetzt hatte, sah er sich überrascht um. Er befand sich in einer Empfangshalle, die aussah wie das Vorzimmer eines Industriemagnaten. Möbel, Teppiche und Bilder an den Wänden mussten ein kleines Vermögen gekostet haben.

„Was ist das hier?", fragte er verblüfft.

„Das ist der Empfang der Highland Adventure Park Gesellschaft“, antwortete sie beleidigt. „Was denken Sie?“

Er öffnete versuchsweise die Doppeltür auf der anderen Seite der Halle. Dahinter blickte er in einen Gang mit mehreren Türen. Zwei davon standen offen. Eine schien zu einem kleineren intimeren Büro zu führen. Hinter der anderen Tür befand sich ein Schlafzimmer mit einem luxuriösen Bett. Das Bett war ungemacht und einige Kleidungsstücke waren offensichtlich hastig zu Boden geworfen worden.

„Aber das ist doch eine Wohnung?!“

„Ja und? Jeremy und ich fanden es nützlich, dass die Gesellschaft zu jeder Zeit erreichbar sein sollte. Und wir wollten am Anfang nicht zu viel in Personal investieren. Nicht, bevor die Sache ins Laufen gekommen wäre.“

„Das heißt, Sie wohnen hier?“

„Natürlich wohne ich hier. Ich habe die ganze Zeit die volle Verantwortung für den Ablauf gehabt und den ganzen Laden allein gemanagt. Jeremy hat sich ja nur von Zeit zu Zeit einmal blicken lassen.“

„Woraus genau bestand Ihre Tätigkeit?“

„Ich habe Informationsmaterial zu dem Projekt vorbereitet und versandt und mit Interessenten konferiert.“

„Interessenten für was?“

„Möglichen Investoren für das Projekt, natürlich!“ Sie wurde langsam ungeduldig.

„Und dafür musste so ein Aufwand getrieben werden? Ich habe die Kontoauszügen gesehen. Sie haben eine Menge Geld abgehoben.“

„Selbstverständlich!“ Jetzt klang sie sehr selbstbewusst. „Für ein solches Projekt braucht man Kapital. Richtiges Kapital! Das hat Jeremy schließlich auch eingesehen. Und um an die richtigen Investoren zu kommen, muss man repräsentieren. Da muss man etwas einsetzen, sonst kann man gleich einpacken!“

„Und wie viele Investoren haben sich bisher eingefunden?"

„Nun, es gab einige Interessenten." Sie wurde auffallend vage. „Die Sache ließ sich wirklich gut an, bis das mit Jeremy passierte, natürlich."

„Wie haben Sie von Jeremys Tod erfahren?"

„Wir hatten einen Termin mit einem ganz wichtigen Vertreter eines Konsortiums aus Nahost. Jeremy hätte einen solchen Termin nie versäumt, wenn nicht etwas Dramatisches dazwischengekommen wäre."

„Was haben Sie gemacht, als er nicht erschien?"

„Ich habe ihn angerufen."

„Im Hotel?"

„Ja. Sein Handy hat er kaum jemals angehabt."

„Und?"

„Ich wusste ja, dass ich vorsichtig sein musste. Ich habe nur nach Mr. Richardson gefragt. Sie haben mir gesagt, er wäre nicht zu sprechen. Und ein paar Tage später war er immer noch nicht zu sprechen. Das kam mir sehr merkwürdig vor. Ich dachte, sie hat mich vielleicht an der Stimme erkannt, deshalb habe ich einen Bekannten gebeten, anzurufen."

„Wer, sie?"

„Die Frau, die das Hotel für ihn führt. Sie kennen sie? Sie ist ja eigentlich nur seine Angestellte, aber sie war immer äußerst unhöflich zu mir, hat mich nur kurz abgefertigt, wenn ich mal an sie geraten bin."

„Und als Ihr Bekannter angerufen hat?"

„Dasselbe: Er wäre nicht zu sprechen! Ich war völlig hilflos. Ich wusste einfach nicht, was ich tun sollte. Als ich hier anfing, hat Jeremy mich beschworen, mich auf absehbare Zeit nicht in Kinlochlever blicken zu lassen. Es wäre zu gefährlich, hat er gesagt."

„Warum gefährlich?“

„Weil er doch so viele gegen sich hatte, die alles tun würden, um ihm das Projekt kaputt zu machen, wenn sie davon erfahren hätten.“

„Hat er Ihnen das so gesagt?“

„Nicht direkt. Aber ich habe das herausgehört, wenn er über die Verhältnisse dort gesprochen hat.“

Steven schüttelte den Kopf, was sie aber nicht aus dem Konzept brachte.

„Ich hatte dann insofern Glück, als ich zufällig jemanden traf, der mich in Kinlochlever zusammen mit Jeremy gesehen hatte, jemand aus dem Dorf oder einem Nachbardorf. Und der hat mir natürlich brühwarm gesteckt, dass Jeremy verschwunden ist, und dass die Leute meinen, es wäre wegen mir. Und er wollte natürlich nun von mir wissen, wo Jeremy steckt! Ich habe selbstverständlich so getan, als hätte ich keine Ahnung. Aber da habe ich schon gewusst, dass etwas Schreckliches passiert sein musste. Und kurz hinterher ist ja dann auch seine Leiche gefunden worden. Es stand in der Zeitung."

„Warum haben Sie sich dann nicht gemeldet?“

„Bei wem hätte ich mich denn melden sollen? Und warum? In der Zeitung stand etwas von einem Unfall. Ein Unfall? Ich frage Sie? Ich wollte nicht zufällig auch so einen Unfall haben.“

„Sie glauben nicht, dass es ein Unfall war?“

„Nein, niemals glaube ich das! Das wäre doch zu praktisch, gerade in diesem Augenblick. Außerdem hat Jeremy selbst so eine komische Ahnung gehabt.“

„Was für eine Ahnung?“

„Das ihm etwas passieren könnte. Einmal, das ist schon eine Weile her, da hat er so halb im Ernst, halb im Scherz gesagt, dass er an diesem Tag vielleicht sein Todesurteil unterschrieben hätte. Er hatte irgendeinen Vertrag gemacht. Aber er wollte mir nicht sagen, worum es ging. Er hat immer gesagt, je weniger ich wüsste, umso sicherer wäre es für mich."

„Wann war das mit diesem Vertrag?"

„Oh, das ist schon Monate her."

„Hat er sonst irgendetwas gesagt, das darauf hinweisen könnte, dass er sich bedroht gefühlt hat?"

„Mein Gott, er hat erzählt, dass ihn diese Frau, mit der er ein Kind hat, einmal mit einem Messer attackiert hat. Sie muss krankhaft eifersüchtig sein. Er hat darüber nur gelacht, aber ich fand es gar nicht komisch. Und dass sein Boot explodiert ist. Das schien ihn sogar zu amüsieren. Was ich gar nicht verstehen konnte. Er hat gesagt, wenn sie nicht alle solche Angst vor ihm hätten, wäre er seines Lebens nicht mehr sicher. Deshalb hätte er sich Mühe gegeben, seine ganze Umgebung einzuschüchtern. Aber mir gegenüber war er immer sehr nett. Er hat mich aus allem raushalten wollen, damit mir nichts passiert."

In ihren Augenwinkeln tauchte eine Träne auf, die vielleicht sogar echt war.

Steven wartete, bis sie sich gefasst hatte. „Als ich zum ersten Mal von Ihnen gehört habe, hieß es, Sie arbeiteten für die Bewilligungsstelle für Zuschüsse für Projekte in den Highlands. Wie kommt es, dass Sie diese Stelle aufgegeben haben und jetzt den Highland Adventure Park vertreten?"

„Ich habe am Anfang das Projekt als Gutachterin betreut, wie Sie ja offensichtlich wissen. Dann wollte Jeremy unbedingt, dass wir weiter zusammenarbeiten und hat mir diese Stelle angeboten."

„War es ein großzügiges Angebot?"

Nachdem, was er bisher gesehen hatte, konnte sich Steven die Höhe ihres Gehaltes ungefähr vorstellen.

„Es war ein adäquates Angebot!" Ihr Ton schwankte wieder zwischen Beleidigtsein und Arroganz. „Ich habe eine große Verantwortung übernommen und ich habe sehr viel geleistet. Sozusagen vierundzwanzig Stunden im Einsatz!"

Steven konnte sich ein Grinsen nicht verkneifen. „Und Sie haben die Räume hier gemietet und eingerichtet?"

„Ja. Jeremy hat mir dabei freie Hand gelassen. Er hat verstanden, dass man mit Geschmack an die Sache herangehen muss, wenn man Eindruck hinterlassen will. Gefällt es Ihnen?", fragte sie mit einem Anflug kindlichen Stolzes.

„Naja, soweit ich bisher gesehen habe..." Er zögerte. Immerhin gehörte der Laden jetzt in gewisser Weise ihm, aber das schien ihr noch nicht klar zu sein.

„Und was haben Sie gemacht, seit Sie wissen, dass Jeremy tot ist?"

Die Überheblichkeit verschwand auf der Stelle und machte Unsicherheit und Angst Platz. „Ich habe nicht gewusst, was ich machen soll. Zuerst habe ich die Schilder weggenommen und die Post zurückgehen lassen. Ich bin auch nicht mehr ans Telefon gegangen. Das ist jetzt übrigens sowieso gesperrt."

„Aber Sie haben doch weiter Geld von dem Konto abgehoben?"

„Natürlich. Ich hatte ja die Vollmacht: Schließlich steht mir ja mein Gehalt zu. Das ist mein gutes Recht, so lange mir nicht gekündigt worden ist. Aber jetzt ist auch noch das Konto gesperrt worden." Etwas fiel ihr ein: „Stecken Sie dahinter? Dass das Konto gesperrt worden ist?"

„Indirekt schon. Der Testamentsvollstrecker hat es veranlasst. Bis die Angelegenheit geklärt ist. Jeremy hat nämlich eine ganze Menge Schulden hinterlassen, für die der Erbe, also ich, letztendlich einzustehen hat. Falls ich das Erbe annehme..."

„Aber das ist doch Unsinn!“ Samantha lachte. „Jeremy war doch wohlhabend. Schließlich hatte er doch das Hotel. Und sie machten gute Umsätze, hat er mir immer erzählt.“

„Das Hotel gehörte Jeremy nicht mehr.“

„Es gehörte ihm nicht mehr?“

„Er hatte es Norma MacLeod überschrieben.“

„Dieser Frau? Das ist doch nicht möglich?“

„Doch. Obwohl der Testamentsvollstrecker es noch überprüfen muss. Aber es scheint so zu sein, dass Jeremy ihr das Hotel im März oder April übergeben hat.“

„Im Frühjahr? Das heißt, er hat die ganze Zeit gewusst, dass das Hotel ihm gar nicht mehr gehört?“

„Sicher.“

Samantha senkte den Kopf und atmete ein paar Mal tief durch, dann hob sie den Kopf wieder und sagte mit seltsam veränderter Stimme: „Und ich habe mir eingebildet, ziemlich clever zu sein. Dass mich so leicht keiner mehr aufs Kreuz legt.“ Sie schnaubte verächtlich. „Aber da habe ich mich wohl getäuscht.“

„Wieso fühlen Sie sich von Jeremy getäuscht?“, fragte Steven, obwohl er glaubte, die Antwort bereits zu kennen. Er erhielt nur einen langen Blick. „Was werden Sie jetzt tun?“

„Verschwinden, denke ich. Mir eine neue Stelle und eine andere Wohnung suchen. Sie können ja hier einziehen, wenn Sie der Erbe sind!“

Es war ihr also doch klargeworden.

„Ich werde sicher nicht hier einziehen. Aber übernehmen muss ich die Wohnung schon, beziehungsweise der Testamentsvollstrecker. Er wird Ihnen wahrscheinlich auch offiziell kündigen. Ich denke, wir sollten versuchen, die Möbel zu verkaufen. Vielleicht kann man so ein Teil des Geldes, das Jeremy dem Earl schuldet, wiederbeschaffen."

„Jeremy schuldete dem Earl Geld? Ich dachte immer, der Earl wäre im Vergleich zu Jeremy ein ganz armer Schlucker, so wie Jeremy darüber geredet hat."

„Die Hälfte der 60.000 £, die Sie hier im letzten halben Jahr ausgeben haben, stammt von dem Earl. Jeremy hatte ihm gesagt, Sie bräuchten das Geld als Nachweis Ihrer ehemaligen Behörde gegenüber, um an die Zuschüsse zu kommen."

„Was für ein Unsinn! Das Projekt ist doch abgelehnt worden. Gleich am Anfang. Das wusste Jeremy ganz genau. Die Abteilung für Umweltverträglichkeit hatte ein Veto eingelegt. Deshalb mussten wir ja andere, private Investoren suchen."

Steven hatte Kaffee gekocht und auch eine Flasche Whisky gefunden. Später aßen sie Fish und Chips, die er an einem Stand eine Straße weiter geholt hatte, während sie eine Art von Bestandsaufnahme machten. Samantha hatte es strikt abgelehnt, zum Arzt gebracht zu werden, aber die kalten Umschläge taten ihrem Knöcheln offensichtlich gut. Auf seinen Arm gestützt humpelte sie durch die Wohnung, um ihm die Dinge zu zeigen, die verkauft werden könnten. Bereitwillig hatte sie ihm einen Satz der Schlüssel ausgehändigt und versprochen, falls sie in den nächsten Tagen „verschwinden" würde, wie sie das nannte, ihre neue Adresse zu hinterlassen und nur diejenigen Dinge mitzunehmen, die sie als ihr Eigentum in die Wohnung mitgebracht hatte. Steven fand sie fast menschlich und sogar ein bisschen rührend.

„Irgendwie war das alles wie ein schöner Traum", murmelte sie schließlich bedrückt, als sie fertig waren und er sich zum Gehen anschickte. „Eine Karriere, ein gutes Einkommen, internationale Kontakte und dazu noch einen phantastischen Mann! Irgendwas konnte daran ja nicht stimmen."

„Sie haben also mit Jeremy auch eine persönliche Beziehung gehabt?", fragte Steven vorsichtig.

Samantha sah ihn nachdenklich an. „Er sah gut aus und er hat die Leute beeindruckt. Wenn wir zusammen ausgegangen sind, habe ich immer beobachtet, wie die anderen Frauen ihn angestarrt haben. Das hat mir gefallen. Aber ich denke, ich habe ihn nicht sehr gut gekannt. Oder?"

„Er soll verrückt nach Ihnen gewesen sein, zumindest haben mir das die Leute in Kinlochlever erzählt."

Samantha lächelte wehmütig. „Als ich ihn zuerst kennenlernte, dachte ich, er ist so eine Art Casanova im Kilt. Einer, der weiß, dass er phantastisch aussieht und schrecklich eingebildet darauf ist. Mit der Art von Männern werde ich leicht fertig! Erst als wir zusammengearbeitet haben, habe ich gemerkt, dass viel mehr in ihm steckte. Er hatte etwas, was man ihm einfach abnehmen musste. So eine unwiderstehliche Kraft, wissen Sie? Wie ein Naturereignis!"

Steven war überrascht. Er hatte sie für eitel und oberflächlich gehalten, aber niemand außer ihr hatte Jeremy bisher mit einem einzigen Wort so zutreffend beschrieben.

„Sie haben ihn gerngehabt?"

„Ich weiß nicht, wie sich das hätte vermeiden lassen? Wenn er nach Edinburgh kam, hat er hier gewohnt. Es war ja seine Firma und seine Wohnung. Da waren wir doch buchstäblich Tag und Nacht zusammen. Natürlich sind wir uns da nähergekommen."

Sie trank noch einen großen Schluck Whisky. Sie würde es niemals über sich bringen, diesem Zerstörer aller ihrer Träume anzuvertrauen, wie verrückt sie schließlich nach Jeremy gewesen war und wie sehr sie ihn vermisste.

Später fiel es ihm schwer, sich an seine Rückfahrt zu erinnern. Er hatte Edinburgh verlassen, als es schon dunkel war, was im Sommer erst spät abends der Fall war. Er hatte Samantha zum Abschied einen Kuss auf die Wange gegeben und ihr einmal über das Haar gestreichelt. Es war eine ganz spontane Handlung, die ihm angemessen erschienen war, nachdem sie bis Mitternacht geredet hatten. Jeremy hätte ihn ausgelacht, dacht er. „Fällt dir nichts anderes ein, als mit einer Frau wie ihr nur auf dem Sofa zu sitzen und zu quatschen?“, hätte er gespottet.

Er war über nahezu leere Straßen nach Norden gefahren, bis ihn schließlich die Müdigkeit übermannte und er auf einem Parkplatz neben der Straße auf dem Rücksitz seines Autos eingeschlafen war. Die aufgehende Sonne hatte ihn geweckt. Ein Blick auf die Uhr zeigte, dass es kurz vor drei war. Er stieg aus dem Auto und lief ein paar Schritte auf und ab, um seine steifgewordenen Glieder auszuschütteln. Dann stieg er über die Straßenabsperrung und tastete sich den Abhang hinunter zu einem Bach, der neben der Straße her floss. Das Wasser war eiskalt und prickelte auf seiner Haut, als er es sich händevoll ins Gesicht schüttete. Es schmeckte nach eisigem Stahl mit einem Hauch von Stein.

Er setzte sich auf die steinige Uferböschung und sah dem dahineilenden Wasser nach, wie es über Steine sprang, aufschäumte und davonstürzte. Auf der anderen Seite des Baches gab es keine so steile Böschung. Der steinige Untergrund ging unmittelbar in eine der typischen Hochlandwiesen über, auf der Schafe weideten. Das Gras war kurz und dicht, wie der gepflegteste englische Rasen. Es bildete einen weichen plüschigen Teppich, der sich am gegenüberliegenden Hang emporzog, bis er von steinigem Geröll abgelöst wurde. Die Berge um ihn herum wirkten von der Straße aus wie Hügel, in Wirklichkeit aber waren sie von erheblicher Höhe und die Luft war auch im Sommer frostig.

Er dagegen war auf einer Insel aufgewachsen, wo die Hügel wirklich nur Hügel waren, und der Golfstrom stets für milde Temperaturen gesorgt hatte. Auf der Insel waren das Meer und der Wind, der oft zum Sturm wurde, die bestimmenden Momente. Hier inmitten der kühlen Stille der Berge fühlte er sich fremd und ein bisschen beklommen.

Er versuchte seine Gedanken zu ordnen, aber es gelang ihm nicht recht. Schließlich suchte er nach etwas zum Schreiben. Sein Handy lag im Auto, aber er wollte deshalb nicht noch einmal raufsteigen. Wenigstens hatte er gewohnheitsmäßig einen Kugelschreiber in der Brusttasche und er fand schließlich einen zusammengefalteten Zettel in der Jackentasche, mit Notizen, die er einmal gemacht und dann vergessen hatte.

Auf der Rückseite begann er eine Aufstellung:

<u>September</u>: Testament

Auftauchen S. Cameron/Pläne für den Highland

Adventure Park

<u>Februar:</u> Ablehnung des Projekts/

Gründung der „Gesellschaft"

<u>März/April</u>: Überschreibung Hotel

<u>Mai:</u> Schuldschein Earl of Loverdale

<u>Juli:</u> Jeremy ertrinkt

Was hatte der Anwalt gesagt? Jeremy wäre finanziell so gut wie erledigt gewesen. Er hätte alles auf eine Karte gesetzt. Aber hatte er tatsächlich schon verloren? Er hatte sich offensichtlich bis zuletzt Hoffnungen gemacht, das Projekt in Gang zu bringen. Deshalb hatte er auch noch das Geld von dem Earl eingesetzt. Wie ein Spieler hatte er gedacht, wenn er nur durchhielte, würde er schließlich Erfolg haben.

Hatte der Pfarrer am Ende recht mit seinem Verdacht? Hatte Jeremy sich tatsächlich umgebracht, als er erkannte, dass er erledigt war? Aber das setzte voraus, dass ein solches Scheitern für Jeremy eine Katastrophe gewesen wäre. Er versuchte, sich einen verzweifelten Jeremy vorzustellen, aber es gelang ihm nicht. „Was denn noch?" Jeremy hätte nur gelacht! „Schulden. Na und? Das Leben geht weiter!" Wer hätte ihm denn etwas anhaben können? „Betrug? Ach, was!"

Der Earl hätte den Verlust seines Geldes schon verschmerzt. Steven konnte fast Jeremys Stimme hören: „Glaubst du, der blamiert sich öffentlich und gibt zu, dass ich ihn übers Ohr gehauen habe? Niemals! Schon, weil er fürchterliche Schiß vor seinem schlauen Sohn hat!"

Und etwas anderes störte Steven auch noch an dieser Idee: Warum hatte Jeremy Norma das Hotel überschrieben? Bei aller Zuneigung für seinen toten Freund, Steven glaubte ihn doch gut genug zu kennen, um einschätzen zu können, dass er das nicht aus Rücksicht auf Norma und ihre Familie getan haben konnte. So uneigennützig war er nicht! Nein, es musste etwas anderes dahinterstecken. Etwas, was Jeremy für clever hielt, als er es plante. Für clever und vielleicht für nicht ganz ehrenhaft, sonst hätte er nicht von den wenigen Beteiligten ein solches Stillschweigen erzwungen. Denn der Wechsel des Eigentümers war tatsächlich nicht durchgesickert, und das war für die Verhältnisse im Tal absolut ungewöhnlich.

Er würde mehr herausfinden müssen über diese Überschreibung, aber er wusste nicht, wie er das anstellen sollte, ohne Norma das Gefühl zu geben, er missgönne ihr das Hotel. Was absurd war, denn was sollte er mit einem Hotel in den Highlands? Für sie stellte das Hotel die Basis ihres Lebens da, ein Vermögen, das ihr Sicherheit gab bis ins Alter hinein. Für ihn war es nur eine lästige Bürde, mit der er kaum was anfangen konnte. Selbst was seine finanziellen Verhältnisse betraf, brauchte er nicht mehr, als er bereits besaß: Ein gutes Gehalt, eine großzügige Altersversorgung, und erhebliche Ersparnisse, weil er immer bescheiden gelebt hatte und nie extravagante Wünsche gehegt hatte.

Vielleicht sollte er versuchen, mit Hamish darüber zu sprechen? Hamish war vernünftig und hörte erst einmal zu, ehe er seine Schlüsse zog. Er war Normas Vertrauter, aber er war doch einen Schritt entfernt von der ganzen Angelegenheit und könnte deshalb vielleicht neutraler urteilen.

Oder er brächte es fertig, Donnie daran zu erinnern, dass er ihm immer eine Art großer Bruder und Freund gewesen war. Donnie musste ihm doch glauben, dass er nichts im Sinn hatte, was ihm oder seiner Mutter schaden könnte. Er würde es vorsichtig angehen müssen. Schritt für Schritt. Aber irgendwann würde er wohl den Schlüssel zu der ganzen Angelegenheit in Händen halten.

Steven zerriss den Notizzettel in kleine Fetzen und lies sie ins Wasser wirbeln, dann stand er auf, klopfte seine Hose aus und krabbelte wieder die steile Böschung hoch. Er fuhr bis zur nächsten Tankstelle, die einen 24-Stunden-Service hatte, und trank einen heißen, halbwegs genießbaren Kaffee in der Gesellschaft von zwei LKW-Fahrern, die ebenfalls einige – allerdings bequemere – Stunden Schlaf in ihren Fahrzeugen hinter sich hatten, bevor sie sich wieder auf den Weg machten, um rechtzeitig am Ziel zu sein.

Steven hörte ihnen zu, wie sie Ansichten über das letzte Rangers-Spiel austauschten, und freute sich über ihre farbige Ausdrucksweise, wenn sie auch an Direktheit nicht zu wünschen ließ. Sie nickten ihm kameradschaftlich zu, als sie sich von ihm verabschiedeten. Steven fühlte sich auf einmal hoffnungsvoll. Er verschlang heißhungrig eine lauwarme Pastete und machte sich dann auch auf den Weg.

Alles, was ihm jetzt noch zu tun blieb, war, den Anwalt über die Wohnung in Edinburgh verständigen. Er war davon überzeugt, dass auch ein günstiger Verkauf der vorhandenen Möbel nicht den gesamten Betrag für den Earl erbringen würde. Aber es würde immerhin ein gewissen Ausgleich darstellen. Niemand konnte ihm vorwerfen, sich leichtfertig von seiner Verantwortung freigemacht zu haben. Eigentlich war er sogar ein bisschen stolz auf sich, denn er fühlte, dass er mit der Aufdeckung einiger wichtiger Zusammenhänge mehr als seine Pflicht getan hätte.

Natürlich kam er viel zu früh an der Kanzlei der Rechtsanwälte Miller, Melrose und Barnett an. Die Empfangssekretärin sah erstaunt zu ihm auf und informierte ihn darüber, dass mit ihrem Chef nicht vor zehn Uhr zu rechnen wäre. Er beschloss auf ihnen zu warten und nahm in der Besucherecke Platz. Als Melrose endlich eintraf, fand er Besucher in der Ecke des Sofas friedlich schlafend vor. Es brauchte sogar einige Zeit, bis Steven vollständig zu sich kam, nachdem die Sekretärin ihn mehrmals unbeholfen an der Schulter geschüttelt und seinen Namen gerufen hatte.

„Ihre Sekretärin muss einen schönen Eindruck von mir haben." Steven grinste verlegen, als er dem Anwalt in sein Büro folgte.

„Kein Grund zur Beunruhigung! Sie denkt sich nichts. Das Ausmaß, in dem sie nicht denkt, ist geradezu episch! Kaffee? Oder lieber Tee?"

Steven entschied sich für Kaffee. Melrose setzte sich hinter seinen Schreibtisch und griff zum Telefon, um bei seiner Sekretärin das Gewünschte zu bestellen. Während sie warteten, begann er von seinem Ausflug nach Edinburgh und von Samantha Cameron zu berichten.

„Ich denke, ich habe getan, was ich konnte", schloss er. „Vermutlich befindet sich alles, was Jeremy an Werten hinterlassen hat, in der Wohnung in Edinburgh. Die Einrichtung kommt mir sehr teuer vor, aber natürlich wird es schwierig sein, gebrauchte Möbel zu verkaufen, selbst wenn sie ursprünglich eine Menge Geld gekostet haben. Aber das überlasse ich Ihnen als Testamentsvollstrecker. Auf jeden Fall wird es nicht reichen, um Jeremys Schulden zu decken. Und das heißt für mich, dass ich die Erbschaft nicht annehmen werde, wie Sie sich denken können."

Er zog den Schlüssel zu der Wohnung aus der Tasche und legte ihn dem Anwalt auf den Tisch. Der hatte ihm mit gerunzelter Stirn zugehört, ohne ihn zu unterbrechen. Nun nickte er bedächtig: „Selbstverständlich. Wenn Sie sich davon überzeugt haben, dass Sie durch die Erbschaft nur belastet werden... Ich war in der Zwischenzeit übrigens auch nicht untätig. Ich habe die Überschreibung des Hotels überprüft. Und dabei ist etwas Bemerkenswertes aufgetaucht, das ich Ihnen doch zeigen möchte, obwohl es dazu einen legalen Grund vielleicht nicht mehr gibt. Aber Sie haben ja das Erbe noch nicht offiziell angelehnt, nicht wahr?"

Steven machte eine zustimmende Geste und der Anwalt öffnete eine Mappe: „Es war natürlich kein Problem, die Tatsache der Überschreibung von Edinburgh bestätigt zu bekommen, aber ich war doch neugierig und wollte die Urkunde selbst sehen. Es ist niemals ein Fehler, über die richtigen Beziehungen zu verfügen... Naja, wie immer auch, hier ist nun eine Kopie der Überschreibungsurkunde. Ich möchte Sie besonders auf die Schlußbestimmungen hinweisen."

Er reichte Steven die Kopien eine nach der anderen und Steven bemühte sich, mit den Gewundenheiten der juristischen Sprache zurecht zu kommen. Auf der letzten Seite wurde er auf einmal hellwach und setzte sich abrupt auf: „Das heißt, er hat das Hotel nicht einfach verschenkt, sondern im Grunde verkauft? Norma war verpflichtet, ihm monatlich eine Art Rente zu zahlen?"

Der Anwalt nickte: „Aber lesen Sie weiter! Das Wichtigste kommt noch."

„Jeremy hatte das Recht, das Hotel nach Ablauf von achtzehn Monaten zurückzukaufen? Für 10.000 £? Aber das ist doch kein Preis! Das ist ein Trinkgeld!"

„Genau!"

Steven ließ sich in seinen Sessel zurücksinken: „So war das also! Er hat sich abgesichert! Wenn alles gut gegangen wäre, hätte er sich das Hotel zurückgeholt. 10.000 Pfund, sozusagen als Schmiergeld für Norma, falls sie das Geld tatsächlich jemals bekommen hätte. Wenn es schief gegangen wäre, hätte er sich durch diese Rente finanziell abgesichert. Und die hätte man ihm doch nicht wegnehmen können, oder?"

„Nun, der monatliche Betrag ist nicht besonders hoch. Er hätte argumentieren können, dass das sein Existenzminimum wäre. Wahrscheinlich wäre er damit sogar durchgekommen. Wenn man aber zusammenrechnet, was es Mrs. MacLeod über die vielen Jahre hinweg gekostet hätte, die er als normale Lebenserwartung noch vor sich gehabt hätte, so wäre es doch ein stattlicher Betrag gewesen."

Es wurde so still in dem Büro, dass man die Schritte der auf der Straße Vorbeigehenden hören konnte.

Langsam, als fiele ihm das Sprechen schwer, sagte Jeremy: „Samantha Cameron hatte eine panische Angst vor den Leuten aus Kinlochlever. Sie hat etwas davon erwähnt, dass Jeremy irgendwann darüber gescherzt hätte, heute möglicherweise sein Todesurteil unterschrieben zu haben. Ich habe das alles für Hirngespinste gehalten. Jetzt frage ich mich..."

„Ja, ich frage mich auch..."

Später wunderte sich Steven manchmal darüber, dass ihm nicht in den Sinn gekommen war, dass Kinlochlever nach Jeremys Tod für ihn ein veränderter Ort sein würde. Aber auf der Fahrt zurück – er nannte es für sich „nach Hause kommen“ - war sein vorherrschendes Gefühl Erschöpfung und der dringende Wunsch, sich in seine Höhle zu verkriechen und ein paar Stunden zu schlafen.

Erst als er in der Hotelhalle Norma begegnete, die ihn freundlich fragte, ob er Erfolg gehabt hätte, ging ihm auf, dass er kaum in der Lage sein würde, so offen mit ihr zu verkehren, wie er es immer gewohnt war. Die Kenntnis über den Vertrag war ihm unter dem Versprechen strengster Vertraulichkeit vermittelt worden. Es war also völlig undenkbar, Norma einfach zur Rede zu stellen. Aber das allein war es nicht. Er wusste, er würde keine Ruhe finden, bis er besser verstehen würde, was zu Jeremys Tod geführt hatte, aber gerade deshalb brauchte er Zeit, seine weiteren Schritte zu überdenken. So gab er Norma nur eine oberflächliche Antwort, die sich auf seine Fahrt nach Edinburgh bezog und entschuldigte sein Bedürfnis nach sofortigem Rückzug damit, dass er nur wenige Stunden und schlecht im Auto geschlafen hatte.

„Das sieht man dir an“, meinte Norma direkt und sachlich wie immer. „Du solltest dich hinlegen. Schlaf nachholen. Soll ich Lunch auf dein Zimmer bringen lassen?“

Steven lehnte ab und schämte sich sofort ein wenig für seine Knappheit.

Er wachte erst abends wieder auf und fühlte sich so benommen, als hätte er einen Rausch ausgeschlafen. Er zog sich an und ging hinunter in die Bar. Er hatte Durst. Er hatte auch Hunger, aber er stellte sich darauf ein, nichts mehr zu bekommen, denn die Zeit des Dinners war längst vorbei. Noch vorgestern wäre er entweder in die Küche gegangen, um sich selbst ein Sandwich zu machen oder er hätte Norma umschmeichelt, die für ihn mit freundlichem Brummen noch einmal einen Kochtopf aufgestellt hätte. Beides erschien ihm jetzt undenkbar.

Er sah Susan sofort. Sie stand mit Nachbarn aus Port Newton an der Bar. Er wollte sich eigentlich abseits halten, wollte nicht den Eindruck erwecken, sie für sich zu beanspruchen. Sie hatte immer großen Wert daraufgelegt, vor den anderen einen gewissen Abstand zu ihm zu demonstrieren, wie vertraulich sie auch in ihren eigenen vier Wänden mit ihm umgehen mochte.

Also war er ans andere Ende der Bar gegangen, hatte ein Bier getrunken und es dabei vermieden, allzu oft zu ihr hinüber zu schauen. Er konzentrierte alle seine innere Kraft darauf, sie herbei zu wünschen. Und war glücklich, als sie zu ihm kam, ihm sanft die Hand auf den Arm legte und ihn fragte, wie es ihm ergangen sei.

Sie setzten sich in eine Ecke und er gab ihr einen kurzen Bericht, wobei er die Sache mit dem Vertrag natürlich ausließ. Aber das war auch nicht das, was Susan beschäftigte. Er hatte sich bemüht, Samantha Cameron nur beiläufig zu erwähnen, aber sie kam immer wieder darauf zurück. Innerlich bat er die Frau in Edinburgh um Verzeihung, als er schließlich ein sehr abwertendes Bild von ihr zeichnete, aber es schien Susan zu beruhigen. Um sie weiter abzulenken, erzählte ihr Steven, dass er das Schreiben unterzeichnet hatte, mit dem er endgültig auf die Erbschaft verzichtet hatte.

„Ich verstehe nicht, warum du die Erbschaft ausschlagen kannst, aber ich die für meine Tochter angeblich nicht ablehnen kann“, fragte sie schließlich.

„Es ist nichts da, was sich zu erben lohnte. Außer Schulden. Davon bin ich jetzt fest überzeugt und deshalb habe ich die Erbschaft abgelehnt. Nicht, weil ich mich gegen Jeremy stellen wollte. Für Euch ist das etwas anderes. Erstens ist es das Geld deiner Tochter, und zweitens ist es vorhanden. Und bis Edith erwachsen ist, wird eine schöne Summe zusammengekommen sein. Sie wird sie gut brauchen können. Warum willst du ihr das verwehren?“

„Ich fühle mich so gedemütigt, so als hätte Jeremy noch im letzten Moment gewonnen. Mich besiegt, das ist das richtige Wort. Ich habe so viel an ihn verloren. Aber nie meinen Stolz! Er konnte mich haben, und er konnte mich sogar schlecht behandeln, aber er konnte mich nicht kaufen. Ich bin nicht von ihm losgekommen, aber ich habe ihn nicht gebraucht, nicht materiell, wenn du verstehst, was ich meine? Jetzt hat er sich irgendwie durch die Hintertür doch noch eingeschlichen. Eines Tages wird mir meine Tochter vielleicht vorwerfen, dass ihr Vater ihr das Studium ermöglicht hat und nicht ich. Ich wollte das mit dem Kind allein schaffen. Es sollte mein Kind sein, nicht seines."

„Aber das konntest du doch nie verhindern. Jeder, einschließlich Edith hat doch gewusst, dass Jeremy ihr Vater ist. Er hat es nie abgestritten. Im Gegenteil, er hat so oft von ihr gesprochen. Sie war sehr wichtig für ihn."

„Du wärest überrascht, in welchem Maß Jeremy vergessen konnte, dass Edith seine Tochter war."

„Ich weiß, er hat sein Leben weitergeführt, wie es ihm passte. Er hat dabei weder auf dich noch auf seine Tochter noch auf irgendeinen anderen Rücksicht genommen."

„Das meine ich nicht." Sie hatte abrupt das Thema gewechselt und war bald darauf gegangen.

Kapitel 7

Obwohl sie wusste, dass Susans Haustür, wie die meisten im Tal, auch nachts nicht verschlossen war, wagte Donna nicht, ihr Haus zu betreten, ohne sich bemerkbar zu machen. Sie hatte schon die Hand erhoben, um anzuklopfen, da fiel ihr ein, dass es vielleicht doch besser wäre, Susan und vielleicht auch Edith nicht zu wecken, sondern draußen zu warten, bis ihre Schwester morgens von selbst erwachen würde. Aber würde sie Susan damit nicht beleidigen? Würde die das nicht als Mangel an Vertrauen werten? Sie konnte es sich nicht leisten, ihre Schwester gegen sich aufzubringen, wo sie sie doch so verzweifelt brauchte.

Es war nur gut, dass das Baby jetzt schlief. Sie hatte es aus dem Bettchen gehoben und den Atem angehalten, als es begann, leise zu mauzen, aber sie hatte Glück gehabt, er hatte nur geträumt. Der Kleine hatte früher am Abend mit dem Instinkt eines bedrohten Tieres gespürt, dass um ihn herum Aufruhr war, und hatte brüllend seinen Teil dazu beigetragen, bis er vor lauter Erschöpfung in sich zusammengesunken war.

Während des ganzen langen Fußweges hatte sie versucht, ihn so ruhig wie möglich zu halten. Niemand sollte wissen, dass sie ging. Und wohin. Das Schaukeln war ihm angenehm gewesen, denn sein kleines Gesichtchen sah im blassen Mondlicht jetzt entspannt und friedlich aus.

Donna legte ihn vorsichtig neben die Tür ins Gras und schlich dann um das Haus herum. Sie bückte sich, hob eine Hand voll Kiesel auf und warf diese gegen das obere Fenster. Dann rief sie leise: „Susan! Susan!“

Sie warf noch einmal eine Handvoll, die gegen die Scheibe prasselte, endlich ging das Licht an und das Fenster wurde geöffnet.

„Was zum Teufel...“

„Susan, ich bin’s.“

„Donna? Was ist los?“

„Kann ich reinkommen?"

„Meine Güte, natürlich! Die Tür ist offen. Das weißt du doch!"

Als Donna ums Haus kam, war die Halle erleuchtet und die Tür stand offen. Susan hatte eine Decke um sich gewickelt und beugte sich gerade über das Baby, um es vorsichtig aufzuheben. Mit dem Kleinen auf dem Arm, drehte sie sich um und sah ihre Schwester im Licht das aus dem Haus fiel: „Um Gottes willen! Donna! Was ist denn passiert?"

Sie zerrte sie mit der freien Hand ins Haus und drehte sie so, dass das Licht auf ihr zerschlagenes Gesicht fiel. Donnas Fassung hatte bis hierher gereicht. Solange sie lief und wusste, dass sie durchhalten musste, bis sie angekommen war, hatte sie noch nicht einmal das Bedürfnis gehabt zu weinen. Nun aber, unter der Lampe, im Arm ihrer großen Schwester, brach sie zusammen und wildes Schluchzen schüttelte sie.

„Ist ja gut... Ist ja gut..."

„Ich möchte nicht, dass Edith mich so sieht."

„Als ob das jetzt wichtig wäre! Komm hier rein. Edith hat einen gesunden Schlaf. So setz dich doch! Willst du etwas trinken? Whisky? Oder lieber etwas Warmes?"

„Tee wäre gut. Ich bin so lange gelaufen..."

„Ich stell den Kessel auf. Hier, nimm du Sean so lange oder leg ihn da drüben in den Sessel. In dieser Schublade sind Taschentücher, falls du eins brauchst."

Donna hielt ihren Becher Tee mit beiden Händen fest. Sie zitterte so, dass sich auf der Oberfläche der dampfenden Flüssigkeit Kräuseln bildeten. Susan ließ sie einige Schlucke von dem starken, heißen Tee trinken, dann nahm sie ihr vorsichtig den Becher aus der Hand: „Jetzt gehen wir erst einmal ins Bad und verarzten dich ein bisschen. Dann trinken wir was Kräftigeres, und dann will ich wissen, was passiert ist!"

Donna schloss die Augen, als sie vor dem Spiegel stand. Sie wollte ihr Gesicht nicht sehen und spürte nur, wie Susan mit sanften Händen das Blut abwischte und etwas kühlendes Feuchtes auftrug. Sie ließ sich zurück ins Wohnzimmer führen, wo Susan eine Decke um sie legte und für sie beide Whisky eingoss: „Runter damit! Glaub mir, es tut dir gut. Also wer war das?"

„Julian."

„Dein Mann?"

„Ja, mein Mann..."

„Aber das ist doch nicht möglich?"

Donna strich sich stumm mit der Hand über ihr linkes Auge und die linke Gesichtshälfte, die mehr als die rechte blau und braun angeschwollen war.

„War er betrunken?"

„Ja."

„Aber ich dachte, er gehört nicht zu denen, die sich sinnlos volllaufen lassen?"

„Er trinkt nicht vor anderen Leuten. Er trinkt heimlich. Zu Hause. Er fängt nachmittags an, wenn die Schule vorbei ist. Jeden Tag! Eines Tages wird er morgens anfangen und dann werden sie ihn rausschmeißen. Oh, Susan, mein ganzes Leben ist ein einziger Trümmerhaufen!"

„Aber du hast mir doch immer erzählt, er wäre die Sanftmut und die Anständigkeit in Person. Selbst, wenn er einmal etwas getrunken hätte..."

„Das war früher so. Bevor Sean geboren wurde..."

„Was hat denn Sean damit zu tun?"

„Eifersucht. Julian ist eifersüchtig."

„Auf das Kind? Auf sein eigenes Kind? Entweder du spinnst, oder er muss verrückt geworden sein!“

Donna zuckte nur mit den Schultern.

„Ihr habt euch so lange ein Kind gewünscht. Ihr wart bei tausend Ärzten. Ich dachte, jetzt wo Sean da ist, wäret ihr die perfekte glückliche Familie."

„Seit Sean geboren wurde, lebe ich in der Hölle! Wenn ich das gewusst hätte, ich hätte ihn nie bekommen.“

„Es ist also nicht das erste Mal, dass Julian auf dich losgegangen ist?“

„Nein...aber...“

„Aber?“

„Es ist das erste Mal, dass er auch auf Sean losgehen wollte!“

„Er wollte das Kind schlagen?“

„Ich weiß nicht, ob er es wirklich getan hätte. Aber ich hatte keine Lust, es darauf ankommen zu lassen. Deshalb bin ich weggelaufen.“

„Und Julian, wo ist er jetzt?“

„Er liegt im Bett und schläft seinen Rausch aus, nehme ich an.“

„Willst du, dass ich Dr. Munro rufe? Oder die Polizei?“

„Nein, bitte nicht! Ich will nicht, dass es bekannt wird!“

„Aber irgendetwas musst du doch tun?“

„Kann ich ein paar Tage hierbleiben? Bis ich nicht mehr so schrecklich aussehe. Ich brauche einfach Zeit, um nachzudenken. Bitte, Susan?“

„Natürlich bleibst du erst einmal hier. Ich mache dir hier auf dem Sofa ein Bett zurecht und für Sean stellen wir die Sessel zusammen. Morgen machen wir dann das Extrazimmer für euch fertig.“

„Du bist sehr gut zu mir!“

„Unsinn.“

Susan hatte die beiden zu Bett gebracht und die Lampe gelöscht. Von draußen drang bereits das Licht einer milchigen Morgendämmerung durch die Vorhänge. Sie nahm die Hände ihrer Schwester in die ihren, küsste ihr auf die Stirn und flüsterte: „Ich komme einfach nicht darüber hinweg, dass Julian so etwas tun konnte. Und du sagst, er wollte auch auf sein eigenes Kind losgehen?"

„Weil Julian weiß, dass Sean nicht sein Kind ist.“

„Was sagst du?“

„Julian weiß...“

„Dass Sean nicht sein Kind ist! Ich habe es gehört, aber ich verstehe es nicht.“ Sie setzte sich auf die Sofakante, ohne Donnas Hände loszulassen.

„Ich dachte, Julian wäre glücklich, wenn wir ein Kind bekämen...“

„Ja, das dachte ich auch. Jeder dachte das! Was ist schief gegangen?“

„Er hat gewusst, dass er es ist, der keine Kinder bekommen kann! Und ich habe nicht gewusst, dass er es weiß.“

„Ach, du meine Güte! Aber wenn er nicht der Vater ist, wer dann?“

„Das ist doch ganz egal! Ich wollte ein Kind. Und Julian wollte es auch, deshalb hat er erst mitgespielt, als ich ihm gesagt habe, dass ich schwanger bin. Er hat sich zwar nicht so gefreut, wie ich gedacht habe, aber er hat es irgendwie verkraftet. Er hat zugehört, wenn ich Pläne für unser Kind gemacht habe, und er hat mir nicht widersprochen. Wenn er damals nur etwas gesagt hätte! Ich hätte doch abtreiben können! Aber er hat geschwiegen bis zwei Wochen vor der Geburt. Und dann ist er auf einmal ausgerastet...“

„Hat er dich da schon geschlagen?“

„Ja.“

„Obwohl du schwanger warst?“

„Er wollte wissen, wer der Vater ist. Und ich habe es ihm nicht gesagt. Er hat mich geschlagen und mir schließlich sogar in den Bauch getreten. Dass Sean gesund zur Welt kam, ist fast schon ein Wunder.“

„Aber das ist ja unglaublich! Warum habe ich nichts davon gemerkt?"

„Ich habe mich so geschämt. Es war doch alles meine Schuld. Ich habe es für ihn getan, aber so wie er es sieht, habe ich ihn betrogen. Und Julian glaubt mir nicht, dass ich es für uns getan habe. Er denkt, ich habe es getan, weil er mir nicht genug ist...“

Sie wusste nicht weiter, schließlich sagte sie: „Er nennt mich eine Schlampe! Eine, die mit jedem ins Bett steigt. Wenn er sieht, dass ich mit irgendeinem Mann spreche, fragt er mich hinterher, wie denn das Bumsen mit ihm war. Und wenn ich sage, er soll endlich damit aufhören, dann schlägt er mich. Ich traue mich nicht mehr aus dem Haus, vor lauter Angst, dass mich jemand auch nur nach der Uhrzeit fragen könnte.“

„Das hört sich an, als hätte er sich wirklich in einen Wahn hineingesteigert. Wahrscheinlich verdächtigt er jeden im Dorf Seans Vater zu sein.“

„Er weiß, wer Seans Vater ist.“

„Aber du hast doch gesagt, du hast es ihm nicht gesagt?“

„Habe ich auch nicht. Das hat schon Seans Vater selbst besorgt.“

„Mein Gott! Aber warum?“

„Weil Seans Vater es genossen hat, einen anderen Mann einen Schlappschwanz zu nennen, für den er sogar noch die Kinder machen müsse.“

„Wie furchtbar! Wie gemein!"

„Das Schlimme daran ist, dass Julian Sean seitdem hasst. Vorher ist er nur auf mich losgegangen, aber er hat versucht, das Kind trotzdem zu akzeptieren. Weil er Kinder nämlich wirklich mag. Sonst wäre er ja nicht Lehrer geworden. Aber nun sieht er in dem Kleinen nur noch den Vater. Und heute Nacht dachte ich wirklich, er würde ihn umbringen, wenn ich ihn ließe."

Susan nahm Donna in den Arm und wiegte sie sanft hin und her: „Hab keine Angst!" flüsterte sie, „Hier kann euch nichts passieren. Versuche jetzt ein bisschen zu schlafen. Morgen früh überlegen wir dann, wie es weitergeht."

Sie ließ Donna in die Kissen zurückgleiten, stand auf und ging zur Tür. Dort wandte sie sich noch einmal um: „Darf ich wissen, wer Seans Vater ist?"

„Nein. Wenn es dir nichts ausmacht, möchte ich das lieber nicht sagen. Nicht jetzt, wenigstens."

„Ist schon in Ordnung." Und damit schloss sie sacht die Tür hinter sich.

In der Bar herrschte der übliche Abendbetrieb. Die unsichtbare Demarkationslinie zwischen den Einheimischen und den Touristen verlief kurz vor der Theke. Die gehörte nämlich den Einheimischen. Die Tische und Stühle im Hintergrund des Raumes überließ man dafür gern den Fremden.

Natürlich wurde freundlich Platz gemacht, wenn einer der Gäste an die Bar trat, um seine Getränke abzuholen. Blieb aber einer zu lange stehen, so, als wollte er sich in die Gespräche der Einheimischen einmischen, wurde er sanft, fast unmerklich, zurückgedrängt, bis er sich an der Peripherie wiederfand und nur noch die Rücken der Stammgäste bewundern konnte.

Die Leute aus dem Tal waren Fremden gegenüber nicht unfreundlich. Ganz im Gegenteil, sie waren im Rahmen ihrer Möglichkeiten großzügig und offen, aber alles hatte seine Grenzen, und diese hier in der Bar war ihnen heilig. Aber auch untereinander gab es Abgrenzungen, Der mittlere Abschnitt der Bar war den Leuten aus Kinlochlever vorbehalten, auf der einen Seite hielten sich mit Vorliebe die Leute aus den Bergen auf, auf der anderen hatten die Gäste aus Port Newton und Umgebung ihre Stammplätze. Steven hatte das Recht auf einen Platz an der Bar, aber es mangelte ihm die deutliche Zuordnung, weshalb er in jedem Abschnitt der langen Theke zugleich willkommen und ein wenig fremd war.

Heute Abend gesellte er sich zu den Leuten aus den Bergen, denen, die der Tür am nächsten standen, und bestellte für sich und einige, die er kannte, ein Bier. Peter Nicholson, der neben ihm stand, tat ihm mit erhobenem Glas Bescheid.

„Auf dein Spezielles! Wir haben dich ein paar Tage nicht gesehen!"

„Ich war in Edinburgh. Habe ich was versäumt?"

„Duncan Trinidad hat mal wieder seine fünf Minuten gehabt. Weißt du, der zunehmende Mond! Duncan Trinidad ist wie die Gezeiten. Er läuft voll und dann läuft er wieder leer."

Peter machte eine Pause und trank sein Bier mit einem langen genussvollen Schluck fast bis zur Neige. Dann betrachtete er Steven mit neugierigem Grinsen von der Seite: „So, so. In Edinburgh warst du. Schöne Stadt, Edinburgh?"

„Sehr schöne Stadt!"

„Aber du warst wohl nicht da, um die Stadt zu besichtigen, oder?"

Steven lachte: „Nein, war ich nicht. Es war geschäftlich!"

„Ob diese Geschäfte wohl zufällig mit den Geschäften eines jüngst Verstorbenen zusammenhängen?"

„Mein Gott, ist das auch schon wieder rum?!"

„Natürlich! Was willst du? Schließlich ist das doch das Aufregendste, das hier seit Jahren passiert ist. Erst der ganze Zirkus mit Susan, dann der Aufstand hier in der Bar, und anschließend verschwindet unser lieber Jeremy spurlos. Und wir denken, ihm ist das Pflaster einfach zu heiß geworden. Dann finden sie seine Leiche. Und jetzt das Testament. Und das Hotel soll jetzt also wieder Norma gehören, habe ich gehört?"

Um nicht antworten zu müssen und weil alles, was mit Susan zusammenhing, ihn aufhorchen ließ, fragte Steven zurück: „Was war das für ein Zirkus mit Susan?"

„Sie stand auf dem Platz vorm Hotel und schrie, sodass es jeder hören konnte, wenn Jeremy ihr oder ihrer Tochter noch einmal zu nahe käme, würde sie ihn umbringen. Und weißt du, was irgendwie komisch war? Sonst ist Jeremy immer mit links mit ihr fertig geworden. Er hat gelacht. Und er hat sie auch immer wieder rumgekriegt. Aber dieses Mal war er wirklich betroffen. Er hat überhaupt nichts gesagt, stand nur da und ließ sich beschimpfen. Dann hat er auf dem Absatz kehrtgemacht und ist in die Bar gegangen. Dort hat er sich dann volllaufen lassen."

„War das zufällig der Abend, an dem er verschwunden ist?"

„War das der Abend? Wart´ mal! Kann schon sein. Oder doch eher kurz vorher? Ehrlich gesagt, ich weiß es nicht mehr so genau. Die Abende gleichen sich doch alle irgendwie. Er hat später Streit gesucht. Das weiß ich noch. Aber auch das war ja nichts Außergewöhnliches."

„Hat er denn jemanden gefunden zum Streiten?"

„Ach, wenn er in dieser Stimmung war, sind ihm doch alle aus dem Weg gegangen. Ich war jedenfalls nicht dabei. Ich bleibe ja nie bis zum Schluss. Jedenfalls nicht während der Woche. Die Frau erwartet mich pünktlich um zehn zu Hause." Peter kicherte. „Ich weiß, dass die Leute sagen, sie hat bei uns die Hosen an. Aber das ist schon in Ordnung. Sie hält die Familie und das Geld zusammen. Das ist viel wert."

Sie tranken ihr Bier aus und Peter bestellte eine neue Runde.

„Wie denkst du jetzt eigentlich über Jeremy?", wollte Steven schließlich wissen.

„Was meinst du damit, wie ich denke?"

„Naja, er hat dich doch damals mit dem Boot auch irgendwie aufs Kreuz gelegt. Es könnte ja sein, dass du ihm nicht gerade eine Träne nachweinst."

„Ich bin doch nicht Freddy Logan! Den kannst du immer noch von Null auf Hundert bringen in drei Sekunden, wenn du nur Jeremys Namen in seiner Nähe aussprichst. Nein, so schlimm ist es nicht mit mir! Am Anfang konnte ich Jeremy übrigens ganz gut leiden. Und nach der Sache mit dem Boot war er für mich einfach nur endgültig erledigt. Aber ich bin nicht auf einem Rachefeldzug gewesen, wenn du das meinst."

„Was war eigentlich genau die Sache mit dem Boot? Ich weiß nur, dass er euch Jobs angeboten hat, wenn ihr diesen Bootsführerschein vorlegen könnt. Dass ihr das auf eigene Kosten gemacht habt und er euch trotzdem nicht beschäftigt hat. Ich vermute, die Prüfung war ganz schön teuer, und ihr habt euch deshalb übers Ohr gehauen gefühlt?"

„Naja. Das ist nur die erste Hälfte der Geschichte. Die absolute Härte war, dass er im nächsten Frühjahr doch einen anstellen wollte. Und anstatt offen zu uns zu kommen und zu sagen, dass er eben nur einen brauchen kann, weil die Geschäfte nicht so gingen, wie er es sich gedacht hat, hat er versucht, uns gegeneinander auszuspielen!

Er hat jedem von uns unter dem Siegel der Verschwiegenheit gesagt, dass er der einzige ist, dem er vertrauen kann. Die beiden anderen würden nichts taugen. Er hat es noch schlimmer ausgedrückt, aber das muss ich hier ja nicht wiederholen. Eigentlich wollte er nur rausbekommen, wieviel jeder von uns verlangen würde, ohne dass wir uns darüber absprechen könnten. Und dann hätte er wahrscheinlich den billigsten genommen.

Das muss die Großstadt sein, aus der er gekommen ist, dass er gedacht hat, wir würden es für uns behalten und nicht miteinander reden. Aber so schnell hat er gar nicht das Telefon auflegen können, da habe ich schon die anderen angerufen. Da hatten Freddy und Murdo schon miteinander gesprochen und haben nur auf meinen Anruf gewartet. Na, wir sind dann zu dritt zu Jeremy hin und haben ihm unsere Meinung gesagt. Du kannst dir denken, dass ihm das nicht geschmeckt hat. Er hat getobt, aber wir waren ja zu dritt, also konnte er nicht viel machen. Und wir haben ihm gesagt, dass wir dafür sorgen, dass in Zukunft keiner für ihn auf dem oder irgendeinem anderen Boot arbeitet. Und auch sonst nicht mehr.

Norma hat mir dabei ja leidgetan, aber sie haben tatsächlich hinterher nicht einen aus dem Dorf gefunden, der noch etwas für sie gemacht hätte. Sie mussten sich im Sommer Studenten holen, die ein paar Monate ausgeholfen haben, wenn die Saison gut war. Erst als Jeremy tot war, zum Beispiel bei der Beerdigung, hat sich wieder jemand aus dem Dorf für Norma hinter die Bar gestellt. Um ihr zu zeigen, dass es nicht gegen sie gegangen ist."

„Aber Alistair MacDonald hat doch weiter für Jeremy gearbeitet, oder?"

Peter Nicholson kniff die Augen zusammen und warf Steven einen misstrauischen Blick zu: „Darüber weiß ich nichts!"

„Na, komm schon! Ich bin immerhin seit zehn Jahren regelmäßig hier. Ich habe hier auch schon Wild zum Dinner bekommen, in dem sozusagen noch Alistairs Kugeln steckten."

„Ich weiß nicht, wovon du redest!"

Steven spürte, dass er dabei war, wieder einmal auf die Mauer des Schweigens aufzuprallen, die es auch für ihn, den Halbfremden, immer noch gab. Er versuchte es, mit einen Schuss ins Blaue: „Nach allem, was Jeremy Alistair angetan hat, kann man nur froh sein, dass Jeremys Todesursache so eindeutig feststeht und keine Gewehrkugel dabei im Spiel war, sonst hätte Alistair doch ganz schön in Schwierigkeiten kommen können, nicht wahr?“

„Das ist alles Quatsch! Alistair war schließlich nicht der einzige, der bis zur Sperrstunde in der Bar war!“

„Du meinst, an dem Abend, als Jeremy verschwand?“

„Ich dachte, du hättest das gemeint.“

„Ich habe was gehört darüber, dass Jeremy Alistair erpresste hätte.“

„Jeremys Tod war ein Unfall! Und selbst, wenn es keiner gewesen wäre, Alistair wäre der letzte gewesen, der ihn hätte ersäufen können. Er hat nämlich panische Angst vor der See. Sein Vater ist ertrunken, als er noch ein kleiner Junge war, und er ist sein ganzes Leben nicht weiter ins Wasser gegangen als bis zu den Knöcheln. Er würde eher verhungern und verdursten, als einen Fuß in ein Boot zu setzen! So ist das nämlich mit Alistair!“

Kurz danach machte sich Peter auf den Weg nach Hause. Steven begleitete ihn auf den Parkplatz, weil er das Bedürfnis nach frischer Luft hatte. Schon mit der Autotür in der Hand drehte sich Peter noch einmal nach ihm um. „Macht dich nicht verrückt!“, rief er ihm zu. „Und mach auch andere nicht verrückt! Es reicht, dass Duncan Trinidad, wenn er seine wilden fünf Minuten hat, überall herumposaunt, dass es sich schon noch herausstellen wird, dass einer Jeremy auf dem Gewissen hätte!“

Der Abend war wunderschön. Die Sonne war bereits hinter dem Horizont verschwunden, aber die Dämmerung dauerte lange an und würde noch länger mit farbigen Fingern über die Bucht streichen. Genau betrachtet würde die Nacht, ohne eine vollständige Dunkelheit zu erreichen, gegen zwei Uhr morgens bereits wieder in Morgendämmerung übergehen. Die Farben des Himmels reichten von tiefem Dunkelrot über ein strahlendes Goldrosa bis zu tiefem Dunkelblau über den Bergspitzen, die noch vom Widerschein der letzten Sonnenstrahlen funkelten. Ein zunehmender Mond stand bereits als helle Sichel über den Bergen und im Osten erschienen die ersten Sterne.

Steven wandte sich nach Westen und wanderte in das Farbenmeer der untergegangenen Sonne hinein, ohne Absicht und Ziel. Er lief und lief und achtete kaum auf den Weg. Auf halber Höhe begegnete er einer Gruppe Schafe, die wie eine kleine Armee in Reih und Glied den festen Weg hinunter trotteten, zu ihrem angestammten Futterplatz, angezogen von der Verheißung leckeren Salzes, welches dort auf sie wartete.

Die Spitze der Truppe kam abrupt zum Stehen, als für die ersten der Sicherheitsabstand zu dem Zweibeiner unterschritten war. Es gab ein Gedränge in den hinteren Reihen, wobei einige Schafe hochstiegen, um zu sehen, was die Troßspitze aufgehalten hätte. Zwei oder drei Schafe liefen, wie kleine Feldwebel, aufgeregt an den Reihen ihrer Kameraden entlang, um Ordnung zu halten. Mensch und Tiere standen sich gegenüber und beobachteten sich.

Steven wusste, dass eine hastige Bewegung reichen würde, die ganze Herde den Berg hinauf zu scheuchen. Er verließ den Pfad im Zeitlupentempo und stieg ein paar Schritte ins feuchte Gras, wo er unbeweglich verharrte. Die erste Reihe der Schafe rückte auf dem Pfad vorwärts bis zu dem Punkt, der ihrem Bedürfnis nach Abstand gerade noch erträglich war. Dann sprangen die ersten auf der anderen Seite des Pfades vom Weg herunter in die Wiese, beschrieben einen Halbkreis um den menschlichen Störenfried und versammelten sich anschließend wieder auf dem Pfad. Die ganze Prozedur verlief unter der Aufsicht ihrer kleinen Offiziere, die dafür sorgten, dass keiner zurückblieb, und die auf dem Weg die alte Ordnung der Dreierreihe wiederherstellten, bevor die Herde weiterzog.

Steven hatte Schafe niemals für dumm gehalten. Die Menschen hier, von denen doch viele ihr Einkommen aus der Schafzucht bezogen, verachteten ihre Tiere oder hassten sie sogar. Steven vermutete, dass es sich dabei um eine Reaktion auf ein unbewusstes Schuldgefühl den Tieren gegenüber handelte, die im Mai als bezaubernde Lämmer zur Welt kamen, und die man doch, bevor das Jahr noch richtig vorbei war, töten würde. Ein Metzger hatte ihn einmal mit seiner intensiven Abneigung gegen jede Art von Tier überrascht, bis dieser ihm gestanden hatte, dass er seinen Beruf wahrscheinlich nicht mehr ausüben könnte, wenn er auch nur ein Tier in sein Herz schließen würde.

Vielleicht stammte die kollektive Abneigung Schafen gegenüber aber auch aus der Vergangenheit, als die Ahnen der heutigen Generation aus dem fruchtbaren Inneren Schottlands vertrieben worden waren, um den großen Schafherden Platz zu machen. Obwohl das ja nicht die Schuld der Schafe war, sondern die Gier der Landbesitzer, die damals mit Hilfe der Polizei und des Militärs unter dem Vorwand des Fortschritts und der ökonomischen Entwicklung ganze Landstriche entvölkert hatten, indem sie den Menschen, die sich nicht vertreiben lassen wollten, schließlich sogar die Häuser über den Köpfen anzündeten.

Die Vertreibungen waren auch nach hundert Jahren noch im kollektiven Bewusstsein seiner Landsleute eine offene Wunde, die wahrscheinlich nie ganz verheilen würde. Steven fragte sich manchmal, ob sein leidenschaftliches Interesse an der Entwicklung der

Künste und sein Fähigkeit, sich in die verschiedenen geistigen und künstlerischen Epochen einzufühlen, als sei er dabei gewesen, eine Folge der schottischen Eigenart sein könnte, einschneidende Ereignisse für lange Zeiten lebendig im Gedächtnis zu bewahren.

Er hatte den Schafen nachgeschaut, bis sie hinter dem Hügel verschwunden waren, und trat jetzt auf den Pfad zurück. Seine Schuhe und Socken fühlten sich kalt und feucht an, und als er an sich heruntersah, bemerkte er, dass auch seine Hosenbeine etwas von der Nässe des Grases und des moorigen, nachgiebigen Bodens abbekommen hatten. Er fröstelte plötzlich heftig. Schnell wandte er sich um und eilte zum Hotel zurück.

Kapitel 8

Er war es nicht gewöhnt, die Dinge, die ihn beschäftigten, mit anderen zu verhandeln. Sein Leben lang hatte er das meiste mit sich selbst ausgemacht. Jetzt begriff er, dass dieses ein freiwilliges Schweigen gewesen war, eines, welches er hätte durchbrechen können, wenn er nur gewollt hätte, denn trotz seiner Zurückhaltung hatte er immer genügend gute Freunde gehabt, denen er sich hätte anvertrauen können, wenn er das Bedürfnis gehabt hätte. Jetzt aber hatte er das Gefühl, niemanden zu haben, dem er vertrauen konnte, obwohl seine Gedanken auf der Stelle kreisten und er sich gern ausgetauscht hätte.

Wenn mit Jeremys Tod tatsächlich nicht alles so sein sollte, wie es auf den ersten Blick erschien, dann musste es Schuldige und Unschuldige geben. Aber - so gut kannte er die Verhältnisse im Tal mittlerweile - damit war es nicht getan. Da gab es Familien und Koalitionen, Loyalitäten, die stärker waren als nahezu jedes formale Recht oder Unrecht, und ebenso starke Feindschaften. Und nicht alle Verbindungen waren offensichtlich. So, wie es schwer war, irgendetwas geheim zu halten, so war es auch schwer vorauszusagen, wer sich auf einmal als Verbündeter oder erbitterter Gegner erweisen würde, wenn er auch nur über eine seiner Überlegungen spräche.

Er hatte dem Earl noch einen Besuch abgestattet. Er hatte sich dazu verpflichtet gefühlt, obwohl es ihm schwerfiel, denn er musste nichts weniger tun, als eingestehen, dass Jeremy in der Tat ein Betrüger gewesen war.

„Ich habe keine Entschuldigung für ihn. Er hat gewusst, dass an eine Finanzierung durch öffentliche Zuschüsse nicht mehr zu denken war. Ihr Geld zu nehmen und in der Weise einzusetzen, wie er es getan hat, war, als ob er im Glücksspiel alles auf eine Karte setzt. Und er hat gewusst, dass die Chancen nicht sehr gutstanden, denn er hat sich selbst abgesichert, dadurch, dass er das Hotel jedem Zugriff durch Sie oder andere Gläubiger entzogen hat."

Der Earl hatte nur stumm nach seinem Glas gegriffen und einen Schluck seines stark verdünnten Whiskys getrunken. Dann hatte er Steven mit einer Geste zum Weitersprechen aufgefordert.

„Nun, Sie werden wenigstens einen Teil Ihres Geldes zurückerhalten, wenn die Wohnung in Edinburgh aufgelöst und die Möbel verkauft sind. Es wird vielleicht nicht die ganze Summe abdecken, aber wenigstens wird es einen gewissen Ausgleich darstellen."

„Und Sie sagen, er hat dort mit dieser Cameron gelebt?"

„Soweit er in Edinburgh war, hat er zweifellos dort mit ihr gelebt."

„Glauben Sie, das war alles nur, um Geld für diese Frau zu beschaffen, die sonst nicht mit ihm ins Bett gegangen wäre?" Die Stimme des Earls klang müde vor Enttäuschung.

„Nein, das glaube ich nicht. Miss Cameron hat zweifellos daran gearbeitet, privates Kapital für den Highland Adventure Park aufzutreiben. Mit welcher Intensität und mit welchem Erfolg kann ich nicht beurteilen. Sie behauptet immerhin, sie hätten einige ernsthafte Interessenten an der Hand gehabt."

Der Earl setzte sich auf und ein Funke seiner üblichen polternden Energie war zu spüren: „Wenn sie tatsächlich Erfolg gehabt hätten, was wäre passiert? Der Park wäre schließlich mit privatem Geld statt öffentlichen Mitteln finanziert worden. Das hätte funktionieren können, denn, dass es eine gute Idee war, das glaube ich immer noch. Ich hätte meinen Geschäftsanteil daran gehabt, einschließlich der 30.000 £. Ich hätte nie gewusst, wofür im Einzelnen mein Geld benutzt worden wäre. Und es würde mich wahrscheinlich auch nicht interessiert haben."

„Es wäre möglich gewesen. Nur natürlich sind eine Menge „Wenns" dabei. Aber ich denke, das ist es, was Jeremy im Sinn hatte."

„Und das sicherste Mittel, das zu verhindern, wäre also gewesen, Jeremy aus dem Verkehr zu ziehen?"

„Ich weiß nicht, was Sie damit sagen wollen?"

„Wenn jemand den Highland Park verhindern wollte, dann musste Jeremy verschwinden!“

„Zweifellos hat Jeremys Tod die ganze Sache zum Stillstand gebracht. Miss Cameron hat das Büro geschlossen, weil sie außer Jeremy keinen Verantwortlichen hatte. Sie wusste auch nicht, an wen sie sich wenden sollte. Vor den Leuten hier hatte sie aus irgendeinem Grund panische Angst.“

„Vielleicht nicht zu Unrecht? Immerhin ist Jeremy ja tatsächlich ums Leben gekommen.“

„Ja. Aber wer hätte ein Interesse daran haben sollen, den Highland Park auf eine solche Weise zu stoppen?“

„Aber ich bitte Sie! Meine zwei Hände würden nicht ausreichen, Ihnen alle die aufzuzählen, die mit Jeremy sowieso ein Hühnchen zu rupfen hatten. Vielleicht war ja der Highland Adventure Park so etwas wie der Tropfen, der schließlich das Fass zum Überlaufen brachte?“

„Aber Sie selbst haben mir doch gesagt, dass Sie das Projekt geheim gehalten haben?“

„Ich habe darüber nachgedacht. Ich habe Ihnen erzählt, dass ich einmal in der Bar versucht habe, auf den Busch zu klopfen. Vielleicht habe ich die Reaktion unterschätzt. Es gibt ein paar Leute hier, die sich gegen jede Art von Veränderung wehren würden. Und wenn ich sage, wehren, dann meine ich wirklich wehren. Ich weiß nicht, ob Sie sich noch an den Fall vor drei Jahren erinnern? Das Feuer in dem Haus, das dieser Holländer da oben am Hang gebaut hatte?“

„Ja, ich erinnere mich. Es hieß, er habe selbst eine Reparatur an einer elektrischen Leitung vorgenommen, die er besser einem Fachmann überlassen hätte.“

„Nun, das war die offizielle Version. Aber die offizielle Version hat niemals erklärt, warum in der Nähe der Stelle, an der das Feuer entstand, Spuren von verschüttetem Benzin gefunden wurden.“

„Das wusste ich nicht.“

„Natürlich nicht. Aber ich versichere Ihnen, jeder hier im Tal weiß es. Und viele wissen auch, wer den Kanister getragen hat, aus dem das Benzin stammte."

„Und wer war das?"

„Mein lieber junger Freund! Sie glauben doch nicht wirklich, dass es Ihnen guttun würde, allzu tief hinter unsere Kulissen zu gucken? Sie sind uns so ein lieber Gast. Irgendwie wissen wir immer, dass der Sommer nun wirklich da ist, wenn Sie ankommen. Sie haben diese wunderbare Neutralität des nicht ganz Dazugehörigen. Bewahren Sie sich das und lassen Sie uns unsere dunkleren Seiten. Es ist, weiß Gott, nicht immer leicht, sich damit zu arrangieren."

Er musste die Übersicht behalten. Dieses Wort spukte ihm im Kopf herum, als er zum Hotel zurückwanderte. Seit er sich dem Gedanken geöffnet hatte, Jeremys Tod könnte kein Unfall gewesen sein, war Verdacht geradezu von allen Seiten auf ihn eingestürzt, und der Earl hatte nichts gesagt oder getan, was dieses Gefühl vermindert hätte. Er schritt die Dorfstraße entlang und grüßte die Leute, die er kannte, und das waren die meisten. Schließlich wird es damit enden, dass es jeder gewesen sein könnte, dachte er.

Er nahm das Dinner zusammen mit den anderen Gästen des Hotels ein, zwei älteren Ehepaaren, einer Gruppe fast schon zu typischer Angler, die sich im normalen Leben wahrscheinlich auf Bürostühlen ihre Hintern platt saßen, einer Familie mit geräuschvollen fröhlichen Kindern und einem ernsthaften älteren Herren, dessen Kleidung auf ein kirchliches Amt schließen ließ. Der Tag war so schön gewesen, wie es ein schottischer Sommertag nur sein konnte, und die Urlauber waren sicherlich alle unterwegs gewesen, hatten rote Backen und vom Wind zerzauste Haare und schienen glücklich, müde vielleicht, aber zufrieden. Sie sehen nur die Oberfläche, dachte Steven. Und er hatte lange Jahre auch nichts anderes getan, wenn er es recht bedachte.

Norma servierte ihm und einem der älteren Paare das Hauptgericht. Sie lächelte ihm zu, offen und vertraut, und er schämte sich, das Lächeln und den Gruß nicht unbefangen erwidern zu können. Etwas sperrte sich in ihm, den Gedanken zu Ende zu denken, dass sie die Person war, die von Jeremys Tod am meisten zu gewinnen hatte. Und am meisten zu verlieren, wenn er weitergelebt hätte. Sie war ihm seit Jahren vertraut. Er empfand sie als aufrichtig und zuverlässig. Ihre Herbheit erschien ihm schon lange nicht mehr abweisend, war in seinen Augen doch nur Folge des harten Lebens, das sie führen musste. Aber vielleicht war etwas in ihr wirklich kalt und hart, gefühllos, sogar ungerührt durch einen Tod, der ihr sehr gelegen kommen musste?

Nach dem Essen sprach ihn der Herr mit dem steifen kirchlichen Kragen und dem gepflegten englischen Akzent an, der sein Dinner am Nebentisch eingenommen hatte: „Ein herrlicher Tag heute!"

Steven senkte zustimmend den Kopf.

„Sind Sie auch zum ersten Mal in dieser Gegend?" Der ältere Herr ließ sich nicht leicht abschütteln.

„Nein. Ich komme seit vielen Jahren hierher."

„Wie schön für Sie! Für mich ist es das erste Mal, dass ich diesen Teil von Schottland besuche. Meine Schwester hat im letzten Jahr eine Rundreise durch die Highlands unternommen und sie hat mich überredet, für dieses Jahr Torquay einmal aufzugeben. Sonst verbringe ich nämlich den Sommer immer in Torquay. Kennen Sie es?"

Steven bestätigte auch dieses.

„Ja, nicht wahr, Sie leben ja auch in England. Cambridge, habe ich gehört? Ein wundervoller Ort! Ich selbst war allerdings in Oxford. Christ Church College. Das ist nun schon lange her. Sie sind Kunstgeschichtler, nicht wahr?"

Die Nachrichtensysteme hatten offensichtlich wieder einmal funktioniert. Was gab es wohl, was dieser wohlwollende ältere Herr nicht bereits über ihn wusste? Steven fürchtete nichts mehr als eine langwierige Debatte, in dem ein Laie ihm seine Erkenntnisse über Kunst würde mitteilen wollen. Kein Nichtfachmann würde sich anmaßen, über Quantenphysik zu debattieren, aber wenn es um die Kunst ging, glaube jeder, der Bilder von drei verschiedenen Malern identifizieren konnte, bereits ein Experte zu sein. Er hatte jedoch Glück, denn sein Gesprächspartner drängte ihm keine diesbezüglichen Erkenntnisse auf, sondern begann eine längere allgemeine Auslassung über die Notwendigkeit des lebenslangen Lernens.

„Auch ich lerne jeden Tag noch etwas dazu. Heute zum Beispiel habe ich bei der Schafschur zugeschaut. Wussten Sie, dass man erst warten muss, bis das neue Vlies nachgewachsen ist, bevor man das alte Fell scheren kann?"

„Ja, das wusste ich schon!"

Der Pfarrer überging die darin liegende Zurückweisung und fuhr leutselig fort: „Natürlich, natürlich, wenn Sie häufiger hier sind. Wie töricht von mir!"

„Ich bin Schotte. Ich bin auf einer kleinen Insel vor der Westküste aufgewachsen."

„Ach, da haben Sie es ja sozusagen im Blut, nicht wahr?"

Steven dachte, dass er schon lange nicht mehr eine so lächerliche Bemerkung gehört hätte. „Ja", stimmte er zu. „Sozusagen mit der Muttermilch!"

„Schafmilch, natürlich!" Der Pfarrer lachte herzlich über seinen milden Scherz.

„Ich weiß schon, dass etwas los ist", meinte Norma nur, als Steven sich schließlich dazu aufraffte, sie anzusprechen. „Ich sehe doch, dass du seit Tagen herumschleichst, als ob dich etwas bedrückt. Ist es wegen der Erbschaft?"

„Ja und nein. Ich hoffe nur, der Earl bekommt einiges von seinem Geld zurück."

„Wer wird denn nun Jeremy beerben, wenn du die Erbschaft ausschlägst?“

„Keine Ahnung. Sie werden wahrscheinlich versuchen, die gesetzlichen Erben aufzutreiben. Es muss wohl der Form genüge getan werden, denn es ist davon auszugehen, dass niemand bei klarem Verstand eine Erbschaft annimmt, die nur aus Schulden besteht.“

Er klang bitterer, als er sich fühlte, aber das lag daran, dass er nicht wusste, wie er sich Norma gegenüber verhalten sollte.

„Bist du so verärgert, weil nun doch nichts für dich übriggeblieben ist?“

„Ach, du meine Güte! Nein. Das ist es nicht...“

„Was dann?“

„Ich kann einfach nicht verstehen, warum Jeremy dir das Hotel und das alles einfach so überschrieben haben soll, ohne irgendwelche Bedingungen oder Gegenleistungen.“ Er spürte genau, dass er sich anhörte wie ein schlechter Schauspieler in einer noch schlechteren Rolle. Das Lügen war ihm nie leichtgefallen. Norma sah ihn eine Weile nachdenklich an: „Und warum musst du das verstehen?“

„Wie meinst du das?“

„Was ich gesagt habe. Warum musst du das verstehen?“ Sie sprach langsam und deutlich, als spräche sie zu einem willigen, aber dummen Schüler.

„Weil ich zu viel mit der Sache zu tun hatte, als dass ich mich jetzt einfach zurückziehen könnte. Ich habe sozusagen Jeremys Spuren verfolgt und diese Cameron Frau gefunden. Ich kann mir die meisten von Jeremys Aktionen erklären. Was er getan hat, mag mir nicht gefallen, aber wenigstens ist es folgerichtig. Aber das mit dem Hotel, das kann ich mir nicht erklären! Es wäre ja sehr schön zu denken, dass er dich versorgen wollte. Aber es passt einfach nicht zu Jeremys Charakter, schon gar nicht zu dem, was ich in den letzten Wochen über ihn erfahren habe.“

„Wer gibt dir eigentlich das Recht, mich auszufragen?“ Sie klang zornig, aber sie war auf der Hut. Widerwillig bewunderte er ihre Taktik, dem Thema durch einen Gegenangriff auszuweichen.

„Ich habe dich doch nicht ausgefragt. Du warst es, die wissen wollte, was mit mir los ist.“

„Ich dachte, dich bedrückt irgendetwas. Ich wollte dir helfen. Aber dir geht es doch nur darum, hier rumzuschnüffeln und dich in Sachen einzumischen, die dich nichts angehen. Du behauptest, unser Freund zu sein! Vielleicht warst du ja Jeremys Freund. Was auch nicht gerade toll ist. Mein Freund bist du jedenfalls nicht. Und wenn du nicht aufhörst, hier Unruhe zu stiften, wirst du auch bald als Gast nicht mehr willkommen sein!“

„Vielleicht wäre es dir jetzt schon lieber, wenn ich auszöge?“ Steven hoffte, dass es kalt und höflich klang.

„Tu, was du willst! Bleib´ oder verschwinde! Ich führe ein Hotel und du bist ein Gast. Ich kann es mir nicht leisten, nur Gäste zu haben, die mir persönlich passen.“

Er schlief ausgesprochen schlecht, in seinen Träumen herrschte dasselbe Chaos wie in seinem bewussten Fühlen und Wollen. Als er am Morgen zum Frühstück herunterkam, hatte er immer noch nicht entschieden, ob er bleiben oder abreisen sollte. Er fühlte, wenn er jetzt ginge, käme er nie mehr wieder, und er war noch nicht bereit, das Tal und alles, was es für ihn bedeutete, aufzugeben. ‚Die Zahl meiner hiesigen Fans hat sich doch erheblich reduziert‘, gestand er sich bereitwillig ein. Als er jedoch aus der Hoteltür trat, strahlte ihm ein neuer, wunderbarer Sommertag entgegen und lockte hinaus in die Berge oder aufs Wasser.

Erst einmal beschloss er, sich nicht mehr selbst leid zu tun. Lieber schlenderte er zur Mole runter, wo nur noch wenige Boote vertäut lagen, weil die meisten schon draußen waren, zum Fischen oder einfach nur, um den herrlichen Tag zu genießen.

„Ein guter Tag zum Fischen!“ Das war nicht nur ein üblicher Gruß. In dieser Gegend war es eine allgemein akzeptierte Begründung für jede Art von Versäumnis. An einem solchen Tag auf den Elektriker oder den Klempner zu warten, selbst, wenn feste Verabredungen getroffen worden waren, war ein Verstoß gegen die guten Sitten, das hatte Steven schon früh gelernt. Deshalb wunderte er sich, dass er am Ende der Mole Donnie sitzen sah, der die Beine baumeln ließ und nur übers Wasser zu schauen schien.

„Fährst du heute nicht raus?“, fragte Steven, als er sich neben ihm niederließ.

Donnie sah zu ihm auf und schien einen Moment zu brauchen, um ihn zu erkennen: „Hallo, Steven! Doch, ich warte nur noch auf John. Er wollte von Port Newton rüberkommen und mich aufsammeln.“

„Warum nimmst du nicht dein eigenes Boot? Du hast doch jetzt Jeremys.“

„Ich rühr das Boot nicht an! Es bringt nichts als Unglück!“ Donnie stieß es zwischen den Zähnen hervor und warf das Stöckchen, mit dem er gespielt hatte, in hohem Bogen ins Wasser.

„Du meinst wegen Jeremy?“

„Und der nächste, der es genommen hat, ist auch fast ertrunken.“

„Ach ja. Die Pfadfinder! Die Buben haben wirklich Glück gehabt, dass die Finns in der Nähe waren. Nicht auszudenken, was passiert wäre, wenn sie den Motor anbekommen hätten.“

„Hätten sie nicht!“

„So?“

„Ja. Der Tank war ausgebaut.“

„Sehr vernünftig, den Tank zu entfernen, wenn du das Boot nicht mehr benutzt.“

„Ich hab das Boot nicht angerührt!“

„Aber wie...?“

„Der Tank hat geleckt. Jeremy hat ihn zu David Blacksmith gebracht. `Ne Woche bevor er ... Jetzt liegt er im Schuppen, der Tank.“

„Du meinst, als Jeremy rausfuhr, hat er nicht den Motor benutzt? Dann muss er ja die ganze Strecke gerudert sein!“

„Weiß ich nicht. War ja nicht dabei.“

Steven sah Donnie von der Seite an.

„Was hat Jeremy nur da draußen getrieben? Es war stürmisch, nicht wahr? Rudern bei so einem Wetter ist doch kein Vergnügen?“

Donnie zuckte auf seine typische Art mit den Schultern und sah angestrengt in Richtung Port Newton, so als sehne er Johns Boot herbei. Aber anders als seine Mutter kam es ihm nicht in den Sinn, Stevens Fragen einfach auszuweichen. Zu lange war er für ihn ein Mittelding zwischen freundlichem Onkel und unerreichbarem Ideal gewesen. Die in Jahren gewachsene Verehrung ließ sich nicht abreißen wie ein überflüssiger Faden.

„Ich habe gehört, dass du dich mit Mutter gestritten hast?“

„Ja, kann man so sagen. Sie ist böse auf mich, weil sie findet, ich mische mich zu sehr in eure Angelegenheiten ein. Vielleicht hat sie ja recht.“

Steven wusste, dass Kritik an seiner Mutter Donnie sofort gegen ihn aufbringen würde. Er versuchte, beiläufig zu klingen: „Es ist halt schwierig. Durch dieses verflixte Testament bin ich, ohne dass ich es wollte, irgendwie in eure Angelegenheiten hineingezogen worden. Ich bemühe mich eigentlich nur, mich zurecht zu finden. Ich wollte keinen von euch angreifen, am allerwenigsten deine Mutter.“

Donnie sah ihn in einer Weise an, die stark an seine Mutter erinnerte. Ein kleines Zucken in den Augenwinkeln mochte als Lächeln gelten.

„Ehrlich gesagt, ich glaube, es tut ihr schon leid, dass sie so grob zu dir war. Sie mag dich nämlich. Aber sie hat auch viel um die Ohren gehabt in letzter Zeit. Das musst du auch verstehen."

„Ich verstehe es ja. Aber du musst doch zugeben, dass diese Übergabe des Hotels an euch irgendwie seltsam ist. Ohne auf seinen eigenen Vorteil zu achten, hat Jeremy doch niemals etwas getan. Und ich frage mich eben, was hat er davon gehabt."

Es war in diesem Moment, dass John sein offenes Motorboot mit einem eleganten Schwung um das Ende der Mole steuerte und punktgenau abstoppte. Ohne lange Leinen zu vertäuen, sprang Donnie in das Boot hinunter, winkte noch einmal zu Steven zurück und dann stoben die beiden jungen Männer davon.

Steven grinste und winkte zurück, obwohl er sich ärgerte. Er stellte sich Donnies Erleichterung vor. Welche Antwort hätte er wohl bekommen, wäre John nicht dazwischengekommen? Steven erhob sich, streckte sich, um seine steifgewordenen Beine auszuschütteln, ging hinüber zum Strand und spazierte langsam an der Bucht entlang. Man konnte dem Kiesstreifen eine ganze Weile folgen, wenn der Wasserstand niedrig und das Meer so sanft und glatt war wie an diesem Tag.

Hinter der ersten Biegung entdeckte Steven Jeremys Boot, das auf den Strand gezogen und an einem festen Pflock vertäut war. Er konnte verstehen, warum die Pfadfinder ausgerechnet dieses Boot genommen hatten. Die Stelle war den Blicken von der Mole und der Straße weitgehend entzogen, und selten kam hier jemand vorbei. Ein merkwürdiger Platz für ein Boot, fand Steven. Bei Fluthöchststand würde es wahrscheinlich schwimmen, aber jetzt lag es nahezu vollständig auf dem Trockenen.

Er ging hinüber, stieg über den Rand und ließ sich auf der Ruderbank nieder. Sanft strich er mit der Hand über die raue Oberfläche des Bootskörpers, so, als ob die Berührung ihm die Vergangenheit und seinen toten Freund wieder herausbeschwören könnte. Die Ruder lagen ordentlich eingehakt rechts und links im Boot. Die Ruderhalter steckten an ihrem Platz. Irgendetwas war seltsam daran, und Steven fühlte sich beunruhigt, ohne zu wissen, was ihn eigentlich beunruhigte.

Vielleicht sollte er versuchen, einmal etwas anderes zu tun, als ständig über Jeremys Tod nachzudenken? Der Blick über die Bucht mit den tausend Lichtpunkten auf den tanzenden Wellen und der dunklen Insel im Hintergrund könnte ein gutes Motiv für ein Aquarell bieten. Er ging zurück und holte das Malbrett und die Farben aus seinem Zimmer. Dann suchte er sich einen Platz etwas oberhalb des Bootes. So würde es auf dem Hintergrund des grauweißen Strandes einen guten Vordergrund ergeben. Bald bemerkte er, dass er den Vordergrund immer noch zu uninteressant fand. Zu dem Boot schienen ihm Gestalten zu gehören, zumindest eine Gestalt.

Er betrachtete skeptisch, was er bisher zu Papier gebracht hatte. Ein leeres Boot am Strand. Dem jeder Sinn fehlte. Welche Botschaft wollte er damit ausdrücken: Wer gehörte in das Boot? Wurde hier gearbeitet? War es nur ein Wrack, das angetrieben worden war? Würde es noch schwimmen, wenn man es ins Wasser schob? Hatte es eine Zukunft oder war es nur Vergangenheit?

Schließlich entschied er, dass er mindestens zwei Figuren brauchte. Zwei Männer, als Schattenrisse im Gegenlicht über das Boot gebeugt, um es ins Wasser zu ziehen. Er mischte ein dunkles Grau und skizzierte mit routinierten Strichen die beiden Silhouetten. Ja, so wurde eine Botschaft daraus.

Aber nun, da seine Zufriedenheit mit der Komposition wuchs, überkam ihn wieder die Beunruhigung, die er schon zuvor verspürt hatte, als er das Boot entdeckte, und die nichts mit seinem Bild zu tun hatte. Er beendete es und legte es vorsichtig neben sich, damit es in der Sonne trocknen konnte.

Dann stieg er wieder hinunter und kletterte noch einmal in das Boot. Probeweise nahm er auf der Ruderbank Platz und nahm die Ruder in die Hand. Die schweren Hölzer lagen in den Holmen auf, und es kostete ihn einige Kraft, sie durch die Luft zu schwingen, obwohl sich die Lagerungen der Holme glatt und ohne großen Widerstand drehen ließen. Er war mit Jeremy in dem Boot unterwegs gewesen, aber sie hatten sich immer des Außenbordmotors bedient. Die Ruder waren bestenfalls dazu da, sich abzustoßen und die Motorschraube aus der Nähe der Seile zu bringen, die die Boje hielten.

Er zog die Ruder einige Male durch die Luft und spürte die Spannung der Muskeln in seinen Armen und Schultern. Natürlich war Jeremy ein ganzes Stück kräftiger gewesen. Er selbst war zwar zäh und ausdauernd, aber er hatte Jeremy mühelos Gewichte heben sehen, die ihm große Probleme gemacht hätten. Jeremy war im wahrsten Sinne des Wortes stark. Und dennoch konnte es auch ihm nicht leichtgefallen sein, das schwere Boot nur mit Hilfe der Ruder durch eine stürmische See zu manövrieren, vor allem, wenn er so schwer betrunken war, wie alle behaupteten.

Steven ließ die Ruder sinken und schaute aufs Meer hinaus. Das Wasser lag wie ein Spiegel, so glatt, dass er den Eindruck hatte, die Unruhe zu entdecken, die ein vorbeiziehender Fischschwarm an der Oberfläche auslöste. Makrelen, vermutete er. Sie kamen tiefer in die Bucht, seit die Fischfarm dort verankert war, weil auch sie von dem Futter profitierten, welches die automatischen Fütterungsmaschinen in regelmäßigen Abständen über den Netzen auswarfen. Die Angler wiederum, wenn sie Glück hatten, konnten Makrelen jetzt eimerweise direkt vor ihren Haustüren einsammeln und waren nicht mehr gezwungen, die relativ geschützten Wasser der Bucht zu verlassen, um einen Fang zu machen. So hatten die Fischfarmen auch ihr Gutes, dachte Steven.

Die Fischfarm! Er sah sie dort drüben liegen. Die Umrandung der Netze blitzten silbern in der Sonne. Das Wasser war unruhig um die Netze herum, denn Zehntausende von Lachsen sprudelten es auf. Er sah Gestalten sich auf der Umrandung bewegen. Sie waren mit dem Transportboot rübergebracht worden und gingen jetzt ihrer Arbeit nach.

Sie sind sicher auch dankbar für den schönen Tag, Steven wusste, wie schrecklich es manchmal für die Leute auf der Fischfarm war, bei jedem Wind und Wetter hinaus zu müssen. Einer hatte ihm einmal anvertraut, dass er an bestimmten Tagen nicht frühstückte, bevor er zur Arbeit ging: „Es hat keinen Zweck. Auch nach all den vielen Jahren, die ich auf der Fischfarm arbeite. Ich werde so seekrank, dass das Frühstück sofort wieder rauskommt. Mir wird auch schlecht, wenn ich nicht gefrühstückt habe, aber wenigstens muss ich dann nicht kotzen. Die anderen halten mich sonst für einen Schwächling."

Aber den anderen ging es auch nicht besser, das wusste Steven. Trotzdem war es gut, dass es die Fischfarm gab. Die Gesellschaft war der einzige größere Arbeitgeber weit und breit. Wer nicht auf der Fischfarm arbeitete, war in aller Regel darauf angewiesen, vom Land, vom Meer und vor allem von der Hand in den Mund zu leben. Andere halbwegs sichere Arbeitsplätze waren leicht an zwei Händen abzuzählen. Doktor Munro und Susan in der Praxis des Arztes, Julian Barnes, der Lehrer, Reverend MacDonald, der die kleine Kirchengemeinde betreute und noch zwei andere Täler mit geistlichem Beistand versorgte, die Postmistress, der Fahrer des Schulbusses, der Gärtner seiner Lordschaft. Es war ein armes Land. Es war immer arm und es würde immer arm bleiben. Edinburgh und Glasgow und das schottische Wirtschaftswunder waren so weit weg wie der Mars.

Kein Wunder, dachte Steven, dass die Menschen hier andere moralische Maßstäbe anlegen. Zum Beispiel war es völlig angemessen, der Fischfarm den einen oder anderen Lachs zu stehlen. Früher wurde ganz offen damit gehandelt. Seit einiger Zeit hatte die Gesellschaft die Kontrollen verschärft, und Leute, die beim „Mitnehmen" erwischt wurden, entlassen. Aber Steven war sicher, dass auch jetzt noch der eine oder andere Lachs seinen Weg auf die häuslichen Tische fand, wenn die Haushaltskasse leer war.

Nicht, dass die Leute scharf auf Lachs gewesen wären. Seit dem Robbenüberfall auf die Fischfarm, als Tausende von frisch angebissenen Lachsen an die Mitarbeiter verteilt worden waren, galt Lachs hier als Hunde- und Katzenfutter. Und manchmal hatten damals sogar die Hunde und Katzen keinen Appetit mehr darauf gehabt! Die einzigen, die sich noch für Lachs begeistern konnten, waren die Touristen, und auf der Speisekarte des Hotels fehlte gegrillter, gedünsteter und geräucherter Lachs nie.

Die Speisekarte des Hotels! Woher bekam das Hotel eigentlich seinen Lachs? Steven sah über die Bucht zu der Fischfarm hinüber und vor seinem inneren Auge tauchte ein Bild auf: Ein Boot, das in einer dunklen und stürmischen Nacht an der Fischfarm anlegte, um sich dort kostenlos einzudecken, würde von niemandem gesehen oder gehört werden! Und wer vermisste schon ein paar Fische, wenn es in jedem Netz Zehntausende gab?

Die alte Mrs MacDonald galt als weise Frau. Manche flüsterten hinter ihrem Rücken sogar, sie sei eine veritable Hexe. Sie machte keinen Hokuspokus, las nicht aus Teeblättern und hatte auch keine Kristallkugel. Wenn einer ihren Rat brauchte, dann wurde er in ihre Küche gebeten, bekam eine Tasse starken schwarzen Tees und dann hörte sie ihm - oder auch häufig ihr - in aller Ruhe zu. Man stellte ihr keine Fragen und sie gab keine Antworten, aber ab und zu warf sie ein Wort ein oder einen Satz, der dem, der vor ihr saß, durch Mark und Bein ging. Und manchmal murmelte sie zum Abschied, wenn die Besucher ein paar Pfundnoten unter ihre Teetasse geschoben hatten, etwas, was wie eine Verheißung klang. Viele, die bei ihr waren, schworen einen heiligen Eid darauf, dass später zuverlässig eingetreten war, was sie beinahe zufällig vorausgesagt hatte.

Steven war einige Mal bei ihr gewesen. Nicht, dass ihn Neugier auf die Zukunft dorthin getrieben hätte. Auch lächelte er insgeheim über den tiefverwurzelten Aberglauben, den es auf der Insel, auf der er seine Jugend verbracht hatte, ebenso gegeben hatte. Der Grund, warum er gern bei Mrs. MacDonald vorbeischaute, lag mehr darin, dass sie und ihr Cottage ein Teil dessen war, das er in diesem Tal so sehr schätzte. Die vom Rauch vieler offenen Feuer geschwärzte Küche, das unkomplizierte Willkommen, die Art, wie die alte Frau ihre Besucher ohne alle Umstände wieder davon schickte, wenn sie fand, dass deren Zeit abgelaufen war. Die wunderbare rollende Sprache, die sie wie ein Musikinstrument benutzen konnte und die trockene Art, mit der sie einen wieder auf den Teppich brachte, wenn man sich zu sehr in Klagen verstiegen hatte. Sie mochte weder große Worte noch große Gefühle und sah die Welt und ihre Zustände außerordentlich pragmatisch.

„Was nützt dir die Sonne, wenn es nicht ab und zu regnet?“, hatte sie eines Tages zu ihm gesagt. Er, der damals gerade von einer sonnenüberfluteten griechischen Insel zurückgekommen war, wo er eine Ausgrabung besucht hatte, musste ihr recht geben. Er war die milde Sonne des Nordens gewöhnt und hatte sich nach wenigen Tagen regelrecht im Schatten verstecken müssen.

„Das ist mit dem Glück nicht anders“, fügte sie hinzu und sah ihn über ihre Teetasse hinweg an. „Woher willst du denn wissen, dass du glücklich bist, wenn du nie unglücklich warst?“

Er war verblüfft, denn er hatte nichts über Glück oder Unglück gesagt. Dennoch war es richtig, dass er sich an diesem Tag besonders wohl gefühlt hatte und sein Leben nahezu perfekt fand.

„Nun, vielleicht nicht glücklich, aber wenigstens zufrieden. Ich denke doch, dass ich mit meinem Leben recht zufrieden bin.“

„Hm!“, schnaubte sie. „Wenn einem die Trauben zu hoch hängen...“

Er hatte so getan, als hätte er sie nicht verstanden. Zum Abschied hatte sie damals gemurmelt: „Du glaubst, du gehörst dazu, aber wirklich dazu gehören wirst du erst, wenn du auf dem Gipfel des Berges warst und auf dem Grund der Meeres!"

Für einen Moment hatte es ihn gefröstelt, als spürte er das kalte Wasser der See. Dann hatte er über sich selbst den Kopf geschüttelt. Sie war eine geschickte Psychologin. Er grinste anerkennend. Sie erfühlte zweifellos, dass er eine lebhafte Phantasie hatte. Er hatte diese Gespräch fast vergessen, aber jetzt fiel es ihm wieder ein, als er Norma mit schnellen Schritten auf das Cottage der alten Frau zueilen sah. Welche Sorgen trieben Norma zu ihr, fragte er sich.

Die Nachricht erreichte Susan kurz vor dem Beginn der morgendlichen Sprechstunde. Sie ließ die übliche Routine eines Notfalls ablaufen, während ihr Kopf verzweifelt arbeitete. Doktor Munro war schon auf dem Weg zum Wagen, während sie noch hastig das Schild „Wegen Notfall auf unbestimmte Zeit geschlossen" an die Tür der Praxis hängte, nachdem sie vorher den automatischen Anrufbeantworter angeschaltet hatte.

Als sie an der Schule ankamen, sahen ihnen die kleineren Kinder mit erschrockenen Augen entgegen, während die etwas älteren ihre Befangenheit durch gegenseitiges Anrempeln und unterdrücktes Kichern mühsam zu verbergen suchten.

„Er ist da drinnen." Einer der älteren Buben deutete auf das Schulgebäude.

„Bist du der, der uns benachrichtigt hat?"

„Naja, meine Mutter. Wir wohnen gleich da drüben. Sie ist auch da drinnen."

Sie fanden die junge stämmige Frau in der Vorhalle, die zu dem größeren und dem kleineren Schulzimmer führte. Neben dem Eingang befanden sich die Zugänge zu den Toiletten und am anderen Ende der Halle die massive dunkle Holztür, die die Wohnung des Lehrers vom Schulbereich trennte. Diese Tür stand halb offen und vor ihr lag, in einer seltsam verdrehten Haltung quer über den Flur, Julian Barnes. Die Frau erhob sich aus ihrer gebückten Stellung und sagte ohne jeden weiteren Gruß: „Na, endlich! Er ist aber nicht dahin! Wenn Sie mich fragen, er ist einfach nur total betrunken! Eine Schande! Vor den Kindern! Er hat sie zu Tode erschreckt."

Sie strich mit den Händen den Rock glatt und bemerkte offensichtlich erst jetzt, dass sie eine außerordentlich schmutzige Schürze trug. Sie riss sie herunter und knüllte sie in den Händen: „Ich war gerade bei den Schweinen, als Allan angerannt kam. Er war ganz aus dem Häuschen. Schrie immer nur: ‚Der Lehrer ist tot, der Lehrer ist tot!' "

Doktor Munro schob die Frau zur Seite und beugte sich über den Bewusstlosen. Nach einer kurzen Untersuchung sah er auf: „Susan, bestellen Sie die Ambulanz! Sie hat recht. Es ist wahrscheinlich nur der Alkohol. Aber ich bin nicht sicher. Kann auch etwas anderes dabei sein, Tabletten oder so. Sagen Sie: tiefe Bewusstlosigkeit, wahrscheinlich Alkoholvergiftung, der Magen muss ausgepumpt und der Kreislauf stabilisiert werden!"

Susan eilte in die Wohnung, die sie nicht mehr betreten hatte, seit ihre Schwester sich zu ihr geflüchtet hatte. Ein durchdringender Gestank, gebraut aus verdorbenen Lebensmitteln, kaltem Rauch und verschüttetem Alkohol, schlug ihr entgegen, als sie sich den Weg zum Telefon bahnte.

Nachdem sie schnell und sachlich ihren Auftrag erfüllt hatte, sah sie sich zum ersten Mal in Ruhe um. Was sie sah, glich einem Schlachtfeld. Sie öffnete vorsichtig die Tür zum Schlafzimmer. Die

Vorhänge waren zugezogen. Das Zimmer war seit Tagen nicht mehr gelüftet worden. Als sie das Licht anschaltete, sah sie, was sie dem Geruch nach befürchtet hatte, eine Spur von Erbrochenem, die vom ungemachten Bett bis zur Tür führte.

Sie warf die Tür zu und ging hinüber zum Kinderzimmer. Die Wut mit der jeder Gegenstand, der Sean gehörte oder an ihn erinnerte, zerstört worden war, erschreckte sie mehr als alles, was sie bisher gesehen hatte. Sie hatte nie gezweifelt, dass Donna gute Gründe gehabt hatte, das Haus und ihren Mann zu verlassen. Was sie jetzt sah, machte sie zum ersten Mal glauben, dass das Leben des Kindes tatsächlich gefährdet gewesen sein könnte.

Als sie wieder in die Halle trat, hatte der Doktor den Bewusstlosen vorsichtig zur Seite gedreht und seine Zunge mit Hilfe eines Bandes festgebunden, um die Gefahr des Erstickens einzudämmen. Allans Mutter hatte sich derweilen nützlich gemacht. Sie hatte die Kinder in einer Ecke des Schulhofes versammelt und sie mit einem Spiel unter Aufsicht der Ältesten beschäftigt. Sie war nun auf dem Weg zu einer Nachbarin, um Hilfe zu holen, denn die Kinder mussten betreut werden, bis der Schulbus kam, um sie nach Hause zu bringen.

„Wo ist Mrs. Barnes?“, fragte der Doktor.

„Sie ist bei mir.“

„Wollen Sie sie nicht holen? Sie wird sich um ihren Mann kümmern wollen!“

„Das glaube ich kaum.“

„Ach, so ist das?“ Der Doktor sah Susan nachdenklich an, stellte aber keine weiteren Fragen.

„Jemand sollte die Schulaufsicht davon verständigen, dass Barnes ausgefallen ist“, schlug er schließlich vor.

„Könnten Sie das nicht tun? Das Telefon steht gleich hinter der Tür im Flur.“

Er ging. Alles, was er von sich gab, als er wieder in die Halle trat, war: „Vielleicht sollte jemand mal ein bisschen Ordnung machen, bevor die vom Schulamt kommen? Sie können den Rest des Tages freinehmen, wenn Sie wollen."

Susan hatte schon eine Menge schwieriger Dinge in ihrem Leben allein bewältigen müssen. Sie setzte ihren Stolz darein, niemanden zu brauchen. Dennoch fühlte sie sich jetzt im Stich gelassen. Warum, zum Teufel, war Donna sich so sicher, dass ihre große Schwester die Dinge schon wieder in Ordnung bringen würde? Als sie mit ihr telefonierte, kurz nachdem Doktor Munro davon gefahren war, hatte Donna sich hysterisch geweigert, die Wohnung auch nur zu betreten. Selbst der Hinweis auf die Schulbehörde und die Gefährdung von Julians Stelle fruchtete nichts.

„Ich kann nicht! Susan, ich kann einfach nicht! Es ist mir egal, was mit Julian passiert! Es ist mir egal, was mit mir passiert! Aber, wenn du mich zwingst, dahin zurück zu gehen... Ich werde verrückt! Bitte, bitte, verlange das nicht von mir!"

Auch gut, dachte Susan, als sie sich schließlich allein und hinter zugezogenen Vorhängen daran gemacht hatte, das Chaos zu beseitigen. Vielleicht war es sogar besser, wenn Donna es erst gar nicht zu Gesicht bekam. Julian Barnes musste in der Tat verrückt geworden sein! Wie ein wildes Tier hatte er Spielzeug, Windeln und Anziehsachen des Kindes zerfetzt. Es sah aus, als hätte er Scheren oder Messer dazu benutzt.

Als Susan ein paar hingeworfenen Kleidungsstücke aufräumen wollte und den Schrank öffnete, entdeckte sie, dass er dasselbe mit Donnas Kleidern gemacht hatte. Besonders hatte er seine Wut an einem hellblauen Seidenkleid ausgelassen, das Donna bei der Hochzeit getragen hatte. In einer Schreibtischschublade fand Susan Papiere und Familienfotos zu kleinen Schnipseln gerissen. In einem Bild von

Donna, das nur einmal durchgerissen worden war, waren die Augen ausgestochen. Aber das Schlimmste kam erst noch. Als sie die Wäscheschubladen im Schlafzimmer vorsichtig herauszog, fand sie, dass alle Wäschestücke, die ihrer Schwester gehörten, mit Fäkalien beschmiert waren. Obwohl sie so schon einige Tage gelegen hatten, denn sie waren bereits eingetrocknet, war der Gestank dennoch bestialisch.

Susan hatte sich auf Grund ihrer langen Erfahrung in der Arztpraxis für ziemlich abgebrüht gehalten, aber das war auch für sie zu viel. Während sie der Brechreiz hinaus auf die Schülertoilette trieb, die trotz allem immer noch ein einladenderer Ort war als das Bad der Lehrerwohnung, schüttelte sie sich vor Abscheu und Entsetzen, sodass sie kaum die Tür öffnen konnte.

Später auf den kalten Steinfliesen der Toilette sitzend, kämpfte sie darum, ihr inneres Gleichgewicht wieder zu finden. Da es sowieso völlig sinnlos war, anzunehmen, die Nachricht vom Zusammenbruch des Lehrers würde sich nicht wie ein Lauffeuer im Tal verbreiten, brauchte sie auch nicht Versteck zu spielen. Sie wusste, jedes Kind würde zu Hause eine Geschichte zu erzählen haben, wie der Lehrer besinnungslos im Flur gelegen hatte, als sie am Morgen zum Unterricht kamen. Aber sie könnte wenigstens dafür sorgen, dass die schlimmsten Einzelheiten nicht bekannt werden würden, vor allem, dass Donna niemals erfahren musste, was sich in ihrem Zuhause zugetragen haben musste.

Sie ging in die Wohnung zurück und rief im Hotel an. Es dauerte eine Weile, bis Steven ans Telefon kam. Sie hatte ihn niemals zuvor angerufen und er fühlte sich seltsam berührt, als er ihre Stimme am Telefon hörte. Sie bat ihn, sofort zur Schule zu kommen, aber niemandem zu sagen, wohin er ginge. Sie wusste, dass sie sich auf ihn verlassen konnte. Nicht nur, weil er sie liebte, sondern weil er der einzige Mensch war, der nicht im Netz der dörflichen Verständigungen festhing, welches alle anderen, die sie kannte, zu Indiskretionen geradezu zwang.

„Mein Gott!", sagte er nur, als er durch die Schulhalle in den Bereich der Lehrerwohnung hereinkam und sich umsah.

„Du musst mir helfen, alles, was zerstört oder verschmiert ist, zu verbrennen! Links neben dem Haus ist ein gepflasterter Wäscheplatz. Hinter dem Haus im Schuppen ist Holz und in der Küche sind alte Zeitungen. Mach Feuer, während ich die Sachen nach und nach rausbringen!"

Wortlos ging er hinaus. Sie beobachtete ihn noch einen Moment, wie er begann, das Holz herauszuholen und auf dem Boden einen Kreis auszulegen. Vielleicht würde sie ihn eines Tages doch ertragen können. Sie glaubte nicht, dass sie ihn je würde lieben können, aber er war das Verlässlichste, das sie in ihrem Leben je gehabt hatte. Er hätte es verdient, dass sie sich ihm überließe. Aber nicht jetzt, nicht in diesem Augenblick. Entschlossen wandte sie sich zuerst dem Kinderzimmer zu.

Es dauerte fast sechs Stunden, bis alles beseitigt war. Das zerschlagene Geschirr konnte nur eingesammelt und in Säcke verpackt werden, aber zerschlagene Gläser und Teller waren nicht so herzzerreißend, wie die herausgerissenen Köpfe und Arme der beiden Teddybären und die eingestochenen Augen der Plastikpuppe.

Sie hatten nahezu wortlos gearbeitet. Susan wusste, dass sie neugierige Blicke aus den Nachbarhäusern verfolgten. Das war nicht zu ändern. Jedenfalls kam niemand nahe genug, um Einzelheiten von dem wahrzunehmen, was auf den Scheiterhaufen gelangte.

Es war schon dämmerig, als sie sorgfältig die letzten Reste zusammenfegte, um dafür zu sorgen, dass auch kein verräterischer Fetzen übrigblieb. Sie bewachten das Feuer, bis es nur noch glimmte.

„Ich habe einen schrecklichen Durst", sagte Steven schließlich. „Was ist mit dir?"

„Ich glaube nicht, dass etwas zu trinken da ist. Sieht aus, als hätte er jeden Tropfen, der je im Haus war, in sich hineingeschüttet. Tut mir leid!"

„Das macht nichts. Alkoholisches bekäme ich jetzt sowie nicht herunter.“ Er verzog das Gesicht und machte eine Handbewegung, die das Haus und das Feuer einschloss. „Vielleicht ist noch Tee oder Kaffee da?“

Sie fand gerade genug Kaffee für zwei Becher. Die Milch war sauer gewesen, und sie hatte sie bereits weggeschüttet. Auch Zucker gab es keinen, aber das war das geringste ihrer Probleme.

Sie trugen ihren heißen schwarzen Kaffee in das kleinere Schulzimmer hinüber. Der Raum war nicht sehr einladend, aber die unbelastete Atmosphäre kindlicher Unordnung, die so weit entfernt schien von dem zerstörerischen Chaos der nebenan liegenden Wohnung tat ihnen gut.

Steven sah Susan zum ersten Mal an diesem Tag lächeln, als sie zusah, wie er sich zusammenfaltete, um auf einem der niedrigen Stühle Platz zu nehmen, während sie sich den Stuhl hinter dem Lehrerpult hervorzog.

„Du passt wirklich nicht mehr in die Grundschule!“ Ihre Stimme klang freier und unbefangener.

„Aber es weckt jede Menge Erinnerungen. Mein erste Schule war so ähnlich. Nur hatten wir lediglich einen einzigen Raum. Und natürlich gab es damals noch keine Computer!“

„Bist du eigentlich gern zur Schule gegangen?“

„Erstaunlicherweise ja! Nicht im Sommer, wenn es draußen schöner war. Aber ich glaube, ich wollte schon immer gern Bescheid wissen. Ich hatte allerdings nicht viel Geduld mit Lehrern, die mir nichts beibringen konnten. Wie war es bei dir?“

„Okay, denke ich. Ich erinnere mich nicht so genau. Aber das ist ja nicht unbedingt ein schlechtes Zeichen. Ich glaube, ich habe es einfach als unumgänglich hingenommen."

„Dann musst du dich sehr geändert haben. Heute würde keiner von dir sagen, du seiest der Hinnehme-Typ!"

Susan senkte den Kopf und wurde ein bisschen rot.

„Das war nicht als Kritik gemeint!“

„Ich habe es auch nicht so verstanden.“

Ich wünschte, er hätte nicht immer so einen sanften Blick, dachte Susan. Wie ein neugeborenes Lamm!

Eine Weile war es behaglich und still zwischen ihnen, während sie ihren Kaffee tranken. Nach getaner Arbeit..., dachte Steven. Die gerade getane Arbeit brachte ihn auf den Boden der Tatsachen zurück.

„Ich weiß, es war schrecklich“, begann er vorsichtig. „Aber kannst du mir vielleicht erzählen, was eigentlich passiert ist?“

„Ich weiß es auch nicht ganz genau. Julian war in letzter Zeit völlig durcheinander. Er hat viel zu viel getrunken. Heute früh haben Schulkinder ihn dann bewusstlos in der Halle gefunden. Eine Mutter hat bei uns angerufen und ich kam mit dem Doktor herüber. Er hat die Ambulanz bestellt und Steven ist jetzt im Krankenhaus. Als ich gesehen habe, was hier los ist, habe ich mir keinen anderen Rat gewusst, als möglichst schnell alles zu beseitigen.“ Sie zögerte, dann sagte sie einfach: „Danke, dass du so schnell gekommen bist. Ich habe nicht gewusst, wen ich sonst fragen könnte.“

„Wo ist Donna?“

„Sie ist bei mir.“

„Das muss ja schrecklich für sie gewesen sein.“

„Sie hat es nicht gesehen.“

Steven sah sie irritiert an.

„Sie war schon seit Tagen nicht mehr hier.“

„Ach.“

Das Schweigen hing zwischen ihnen. Susan wusste, dass sie ihm eigentlich größere Offenheit schuldete, aber es ging ja nicht nur um sie.

„Ich möchte nicht darüber sprechen“, murmelte sie schließlich.

„Ich verstehe.“

Er war trotzdem enttäuscht, dass sie ihn so selbstverständlich ausschloss, nachdem die Arbeit getan war. Obwohl, dachte er, als er zum Hotel zurückging, sie hatte ihn gerufen, als sie Hilfe brauchte. Das war doch schon etwas!

Susan hatte ihn allerdings schon längst wieder aus ihren Gedanken gestrichen, als sie sich auf den Heimweg machte. Das Haus lag dunkel und still, als sei es unbewohnt. Sie öffnete die Tür zum Wohnzimmer. Ein benutzter Becher stand auf dem Tisch, der Löffel hatte eine Kaffeespur auf der Tischfläche hinterlassen, ein Pullover war nachlässig über die Sofalehne geworfen, auf der aufgeschlagene Zeitungen lagen. Auf dem Boden lag Babyspielzeug verstreut.

Sie verzog das Gesicht. Ihre Tochter Edith hatte sich in den letzten Jahren endlich daran gewöhnt, ihre jugendliche Unordnung auf ihre eigenen vier Wände zu beschränken, sodass Susan im Rest des Hauses eine gemütliche Aufgeräumtheit hatte durchsetzen können, die ihr ein großes Bedürfnis war, umso mehr, je unausgeglichener sie sich selbst fühlte. Diese so sehr geschätzte Ordnung war jetzt, da zwei Personen mehr im Haus lebten, ernsthaft bedroht, zumal einer ein sehr kleiner Mensch mit chaotischen Instinkten war. Zweimal in den letzten Tagen hatte sie Donna schon aufgefordert, wenigstens am Abend das herumliegende Spielzeug wieder wegzuräumen und hatte dafür nur einen leeren, verständnislosen Blick geerntet.

Es juckte sie in den Fingern, das Spielzeug zusammenzupacken, die Zeitung ordentlich zu falten, den Becher in die Küche zu bringen und den Tisch abzuwischen. Dann dachte sie, dass sie eigentlich heute bereits genug für Donna getan hatte, und dass es Zeit wurde, klarzustellen, dass sie nicht auf Dauer die Rolle der Haushälterin für ihre Schwester und ihr Kind spielen wollte. Energisch drehte sie sich zum Treppenhaus: „Hallo, ist keiner da? Wo seid Ihr? Edith, Donna!"

„Mami!"

Ein ungewohnt kindlicher Ruf kam von oben. Es klang, als fürchtete Edith sich vor ihrer eigenen Stimme. Susan lief die Treppe hoch und fand ihre Tochter auf dem Treppenabsatz.

„Edith! Was ist passiert? Ist irgendetwas nicht in Ordnung?"

Mit einem kleinen Schluchzen warf Edith sich in ihre Arme: "Mami. Ich weiß nicht... Tante Donna ist so merkwürdig. Ich wusste nicht, was ich tun sollte. Ich habe versucht, dich anzurufen. Aber in der Praxis haben sie mir gesagt, du bist unterwegs..."

Susan hielt Edith auf Armeslänge von sich und sah ihr verstörtes Gesicht.

„Was ist mit Donna? Wo ist sie?"

Edith machte eine Kopfbewegung in Richtung auf das Gästezimmer. Susan ging hinüber und riss die Tür auf. Es war dunkel und sie brauchte einen Moment, bis sie die zusammengekauerte Gestalt hinter dem Bett entdeckte. Sie schaltete das Licht an. Die zusammengekauerte Gestalt rückte tiefer in den Schatten. Sean lag auf dem ungemachten Bett, fest schlafend. Die regelmäßigen Atemzüge des Kleinen waren für einige Augenblicke das einzige Geräusch.

„Donna! Um Gottes Willen, was ist passiert?"

Sie erhielt keine Antwort. Sie eilte hinüber zu der kauernden Gestalt und löste mit sanfter Gewalt die Hände, die das Gesicht verbargen. Nicht, dass ihre Schwester sich gewehrt hätte. Sie ließ es mit sich geschehen, wie eine Gliederpuppe. Ihre Augen waren weit offen und ihr Blick war starr nach vorne gerichtet. Sie blieb in der Stellung, in die ihre Schwester sie gedreht hatte, so als hätte sie die Kontrolle über sich vollständig aufgegeben.

„Was ist passiert?“ Donna wandte sich an Edith.

„Ich weiß nicht. Als ich nach Hause kam, dachte ich erst, es wäre keiner da. Dann habe ich Sean weinen hören. Ich bin raufgekommen und da war sie schon so. Ich habe ihr gesagt, er hat sicher Hunger. Aber sie hat sich nicht gerührt. Er hat gebrüllt und gebrüllt. Ich habe ihn dann aufheben wollen, um ihm unten seine Flasche zu geben. Aber als ich ihn aus dem Zimmer tragen wollte, hat sie angefangen zu schreien. Sie hat nichts gemacht, nur geschrien, bis ich ihn wieder aufs Bett gelegt habe. Dann habe ich die Flasche hochgeholt und er hat hier getrunken. Sie hat die ganze Zeit nichts gesagt und war so...“

„Donna!“ Susan legte ihren Arm um ihre Schwester und zog sie langsam nach oben, bis sie sie aufs Bett niederlassen konnte. „Donna! Ist doch alles in Ordnung! Ist ja alles gut!“ Sie streichelte sie und fühlte sich unendlich hilflos.

„Geh und hol den Whisky!“

Edith lief hastig davon, froh für einen Moment zu entkommen. Sie brachte den Whisky und zwei Gläser.

„Doch nicht für mich! Du Dummerchen!“

Susan goss einen Schluck Whisky ins Glas und kippte ihn Donna in den Mund, während sie ihren Kopf nach hinten zog. Die braune Flüssigkeit lief ihr aus dem Mundwinkel heraus, aber ein Teil musste doch ihre Kehle erreicht haben, denn Donna begann plötzlich zu husten. Der Husten überfiel sie wie ein Krampf und schüttelte sie so, dass ihr ganzer Körper bebte.

Als sie wieder ruhiger atmen konnte, wirkte sie nicht mehr ganz so starr und ihre Augen wanderten im Zimmer herum, aber sie blieben nirgendwo haften und sie gab kein Zeichen, dass sie die Anwesenheit ihrer Schwester bemerkt hätte.

„Donna! Sprich mit mir! Sag mir, was los ist! Verdammt noch mal! Es reicht, wenn einer in der Familie ausgerastet ist!"

„Er ist verrückt! Er ist völlig verrückt geworden!", hörte sie Donna mit tonloser Stimme murmeln.

„Ja, natürlich ist er verrückt! Aber Du brauchst doch keine Angst vor ihm zu haben. Er ist jetzt im Krankenhaus. Da werden sie für ihn sorgen. Das wird schon wieder!"

„Er ist verrückt. Er sagt schreckliche Dinge. Ich kann nicht... Ich kann einfach nicht..."

„Was sagt er denn?"

„Dass er uns umbringen wird." Sie klammerte sich plötzlich mit aller Kraft an ihre Schwester. „Er darf mein Baby nicht bekommen! Hilf mir! Hilf mir doch! Ich muss mein Baby verstecken!"

„Donna! Donna!" Susan versuchte, das Schreien ihrer Schwester zu übertönen, aber sie drang nicht zu ihr durch. Schließlich wusste sie sich keinen anderen Rat, holte aus und ohrfeigte sie kräftig. Das Schreien verstummte wie abgerissen, ihre Schwester glitt blitzschnell vom Bett und kauerte wieder in der gleichen Stellung wie vorher, nur, dass sie jetzt leise weiterschluchzte: „Nicht schlagen! Nicht schlagen!"

„Donna! Donna! Verzeih mir! Ich wollte Dir nicht wehtun. Komm wieder hoch! Wir müssen miteinander reden! Das ist das einzige, was jetzt hilft!"

Sie zog ihre Schwester noch einmal hoch und löste ihre Hände, die sie vor ihrem Gesicht ineinander verkrampft hatte.

„Wann hat er das gesagt, dass er Euch umbringen will?"

Donna sah sie mit leeren Augen an. Nach einer Weile blitzte ein Erkennen auf. „Am Telefon! Er war am Telefon."

„Er war am Telefon? Wann? Heute?"

„Am Telefon", wiederholte Donna wie ein aufgezogener Automat.

„Donna, er ist im Krankenhaus! In der Stadt! Er war bewusstlos, als sie ihn hinbrachten. Ich kann mir nicht vorstellen, dass er die Möglichkeit gehabt hätte, anzurufen, selbst, wenn er gewollt hätte."

„Er hat die Stimme verstellt. Er hat gesagt: „Ist da Mrs. Barnes?" Aber ich habe gewusst, dass er das ist!"

„Unsinn. Das war sicher das Krankenhaus! Ich habe den Fahrern der Ambulanz meine Nummer gegeben. Was haben die vom Krankenhaus denn gesagt?"

„Er ist verrückt. Und ich soll kommen, hat er gesagt. Aber das tue ich nicht. Das ist eine Falle!"

„Weißt Du, mit wem Du gesprochen hast?"

„Natürlich weiß ich das. Er kann seine Stimme hundertmal verstellen."

„Edith, bleib einen Moment hier und ruf mich sofort, wenn irgendetwas ist. Ich muss mal schnell telefonieren. Okay?"

Sie brauchte eine Weile, bis sie die richtige Station des Krankenhauses am Apparat hatte. Julian war zuerst in der Inneren Medizin gelandet, wo man ihm den Magen ausgepumpt und die nötigen Untersuchungen vorgenommen hatte. Als er langsam das Bewusstsein wiedererlangt hatte, war er so verstört und so unberechenbar in seinem Verhalten gewesen, dass man ihn bald in die psychiatrische Abteilung umgelegt hatte. Von dort aus war angerufen worden. Es sei dringend angeraten, dass seine Frau oder eine andere ihm nahestehende Person ins Krankenhaus käme, um zu helfen, herauszufinden, was eigentlich passiert sei.

„Er spricht immerzu davon, dass er jemanden umgebracht hat oder umbringen will. Haben Sie eine Erklärung dafür?"

Die Stimme des diensthabenden Arztes klang besorgt, aber es war die Besorgnis eines Mechanikers um eine nicht zuverlässig funktionierende Maschine.

„Er sagt, er hat jemanden umgebracht?"

„Oder er hat die Absicht es zu tun. Die zeitliche Dimension ist nicht ganz klar. Ich weiß nicht, ob er über die Vergangenheit, die Gegenwart oder die Zukunft spricht.“

Kapitel 9

Natürlich summte und brummte die Bar vor Aufregung über die Neuigkeit. Steven war im Hof der Schule gesehen worden, also gab es kein Entrinnen und er musste Auskunft geben, was er tat, so oberflächlich er eben konnte. Jeder hatte sowieso schon gehört, was die Kinder zu Hause erzählt hatten. Ja, es war richtig, dass Mrs. Barnes und das Baby sich nicht in der Schule befanden, als es passierte. Ja, es stimmte auch, dass Susan und er aufgeräumt und Abfälle verbrannt hatten.

„Müssen aber verdammt viele Abfälle gewesen sein. Hat der Sturm wohl seine Mülltonne weggeweht?"

Murdos listiges Grinsen ging ihm gewaltig auf die Nerven. Er riss sich zusammen und ermahnte sich, dass die Leute es doch nicht böse meinten. In dieser Gegend passierte so wenig, da war eine solche Geschichte einfach zu gut, um nicht breitgetreten zu werden.

„Er ist immer schon merkwürdig gewesen, der Herr Lehrer! Unsicher, zutiefst unsicher, sage ich Euch! Voller Komplexe!"

„Erinnert Ihr Euch noch, wie er diesen Streit mit Jeremy hatte?"

„Dabei ist er doch wirklich nur eine halbe Portion. Und ausgerechnet gegen Jeremy! Der hat ihn doch am ausgestreckten Arm verhungern lassen."

Irgendjemand hatte es gesagt, und Steven hatte nur zufällig zugehört, weil in der Gruppe um ihn herum gerade die Gläser geleert wurden. Das war das Gute daran, für einen Abend der Star zu sein: heute würde er sich betrinken können, ohne dafür einen Penny auszugeben.

„Stimmt das?", fragte er den ersten besten, der neben ihm stand.

„Was?"

„Dass Barnes und Jeremy sich gestritten haben?"

„Kann schon sein. Mit Jeremy hatte doch jeder einmal Streit."

„Nein", mischte sich ein anderer ein. „Das war nicht so ein Streit. Wo alle besoffen sind und am nächsten Tag sagen: Schwamm drüber! Das war anders. Barnes war doch total ausgerastet."

„War er nicht!"

„War er doch!"

„Du hast ja keine Ahnung!", sagte nun einer, der die ganze Zeit schweigend zugehört hatte. „Du warst an dem Abend gar nicht hier. Ich weiß es ganz genau."

„Was Du schon weißt!"

„Ich weiß, was ich weiß." Er nahm einen tiefen Schluck und wischte sich einen Tropfen von den Lippen. „Das Wetter war damals so scheußlich, dass sich kaum einer raus traute. Alistair und Peter waren da. Mark, der da drüben. Duncan Trinidad, noch ein, zwei andere. War ausgesprochen gemütlich hier drinnen. Donnie stand hinter der Bar. Keine Ahnung, wo Jeremy steckte. Na ja. Auf einmal hören wir laute Stimmen. Die Tür wird aufgerissen. Jeremy kommt rein, mit der Öljacke bis über die Ohren, triefend nass. Und direkt hinter ihm Barnes."

„Mit einem Gesicht! Kreidebleich vor Wut! Gefletschte Zähne!", fiel der andere ihm ins Wort. „Ich dachte, mein Gott, was ist los? Jeremy hat versucht, ihn abzuwehren, hat ihn sogar ausgelacht, aber Barnes ist immer wieder auf ihn losgegangen. Schließlich hat Jeremy ihm eine gelangt, hat ihn am Kragen gepackt und ihn rausgeschmissen."

„Worüber ging der Streit?"

„Keine Ahnung! Es ging um was, was Jeremy gesagt hat. Oder getan? Und Jeremy fand es lächerlich, dass Julian sich deshalb so aufregt."

„Er hat Julian einen Schlappschwanz genannt. Aber Julian hat ihm ganz schön rausgegeben. Was der ihn alles genannt hat! Abknallen wie ein räudiger Hund sollte man ihn, hat er gebrüllt."

„Und kurz darauf war Jeremy verschwunden?"

Eine verblüffte Pause entstand in der sich alle gegenseitig ansahen.

„Ja, ich denke schon", murmelte schließlich einer.

„Wie kurz darauf?" Keine Antwort. „Wie kurz darauf?" Steven wiederholte seine Frage.

„Ich glaube, es war in der folgenden Nacht!" Murdo sagte es leise und ohne eine Spur seines sonstigen Spotts.

„Julian hat Jeremy bedroht und direkt danach ist Jeremy verschwunden und Ihr habt Euch nichts dabei gedacht? Und als er gefunden worden ist? Was habt Ihr da gedacht?"

„Mach mal halblang! Jeder weiß, dass Jeremy mit dem Boot draußen war und ertrunken ist."

„Wenn er erschossen oder erschlagen worden wäre... das wäre vielleicht etwas anderes. Aber so?"

„Du glaubst doch nicht, dass Jeremy Julian Barnes mit in sein Boot genommen hätte?"

„Hat Julian kein eigenes Boot?"

„Nein, hat er nicht. Er hält nicht viel von Wasser. Er kommt aus der Stadt!" David Fincheley sagte es mit einer Geringschätzung, die offensichtlich von den Umstehenden geteilt wurde.

„Kein Mumm, der! Nie welchen gehabt! Wenn Du glaubst, er hätte sich nachdem, was er schon eingesteckt hatte, noch einmal mit Jeremy angelegt, dann täuschst Du Dich aber gewaltig!"

„Außerdem war Jeremy allein im Boot!"

„Woher wisst ihr das eigentlich alle so genau? Es hat ihn doch keiner gesehen. Es wäre doch genauso gut denkbar, dass er einen über den Schädel bekommen hat. Dann hat ihn einer ins Boot gepackt, ist rausgefahren und hat ihn über Bord geworfen."

Das plötzliche Schweigen um ihn herum breitete sich aus wie Wellen eines Tropfens im Wasser. Immer mehr wurden davon erfasst, bis es schließlich auch hinter der Bar bemerkt wurde.

„Was ist?" Donnie sah von den Gläsern hoch, die er ausgespült hatte. „Wollt ihr noch was trinken?"

„Nein", murmelte Murdo und schüttelte den Kopf. „Ist schon gut."

Steven erwischt Donnie, nachdem der letzte Gast die Bar verlassen hatte. „Donnie! Als Jeremy verschwunden ist, ist er da wirklich mit seinem eigenen Boot rausgefahren?"

„Klar."

„Ist er öfter nachts mit dem Boot unterwegs gewesen?"

„Sicher."

„Wer wusste, dass er in dieser Nacht draußen sein würde?"

Donnie zuckte nur mit den Schultern.

„Was hat er denn nachts draußen getrieben?"

„Keine Ahnung!"

„Aber ich habe mittlerweile so eine Ahnung. Ich habe mir mal die Stelle angeschaut, wo das Boot vertäut liegt. Guter Startplatz für einen kleinen Ausflug rüber zur Fischfarm. Oder?"

Donnie gab keine Antwort.

„Ihr habt doch Lachs auf der Speisekarte?"

„Hör zu! Wir kaufen unseren Lachs, wie es sich gehört! Seit das Hotel Mutter gehört, gibt es so was nicht mehr bei uns. Was Jeremy gemacht hat, dafür können wir nichts!"

„Mich interessiert nicht, ob Jeremy Fische gestohlen hat. Mich interessiert, wer davon gewusst haben könnte. Mich interessiert, was zum Beispiel Julian Barnes in dieser Nacht getrieben hat, nachdem Jeremy ihn rausgeworfen hat. Irgendwie kann ich mir nicht vorstellen, dass er einfach nur nach Hause gegangen sein soll und sich ausgeschlafen hat."

„Jeremy hat das Boot genommen und ist allein rausgefahren. Er war besoffen. Wahrscheinlich hat es das Boot umgeschmissen und er ist nicht mehr reingekommen."

„Als man das Boot gefunden hat, schwamm es da kieloben?"

„Nein", antwortete Donnie widerstrebend. „Die Wellen werden es halt wieder gedreht haben."

Steven sah sich in Gedanken wieder in dem Boot sitzen. Jetzt wusste er, was ihm so beunruhigt hatte. Das Boot und Ruder waren in Ordnung gewesen und sahen nahezu perfekt aus. Viel zu perfekt dafür, dass sie über längere Zeit dem Sturm und den Wellen ausgesetzt gewesen sein könnten!

„Mitsamt der Holmen und der Ruder? Findest du es nicht merkwürdig, dass alles noch am Platz war? Denn das war es doch? Obwohl die Holmen nur im Rahmen stecken und die Ruder aufliegen. Nur der Mann im Boot fehlte zufällig!"

„Was weiß denn ich? Ich war ja nicht dabei. Was willst du eigentlich von mir?"

„Vielleicht wäre es zur Abwechslung mal ganz nett, wenn du mir die Wahrheit sagen könntest. Denn es geht doch wohl auf dich zurück, dass Jeremy allein rausgefahren ist?"

„Und? Ist doch wohl nicht verboten, ihn dabei zu beobachten?"

„Nein, aber du hast immer behauptet, du wärest nicht dabei gewesen."

„War ich auch nicht. Ich war in meinem Zimmer. Habe ihn vom Fenster aus zufällig gesehen."

„Schön! Zeig mir das Fenster!“

Donnie starrte Steven entgeistert an: „Glaubst du mir nicht?“

„Ich glaube dir. Aber jetzt will ich das Fenster sehen. Was ist schlimm daran?“

Widerwillig machte sich Donnie auf den Weg in den obersten Stock, Steven im Schlepptau. Sie betraten das Zimmer, und Steven ging direkt zum Fenster hinüber.

„Siehst du, man sieht die Mole ganz genau. Also, was ist nun?“

„Aber Jeremys Boot lag nicht an der Mole.“ Steven wagte einen Schuss ins Blaue. „Es lag auch damals in dieser Bucht, wo es auch jetzt liegt. Der ideale Startplatz für den Weg hinüber zur Fischfarm! Und diese Stelle ist von hier aus völlig uneinsehbar.“

Er sah an Donnies Gesicht, dass er ins Schwarze getroffen hatte.

„Ich habe die Schnauze voll von deiner blöden Fragerei!“, rief der Junge und riss die Tür auf. „Geh zum Teufel! Ich rede nicht mehr mit dir!“ Und dann schlug er die Tür hinter sich zu.

Steven war sehr nachdenklich in sein Zimmer zurückgekehrt. Er hatte das Licht gar nicht erst angeschaltet, sondern war im Dunkeln zum Fenster gegangen und hatte sich auf der Fensterbank niedergelassen. Die halbe Sichel des Mondes stand über dem fahlen Horizont. Es war immer noch nicht völlig dunkel, obwohl die Tage nun schon merklich kürzer wurden. Der Sommer würde bald vorüber sein.

Er würde abfahren, sein eigentliches Leben wieder aufnehmen, Cambridge, die Vorlesungen, die Studenten, seine Räume in dem ehrwürdigen College. Ob er noch einmal hierher zurückkommen würde? Im Moment schien es ihm unwahrscheinlich. Wohin er auch geriet, alles schien auseinanderzubrechen. Es war für lange Zeit eine so gute und harmonische Welt für ihn gewesen. Sicherlich hatten die Leute ihre Eigenarten, manche davon waren nicht immer liebenswürdig, manche überschritten die Grenze des Annehmbaren, aber ihn hatte das nicht weiter gestört. Die seltsamen Gesellen waren Teil der Erinnerungen an seine Kindheit, die ihm in diesem Tal wiedererstanden war.

Aber jetzt? Wo er auch ansetzte, er fand nur Ungereimtheiten, Misstrauen und Abwehr. Ein Mensch war ertrunken. Wenn es ein einfacher Unfall war, warum dann auf der einen Seite ständig diese Andeutungen, die seinen Verdacht weckten, und auf der anderen Seite, wenn er nachfragte, dieses Ausweichen. Oder sie erzählten ihm Lügen, die doch leicht zu durchschauen waren. Machte sich das Schicksal einen Spaß daraus, ihm immer neue Gründe zu präsentieren, warum jemand Jeremy etwas hätte antun können, um im nächsten Moment durch einen anderen Verdacht wieder die Spuren zu verwischen?

Norma und ihre Familie hatten ohne Zweifel am meisten von Jeremys Tod profitiert. Der Earl und diese Samantha in Edinburgh waren wohl eher auf der Verliererseite. Wobei der Earl zweifellos auch zu den von Jeremy Betrogenen gehörte. Allerdings war es schwer, ihn sich auf einem Rachefeldzug vorzustellen. Aber wer konnte schon wirklich in einen anderen Menschen hineinsehen? Der Earl war in vielerlei Hinsicht von starken Leidenschaften angetrieben. Eine davon war die Verbesserung der Lebensverhältnisse im Tal. Konnte Enttäuschung über den Betrug eines angeblichen Bundesgenossen ihn zu einer Gewalttat treiben?

Aber es gab ja noch viele andere. Mindestens zwei Menschen hatten Jeremy in den letzten Tagen seines Lebens in aller Öffentlichkeit bedroht: Julian Barnes und Susan MacDonald. Über Barnes wusste er nichts, außer natürlich, dass er offensichtlich total übergeschnappt war. Er erinnerte sich an das Gerücht, welches ihm auf Jeremys Beerdigung zu Ohren gekommen war. Der Amoklauf, den Barnes durch seine Wohnung veranstaltet hatte, sprach für einen abgrundtiefen Hass gegen seine Frau und das Kind.

Und Susan? Es war doch völlig unvorstellbar, dass sie Jeremy tatsächlich hätte etwas antun können. Oder etwa nicht? Steven erinnerte sich an den Moment, als Susan ihn mit dem Messer verletzt hatte, das eigentlich für Jeremy bestimmt war. Aber war es das wirklich? Dass er einen Schnitt abbekommen hatte, war sicherlich ein Missgeschick, und Jeremy hatte immer darauf bestanden, dass Susan ihm niemals ernsthaft etwas zuleide tun würde.

Aber es gab ja auch noch andere. Alistair MacDonald, zum Wildern gezwungen, ständig unter Druck durch die Drohung, von Jeremy angezeigt zu werden. Die drei Männer, die Jeremy gegeneinander ausspielen wollte, als es um das Boot ging. Jedermann wusste, dass seitdem Freddy Logan Jeremy mit unversöhnlichem Abscheu verfolgt hatte. Da war auch noch diese Geschichte mit der „Seagull", die in die Luft gejagt worden war. Wenn es nun doch kein Versicherungsbetrug war, sondern ein erster Anschlag auf Jeremy? Damals hatten viele Finger hinter seinem Rücken auf Freddy gedeutet.

Und wer konnte schon sagen, was Jeremy noch alles angerichtet hatte? Wie viele Betrogene, eifersüchtige Ehemänner, verlassene Freundinnen mochte es geben? Seltsam, wie selbstverständlich er sich mittlerweile auf die Idee einlassen konnte, dass sein Freund der Schuft war, als den ihn alle darstellten. So, als hätte schließlich das öffentliche Urteil die Überhand über seine eigenen Gefühle gewonnen.

Es erschien Steven, dass sein eigenes Bild seines Freundes allzu schnell verblasste und durch eine Karikatur ersetzt wurde. Er versuchte, sich an Jeremys Gestalt und Gesicht zu erinnern. Er würde ihn natürlich sofort erkennen, wenn er ihm jetzt auf der Straße entgegenkäme. Auch aus großer Ferne. Aber er hätte ihn schon kaum mehr beschreiben können. Er wollte versuchen, Jeremy noch einmal aus dem Gedächtnis zu zeichnen. Um das, was er jetzt noch wusste, nicht auch noch zu vergessen. Er war kein guter Porträtist, aber darauf kam es jetzt nicht an. Entschlossen wandte er sich vom Fenster ab, schaltete das Licht an und setzte sich mit einem Skizzenblock an den Tisch.

Jeremy Richardson also, Dunkelheit und Helle, schwarzes Haar und ein schwarzer Bart, erste Silberfäden, wie er im letzten Jahr festgestellt hatte. Helle Haut, die aber von Sonne und Wind ledrig geworden war. Grüne Augen, Lachfältchen, starke Einschnitte von den Nasenflügeln zu den Mundwinkeln, eine gerade Nase.

Steven betrachtete die Skizze und fand sie zu harmonisch. Das war nicht Jeremy, das war ein griechischer Apoll, das Ideal männlicher Schönheit, aber Jeremy war alles andere als ein Ideal gewesen. Etwas fehlte. Ein Zug um den Mund? Vielleicht eine Spur von Arroganz und Rücksichtslosigkeit? Er versuchte, dem Gesicht etwas Zweideutiges zu geben, aber was dabei herauskam, war wenig besser als eine Fratze.

Dieser Jeremy sah nur noch verlebt und bösartig aus. Die Rücksichtslosigkeit musste ergänzt werden durch einen Portion Naivität. Naivität? Jeremy war alles andere als naiv! Arglosigkeit? Steven schüttelte den Kopf. Humor? Jeremy verstand einen Witz, vor allem, wenn er auf Kosten anderer ging, aber es fehlte ihm das verschmitzte Blinzeln derjenigen, die wirklich Humor ausstrahlten.

Es war mehr, dass Jeremy ihm wie ein Naturereignis erschienen war: Ein Vulkan, der ausbricht, vernichtet in großem Maße, aber niemand würde ihn für „schuldig“ halten. Eine Überschwemmung konnte ungeheuren Schaden anrichten, aber niemand würde dem Wasser eine böse Absicht unterstellen. Weil er ihn als eine solche Naturkraft empfand, war es wohl dazu gekommen, dass er seinem toten Freund so viel verziehen hatte, was doch eigentlich unentschuldbar war.

Enttäuscht legte Steven den Skizzenblock zur Seite. Diese magische Macht, die sein toter Freund alle die Jahre über ihn gehabt hatte, würde er nicht festhalten können. Nicht in einer Skizze und auch nicht in seinen Erinnerungen an den Ertrunkenen.

Edith hasste ihre Schuluniform. Was nicht hieß, dass sie nicht gern zur Schule ging, ganz im Gegenteil: Seit sie täglich mit dem Schulbus über den Pass zur Mittelpunktschule im nächsten größeren Ort fuhr, fühlte sie sich auf dem besten Weg in die große weite Welt der Erwachsenen.

Endlich war sie nicht mehr die Große unter den Kleinen, erst einmal war sie unter den Großen nun eine Kleine. Aber es hatte Perspektive: Die Ältesten redeten bereits darüber, auf welche Universität sie gehen wollten. Das war sehr erwachsen, und es imponierte Edith. Was ihr aber am besten gefiel, dass hier junge Leute aus vielen Gegenden zusammenkamen. Manche kamen von so weit her, dass sie über die Woche im Internat bleiben mussten und ihre Eltern nur an den Wochenenden sahen.

Edith hörte geflüsterte Geschichten über das Internat, die sie neidisch machten. Partys sollten da stattfinden, heimlich natürlich, hinter dem Rücken der Hausmutter. Zigaretten und Bier, so viel man wollte. Es ging sogar das Gerücht um, es gäbe Haschisch und sogar noch Stärkeres. Aber das war sicher nur so eine der Aufschneidereien der Älteren.

Edith hatte mit ihrer Mutter darüber gesprochen, ob sie nicht auch ins Internat überwechseln könnte, war aber auf eiserne Ablehnung gestoßen. Ihre Mutter appellierte an ihre Zuneigung und sagte, sie könne sie doch nicht die ganze Woche über allein lassen. Die Vorstellung, abends in ein leeres Haus zu kommen, wäre für sie unerträglich.

Edith sah das ein, aber in ihrem Herzen fragte sie sich manchmal, ob das wirklich der einzige Grund war. Sie glaubte zu spüren, dass ihre Mutter ihr misstraute und ständig den schlechten Eigenschaften, die sie angeblich von ihrem Vater geerbt hatte, auf der Spur war. Aber das wäre doch nur ein Grund mehr gewesen, sie ins Internat zu schicken?

Heute freute Edith sich besonders auf die Schule. Sie war erleichtert, der bedrückenden Atmosphäre des Hauses für ein paar Stunden zu entkommen. Sie band sich sogar ohne Murren die Krawatte um, die sie sonst erst im allerletzten Moment hervorzog, wenn der Bus schon fast vor dem Schultor stand.

Zuhause war immer noch Chaos. Zwar war Donna im Laufe des Abends ruhiger geworden und die beiden Schwestern hatten lange hinter verschlossenen Türen miteinander gesprochen. Nur, dass sie auch noch in diesem Haus lebte, das hatte ihre Mutter offensichtlich völlig vergessen. Ebenso wie das Essen oder das Feuermachen.

Trotzig hatte Edith sich schließlich einen Tee und einen Sandwich gemacht und sich im kühlen Wohnzimmer in eine Wolldecke gehüllt vor den Fernseher gesetzt, obwohl sie zu dieser Zeit eigentlich schon längst hätte im Bett sein sollen. Aber wenn sie erwachsen genug war, um für sich selbst zu sorgen, dann würde sie ja wohl auch diesen Spätfilm anschauen können.

Sie hatte ihn grauenhaft gefunden, aber tapfer durchgehalten, bis sie schließlich hörte, dass ihre Mutter die Treppe herunterkam. Aber Susan hatte nur kurz den Kopf zur Tür hereingesteckt und wissen wollen, ob sie etwas gegessen hätte. Dann war sie wieder verschwunden, ohne den Fernseher, auf dem gerade blutüberströmte Opfer vor irgendwelchen Monstern davonkrochen, auch nur eines Blickes zu würdigen. Danach machte es Edith noch viel weniger Spaß, etwas zu tun, was ihr eigentlich verboten war, und sie war erleichtert, als sie endlich zu Bett gehen konnte, ohne das Gesicht zu verlieren.

Deshalb war sie auch heute etwas spät dran und ersparte sich die Maulerei über die kratzige Bluse, den blöden Rock und die ewig rutschenden Strümpfe, die sonst ihre Morgentoilette begleitete. Sie rannte die Treppe hinunter. Aus der Küche hörte sie es einladend klappern. Sie hoffte von ganzem Herzen, dass nach dem gestrigen Tag ihr Leben bald wieder seinen normalen Lauf nehmen würde.

Ihre Mutter war allein in der Küche. Sie stand am Herd und wendete die Toastscheiben, aber sie tat es mit einer für sie ganz ungewohnten Fahrigkeit. Bevor Edith noch: „Achtung" rufen konnte, lag schon eine Scheibe am Boden. Susan bückte sich leise schimpfend, nahm das Brot auf, verbrannte sich die Finger, fluchte noch einmal lauter und warf den halbverbrannten Toast auf den Teller. Während sie den zweiten Toast bewachte, sagte sie: „Du hättest die Uniform gar nicht anziehen müssen. Du gehst heute nicht zur Schule!"

„Warum nicht?"

Der Ton in Ediths Stimme hätte sie warnen sollen, aber Susan fuhr völlig ungerührt fort: „Ich brauche dich hier. Du wirst auf das Baby aufpassen, während Donna und ich in der Stadt sind!"

„So, werde ich?"

„Jawohl, junge Dame. Und mach nicht so ein Gesicht!"

„Ich habe aber nicht die geringste Lust, auf das doofe Baby aufzupassen. Ich finde es sehr viel wichtiger, keinen Unterricht zu versäumen!"

„Was glaubst du, wie es mich interessiert, was du wichtig findest? Du bleibst heute hier. Ich schreibe dir morgen eine Entschuldigung. Dass du krank warst, oder so was."

„Und ich gebe morgen die Entschuldigung ab und sage vor der ganzen Klasse, dass es nicht stimmt. Dass meine Mutter lügt und ich nicht in die Schule gehen durfte, weil wir leider ein paar durchgeknallte Verwandte im Haus haben, auf deren Kind ich aufpassen musste! Ich wette, die Schule bestellt dich sofort ein. Es ist nämlich strafbar, Kinder von der Schule fernzuhalten."

„Sag mal, spinnst du jetzt? Was ist in dich gefahren? Donna und ich müssen unbedingt ins Krankenhaus. Mit den Ärzten sprechen, die Julian behandeln. Ich habe gestern Abend Stunden gebraucht, um

Donna zur Vernunft zu bringen. Glaubst du, ich lasse mir das jetzt alles kaputt machen, nur weil du deinen Dickkopf durchsetzen und hier die Zimperliche spielen willst? Du wirst genau das tun, was ich dir sage und deinen frechen Mund halten! Du bleibst hier und passt auf Sean auf! Schließlich ist er dein Cousin!"

„Ganz zu schweigen davon, dass er auch mein Halbbruder ist!"

Edith warf ihr diesen Satz hin und wich dann erschrocken zur Tür zurück. Ihre Mutter war herumgefahren und starrte sie ungläubig an: „Was war das?!"

Edith hätte sich am liebsten hinter die Tür verkrochen.

„Wiederhole das! Sofort!"

„Das weiß doch jeder hier, dass Jeremy der Vater von Sean ist... war. Sogar in der Schule haben sie schon darüber geredet, dass Onkel Julian gar keine Kinder haben kann." Edith sagte es trotzig. Ihre Mutter hatte es nicht gewusst! Das sah sie jetzt. Sie wünschte, sie könnte das Gesagte ungeschehen machen. Sie sah das Begreifen in den Augen ihrer Mutter und sie sah die Wut.

Bevor sie sich noch richtig ducken konnte, war ihre Mutter schon über ihr und schlug zu. Sie schlug sie mit beiden Fäusten, sie schrie und sie trat nach dem Kind, das, auf dem Boden zusammengekauert, langsam auf die Tür zukroch. Als sie einen Moment innehielt und sich aufrichtete, kam Edith auf die Füße und stürzte aus der Küche, riss die Haustür auf und war verschwunden. Susan kümmerte es nicht, sie sank auf den Boden und wildes Schluchzen schüttelte sie.

Das Heulen riss ab, so plötzlich, wie es sie überfallen hatte. Sie fühlte sich eiskalt und glasklar. Bedächtig öffnete sie eine Schublade, nahm ein Küchenmesser heraus, umwickelte es mit einem Küchentuch und hielt es hinter dem Rücken, während sie langsam die Treppe nach oben stieg. Sie öffnete die Tür zu Ediths Zimmer und sah Donna, die auf dem Bett saß, den kleinen Sean im Arm, und ihr entgegenblickte.

„Meine Güte, was war denn da unten los?“, fragte Donna und sah ihre Schwester besorgt an. „Das hörte sich ja furchtbar an.“

Susan machte nur eine unwillige Bewegung, als verscheuchte sie eine Fliege.

„Wer, hast du gesagt, ist Seans Vater?“, fragte sie mit gespenstischer Freundlichkeit.

Donna wurde erst blass und dann über und über rot. „Ich habe nichts darüber gesagt, und ich möchte auch nicht darüber sprechen!“

„Aber ich möchte darüber sprechen. Ich scheine die einzige zu sein, die bisher nichts davon gewusst hat. Sogar meine Tochter weiß, wer der Vater dieses Bastards ist!“

„Wenn Sean ein Bastard ist, was ist dann Edith?“

„Jeremy war nicht verheiratet und ich war es auch nicht. Ich habe keine Ehe gebrochen, und ich habe niemandem ein Kuckucksei untergeschoben!"

„Ich habe dir gesagt, warum ich es getan habe!“

„Mach dich nicht lächerlich! Du darfst nicht vergessen, ich kannte Jeremy besser als jede andere! Du hast dich mit ihm eingelassen, weil du dich mit deinem Ehemann gelangweilt hast, oder weil Jeremy so verdammt gut aussah, dass alle verrückt nach ihm waren. Vielleicht hat er dir auch für fünf Minuten das Gefühl gegeben hat, eine tolle Frau zu sein. Da war sein spezieller Trick. Wie hat er dich denn rumgekriegt?“

Donna drehte den Kopf weg und presste instinktiv das Baby so stark gegen ihre Brust, dass der Kleine aufwachte und einen Protestschrei ausstieß.

„Du brauchst gar nicht so zu tun, als hätte es dir keinen Spaß gemacht, du Heuchlerin!“ Susan trat drohend einen Schritt weiter auf sie zu.

Donna begann zu weinen: „Hör auf! Verdammt noch mal, hör auf! Du solltest nicht von dir auf andere schließen! Ich habe dir gesagt, wie es war. Ich war verzweifelt! Ich wollte unsere Ehe retten, um jeden Preis. Für dich mag es lächerlich erscheinen, aber ich habe meinen Mann geliebt. Ich brauche keinen Muskelprotz, keinen Angeber, keinen, der Frau und Kinder zu Hause sitzen lässt, jeden Abend in der Bar verschwindet und anderen Frauen hinterherläuft. Julian war der Richtige für mich. Er wusste so viel und man konnte über alles mit ihm reden. Ich habe angefangen, mich für viele Dinge zu interessieren, die mir früher im Traum nicht eingefallen wären. Ich war mit meinem Leben zufrieden. Aber er war so todunglücklich darüber, dass wir keine Kinder haben konnten. Er liebte Kinder, deshalb ist er Lehrer geworden. Ein Leben ohne Kinder war für ihn unvorstellbar. Also wollte ich unbedingt ein Kind bekommen, vor allem, als ich erfahren habe, dass mit mir alles in Ordnung war. Ja, ich habe mir Jeremy ausgesucht! Aber nicht aus den Gründen, die du vermutest. Weißt du, warum ich ihn ausgesucht habe? Nein?"

Susan schüttelte den Kopf, aber sie ließ langsam die Hand sinken und legte das eingewickelte Messer unauffällig hinter sich auf den Tisch.

„Weil du ein Kind von ihm bekommen hast!" Donna lachte auf, während ihr noch die Tränen herunterliefen. „Ich habe gedacht, wir MacDonald-Frauen sind doch im Grunde alle gleich! Was er bei dir geschafft hat, kann er auch bei mir schaffen!"

Donnas Lachen war ansteckend. Susan konnte nicht anders, sie musste einfach mitlachen. Die ganze Situation war zu grotesk.

„Wie oft hast du's mit ihm getrieben, bis es geklappt hat?"

„Nur einmal! Ich weiß doch alles über Empfängnis! Ich habe schließlich jahrelang geduldig Temperatur gemessen und meinen Eisprung herbei gerechnet! Es war nur dieses eine Mal, und ich glaube nicht, dass ich es ein zweites Mal getan hätte!"

„Erzähl mir genau, wie es war!"

Susan setzte sich neben ihre Schwester auf das Bett und legte vertraulich den Arm um sie, wie sie es früher als Kinder getan hatten.

„Bist du zu ihm gegangen und hast gesagt: „Mach mir ein Kind!?"

„So ähnlich!"

„Mein Gott! Er muss aus allen Wolken gefallen sein!"

„Das kannst du laut sagen! Weißt du, was das Irrste war?" Donna kicherte. „Er war so platt, dass eine Frau zu ihm kommt, der er noch nie schöne Augen gemacht hat, und einfach zu ihm sagt, sie will mit ihm ins Bett, dass es erst überhaupt nicht ging!"

„Es ging nicht?" Susan schrie fast vor Lachen.

„Nein! Ich musste ganz schön ran! Handarbeit, weißt du?"

Die beiden Schwestern hielten sich aneinander fest und lachten und lachten, bis ihnen die Tränen herunterliefen.

„Das war ja wohl eine völlig neue Erfahrung für ihn! Was passiert weiter?"

„Na, er kam dann irgendwie doch in Fahrt. Und ich lag da und wartete, bis er fertig war. Er wollte mich gleich hinterher ins Bad schicken, aber ich bin noch liegen geblieben, um ganz sicher zu sein. Er wollte, dass ich wiederkäme. Und ich habe ihm gesagt, ich verzichte. Ich habe daran denken müssen, wie er dich behandelt hat, und wollte ihm eins auswischen. Also habe ich ihm gesagt, das Vergnügen wäre nicht so überwältigend gewesen. Er war sauer! Er hat mich richtiggehend rausgeworfen!

Die Erinnerung brachte wieder Tränen hervor. Traurig und leise sprach sie weiter: „Es war dumm von mir! Er hat sich dafür gerächt! Er hat Julian bei einer passenden Gelegenheit vorgeworfen, dass er so ein Schlappschwanz ist, dass er sogar Kinder für ihn machen müsste. Das war der Anfang vom Ende!"

Susan nahm ihre Schwester in den Arm: „Er war ein Schwein! Ich hätte ihn manchmal umbringen können!"

Leise und zögernd fuhr Donna fort: „Weißt du, ich frage mich die ganze Zeit, ob es nicht Julian war, der ihn..."

„So was darfst du gar nicht denken! Lass uns jetzt zum Krankenhaus fahren und sehen, wie es Julian geht. Ich bin sicher, die Ärzte können etwas für ihn tun. Es wird schon alles wieder gut werden!"

Susan stand auf und nahm das Bündel vom Tisch, so beiläufig, wie sie es niedergelegt hatte. Beim Hinausgehen sagte sie noch: „Wir müssen aber das Baby mitnehmen. Mein Fräulein Tochter ist sich zu fein zum Babysitten und ist in die Schule abgehauen."

Als sie das sagte, drückte sie für einen Moment das schlechte Gewissen, aber sie wollte ihre Schwester nicht noch mit ihren Erziehungsproblemen belasten. Heute Abend würde Edith aus der Schule nach Hause kommen. Sie würde ihr sagen, dass es ihr leidtäte und Edith würde dasselbe tun. Dann würden sie sich umarmen und alles wäre vergessen. So war es doch immer zwischen ihnen.

Dennoch versetzte es ihr einen Stich, als sie am Fuß der Treppe Ediths Tasche liegen sah, die das Kind auf seiner Flucht vergessen hatte. Für einen Moment überlegte sie, ob sie nicht einen Umweg über die Schule machen sollte, um zu sehen, ob alles in Ordnung war. Aber dann schob sie den Gedanken von sich. Ein paar Stunden Trennung würden ihnen beiden guttun. Und Edith würde es wahrscheinlich schrecklich peinlich sein, wenn sie ihrer Mutter auf einmal vor all den anderen begegnen müsste. Nein, heute Abend würde Zeit genug sein, um über alles zu sprechen.

Hamish hielt Normas Hand. Das tat er nicht oft, sie waren beide nicht demonstrativ in ihrer Zärtlichkeit. Nun aber hielt Hamish ihre Hand und streichelte sie sanft. „Mach dir keine Sorgen, meine Liebe! Es wird schon alles in Ordnung kommen!"

Sie legte ihre Hand auf die seine. Die raue, trockene Haut und die Falten auf ihrem Handrücken machte ihr schmerzhaft bewusst, wie lange es her war, dass sie als junges Paar ebenso beisammensaßen. Hamish hatte sie damals bestürmt, ihn zu heiraten, ob mit oder ohne Pfarrer, aber sie hatte einfach nicht gekonnt.

„Wir sind schon so alt!“, sagte sie unvermittelt. „Das Leben ist so schnell vorbei gegangen. Und jetzt, wo ich dachte, es wird endlich alles gut...“

„Du machst dir zu viele Sorgen wegen Donnie! Er ist ein guter Junge...“

„Ja, das ist er. Genau das ist ja das Problem. Er quält sich...“

„Er wird darüber hinwegkommen.“

„Meinst du?“

„Sicher!“

Sie lächelte ihn an. Er gab ihr Wärme und Schutz, wie kein anderer Mensch auf der ganzen Welt, selbst wenn er sie nicht verstand.

Der Alarm kam am nächsten Morgen. Steven beendete gerade sein Frühstück, als Donnie ans Telefon geholt wurde. Kurz danach hörte er ihn etwas rufen und anschließend die Treppe nach oben rennen.

„Was ist los?“, rief Steven ihm hinterher. Aber der Junge war schon verschwunden. Wenige Augenblicke später kam er die Treppe wieder herunter, zwei Stufen auf einmal nehmend, bepackt mit seiner Bergausrüstung. Er hielt inne, als er Steven in der Halle stehen sah: „Die Bergwacht rückt aus! Kannst du meiner Mutter Bescheid sagen? Ich glaube, sie hat mich nicht gehört.“

„Was ist passiert?“

„Ein Kind wird vermisst. Und die Mutter meint, sie ist in die Berge gelaufen.“

„Weißt du, wer es ist?“

„Edith MacDonald, die Tochter von Susan MacDonald."

„Ich komme mit!"

„Aber das geht nicht..."

„Unsinn! Was brauche ich? Los, sag schon!"

„Schuhe, Anorak, Flasche, Taschenlampe..."

„Gut. Warte auf mich. Ich bin in fünf Minuten wieder da!"

„Ich weiß wirklich nicht, ob Du einfach mitkommen kannst. Du gehörst nicht zu uns, zur Bergwacht, meine ich", stieß Donnie hervor, als sie zusammen zum Parkplatz eilten, der als Treffpunkt genannt worden war.

„Unsinn! Ich kann bergsteigen, wie du weißt. Und ich kenne die Gegend."

Donnie zuckte nur mit den Schultern und schwieg.

Die Leute hatten sich auf dem Platz versammelt. Die meisten gehörten zur freiwilligen Bergwacht, was an den leuchtfarbenen Westen zu erkennen war. Die beiden örtlichen Polizisten sprachen gerade mit dem Leiter, James MacLeod, einem aus Normas Familie, den Steven schon ein- oder zweimal gesehen, aber noch nie gesprochen hatte.

Natürlich hatten sich auch die üblichen Zaungäste versammelt, begierig mitzuhören, was gesagt wurde, um anschließend die Neuigkeiten auf den üblichen Wegen weiterzugeben. Und ein paar waren, wie Steven, zum Bergsteigen ausgerüstet so gut sie es vermochten, ein bunter Haufen, bereit mitzuhelfen.

In der Gruppe, die mit den Polizisten und James MacLeod verhandelte, entdeckte er Susan. Sie sah unendlich müde und abgehärmt aus. Auch sie war in Wanderstiefeln und Windjacke, und Steven erinnerte sich daran, dass Jeremy ihm erzählt hatte, was für eine gute und ausdauernde Bergsteigerin sie war, wenn sie einen Grund hatte, sich auf den Weg in die Berge zu machen.

Steven ging zu ihr hinüber. Sie sah ihn kommen und bemühte sich mechanisch um ein kleines Lächeln. Sie legte ihre Hand auf seinen Arm, etwas, was sie selten in der Öffentlichkeit tat und sah zu ihm auf: „Gut, dass du gekommen bist. Wirst du mit uns gehen? Wir sind so wenige und es ist ein so großes Gebiet!"

„Wir warten noch eine Viertelstunde." James MacLeod rief es laut über die Köpfe der Versammelten hinweg. „Wir wollen denen aus Port Newton und Fearndale, die Möglichkeit geben, dazuzukommen." Leiser fuhr er fort, an seine unmittelbare Umgebung gewandt: „Um diese Tageszeit sind die meisten unterwegs. Sie müssen erst mal nach Hause gehen und ihre Ausrüstung holen. Das dauert schon noch eine Weile."

Steven spürte Susans Anspannung. Er legte seine Hand auf ihre, die sich eiskalt anfühlte und sagte leise: „Es wird sicher nicht mehr lange dauern!"

James MacLeod hatte die Geste beobachtet. Er machte eine bedeutsame Pause, eine hochgezogene Augenbraue als Fragezeichen, während er Steven musterte. Der streckte die Hand aus und stellte sich vor: „Steven MacFarlane. Ich glaube, wir haben uns noch nicht miteinander bekannt gemacht. Ich wandere seit vielen Jahren in der Gegend. Wenn Sie mich brauchen können, würde ich gern mithelfen."

„Ich weiß schon, wer Sie sind." MacLeod ließ die hochgezogene Augenbrauen sinken, grinste und schüttelte ihm kurz die Hand. „Natürlich sind Sie willkommen. Wir können jeden brauchen. Es ist eine unglückliche Geschichte!"

Er sah zu Susan hinüber, wiegte den Kopf und schnalzte bedauernd mit der Zunge. „Wie wäre es, wenn Sie Susan erst einmal zu einem starken Kaffee überreden? Sonst kippt sie uns noch um, bevor es losgeht. Hier dauert es sicher noch ein paar Minuten."

Steven hatte Susans Arm genommen und sie, obwohl sie sich sträubte, ins Hotel gezogen. Norma hatte wortlos eine Kanne Kaffee gebracht und war in einiger Entfernung stehen geblieben, um den Parkplatz im Augen zu behalten. Susan umklammerte ihre Tasse mit beiden Händen und starrte vor sich hin. Plötzlich schluchzte sie wie ein gequältes Tier auf, um gleich wieder zu erstarren. Norma sah Steven über ihren Kopf hinweg an und gab ihm mit dem Kinn ein Zeichen, das er nicht verstand. Er zuckte mit den Schultern und fühlte sich unbeholfen.

Schließlich meinte Norma trocken: „Ich glaube, ihr solltet jetzt gehen! Sieh so aus, als wären sie bereit." Susan riss sich aus ihrer Erstarrung und sprang auf. Während sie losrannten, nahm sie das Taschentuch, das Steven ihr hinhielt, schnäuzte sich kräftig und trocknete sich die Augen.

Sie wurden in Dreiergruppen organisiert. Ein Erfahrener von der Bergwacht führte die jeweilige Gruppe, der ein Gebiet zugeteilt wurde und die einen Sender mitbekam. Stevens Team wurde von James MacLeod angeführt und David Fincheley gehörte ebenfalls dazu. Dass sie ihn für ihr Team gewählt hatten, war eine Art Auszeichnung, denn sie würden, wenn es sein müsste, bis auf die Spitze des Ben Lever steigen müssen.

Mehrere Trupps benutzten Autos, um zu ihren jeweiligen Ausgangspunkten zu kommen, andere verteilten sich zu Fuß in verschiedene Richtungen. Zwei Gruppen benutzten Boote, um schneller in abgelegenere Gebiete zu gelangen.

Stevens Gruppe erreichte ihren Ausgangspunkt nach einer knappen halben Stunde. Im Auto wurde darüber gesprochen, was eigentlich vorgefallen war. Steven hörte, dass es einen Streit zwischen Mutter und Tochter gegeben hatte und Edith anschließend fortgelaufen war. Susan war davon ausgegangen, dass sie in der Schule wäre und hatte erst abends begonnen, sich Sorgen zu machen. Als sie auch zwei Stunden nach ihrer üblichen Zeit nicht nach Hause gekommen war, hatte sie Ediths beste Freundin angerufen, sicher, dass ihre Tochter sich dort aufhalten würde und es heimlich genießen würde, ihre Mutter ein wenig zu ängstigen. Von der Freundin hatte sie jedoch gehört, dass Edith überhaupt nicht in der Schule gewesen war. Sie war auch weder im Schulbus noch im Postbus gesehen worden. Das hatte Susan von den jeweiligen Fahrern erfahren, die sie als nächstes gefragt hatte.

Bis dahin war sie relativ gelassen gewesen. Danach aber hatte sie ihre aufsteigende Panik nur mit Mühe niederkämpfen können. Als erstes hatte sie die Polizei eingeschaltet, die ihr schließlich geglaubt hatte, dass etwas passiert sein musste, und die Suche aufgenommen hatte. Jeder, der aus der Stadt zurückkam, war befragt worden. War das Kind auf der Straße gesehen oder mitgenommen worden? Die Antwort war negativ. Susan selbst hatte Mitschüler ihrer Tochter und die Lehrerinnen angerufen. Ohne Erfolg. Nahezu jede Familie im Tal war in dieser Nacht irgendwann einmal befragt worden. Niemand hatte das Kind gesehen.

Am frühen Morgen hatte man beschlossen, die Bergwacht einzuschalten. Susan war sich mittlerweile sicher, dass Edith einfach querfeldein in die Berge gelaufen war. „Das habe ich früher auch gemacht, wenn ich bockig war. Aber ich bin ganz sicher, Edith wäre nicht freiwillig über Nacht draußen geblieben. Sie fürchtet sich im Dunklen. Es muss ihr etwas passiert sein, sonst wäre sie nach Hause gekommen.“

„Das ist eine vertrackte Geschichte! Bei Kindern in diesem Alter musst du mit allem rechnen!“, meinte James MacLeod, als sie zusammen mit zwei anderen Teams die erste Anhöhe hinter sich gebracht hatten, bevor die Teams auseinandergingen, um ihre jeweiligen Sektoren zu erreichen.

„Es gibt zwei Arten von Einsätzen", erklärte er Steven auf dessen Frage, während sie mit langsamen, regelmäßigen Schritten die erste Anhöhe nahmen. „Meistens werden wir gerufen, weil jemand einen Unfall hatte und die, die bei ihm sind, ihn nicht ohne Hilfe herausholen können. Das ist relativ einfach, weil wir dann eine recht genaue Vorstellung haben, wo wir den Betreffenden finden können. Und seitdem die Handynetze besser geworden sind, wird es auch immer einfacher, Leute zu finden. Was uns dann noch Probleme machen kann, ist das Wetter oder der Transport."

„Wie bringt Ihr die Leute runter?"

„Wenn es geht, mit dem Hubschrauber. Manchmal müssen wir tragen, wenn die Sicht zu schlecht ist..."

„Oder wenn das Gelände zu schwierig ist und der Hubschrauber nicht landen kann", warf David Fincheley ein.

„Woher kommt der Hubschrauber?"

„Es gibt einen Rettungshubschrauber, der in der Region stationiert ist. Aber wenn es sein muss, hilft auch die Armee aus."

„Wenigstens dazu sind sie gut! Sonst haben wir ja nur die Tiefflieger und die Bombenabwürfe über Cape Wrath."

„David mag das Militär nicht besonders!" James MacLeod grinste.

„Und was ist mit der anderen Art von Einsatz?", fragte Steven weiter.

„Na, das ist, was wir jetzt vor uns haben. Jemand wird vermisst. Und niemand kann sagen, wo wir suchen sollen. Das Gelände ist riesig. Man weiß nicht, wo man anfangen soll. Und was man findet..."

„Erinnerst du dich noch an den Kerl aus Südengland?"

„Ja. Es hat eine Woche gedauert, bis das Auto auf den Parkplatz am Ben Lever endlich auffiel. Da stehen selten Autos über Nacht. Die Wanderer kommen morgens und fahren abends wieder ab. Aber dieses Auto stand und stand... Dann hieß es, dass auf dem Zeltplatz in

Port Newton Ian Holmes seit Tagen versucht, bei einem Zelt abzukassieren und der, dem das Zelt gehört, ist niemals da."

„Wir wussten noch nicht einmal, ob wir nach einer Person oder zwei Personen suchen mussten." David schüttelte den Kopf.

„Sie haben dann über die Autonummer die Familie des Mannes gefunden und erfahren, dass er als depressiv und selbstmordgefährdet galt. Und dass das Zelt ihm gehört, haben sie auch schnell herausgefunden. Da hat sich schließlich die Bergwacht eingeschaltet. Aber da waren seit seinem Verschwinden schon fast zwei Wochen vergangen."

„Und, habt Ihr ihn gefunden?"

„Ja. Es war bedrückend, kann ich Dir sagen! Obwohl er ganz friedlich aussah. Er hatte wohl Tabletten geschluckt..."

„Einmal hatten wir einen, der lag schon Wochen da oben. Einen von denen, die keine Warnung beachten, allein losgehen, keinen Notvorrat mitnehmen, keine Nachricht hinterlassen, wo sie hingehen und wann sie zurück sein wollen."

„Und dann möglichst noch in Turnschuhen!"

„Der war abgerutscht, in eine Spalte. Er hatte sich einiges gebrochen und hat es nicht mehr aus der Spalte herausgeschafft. Ist da unten wahrscheinlich verhungert. Armer Kerl..."

„Ich bin sicher," erklärte Steven „dass Edith ein Handy hat. Wie alle Teenager. Könnte man sie nicht darüber anpeilen?"

„Das war das erste, was die Polizei von Susan wissen wollte. Nur ist das Handy wohl in Ediths Tasche. Und die hat sie zuhause gelassen. Sie scheint ziemlich überstürzt davongerannt zu sein. Ohne dass sie irgendwas mitgenommen hätte. Wenigstens habe ich Susan so verstanden."

„Und ein Fremder kann sie nicht mitgenommen haben? Einer, an den im Moment keiner denkt? Ich will mir gar nicht vorstellen, was dabei alles passieren könnte. Aber vielleicht wollte jemand auch nur einfach nett sein, ganz ohne böse Absichten. Jetzt ist sie vielleicht schon in Inverness oder Aberdeen und hat keine Ahnung, dass hier das ganze Dorf nach ihr sucht."

„Natürlich gibt es auch andere Möglichkeiten. Aber Susan vermutet, dass sie in die Berge gelaufen ist. Und eine Mutter wird ja wohl ihr Kind am besten kennen. Also suchen wir sie jetzt und können nur hoffen, dass wir nicht zu spät kommen."

Alle schwiegen einen Atemzug lang betroffen. Keiner wagte seine Gedanken auszusprechen. Schließlich murmelte David: „Ja. Richtig! Lasst uns nur zusehen, dass wir sie schnell finden!"

Sie stiegen auf. Jeder für sich allein, jedoch in Sicht- und Rufweite. Sie riefen nacheinander: „Edith!". Dann hielten sie einen Moment inne, um zu hören, ob von irgendwoher Antwort käme. Aber der Wind, der unablässig blies und stärker wurde, je höher sie gelangten, übertönte alles.

Sie gelangten über eine Anhöhe, von der aus sie einen guten Blick über das gesamte Tal hatten, in eine Senke. Steven war noch nie von dieser Seite aus aufgestiegen und war deshalb überrascht, wie stark es erst noch einmal runter ging, bevor der endgültige Anstieg zum Gipfel des Ben Lever begann. Vom Dorf aus erschien der Berg wie eine gigantische schiefe Ebene, die es zu überwinden galt. Das weiche Grün der Grasflächen und die Abwesenheit von Bäumen ließen jedoch Entfernungen und Strukturen verschwimmen und machten das Gelände für unerfahrene Wanderer zur Falle, in der sie leicht die Richtung verlieren konnten.

„Solange nur kein Nebel aufkommt...", dachte Steven. Er hatte mehr als einmal erlebt, wie sich an einem schönen Tag plötzlich Wolken zusammenzogen und den Wanderer auf der Höhe einhüllten, sodass jeder Schritt ins Ungewisse zu führen schien. Er konzentrierte seine Sinne auf die unmittelbare Umgebung und versuchte, nicht daran zu denken, was sie finden könnten. Auch verbannte er jeden Gedanken an Susan und an das, was sie wohl durchmachen müsste.

Er zählte seine Schritte: „Ein, zwei, drei..." bis zehn, dann hielt er inne und rief. Und wieder: „Eins, zwei, drei...". Er hörte die Rufe der anderen, die der Wind zu ihm trug: „Edith!". Dann wieder Stille. Und weiter.

Er wusste nicht, wie lange sie schon unterwegs waren. Es erschien ihm wie Stunden, aber sie waren dem Gipfel kaum nähergekommen, ja sie hatten noch nicht einmal wieder die Höhe erreicht, die sie vor dem Abstieg in die Senke bereits erklommen hatten. Das Gelände war durch Steinschlag und Wetter geschunden, große Felsbrocken, die vom Berg heruntergekommen waren, behinderten die Sicht, und mehr als einmal hatte er tiefen Löchern und Gräben ausweichen müssen, die durch das wuchernde Heidekraut fast völlig unsichtbar waren.

Und natürlich verzog sich nun die Sonne hinter die Wolken, die zuerst strahlend und weiß, aber dann, vom Wind getrieben, bald dunkel und schwer, den Himmel bedeckten und sich langsam herabsenkten. Sich senkten und senkten, bis Steven das Gefühl überkam, er könne, wenn er sich nach oben streckte, die graue Decke mit der Hand erreichen.

Die drei Männer bewegten sich jetzt wieder aufeinander zu, um in Sichtkontakt zu bleiben. James MacLeod hatte die Anweisung dazu gegeben und Steven nur ungeduldig weiter gedrängt, als der ihm die Befürchtung hinüber brüllte, sie würden dadurch zu viel des Geländes unerforscht lassen.

„Wenn wir uns in diesem Wetter verlieren, nützt das keinem!", hatte James gerufen und war weiter gestapft.

Nach einer Weile hielten sie an. „Wir teilen uns!", gab James die Anweisung. „Ihr beide geht um diesen Hügel rechts herum. Ich nehme die linke Seite. Wir treffen uns direkt dahinter an dem großen Cairn wieder. David, du weißt Bescheid? Gut. Ich werde länger brauchen, da ich den längeren Weg habe und auch das Gelände ein Stück abdecken muss. Ihr wartet also auf mich. Ich nehme das Funkgerät mit. Wir sehen uns dort oben!"

Der andere war sicher mehr als hundert Meter von ihm entfernt, als Steven auf einmal einen ungewohnten Laut hörte. Er blieb stehen und lauschte, aber da war nur der Wind. Er legte die Hände an den Mund und rief, so laut er konnte: „Edith! Edith!". Er sah, dass David stehen blieb und zu ihm herübersah. Er winkte ihm und schrie hinüber, dass er horchen sollte. Doch David verstand ihn nicht und hob nur die Arme fragend empor. Steven hielt sich die Hände hinter die Ohren, um sich durch diese Geste verständlich zu machen. David schüttelte den Kopf und kam quer über den Hang auf ihn zu. Plötzlich riss es ihm den Kopf herum und er begann zu laufen. Er verschwand kurz hinter einem Felsbrocken und tauchte dann wieder auf, aufgeregt winkend.

Auch Steven rannte los, mit großen Sprüngen über alle Hindernisse hinweg. Einmal blieb sein Fuß im Heidekraut hängen und er wäre fast gestürzt, aber er machte sich frei und lief weiter. Als er um die Ecke des Felsens kam, sah er sie. Sie hatten sie gefunden und sie war am Leben!

Sie saß am Boden, an den Stein gelehnt, ihre Schuluniform zerrissen und dreckig, das Gesicht verschmiert von Schmutz und Tränen. Ihr linkes Bein lag seltsam verdreht da, als gehörte es nicht zu ihr.

„Gebrochen!", sagte David, der sich gerade erhob. „Sonst scheint sie okay zu sein."

Steven fiel vor ihr auf die Knie und sie streckte die Hände nach ihm aus: „Steven! Bring´ mich heim! Ich will zu Mami!"

„Natürlich, Liebes!", er nahm sie vorsichtig in die Arme, um die Stellung ihres Beins nicht zu verändern. „Jetzt, wo wir dich gefunden haben, wird alles gut!"

„Mein Bein tut so weh! Ich bin da drüben gestürzt. Ich konnte nicht mehr aufstehen. Dann bin ich hierher gekrochen, weil es nachts so kalt war! Ich hatte solche Angst!"

„Es ist gut! Es ist ja alles gut!" Steven sah zu David auf: „Was jetzt?"

„Ich gehe los und suche James. Wir verständigen dann die Einsatzleitung. Ich weiß nicht, ob der Hubschrauber hier runterkommen kann, aber sie ist ja so ein Federgewicht. Kein Problem, falls wir sie ein Stück tragen müssen. Bleib du bei ihr, bis wir kommen! Du musst nur noch ein bisschen aushalten, Edith. Sei ein tapferes Mädchen!", wandte er sich dem Kind zu. „Du brauchst keine Angst mehr zu haben. Steven ist bei dir. Und wir sind gleich mit der Trage zurück."

Er war davongestürzt. Steven hatte seine Jacke ausgezogen und das Mädchen darin eingewickelt, so gut es ging. Er hielt sie im Arm, sodass ihr Kopf auf seiner Schulter ruhte, und rieb ihr die Hände, die eiskalt waren. Es war stiller hier unten hinter den Steinen, selbst vor dem Wind waren sie einigermaßen geschützt.

Steven hatte einen seltsamen Kloß im Hals. Er weinte selten, eigentlich nie, aber jetzt fühlte er, wie ihm Tränen über die Backen liefen. Erleichterung, dachte er. Aber da war noch ein anderes Gefühl. Edith, Susans Tochter! All die Jahre war sie für ihn nur ein Anhängsel ihrer Mutter gewesen, etwas, was er nur zur Kenntnis nahm, wenn es ihm im Weg war. Aber wenn sie dann auf ihrem Zimmer oder sonst wohin verschwunden war, hatte er sie sofort wieder vergessen.

Natürlich hätte er gesagt, dass er sie gern mochte, wenn ihn jemand gefragt hätte. Sie war schließlich Susans Tochter, ein Teil der Frau, die er liebte. Aber er hatte sie nie beachtet. Was sie dachte oder fühlte war ohne Belang für ihn gewesen. Er hatte niemals versucht, die Welt aus ihrem Blickwinkel zu sehen. Jetzt, in diesem Augenblick, wurde er selbst wieder zum Kind, das sich verlaufen hatte, das gestürzt war, das nicht weiterkam. Wieviel Angst und welche Schmerzen hatte sie ausstehen müssen? Was musste sie gefühlt haben, als die Nacht hereinbrach und keiner kam, um sie davon zu erlösen?

„Wo ist meine Mami?", jammerte Edith.

„Sie sucht dich. Sie ist mit einer anderen Suchmannschaft unterwegs. Die Bergwacht sucht die ganze Gegend ab. Es hat ja keiner gewusst, in welche Richtung du gelaufen bist."

„Hat sie gewusst, dass ich in den Bergen bin?"

„Ich glaube, sie hat erst alles andere versucht. Deine Schule und deine Freundinnen angerufen, den Schulbus, den Postbus. Die Polizei hat alle Leute gefragt, ob dich jemand auf der Straße gesehen oder mitgenommen hat."

„Die Polizei?"

„Natürlich. Das mussten sie doch. Das ganze Tal ist mittlerweile unterwegs, um nach dir zu suchen."

„Oh." Trotz der Schmerzen, die sie haben musste, lief ein kleines Lächeln über ihr Gesicht, das allerdings gleich wieder verschwand. „Dann wissen also jetzt alle, dass ich weggelaufen bin?"

„Na ja. Das wird sich nicht verhindern lassen. Aber du weißt ja, da wächst Gras drüber. Du kommst jetzt erst einmal ins Krankenhaus. Da richten sie dir dein Bein. Und wenn du dann nach Hause kommst, hast du einen wunderschönen Gips und bist eine Heldin. Du wirst sehen, alle Leuten werden nur froh und dankbar sein, dass du am Leben bist."

„Glaubst du, meine Mutter wird sich darüber freuen?" Sie fragte es leise, mit trauriger und dennoch entschlossener Stimme.

„Wie kannst du so etwas sagen! Sie ist fast verrückt vor Sorge um dich. Sie liebt dich doch!"

„Ich weiß nicht..."

Er wartete. Es schien ihm, als hinge der Gedanke in der Luft und würde verwehen, wenn er sie drängte weiter zu sprechen.

„Ich denke oft, sie wäre froh, wenn es mich nicht gäbe. Manchmal hasst sie mich. So wie meinen Vater, den hat sie auch gehasst!"

„Weißt du, die Gefühle von Erwachsenen sind manchmal nicht leicht zu verstehen. Etwas sieht oft so aus, als wäre es etwas anderes. Deine Mutter hat mit deinem Vater große Probleme gehabt, aber sie hat ihn auch geliebt. Später einmal wirst du merken, dass man sehr verschiedene Gefühle für ein und dieselbe Person haben kann."

„Manchmal ist es so schwierig. Und dann ist es manchmal auch einfach. Bei dir weiß ich, dass du uns magst, und wenn wir Hilfe brauchen, bist du für uns da. Meine Mutter und du, ihr streitet auch manchmal, aber ich weiß immer, dass du sie ...“, sie verstummte.

„...liebst?“, ergänzte er vorsichtig. Edith nickte.

Steven spürte, wie er rot wurde. „Ja, das ist so. Aber wahrscheinlich bin ich auch ein einfacher Mensch. Leicht zu durchschauen. Bei deiner Mutter ist das nicht so. Sie rastet manchmal aus und tut und sagt Dinge, die sie gar nicht so meint. Das kennst du doch an ihr?“

Er schämte sich, als missbrauche er ihre Schwäche, um sie auszuhorchen.

„Ja. Sie ist...“ Die Stimme des Kindes verklang in einem Aufschluchzen. Er hielt sie fest und streichelte sie unbeholfen, während das Unglück der Erinnerung sie übermannte.

„Ich dachte, jetzt schlägt sie mich tot! Deshalb bin ich weggerannt!“

Steven hielt seine Stimme mit Mühe gefasst: „Sie hat dich geschlagen und deshalb bist du weggelaufen?“ Er spürte das Nicken des Kindes an seiner Schulter. „Warum?“

„Ich habe etwas zu ihr gesagt, was sie geärgert hat.“

„Das muss aber schon etwas sehr Schlimmes gewesen sein...“ Er kam sich entsetzlich onkelhaft vor, aber es fiel ihm nichts Besseres ein.

Edith hob den Kopf und sah ihm direkt in die Augen. Unter ihrem dunklen forschenden Blick fühlte er sich, als vertauschten sie ihre Altersbeziehung, als wäre er das unwissende Kind, und sie trüge die ganze Schwere der Erfahrungen. „Wusstest du, dass mein Vater auch der Vater von Donnas Baby ist?“

„Ja, ich habe so etwas gehört. Du weißt, wie im Dorf geredet wird."

Edith nickte: „Selbst du wusstest es. Alle wussten es. Meine Mutter wusste es nicht!"

„Und du hast es ihr gesagt?"

„Hmm."

„Warum?"

Er erhielt keine Antwort, nur das Summen des Windes, der über sie strich, in dem er mit wachsender Ungeduld auf das Geräusch des sich nährenden Hubschraubers horchte. Wo nur James und David blieben? Es konnte doch nicht so lange dauern?

Er wusste nicht, was er sagen oder tun sollte. In seiner Familie war es niemals so dramatisch zugegangen, und es hatte auch keine Gewalttätigkeiten gegeben, vor denen Kinder hätten davonlaufen müssen. Oder täuschte ihn die Erinnerung, weil die eigene Familie stets etwas ist, was einem als das Normale erscheint? Wann hatte er begriffen, dass andere Menschen anders lebten und anders miteinander umgingen als seine Eltern und er?

Er erinnerte sich, als kleiner Junge einmal miterlebt zu haben, wie sein bester Freund von seinem Vater verprügelt worden war. Das Kind flog hin und her durch den Raum, während Stöcke auf ihm zu Kleinholz zerschlagen wurden. Er stand dabei, hilflos in eine Ecke gedrückt und wusste vor Entsetzen nicht, was er tun sollte. Der Albdruck war ihm während seiner ganzen Kindheit geblieben. Es hatte lange Jahre gedauert, bis er seinen Freund endlich darauf ansprechen konnte. Und der hatte nur gelacht, mit einer Art von Stolz auf die Brutalität seines Vaters und auf seine eigenes Durchhaltevermögen.

„Prügel schaden keinem!", hatte sein Freund geprahlt. Aber da war er eigentlich schon nicht mehr sein Freund gewesen und Steven hatte es nur noch nicht begriffen. Was wohl aus ihm geworden war?

Das Kind murmelte etwas, was er nicht verstand. Selbst, dass sie sprach, hatte er zunächst gar nicht bemerkt, weil seine Gedanken davongeflogen waren. Er beugte den Kopf, um sie besser zu hören: Satzfetzen, in denen ihre Mutter und ihr Vater vorkamen.

„Was hast du gesagt?", flüsterte er in ihr Haar.

Sie befreite sich mit einem Ruck aus seinen Armen und schrie mit verzweifelter Kraft heraus: „Ich glaube, sie hat meinen Vater umgebracht! Ich wünschte, ich wäre tot!"

Kapitel 10

Steven saß an dem großen weißen Krankenhausbett. Sie hatten Edith bis zur Talsenke heruntergebracht, wo der Hubschrauber gewartet hatte. James hatte Steven mit einer Handbewegung aufgefordert, einzusteigen und mitzufliegen. Die Selbstverständlichkeit, mit der sie ihm die Rolle des Beschützers übertrugen, hatte ihn nur für einen Augenblick befangen gemacht. Der Hubschrauber hatte abgehoben, und für die nächsten zwanzig Minuten war er vor allem damit beschäftigt, sein aufkommende Schwindelgefühl zu bekämpfen.

Im Krankenhaus war alles sehr schnell und professionell abgelaufen. Steven fand sich in einen Warteraum abgeschoben, von dem aus er den Flur beobachten konnte. Ärzte und Schwestern eilten hin und her. Besucher bewegten sich vorsichtig dazwischen, um zu ihren Angehörigen zu gelangen.

Steven sah ab und zu auf die Uhr. Es war schon lange nach Mittag. Er hatte Hunger und vor allem Durst, wagte aber nicht, den Warteraum zu verlassen. Eine mitleidige Schwester brachte ihm schließlich einen Pappbecher Kaffee, dessen empfehlenswerteste Eigenschaft war, so heiß zu sein, dass er sich zunächst die Zunge verbrannte.

Als sie ihn endlich riefen, lag Edith bereits in diesem großen grauweißen Bett, in einem ebenso grauweißen Krankenhaushemd. Sie lag in einem der großen Säle, in denen acht Betten mit Vorhängen voneinander getrennt waren. Um sie herum war der Vorhang zugezogen, dass hieß, dass sie gerade behandelt wurde. Aber die Krankenschwester nickte ihm ermutigend zu, also schob er den Vorhang ein Stück zur Seite und betrat den Bereich.

Ediths Bein war in einem eindrucksvollen Verband ruhiggestellt. Auch hing sie an zahlreichen Geräten und hatte ein Tropf im Arm. Sie war noch nicht aus der Narkose erwacht und sah aus wie ein zur Erde getaumelter Engel, dem die Flügel abhandengekommen waren, dachte Steven gerührt.

„Wie geht es ihr?“, fragte er flüsternd.

„Sie können ruhig normal sprechen. Sie schläft fest und wird das noch einige Zeit tun“, beruhigte ihn die junge Ärztin, die neben dem Bett stand. „Das Bein hat es ziemlich schlimm erwischt. Wir haben es gerichtet und genagelt. In ein paar Tagen, wenn alles gut geht, bekommt sie einen Gips und dann kann sie vorläufig nach Hause. Es wird einige Zeit dauern, aber es wird sich ausheilen. Was ihren Allgemeinzustand betrifft, müssen wir abwarten, ob die leichte Unterkühlung Folgen zeigt. Vielleicht bekommt sie einen kräftigen Schnupfen.“ Sie lachte und Steven lächelte höflich mit.

„Machen Sie sich nicht allzu viele Sorgen! Ihre Tochter ist jung und kerngesund. Die kommt schneller auf die Beine, als Sie denken. Und sie ist clever! Wussten Sie, dass sie sich Wasser aus dem Moos in den Mund getropft hat, als sie Durst hatte? Sie hat es mir erzählt, bevor sie einschlief. Oft ist ja in solchen Fällen der Flüssigkeitsverlust das größte Problem, aber sie ist offenbar mit dem Leben in den Bergen sehr vertraut.“

„Ja, das ist sie.“

Es entstand eine kleine Pause, dann fuhr er fort: „Ich hatte nicht daran gedacht. Wir waren alle so erleichtert, dass wir sie überhaupt lebend gefunden haben.“

Die Ärztin nickte verständnisvoll: „In solchen Momenten hat man anderes im Kopf.“

Dann fiel ihm ein, was er eigentlich sagen wollte: „Und sie ist auch nicht meine Tochter, leider...“ Aber bevor er den Satz richtig zu Ende bringen konnte, hatte sich die Ärztin schon abgewandt, weil ihr Piepser sie zum nächsten Einsatz rief.

Susan war eine Stunde später eingetroffen. Steven hatte den Raum leise verlassen, um Mutter und Kind nicht zu stören, denn Edith hatte genau in dem Moment die Augen geöffnet, als draußen die eiligen Schritte ihrer Mutter zu hören waren. Dann tauchte Susan in der Tür auf. Er hörte noch, wie das Kind leise „Mami!“ rief, und sah die junge Frau sich über das Bett beugen, dann schlich er sich auf den Flur hinaus.

Er wartete in der Nähe der Zentralinsel, an der Ärzte, Krankenschwestern und Patienten sich geschäftig trafen. Eine Krankenschwester schob einen Wagen mit Medikamenten und Verbandszeug in den Saal, in dem auch Edith lag. Zwei Männer gingen an ihm vorbei, beide in grauen Mänteln und mit grauen Gesichtern, in ein leise sorgenvolles Gespräch vertieft. Eine junge Frau, mit zwei kleinen Kindern, eines an der Hand und eines auf dem Arm, eilte den Gang entlang. Der Junge schleifte widerwillig einen Blumenstrauß hinter sich her und wurde alle drei Schritte aufs Neue ermahnt, die Blumen doch bitte vernünftig zu halten.

Steven entdeckte die junge Ärztin, die er an Ediths Bett angetroffen hatte, an der zentralen Insel. Sie hielt einen Becher, aus dem es dampfte, in der Hand und machte offensichtlich eine kleine Pause. Er sprach sie trotzdem vorsichtig an. Hatte Ediths Mutter schon mit ihr gesprochen? Nein, sie war gerade erst von einem anderen Patienten zurückgekommen. Sie gingen zusammen zu Ediths Bett zurück.

„Susan, das ist die Ärztin, die Edith versorgt hat."

Susan sah auf. Sie hatte Ediths Hände in den ihren gehalten, während das Kind wieder eingeschlafen war. Jetzt zog sie sie vorsichtig zurück, stand auf und begrüßte die Ärztin mit einem kleinen erschöpften Lächeln. Sie hörte schweigend an, was diese ihr zu sagen hatte, dabei wanderte ihr Blick immer wieder zu ihrem Kind zurück. Steven war nicht sicher, wieviel sie wirklich mitbekam. Die Ärztin legte ihr schließlich die Hand auf den Arm und sagte mitleidig: „Sie sind ja völlig fertig! Kein Wunder! Ihr Mann hat mir schon erzählt, was passiert ist. Sie müssen beide außer sich vor Sorgen gewesen sein. Aber glauben Sie mir, jetzt kommt alles in Ordnung. In ein paar Tagen können Sie Ihr Kind wieder nach Hause holen. Sie sollten jetzt erst selbst einmal ein bisschen ausruhen!"

Susan machte eine abwehrende Geste.

„Doch, doch!", fuhr die Ärztin fort. „Ich bin sicher, Edith schläft jetzt erst einmal bis morgen früh. Wir haben sie ruhiggestellt. Und sie ist ja unter dauernder Beobachtung, falls sie doch zwischendurch aufwachen sollte. Nehmen Sie sich doch in der Stadt ein Zimmer und versuchen Sie, zur Ruhe zu kommen. Das ist auch für Ihre Tochter das Beste, wenn Sie morgen wieder frisch sind. Und essen Sie etwas! Ich bin sicher, Sie haben beide das Essen völlig vergessen."

Der Piepser ertönte. Die Ärztin drückte ihr hastig die Hand und rief noch im Hinausgehen: „Bis morgen, dann!", als Susan endlich den Mund aufbekam: „Er ist nicht ihr Vater...", murmelte sie in Richtung der Tür, durch die die Ärztin bereits verschwunden war.

„Was tust Du eigentlich hier?" Susan schien Stevens Anwesenheit jetzt erst richtig zu bemerken.

„Ich bin mit dem Hubschrauber mitgeflogen. Es schien das naheliegendste zu sein..."

„Hast du sie gefunden?"

Susans Blick und ihre Aufmerksamkeit wanderten wieder davon, so als frage sie nur mit mildem Interesse.

„Ja. Zumindest war ich einer von zweien. Ich bin bei ihr geblieben, während der andere den Hubschrauber gerufen hat."

„War sie ...okay?"

„Sie war bei Bewusstsein. Sie hatte natürlich starke Schmerzen. Aber sonst war sie ganz in Ordnung."

„Hat sie was gesagt?"

„Sie war sehr verstört. Und natürlich hatte sie große Angst. Sie hat vor allem wissen wollen, wo du bist. Und sie wollte eigentlich nur zu dir."

„Das war alles?"

Steven wusste nicht, was er sagen sollte. Er fühlte durchaus eine gewisse Berechtigung, sich einzumischen, aber jetzt war nicht der richtige Moment. Er würde mit Susan sprechen, wenn sie wieder ganz sie selbst war und nicht diese Schattengestalt, die sich mühte, ihm in die Augen zu sehen und misstrauisch darin zu lesen, was er ihr verschwieg, deren Aufmerksamkeit jedoch sofort wieder davon driftete.

„Ich denke, die Ärztin hat recht. Du solltest etwas essen und dich ausruhen."

Susan schüttelte den Kopf und setzte sich wieder an das Bett ihrer Tochter.

„Susan!?"

„Lass mich in Ruhe!"

Er fühlte sich verletzt. Und todmüde. Und das zusammen machte ihn schnippisch: „Möchtest du lieber allein sein? Ich kann draußen warten. Oder ich kann auch gehen."

„Nein!" Es klang fast wie ein Hilfeschrei.

Steven, der bereits in der Tür stand, wandte sich überrascht um. Susan saß da über ihre Tochter gebeugt und Tränen tropften auf die schlaffe Hand, die sie in den ihren hielt.

„Bleib doch! Lass mich nicht allein!"

Helligkeit drang durch den Spalt zwischen den Vorhängen. Steven drehte sich vorsichtig auf die rechte Seite, um Susan nicht zu stören und sah auf die Uhr, die auf dem Nachttisch lag. Es war kurz vor fünf. Er musste also doch eingeschlafen sein, obwohl er sich fühlte, als hätte er die ganze Nacht kein Auge zugetan. Er hörte Susans ruhigen Atem neben sich und fragte sich, ob sie tatsächlich schlief oder ob sie sich schlafend stellte.

Hundertmal hatte er sich in all den Jahren vorgestellt, wie das sein würde, wenn er und Susan endlich zueinanderfinden würden. Nichts hatte ihn jedoch auf dieses erste Mal vorbereitet.

Aber nun waren sie hier, obwohl man von Liebe kaum reden konnte. Jedenfalls war Susan nicht in ihn verliebt, dachte er bitter. Sie hatte ihn nur benutzt. Die ungeheure emotionale Anspannung, die in den letzten Tagen auf ihr gelastet hatte, hatte sich in einem leidenschaftlichen Akt Luft gemacht, der nichts mit Liebe und schon gar nichts mit ihm zu tun hatte. Sie hatte ihn ohne jede Andeutung von Zärtlichkeit herausgefordert, ihr diese Erleichterung zu verschaffen, und es hatte ihn zunächst so schockiert, dass er fürchtete, überhaupt nicht in der Lage zu sein, ihren Wünschen zu entsprechen. Sie hatte sich an ihn geklammert, wie eine Ertrinkende, hatte gleichzeitig geweint und gelacht, hatte sich hin und her geworfen und ihm ihre Wünsche aufgezwungen, bis sie beide sich erschöpft hatten.

Als es dann vorbei war, hatte sie sich von ihm abgewandt und sich auf ihrer Seite des Bettes zusammengerollt. Sie hatte sich kaum gerührt, nur ihr tiefes Atmen hatte er durch die Nacht verfolgen können.

Er spürte die Wärme ihres Körpers in seinem Rücken. Vorsichtig verlagerte er sein Gewicht, sodass er sie berührte und ihre Haut spüren konnte. Ihre Wärme sandte Blitzschläge, die ihn bis in die Fußspitzen durchliefen. Mit Beschämung spürte er, wie sein Körper augenblicklich darauf reagierte. Er war es nicht gewöhnt, von einer solchen physischen Begierde überwältigt zu werden.

Liebe, so wie er sie sich vorstellte, bestand vor allem aus einem tiefen emotionalen Zusammengehörigkeitsgefühl und erst in zweiter Linie aus einem gewissen erotischen Interesse. Wenn er liebte, dann wollte er beteiligt sein und wahrgenommen werden.

In dieser Nacht hätte es jeder getan, ging ihm durch den Kopf. Jeder, außer Jeremy! Eine Woge heißer Eifersucht, die er jahrelang nicht zugelassen hatte, überschwemmte ihn. Jeremy! Der hätte sich niemals so benutzen lassen. Ihn hätte Susan nur zu seinen eigenen Bedingungen haben können, und das hieß, er wäre in jedem Fall Herr der Situation geblieben und hätte nicht, wie er, Steven, völlig den Kopf verloren und sich zu Dingen hinreißen lassen, die ihn jetzt mit tiefer Scham erfüllten.

Aber Jeremy war tot! Gestorben eines Nachts in der kalten, wilden See. Ertrunken! War es wirklich ein Unfall gewesen? Edith hatte herausgeschrien, ihre Mutter hätte ihren Vater umgebracht! Könnte Susan so etwas getan haben? Er erschrak über die Gelassenheit, mit der er sich eingestand: Ja, das könnte sie! Sicher nicht kaltblütig geplant, aber in einem Anfall von wildem Zorn wäre es durchaus möglich gewesen.

Wenn sie mit ihm ins Boot gestiegen wäre? Weil ein Versprechen in der Luft lag, das einzuhalten er doch nicht bereit gewesen wäre? Ein Stoß, vielleicht nur, um sich gegen ihn zur Wehr zu setzen und dann das zusammenschlagende Wasser über dem großen, schweren Mann. Es war stürmisch in dieser Nacht und die Wellen schlugen hoch. Aber wieso sollte sie ausgerechnet in dieser Nacht mit Jeremy im Boot draußen gewesen sein?

Und was war mit ihrer Schwester Donna? Ihr Mann, Julian Barnes, war schließlich verrückt genug gewesen, sein Heim und seine Familie zu zerstören. Und es gab viele Zeugen dafür, dass es unmittelbar vor Jeremys Verschwinden einen heftigen Streit zwischen den beiden gegeben hatte. Julian hatte offensichtlich ein Motiv, aber hatte er auch eine Gelegenheit? Die Männer hatten es für ausgeschlossen gehalten, dass Jeremy Julian in seinem Boot mitgenommen haben könnte. Und Julian selbst hatte kein Boot. Aber war es nicht denkbar, dass Julian Jeremy aufgelauert hatte, ihn niedergeschlagen und ins Boot gezerrt hatte, dann mit ihm rausgerudert war und ihn über Bord geworfen hatte. Natürlich gehörte dazu enorme Kraft und eine Menge Mut, aber Julians Verzweiflung mochte seine Kräfte ja beflügelt haben.

Und da war immer noch Norma! Die von Jeremys Tod am meisten zu profitieren hatte! War es nicht wahrscheinlicher, dass Jeremy in dieser stürmischen Nacht ihren Sohn Donnie mitgenommen hatte, vor allem, wenn er zum Fischestehlen aufbrach. Und nur Donnie hatte angeblich gesehen, dass Jeremy allein unterwegs war.

Und dann war da noch diese seltsame Sache mit dem Boot! Wieso war das Boot so unbeschädigt? Selbst die Ruder waren noch da. Wenn Jeremy mit dem Boot gekentert war, war dann nicht zu erwarten, dass wenigstens ein Ruder, wenn nicht alle beide, dabei ebenfalls im Wasser gelandet und von der Strömung davongetragen worden wären? Aber alles, was er gehört hatte, war, dass das Boot auf der dem Dorf abgewandten Seite der Insel gefunden wurde. Niemand hatte etwas von fehlenden Rudern gesagt oder davon, dass das Boot ruderlos im Wasser getrieben hätten. Und nun steckten die Ruder jedenfalls unbeschädigt in ihren Holmen und das Boot lag ordentlich vertäut am Strand.

Der Körper in seinem Rücken bewegte sich. Das Atmen wurde kürzer und heftiger. Er hörte ein Seufzen und dann einen seltsamen Laut, der wie das Wimmern eines erschreckten Kindes klang. Vorsichtig drehte er sich um und sah in Susans weit aufgerissene Augen, die ihn anstarrten, ohne ihn zu erkennen.

Er versuchte es mit einem vorsichtigen Lächeln. Die Angst in ihren Augen wich dem Zorn. „Was, zum Teufel, machst du hier?“, rief sie aus. Sie war mit einem Sprung aus dem Bett heraus, wobei sie die dünne Decke mit sich riss und sich hastig darin einwickelte. Steven griff hastig nach einem Kissen und bedeckte seinen Unterleib. Er kam sich ausgesprochen lächerlich vor.

„Ich bin hier auf deine ganz spezielle Einladung hin! Du wolltest gestern Abend auf keinen Fall allein sein.“

„Und du hast die Situation natürlich sofort ausgenutzt!“

„So würde ich das nun nicht gerade ausdrücken, Susan!“

Sie schien ihn nicht zu hören, denn sie tobte weiter: „Als ob das nicht typisch ist! Und ich blöde Kuh dachte immer, du seist anders. Nur wegen dem bisschen Bildungstünche! Aber wenn es dahin kommt, seid ihr alle gleich! Männer!“

„Verdammt noch mal!“, er sprang ebenfalls aus dem Bett. Das Kissen flog dabei herunter, aber das war ihm jetzt egal. Er packte sie bei den Schultern und schüttelte sie.

„Spinnst du jetzt vollkommen? Ich bin mit dir gegangen, weil du es so wolltest! Ich habe nicht mit dir schlafen wollen, jedenfalls nicht unter diesen Umständen. Aber du hast keine Ruhe gegeben! Möglicherweise hat es dich ja entlastet. Aber für mich war es noch nicht einmal schön! Es war vielleicht mein Fehler, mich darauf einzulassen. Aber ich war es nicht, der die Situation ausgenützt hat."

Susan befreite sich aus seinen Händen und fauchte ihn an: „Fass mich nicht an, du Mistkerl!"

Er schlug zu, ehe er es noch richtig fassen konnte. Er hatte in seinem ganzen Leben noch keine Frau geschlagen. Ja, seit den kleinen Rangeleien seiner Kindertage hatte er niemals auch nur den geringsten Impuls verspürt, gegen andere körperlich vorzugehen.

Und nun schlug er die Frau, die er liebte! Schlug sie einmal rechts und links ins Gesicht. Nicht, um sie zur Vernunft zu bringen, wie man es bei Hysterischen tut, sondern weil er ihr wissentlich und absichtlich wehtun wollte. Jetzt wollte er sich nur noch rächen für die Zurückweisungen, die sie ihm immer wieder angetan hatte, für das Benutzen und das Wegwerfen, wenn sein Nutzen erschöpft war, für ihr Leugnen ihrer eigenen Verantwortung für das was geschehen war, und er fühlte sich dabei, als träfe jeder Schlag ihn selbst.

Es war vorbei, und es schien eine Ewigkeit vergangen zu sein, als sie langsam das Gesicht zu ihm aufhob und ihn mit leeren Augen ansah: „Warum hast du das getan?"

„Ich weiß es nicht." Das war die Wahrheit. Er fühlte nichts mehr außer dem Schock, und er konnte sich nicht erinnern, jemals etwas anderes gefühlt zu haben.

„Was willst du eigentlich von mir?", fragte sie langsam und betont, so als spräche sie zu einem geistig Zurückgebliebenen.

„Dass du mich wenigstens siehst. Du nimmst mich und du wirfst mich weg, wie es dir gerade passt. Und tust hinterher so, als ob du nichts damit zu tun hättest."

Sie schüttelte den Kopf, als wäre dies ein weiteres Zeichen kindischer Unvernunft. „Ich habe gestern beinah meine Tochter verloren. Wie kannst du erwarten, dass es mich irgendwie interessiert, wie du dich fühlst?“ Sie sagte es fast geduldig.

„Ich frage mich, ob es dich je interessiert hat. Meine Gefühle oder die Gefühle anderer Menschen. Du sagst, du hättest fast deine Tochter verloren. Aber du sagst nichts darüber, warum du sie fast verloren hättest!“

„Wage es nicht, meine Tochter als Zeugin gegen mich zu benützen!“

Da war wieder die volle kämpferische Härte in ihrer Stimme. Steven wandte sich ab und begann seine Sachen zusammenzusuchen, um sich anzuziehen. Aber es half nichts. Auch in dem warmen Pullover zitterte er immer noch vor einer Kälte, die sich zwischen ihnen im Raum ausbreitete. Er sah zu ihr hinüber, die immer noch unbeweglich, in die Decke gehüllt dastand und ihm zusah. „Deine Tochter ist davongelaufen, weil du sie geschlagen hast. Stimmt das?“

„Das ist noch lange kein Grund davonzulaufen“, beantwortete sie seine Frage indirekt. „Du hast mich geschlagen und ich bin auch nicht davongelaufen.“

„Sie ist ein Kind, Susan!“

„Ein Grund mehr, die Nerven zu verlieren. Wenn du Kinder hättest, wüsstest du das!“

„Und was hat sie getan, dass du so die Nerven verloren hast?“

„Das geht dich nichts an!“

„Verdammt noch mal! Ich habe sie gefunden! Sie hat sich an mir festgeklammert! Ich bin mit ihr hierhin geflogen, weil jeder der Ansicht war, ich hätte so etwas wie eine Verantwortung für sie. Einschließlich ihr selbst!“

„Sie hat es dir also erzählt?“

„Ja, sie hat es mir erzählt.“

„Dass sie mir an den Kopf geworfen hat, dass dieser Mistkerl auch noch der Vater von Donnas Baby ist?“

„Wenn du von Jeremy sprichst, ja. Sie hat gedacht, du wüsstest es, weil anscheinend jeder es weiß.“

„Hast du es gewusst?“

„Ich habe davon gehört.“

„Wann?“

„Auf der Beerdigung.“

„Da war es schon bekannt?“

Steven zuckte mit den Schultern. „Jeremy selbst scheint kein großes Geheimnis daraus gemacht zu haben.“

Susan sank auf das Bett und begann zu weinen. Sie weinte hemmungslos und ausdauernd wie ein Kind. Steven spürte mit Erstaunen, dass es ihn kalt ließ. Er ging zum Fenster und sah eine Weile hinaus. Die Katze, die vorsichtig ihren Weg über den kleinen Hinterhof suchte, fesselte ihn mehr, als das Schluchzen in seinem Rücken.

„Das Schwein! Dieses Schwein!“, hörte er sie in die Kissen stöhnen. „Ich hätte ihn wirklich umbringen sollen!“

„Deine Tochter meint, du hättest es getan!“

Die Worte fielen wie Steine in einen Teich und ihre Wirkung breitete sich langsam im Raum aus. Susan hob den Kopf aus dem Kissen und starrte ihn an: „Meine Tochter sagt das?“ Steven nickte.

„Wie kann sie nur...?“

„Ich weiß nicht. Vielleicht hat sie Gründe?“

„Ich habe ihn nicht umgebracht!“

„Du scheinst öffentlich damit gedroht zu haben!“

„Ja, aber das war doch nur, damit der seine Finger von ihr lässt!“

„Von Samantha?“

„Wieso Samantha?“

„Hast du das vergessen? Die Frau aus Glasgow. Von der Behörde..., mit der Jeremy ein Verhältnis hatte, als er starb.“

„Ach, die! Das war doch nur eines von seinen Flittchen!“

„Von wem sollte er dann die Finger lassen?“, drängte er. Und ohne nachzudenken spie Susan ihm die Antwort vor die Füße: „Von Edith natürlich! Von seiner eigenen Tochter!“

Er spürte einen durchdringenden Schmerz, so als hätte er einen wuchtigen Schlag in den Unterleib erhalten: „Du willst sagen...? Das kann doch nicht sein?“

Susan lachte höhnisch auf: „Das kann doch nicht sein, dass dein feiner Freund seine eigene Tochter vögeln wollte, denkst du? Du hast noch viel zu lernen!“

„Hat er sich wirklich an ihr vergangen?“

„Nein, das hat er nicht. Weil Edith Angst vor ihm hatte und weil ich rechtzeitig dazu gekommen bin! Nur deshalb ist dieses Mal nichts passiert! Aber du glaubst doch nicht, dass ihn das davon abgehalten hätte, es wieder zu versuchen! Deshalb habe ich ihn vor allen Leuten angeschrien, dass ich ihn umbringe, wenn ich ihn noch einmal in ihrer Nähe erwische! Und dieses eine Mal hat er mir geglaubt!“

„Und kurz darauf war er tot! Und selbst dein eigenes Kind glaubt, dass du deine Drohung wahr gemacht hast!"

„Und was glaubst du?“

„Ehrlich gesagt, ich weiß es nicht. Du bist wunderschön und du hast so viele gute Seiten. Aber wenn du die Nerven verlierst, dann bringst du es fertig, schreckliche Dinge zu tun und zu sagen. Du weißt, ich habe das schon miterlebt. Die Geschichte mit dem Messer damals. Und Edith sah nicht so aus, als hättest du ihr nur gerade einmal eine Ohrfeige gegeben. Ich unterstelle dir nicht, dass du Jeremy mit Absicht und Vorbedacht getötet hast. Aber dass du auf ihn losgehst, und er über Bord fällt... das kann ich mir schon vorstellen."

Sie starrte ihn fassungslos an: „Ich dachte, du liebst mich?"

„Das tue ich auch. Aber selbst, wenn ich dich liebe, bin ich doch nicht blind. Ich weiß, was du anrichten kannst."

Sie wurde immer aufgebrachter: „Und wie soll ich deiner Meinung nach ins Boot gekommen sein?"

„Ich weiß es nicht. Aber es hat Zeiten gegeben, da brauchte Jeremy nur zu pfeifen, und du bist mit ihm gegangen, wohin er wollte."

„Auch nachts, auch in sein Boot?" Sie klang nun wirklich verzweifelt. Sie hatte begriffen, dass es ihm ernst war.

„Auch nachts, auch in sein Boot", sagte er bitter. „Aber vielleicht hat er dich gar nicht aufgefordert, mitzukommen. Vielleicht hat er dich noch nicht einmal gesehen. Er geht im Dunklen zu seinem Boot. Das Wetter ist schlecht und außer ihm ist niemand unterwegs. Du wartest im Dunkeln auf ihn, bis er sich über das Boot beugt. Dann schlägst du ihm mit dem Ruder über den Kopf. Er ist bewusstlos. Du zerrst ihn ins Boot. Ruderst hinaus. Und dann noch eine kleine Anstrengung, und er verschwindet im Wasser. Oder Ihr trefft Euch, streitet, du gibst ihm einen Stoß, er fällt auf einen Stein und verliert das Bewusstsein. Es gibt so viele Möglichkeiten."

„Aber er war doch gar nicht allein da draußen!", rief sie voller Verzweiflung.

„Was sagst du?"

Sie schlug sich die Hände vor den Mund.

„Susan?"

Sie antwortete nicht. Er nahm sie bei den Schultern und drehte sie zu sich. Sie schüttelte heftig den Kopf. Er zog ihr gewaltsam die Hände vom Mund. Sie presste krampfhaft die Lippen zusammen.

„Susan, sieh mich an!“

Anstatt ihn anzusehen, presste sie nun auch noch die Augen zu und versuchte, ihre Hände zu befreien. Sie rangen stumm miteinander, bis Steven es schaffte, sie an sich zu pressen und ihre Hände hinter ihrem Rücken eisern zu umklammern. „Es war jemand bei Jeremy?“

„Ich sage nichts!“ Sie stieß es zwischen zusammengepressten Zähnen hervor.

Er ließ sie los. Sie öffnete die Augen, aber sie sah ihn nicht an. Sie rieb ihre Handgelenke.

„Woher weißt du das?“

Sie sah angestrengt zum Fenster hinüber. „Das weiß doch jeder!“, sagte sie schließlich.

„Ich wusste es nicht!“

„Nein. So, wie ich nicht wusste, dass Jeremy es auch mit meiner Schwester getrieben hat. Das ist halt ein Pech, dass man einfach nicht alles wissen kann!“ Sie klang höhnisch, dabei liefen ihr wieder Tränen über die Wangen. „Und im Übrigen, geht es dich auch nichts an! Du gehörst nicht zu uns! Wir kümmern uns um unsere eigenen Angelegenheiten. Wir brauchen keine Einmischung von Klugscheißern wie dir.“

„Jeremy ist also tatsächlich umgebracht worden?“

„Nein!“, sie fuhr herum. „Das ist er nicht! Es war ein Unfall! Niemand sagt etwas anderes!“

„Und was sagen die Leute sonst noch?“

„Es wird nicht mehr darüber geredet! Und das ist auch gut so. Schließlich sind das alles nur Gerüchte. Du weißt genau, wie solche Dinge herumgehen. Ich weiß nichts und ich habe auch nichts gesagt!“

„Susan, ich kann einfach nicht glauben, dass du sogar ein Verbrechen decken würdest, nur weil euer merkwürdiger Kodex sagt, dass ihr die Dinge unter euch abmacht!"

„Natürlich nicht! Aber es war kein Verbrechen! Ich war nicht dabei, und ich habe nichts gesehen. Ich habe nur Dinge gehört, die vielleicht stimmen, aber vielleicht auch nicht."

„Bist du nie auf die Idee gekommen, dass die Polizei das am besten aufklären könnte?"

„Die Polizei? Die würden mich auslachen, und mit Recht. Aber die Leute im Dorf würden nicht lachen, wenn einer von uns zur Polizei ginge! Und das sind die Leute, mit denen ich weiterleben muss."

Dass die Leute im Krankenhaus einfach nicht begreifen wollten, dass er nicht Ediths Vater war! Die Ärztin und die Schwestern bezogen ihn mit ein, ihn, der doch eigentlich nur auf Susan wartete, denn der tägliche Bus war schon abgefahren, und er hatte keine Lust, eine weitere Nacht in der Stadt zu bleiben. Erstaunlicherweise hatte sie sofort zugestimmt, als er sie vorsichtig fragte, ob sie ihn im Auto mit zurücknehmen würde.

„Aber das ist doch das Geringste, was ich für dich tun kann! Es ist auch netter für mich. Dann muss ich nicht allein fahren", sagte sie freundlich, als wären die letzten Stunden nie gewesen.

Er hatte Susan mit ihrer Tochter allein gelassen und hatte, da er nun schon einmal in der Stadt war, den Rechtsanwalt aufgesucht. Mr. Melrose empfing ihn nach einer kurzen Wartezeit, und falls er erstaunt war über Stevens seltsamen Aufzug, der kaum in die altertümliche, gepflegte Umgebung einer städtischen Rechtsanwaltskanzlei passte, so zeigte er es nicht.

„Nett, dass Sie vorbeischauen. Was kann ich für Sie tun?"

„Ich wollte mich nur erkundigen, wie es mit der Auflösung der Edinburgher Wohnung vorangeht."

„Oh, ja, die Wohnung." Mr. Melrose hüstelte ein wenig. „Ich war dort und habe eine Besichtigung vorgenommen. Ich habe Miss Cameron noch angetroffen. Eine... ähm... recht aparte und clevere Person. Wir sind übereingekommen, dass sie im Auftrag unserer Firma die Wohnungsauflösung vornimmt und den Möbelverkauf vorbereitet. Sie bringt dazu wohl die richtigen Voraussetzungen mit."

„Das kann man wohl sagen. Sie hat sie ja auch gemietet und eingerichtet. Aber fürchten Sie nicht, den Bock zum Gärtner gemacht zu haben."

„Sie meinen, ob ihr zu trauen ist? Nun ich hatte ja Ihre Aufstellung. Ich habe zusammen mit Miss Cameron eine gründliche Inventur vorgenommen und bin im Besitz von Kopien der Quittungen für die größeren Anschaffungen. Allerdings halte ich sie in der Tat für eine vertrauenswürdige Person. Aber selbst, wenn ich mich getäuscht haben sollte, sehe ich nicht, welchen Schaden sie noch anrichten könnte."

Steven betrachtete den Rechtsanwalt nachdenklich. Hatte Samantha ihre Reize ein bisschen spielen lassen? Täuschte er sich, oder war Melrose tatsächlich sanft errötet, wenn man so etwas von einen Herrn in den besten Jahren sagen konnte? Nun, es ging ihn im Grunde nichts mehr an. Sollte Melrose doch sehen, wie er mit ihr zurechtkam.

Er wollte aufstehen und sich verabschieden, als der Rechtsanwalt ihn mit einer Geste zurückhielt. „Interessiert Sie nicht, was aus der Erbschaft des Verstorbenen geworden ist?"

„Doch, natürlich." Steven setzte sich wieder. „Gibt es etwas Neues?"

„Nun, nachdem Sie offiziell abgelehnt hatten, waren wir ja verpflichtet nach den gesetzlichen Erben zu suchen. Und wir haben in der Tat die Familie von Mr. Richardson gefunden."

„Eltern oder Geschwister?"

„Oh, nein. Seine Frau und seinen Sohn."

„Jeremy war verheiratet?"

„Jawohl. Er scheint recht frühreif gewesen zu sein. Er hat mit 19 Jahren eine Maureen O´Connell geheiratet, kurz nachdem der Sohn Sean geboren wurde, der jetzt ein junger Mann von 24 Jahren ist. Mrs. Richardson und der Sohn leben jetzt in Irland, woher sie ursprünglich stammte. Getroffen haben sie sich in Glasgow. Sie war auf der Suche nach Arbeit nach Schottland gekommen. Hatte wohl Verwandte dort."

„Sind sie geschieden?"

„Nein. Ihr Freund Jeremy hat sich eines Tages, nicht lange nach der Hochzeit, einfach aus dem Staub gemacht. Offensichtlich war das Eheleben nichts für ihn, und als seine Frau zum zweiten Mal schwanger wurde, hat er die Flucht ergriffen. Maureen hatte kurz danach eine Fehlgeburt. Ob aus Kummer oder weil ihr Mann sie zum Abschied noch einmal fürchterlich verprügelt hat, weiß ich nicht."

„Mein Gott!"

„Ja, sie ist nicht gut auf ihn zu sprechen. Allerdings glaube ich, dass das Schlimmste für sie war, dass sie sich nicht von ihm scheiden lassen konnte, da sie nicht wusste, wo er steckte. Das, was sie jetzt am meisten interessiert hat, war der Totenschein, ehrlich gesagt."

„Und die Erbschaft?"

„Die haben sie und ihr Sohn natürlich ebenfalls abgelehnt. Das war ja nur vernünftig. Jetzt kann das Erbe für überschuldet erklärt werden. Es war ein erheblicher Aufwand für ein unbefriedigendes Ergebnis, aber wenigstens kann ich jetzt die Akten schließen. Das hat auch etwas für sich."

„Wie ist der Sohn?"

„Das Ebenbild seines Vaters, würde ich sagen. Ein ausgesprochen gutaussehender junger Mann. Über seinen Charakter weiß ich nichts. Dazu war mein Besuch zu kurz. Nur, dass er seinen Vater noch mehr hasst, als seine Mutter es tut, war nicht zu übersehen. Er scheint zumindest das Temperament seines Vaters geerbt zu haben."

„Sie können wohl nichts mit Jeremys Tod zu tun haben?"

„Da sie keine Ahnung hatten, wo er steckte, halte ich das für nahezu ausgeschlossen. Aber, sagen Sie einmal, haben Sie den Eindruck, mit Richardsons Unfall wäre am Ende nicht alles in Ordnung?"

„Ehrlich gesagt, ich weiß es nicht. Es scheint so zu sein, dass alle Leute im Tal etwas wissen, aber keiner sagt etwas."

„Was könnte das sein?"

„Von dem, was ich mitbekommen habe, scheint es so zu sein, als ob Jeremy nicht allein in dem Boot war. Aber es ist auch sehr deutlich, dass alle zu demjenigen halten, der möglicherweise dabei war."

„Das würde nicht der Fall sein, wenn Sean Richardson oder irgendein anderer Außenstehender der Schuldige wäre."

„Nein, Sie haben recht. Ich glaube, es ist wirklich eine ausgesprochen lokale Angelegenheit."

„Und haben Sie irgendeinen Verdacht?"

„Einen? Fünfundzwanzig! Nein, Spaß beiseite. Es gibt viele, die einen vielleicht sogar berechtigten Zorn auf Jeremy hatten. Immer wenn ich denke, ich habe etwas greifbar vor mir, verschwimmt es wieder und ein anderer Verdacht taucht auf."

„Es würde mich nicht erstaunen, wenn Sie recht hätten. Mir kam die ganze Geschichte von Anfang an seltsam vor. Passen Sie gut auf sich auf!"

„Warum?"

„Nun, es soll schon vorgekommen sein, dass ein Mensch, der einen anderen umgebracht hat, aus Angst vor Entdeckung auch noch einen zweiten tötet. Haben Sie nie daran gedacht, dass Sie für irgendjemanden gefährlich werden könnten, wenn Sie zu viel in Erfahrung bringen? Samantha, ich meine, Miss Cameron, zum Beispiel, ist der festen Überzeugung, dass Richardson umgebracht wurde. Deshalb würde sie auch unter keinen Umständen wieder einen Fuß nach Kinlochlever setzen. Sie hält wohl pauschal alle Bewohner des Tales für blutrünstige Wilde."

„Was natürlich völlig übertrieben ist!"

„Völlig! Aber ist es nicht seltsam, wie die alten Vorurteile über die Verhältnisse im westlichen Hochland immer noch in den Köpfen der Leute herumspuken? So, als seien die letzten Jahrhunderte Zivilisation nur eine dünne Tünche, hinter der immer noch die alten wilden Gesellen lauern."

„Ich bin im Grunde auch nur einer von diesen wilden Gesellen. Ich stamme ursprünglich von Stulay, müssen Sie wissen."

„Das glauben Sie! Ich meine, natürlich stammen Sie von der Insel, aber Sie hat die Gegenwart fest in ihren Krallen. Sie können sich vielleicht kleiden wie einer von der Westküste." Der Anwalt umfasste mit einer Geste Steven vom Pullover bis zu den derben Schuhen. „Aber im Grunde Ihres Herzens sind Sie ein von der Kultur verweichlichter Gelehrter aus Cambridge, der sich sein Leben ohne die neuen Techniken gar nicht mehr vorstellen kann, der sich als Weltbürger versteht und der viel zu sensibel ist für die rauen Sitten im Westen."

Auf dem Weg zum Krankenhaus versuchte Steven seine Gedanken zu ordnen. Es überraschte ihn nicht mehr, dass Jeremy auch noch irgendwo eine Familie im Stich gelassen hatte. Vielleicht würde er eines Tages versuchen, sie zu finden, um Jeremys Sohn kennenzulernen.

Aber er würde die Neuigkeit erst einmal für sich behalten. Er wollte Susans und Ediths Leben nicht noch dadurch belasten, dass sie sich mit der Existenz eines zweiten Halbbruders abfinden mussten, und der Tatsache, dass Jeremy bereits verheiratet war, als er seine Beziehung mit Susan begann. Ob Jeremy deshalb davor zurückgeschreckt war, ein zweites Mal zu heiraten, weil er noch nicht geschieden war? Steven konnte es sich kaum vorstellen. Falls Jeremy hätte wirklich heiraten wollen, hätte er es getan, Bigamie hin oder her.

Susan war wieder ganz die Alte, als er sie an Ediths Bett traf. Die schöne, sanfte Frau, die er kannte und verehrte. Eine Madonna, die sich zärtlich über ihr krankes Kind beugte und glücklich war, dass es dem schon so viel besser ging. Auch schien sie es nicht seltsam zu finden, dass er von allen als Ediths Vater angesprochen wurde. Es machte ihr sogar Spaß, und sie forderte ihn schließlich spöttisch auf, seiner „Tochter" einen Abschiedskuß zu geben. Er beugte sich über Edith und berührte sanft ihre Stirn mit seinen Lippen, als das Kind sich auf einmal aufrichtete, ihre Arme um ihn schlang und ihn kurz und fest an sich drückte.

Während der ersten Stunde der Rückfahrt wechselten sie kaum ein Wort. Aber es war kein Schweigen der Feindseligkeit, eher eines, dass die Erschöpfung eines Waffenstillstands in sich barg. Kurz bevor sie in ihr Tal abbogen, fragte Steven schließlich: „Wie wird es nun mit uns weitergehen?"

„Was meinst du?"

„Wie werden wir in Zukunft miteinander umgehen? Werden wir Freunde sein? Werden wir ‚miteinander gehen', wie sie hier sagen? Oder grüßen wir uns nur noch von Ferne, wenn wir uns auf der Straße begegnen?"

„Warum soll nicht alles so bleiben, wie es war?"

„Susan, du weißt, dass ich dich liebe. Ich glaube nicht, dass ich jetzt – ich meine, nach letzter Nacht - einfach zurückkann. Nur ein Bekannter zu sein, der ab und zu mal auf ein Glas oder auf ein Abendessen hereinschaut, das könnte ich nicht. Lieber würde ich gar nicht mehr zurückkommen."

„Das wäre aber sehr schade!" Sie klang ehrlich betroffen.

„Die Entscheidung liegt bei dir!"

„Bei mir?"

„Könntest du dir vorstellen, meine Frau zu werden?"

Sie hatte ihn immer zurückgewiesen, also erwartete er jetzt nichts anderes. Aber statt einer wütenden Abfuhr schwieg sie nur und schien intensiv nachzudenken. Schließlich fragte sie leise: „Das heißt, du glaubst mir doch, dass ich nichts mit Jeremys Tod zu tun habe?“

Er atmete tief durch, dann sagte er mit fester Stimme: „Ja, ich glaube dir. Jeremy hat einmal gesagt, dass du ihm nie etwas zuleide tun würdest. Ich habe damals nicht verstanden, woher er diese Sicherheit nahm, und ich verstehe es auch heute nicht, aber er schien absolut davon überzeugt.“

„Aber du glaubst, dass jemand seine Hand im Spiel hatte?“

„Ich weiß nicht, was ich glaube. Es gibt so viele seltsame Umstände, gute Gründe für viele Leute, Jeremy zu verabscheuen...“

„Du gibst es also zu?“

„Dass es Gründe gab, Jeremy zu verabscheuen? Ja. Ich akzeptiere es.“

Sie stoppte den Wagen auf einem Parkstreifen und blickte ihn lange und forschend an: „Und trotzdem glaubst du ihm, weil er einmal gesagt hat, ich könnte ihn nicht verletzen?“

Steven sah ihr in die Augen, ohne mit der Wimper zu zucken: „Ja. Ich glaube ihm und ich glaube dir.“

„Seltsam!“ Sie schüttelte den Kopf und ließ den Wagen langsam wieder anrollen.

Die engen Kurven zur Passhöhe schienen ihre Aufmerksamkeit vollständig in Anspruch zu nehmen. Oben angekommen, als der erste Blick in das grüne Tal mit der silbernen See und den dunklen Inseltupfern fiel, hinter denen die Sonne sich anschickte unterzugehen, stellte sie, während sie in einen höheren Gang schaltete, wie beiläufig fest: „Wenn ich dich tatsächlich heiraten würde, müssten wir dann bei dir in England leben, das Kind und ich?“

Die Frage kam so unerwartet, dass Steven zunächst einen Augenblick über ihre Bedeutung nachdenken musste, ehe er antworten konnte: „Ich denke schon. Ich würde natürlich aus dem College ausziehen. Wir würden uns eine Wohnung oder ein Haus kaufen. Wo immer es dir gefällt. Es wäre wirklich kein Problem. Ich habe ja nie viel für mich ausgegeben, also bräuchten wir uns da nicht einzuschränken."

„Ich kann das nicht."

„Du meinst, zu mir nach Cambridge zu kommen? Oder überhaupt in England zu leben?"

Sie nickte, während sie konzentriert auf die Straße sah. „Ich kann mir nicht vorstellen, von hier weg zu gehen! Ich bin nicht wie du. Ich finde es schön, wenn du mir von der Welt erzählst. Aber mehr will ich gar nicht. Ich gehöre hierher. Es ist, als ob meine Füße Wurzeln in diesem Boden haben. Wenn ich woanders sein muss, habe ich immer das Gefühl, meinen Kopf und mein Herz hier zu lassen. Und", sie lachte ein bisschen traurig, „was willst du mit einer Frau ohne Kopf und Herz?"

„Würdest du mich denn heiraten, wenn ich hierherzöge?"

„Und wovon willst du denn hier leben?"

„Ich müsste halt versuchen, auf eine andere Art mein Geld zu verdienen."

„Und wie würdest du das anstellen?"

„Es gäbe eine Menge Möglichkeiten. Ich könnte von zu Hause arbeiten, wenn das Netz nur gut genug wäre. Und nur ab und zu zurückkehren, um meine Vorlesung zu halten. Ich könnte mich auf ein paar intensive Monate in Cambridge konzentrieren und den Rest der Zeit hier verbringen.

Ich könnte aber vielleicht auch eine Stelle an der Hochschule der Highlands annehmen. Ich denke schon, dass sie mich einstellen würden, nachdem ich vorher in Cambridge gelehrt habe. Natürlich weiß ich nicht, in welcher ihrer Einrichtungen ich etwas Passendes finden könnte. Die sind ja über die ganze Region verteilt. Wahrscheinlich müsste ich täglich eine ziemliche Strecke fahren. Aber daran könnte ich mich gewöhnen. Oder ich könnte zwei, drei Tage lehren und den Rest der Zeit hier verbringen.

Aber natürlich könnte ich auch etwas ganz anderes versuchen. Ich hätte schon Lust, etwas mit den Händen zu machen. Ich könnte malen und die Bilder verkaufen. Jeremy hat mir das immer angeboten. Oder ich könnte ein neues Handwerk lernen. Zumindest habe ich keine Angst vor körperlicher Arbeit. Aber natürlich könnte ich auch auf der Fischfarm arbeiten oder für die Holzwirtschaft."

„Und das würde dich befriedigen? So was würde dich glücklich machen?"

„Es würde mich glücklich machen, mit dir zusammen zu sein."

„Ja, vielleicht eine Zeit lang. Aber ich bin sicher, dass du eines Tages denken würdest, der Preis wäre zu hoch gewesen. Ich verstehe nicht viel von den Dingen, die du tust, aber ich sehe, dass sie dein Leben sind. Ohne sie wärest du nicht du. So wie ich nicht bin ohne das Tal.

Du verbringst deine Sommer hier als Erholung von deinem eigentlichen Leben. Aber dann bist du doch immer wieder froh, in deine alten Gemäuer zurückzukehren, wenn der Sommer vorbei ist, die Nächte länger werden und es draußen nur noch regnet und stürmt.

Du warst noch nie im Winter hier. Die Leute sitzen beieinander, trinken zu viel und reden und manchmal reden sie eine Menge dummes Zeug. Du würdest dich bald langweilen. Du würdest deine Kollegen und deine Studenten bitter vermissen. Und ich glaube, du würdest es auch hassen, arm zu sein, und nicht mehr in der Welt herumreisen zu können. Ich glaube nicht, dass du mit unserem Leben zufrieden sein würdest."

Steven fühlte betroffen, wie recht sie hatte. Stulay und das einfache Leben seiner Kindheit lagen so weit zurück. Er wollte sie, aber er wollte auch er selbst bleiben. Er würde sich nur schwer daran gewöhnen können, wie die meisten hier, von der Hand in den Mund leben. Und das, was er wirklich gut konnte, nicht mehr tun zu können.

Selbst, wenn er im weitesten Sinne im akademischen Bereich bleiben könnte, die Atmosphäre seiner alten Universität mit all ihren alten Traditionen, diese seltsame Insel eines völlig anderen Lebens, würde ihm schon fehlen. Die Hochschule, die hier gerade erst im Entstehen war, hatte nichts davon, erinnerte vielmehr an eine der üblichen Colleges, wo sich Schüler und Studenten in Kursen trafen, die mehr praktisch als theoretisch ausgerichtet waren. Diese neue Universität schulte, wo sie nützlich war, in den Dingen, die hier gebraucht wurden, und Kunstgeschichte gehörte nun mal nicht dazu.

Und wenn er es ganz selbstkritisch betrachtete, so bedeutete es ihm schon etwas, nur den Namen seiner Universität nennen zu müssen, um in den Augen der Zuhörer sofort ein ganzes Stück zu wachsen und einer Elite zugerechnet zu werden, vor der er sogar selbst noch Respekt hatte.

Aber er wusste auch ganz genau: Das alles bedeutete hier nichts. Weil er nichts von Schafen verstand! Die Leute ahnten sicher, dass er in der Welt da draußen etwas galt, aber das war die Welt jenseits des Passes. In ihrer Welt war er bestenfalls ein freundlich belächelter Außenseiter, ein Tourist, der regelmäßig auftauchte und etwas Geld ins Tal brachte und ansonsten keinem Konkurrenz machte.

Wenn er tatsächlich für immer bleiben wollte, bliebe er wahrscheinlich der Außenseiter, nur dass dann keiner mehr ihn anlächelte. Denn er wäre ja nicht mehr der, der in der Bar die Whiskys spendierte. Er wäre nur noch der, der möglicherweise die Stelle auf der Fischfarm bekäme, die ein anderer, ein Einheimischer, dringend bräuchte.

„Aber ich liebe dich!", murmelte er hilflos.

„Ich weiß."

Vor dem Hotel hielten sie an.

„Kommst du noch mit rein?"

„Nein. Ich bin müde, und zu Hause wartet Donna."

„Ach, ja. Wie geht es denn ihrem Mann?"

„Er ist in der Psychiatrie. Die Ärzte meinen, dass es wahrscheinlich besser ist, wenn sie sich einige Zeit nicht sehen. Donna will sich scheiden lassen und weggehen. Irgendwohin, wo sie wahrscheinlich niemals einem aus dem Tal begegnen wird. Ich finde es schrecklich, dass sie sich derart aus ihrer Heimat vertrieben fühlt. Aber sie ist anders als ich. Ich glaube, sie würde lieber heute als morgen von hier weggehen."

„Du könntest sie doch bei dir behalten? Ihr könntet euch das Haus teilen?"

„Oh, nein. Sie macht mich wahnsinnig! Ich habe sie aufgenommen, als sie vor Julian flüchtete. Das war selbstverständlich. Aber jetzt reicht es langsam. Ich habe keine Lust, dauernd hinter ihr herzuräumen. Wenn jemand bei mir einzieht, dann weil ich es will, nicht, weil die Not es erzwingt..."

Sie lächelte, und er fühlte, dass sie noch etwas sagen wollte, aber der Augenblick verstrich.

„Dann also..."

Er war schon ausgestiegen, da rief sie ihn zurück. „Wie wäre es, wenn du im nächsten Sommer bei uns wohnen würdest anstatt im Hotel? Vorausgesetzt, Donna ist bis dahin ausgezogen."

„Heißt das, du könntest dir vorstellen, mit mir zusammenleben? Zumindest vorübergehend? So als Test?"

„Ich meine, dass ich ein Zimmer zu vermieten habe, wenn Donna ausgezogen ist. Bed and Breakfast. Und ich gehe davon aus, dass du deine Rechnung immer pünktlich bezahlst!"

Sie lachte über sein enttäuschtes Gesicht. „Du müsstest dich damit erst einmal zufriedengeben. Ich mache keinen zweiten Schritt vor dem ersten. Wir werden sehen, ob es funktioniert."

„Und wenn es funktioniert?"

„Wir werden sehen..."

„Und Edith? Was wird Edith dazu sagen?"

„Ich glaube, sie wird begeistert sein. Sie hat dich nämlich gern. Sie scheint überhaupt eine Schwäche für ältere Herren zu haben." Es klang ein bisschen bitter. „Aber, Steven, denk immer dran: Wenn du zu uns ziehst, dann wegen mir! Nicht wegen meiner Tochter!"

„Natürlich!"

Er verbrachte den nächsten Tag damit, seine Hoffnungen nicht in den Himmel wachsen zu lassen. Er fühlte sich aufgeregt und glücklich, aber seine tiefverwurzelte, so typisch schottische Skepsis machte ihn gleichzeitig misstrauisch. Die Religion seiner Kindertage, die er lange vergessen geglaubt hatte, hatte ihn gelehrt, dass man für jedes Glück irgendwann bezahlen müsste.

Nachts träumte er, er triebe im Wasser, das immer wieder über ihm zusammenschlug. Er spürte keine Furcht, nur ein seltsames Einverständnis, damit langsam unterzugehen. Da streckte sich ihm plötzlich eine Hand entgegen, an der er ganz leicht nach oben aus dem Wasser gleiten konnte. Eine tiefe Zufriedenheit überkam ihn.

Im Traum sah er auf und hielt die schmale Hand von Edith, die ihn an sich drückte und deren Körper er deutlich durch das Nachthemd spürte. Es war seltsam, aber nicht unangenehm. Er erinnerte sich des Gefühls auch noch ganz deutlich, als er aufwachte. Es erfüllte ihn mit tiefer Scham.

Er hatte sich nie für ganz junge Mädchen interessiert, auch nicht, als er selbst noch jung war. Sie waren ihm unfertig und wenig anziehend erschienen. Jetzt aber verfolgte ihn die Erinnerung an Ediths Gesicht, ihre großen Augen und ihre zarte Haut.

War er am Ende nicht viel besser als Jeremy? Wieder spürte er einen wilden Zorn auf Jeremy, vermischt mit schlichter Eifersucht. Jeremy, der niemals diese Art von Beschämung gefühlt hatte! Der sogar vor seiner eigenen Tochter nicht Halt gemacht hatte. Und Steven war sich sicher, wenn ihm jemand Inzest vorgeworfen hätte, Jeremy hätte nur darüber gelacht!

Tat es ihm wirklich leid, dass er diesen Freund verloren hatte? Was für eine Freundschaft war das denn gewesen? Hatten die nicht recht, die ihm vorwarfen, er hätte die Augen fest verschlossen vor Jeremys schlechten Seiten, nur um seinen Helden für sich zu bewahren, der alles tat und alles das wagte, was ihm selbst verboten war? Seinen griechischen Gott! Den schönsten Mann, den er je gesehen hatte!

„Enttäuschung," hatte ein alter Lehrer einmal erklärt, „birgt in sich den Begriff: sich täuschen. Und zum Täuschen gehören immer zwei. Einer, der täuscht und einer, der sich täuschen lässt! Das ist vielleicht das Schmerzhafte, wenn man von einem anderen Menschen enttäuscht wird. Man denkt doch oft hinterher, man hätte es eigentlich früher erkennen müssen. Aber irgendwie macht Liebe, dass man die Augen lange Zeit vor allem negativen Anzeichen verschließt."

Hatte er Jeremy geliebt? Der Gedanke bereitete ihm fast körperliches Unbehagen. Aber er wollte ehrlich mit sich sein. Die Vorstellung, die ihn am meisten erregte, und die ihm deshalb auch stets so unheimlich gewesen war, dass er sie niemals vollständig zugelassen hatte, war die von Jeremy und Susan, die alles das zusammen taten, worüber Jeremy so häufig Anspielungen hatte fallen lassen. Und er gestand sich ein, dass er, als nun das Bild wieder einmal vor seinen Augen entstand, nicht wusste, gegen wen sich seine wütende Eifersucht eigentlich richtete.

Jeremy hatte es gewusst. Wie er fühlte. Er hatte ihn durchschaut. Er hatte ihn mit diesen ständigen Andeutungen gequält, weil es ihm Spaß machte. Denn, und das gestand er sich endlich ein, er hatte es absichtlich getan!

„Der Mistkerl!“ Er murmelte es vor sich hin, und es erleichterte ihn ein wenig. Aber reichte es aus, um hinzunehmen, dass dieser Mensch umgebracht worden war? Wie sollte er entscheiden, was Recht und Unrecht war? Das Tal hatte offensichtlich ein Urteil gesprochen, wenn Susan zu glauben war. Das Tal hatte den Täter freigesprochen. Welches Recht hatte er, dieses Urteil anzufechten?

Er stand auf und trat ans Fenster. Alles lag noch im Schlaf, da der Morgen gerade erst dämmerte. Er sah hinaus auf die Bucht. Das Wasser spiegelte die dunklen, tiefhängenden Wolken. Ein scharfer Wind kräuselte die Oberfläche. Die Boote, die am Pier festgemacht waren, tanzten auf und ab.

Eine fast vergessene Erinnerung aus seiner Kinderzeit tauchte auf. Es war im späten Herbst gewesen. Die Kinder hatten gesagt, einer hätte gepetzt. Es ging um die Kaninchenfallen. Sie hatten sich aufgemacht, um den Verräter zu bestrafen. Als sie ihn fanden, war er ein Bündel heulendes Elend. Er hatte immer wieder versicherte, es nicht getan zu haben. Die Jungen hatten ihm nicht geglaubt. Sie hatten ihn in die eisige See getrieben und ihn gezwungen, eine Stunde bis zum Hals im Wasser zu stehen. Das Meer war an diesem Tag so grau wie heute und die Schaumkronen waren ebenso weiß gewesen.

Als sie ihn rauszogen, war er fast bewusstlos und blau vor Kälte. Sie hatten ihn nach Hause geschickt, nicht ohne ihm zu drohen, wenn er seinen Eltern auch nur ein Wort darüber sagte, würden sie ihn das nächste Mal zwei Stunden stehen lassen. Er hatte nichts mehr gesagt. Allerdings auch nicht später, als doch alles vergessen schien. Er war verstummt und seltsam geworden, und einige Zeit später war die Familie aufs Festland gezogen.

Steven hatte von Anfang an nicht geglaubt, dass er sie verraten hätte. Der Beweis war, dass die Aufsteller der Kaninchenfallen nie bekannt wurden. Aber Steven hatte sich auch nicht gegen die Übrigen gestellt. Er hatte nicht johlend mitgetan, aber er hatte diesem armen Jungen auch nicht geholfen.

Er hatte sich geschämt! Jahre lang hatte er sich noch geschämt, vor allem, als er begriff, was an diesem Tag eigentlich mit ihnen allen geschehen war. Er wollte gerecht sein, das hatte er sich geschworen. In Zukunft würde es nur noch die Wahrheit geben und nichts als die Wahrheit. Kein Nachgeben mehr, weil die Stärkeren schrien, kein Wanken, weil die Mehrzahl eine andere Meinung hatte.

Seltsam, er hatte den Anlass fast vergessen, aber der Antrieb hatte sein ganzes Leben begleitet. Er hatte ihm die Position in der Wissenschaft verschafft, die er heute innehatte. Aber die Wissenschaft war auch das einzige Gebiet, auf dem seine Prinzipien je auf die Probe gestellt worden waren. Was für ein Leben habe ich eigentlich geführt, dachte er, in dem ich nie beweisen musste, dass ich so etwas wie Mut oder Zivilcourage besitze?

Und jetzt musste er den Beweis erbringen und wusste nicht, welche Richtung er einschlagen sollte. Wenn er einen als Täter entlarvte, würde er sich ein zweites Mal nur der Meute anschließen, die einen Sündenbock hetzte? Und wenn er es nicht täte, wäre er dann mitschuldig an Jeremys Tod? Und hatte Susan nicht recht: Wem sollte er denn mitteilen, dass Jeremy nicht allein im Boot war? Und wie es beweisen?

Nein, diesmal würde er erst handeln, wenn er Beweise hätte. Er würde versuchen, zu beweisen, was in dieser Nacht geschehen war, und wenn er sich ganz sicher wäre, dann und nur dann würde er entscheiden, was er mit seinem Wissen anfangen würde. Und wenn die Wahrheit unergründbar bliebe? Er warf sich aufs Bett und vergrub den Kopf unter dem Kissen. Er spürte, dass das Kissen feucht wurde, und er bemerkte mit Staunen, dass ihm Tränen herunterliefen.

Kapitel 11

Der Morgen dämmerte bleigrau. Der Wind trieb die unteren Wolkenschichten vor sich her, aber auch darüber hing eine weitere graue Decke. So blieb es den ganzen Tag. Kein Sonnenstrahl und kein Fetzen blauen Himmels, dafür nahm der Wind zu. Gegen Abend war es bereits ein richtiger Sturm, der die wenigen Bäume bog und die Sträucher schüttelte.

Steven leckte sich die Feuchtigkeit von der Hand, als er in der Dämmerung von draußen hereinkam. Seine Haut schmeckte salzig. Dabei war er noch nicht einmal in der Nähe des Piers gewesen. Er war über den Platz gegangen und den Pfad hinaufgestiegen, der zu einer Bank führte, von der aus man das Dorf überblicken konnte. Er hatte eine Weile dort oben gesessen und versucht, zu einer Entscheidung zu kommen, aber schließlich hatte ihn der Sturm zurück getrieben.

Im Abstieg hatte er Jeremys Boot entdeckt, das immer noch am Strand lag. So wie heute musste der Tag gewesen sein, an dem Jeremy hinaus gefahren war, um nicht mehr zurück zu kommen. Nur, dass es damals dunkel war und der Frühling kaum begonnen hatte. Er hatte jetzt eine ziemlich gute Vorstellung darüber, was passiert sein musste. Alles lief auf eine Person zu, die Jeremy aus guten Gründen mitgenommen haben würde und die sich mit dem Boot auskannte. Eine Person ohne Furcht vor der See, kräftig genug, um selbst im Sturm zu bestehen. Aber das wichtigste: Es musste einer von nur wenigen Möglichen sein! Einer, zu dem die Menschen im Tal mit einer Loyalität standen, gegen die selbst ein Verbrechen nicht zählte! Und es musste eine Rechtfertigung geben, etwas, was die Schuld, wenn es denn eine gab, in gewisser Weise aufhob. Wenn die betreffende Person zum Beispiel als Opfer angesehen werden könnte und die Tat als eine Art von Notwehr?

In der Hotelhalle traf er auf Donnie. Er starrte ihn an, als nähme er ihn zum ersten Mal wirklich wahr. Donnie war ein großer kräftiger Mann geworden, einer, der leicht einen anderen überwältigen könnte. Nur in seiner Phantasie war Donnie immer der kleine zutrauliche Junge. Und Donnie hielt seinem Blick stand, mit Stolz und ein wenig Trotz, so als ob er sagen wollte: „Und was jetzt?“

In diesem Augenblick wurde Steven verrückt. Nur so konnte er es sich später erklären. Er packte Donnie am Arm, rief „Komm mit!“ und war nicht erstaunt, als der junge Mann ohne ein Wort des Widerspruchs mitging.

Er zog ihn aus dem Hotel und den Strand entlang. An einer engen Stelle musste er ihn loslassen, aber er wusste, dass Donnie ihm folgte, auch wenn er sich nicht nach ihm umdrehte. Sie kamen zu Jeremys Boot, und auf eine Geste hin, packte Donnie ohne zu zögern zu. Sie zogen gemeinsam das Boot ins Wasser. Steven stieg hinein und musste sich festhalten, da bereits hier die Wellen das Boot hin- und herwarfen. Donnie gab dem Boot einen geübten Stoß und sprang hinterher, den Schwung ausnutzend. Keiner von ihnen sagte ein Wort, als sie die Ruder nahmen und sich vom Strand lösten.

„Wohin?“, fragte Donnie endlich, als sie etwa zwanzig Meter vom Ufer entfernt waren. Klang er ängstlich? Klang er resigniert?

„Zur Fischfarm!“

Es schien Donnie nicht zu überraschen.

Sie ruderten hinaus, dahin, wo die Wogen noch höher wurden, als sie aus dem Schutz der Insel herauskamen. Die Wellen brachen von der Seite über sie herein und das Boot schaukelte verzweifelt hin und her, stets in der Gefahr, Wasser aufzunehmen oder zu kentern.

„Wir müssen Zickzack fahren, um sie von vorne zu erwischen!“, brüllte Donnie über den Wind hinweg.

„Habt Ihr das damals auch so gemacht?“

Er erhielt keine Antwort.

Sie ruderten, aber ihr Rhythmus stimmte nicht überein und das Boot begann sich zu drehen.

„Lass mich allein! Setz dich da vorne auf die Bank!“, schrie Steven.

„Nein!“ Donnies Schrei klang verzweifelt.

„Dann rudere du! Und ich setz mich dahin.“

„Nein! Tu´s nicht!“

„Warum?“

Falls Donnie etwas erwiderte, verschluckte es der brausende Wind.

Steven erhob sich, hielt sich am Bootsrand fest und machte einen vorsichtigen Schritt auf die Bank zu. Die Planke unter ihm gab nach und er wurde wie von einem Sprungbrett ins Wasser katapultiert.

Das über ihm zusammenschlagende Wasser erschien ihm trotz der warmen Jahrezeit eisig. In dieser Sekunde begriff er, dass er in großer Gefahr war und vielleicht sterben würde. Er schlug mit den Armen um sich und erreichte die Oberfläche einen Atemzug lang. Doch bevor er schreien konnte, hatte ihn die Schwere seiner Kleidung und der Stiefel zusammen mit den höherschlagenden Wellen wieder nach unten gezogen. Er riß den Mund auf, weil er das mörderische Zerren in der Brust nicht mehr ertragen konnte und schluckte Wasser. Dann spürte er neben sich eine Erschütterung wie von einem schweren Fall. Im nächsten Moment fühlte er sich am Hals gepackt und nach oben gezogen.

Als er über der Wasseroberfläche ankam, sah er das Boot in einiger Entfernung treiben. Es war leer. Er hörte Donnies Stimme an seinem Ohr: „Leg dich auf den Rücken. Ich ziehe dich!”

„Das kannst du nicht!” brüllte er hustend und wasserspuckend.

„Halt den Mund!”

Sie entfernten sich immer weiter vom Boot.

„Warum schwimmen wir nicht zum Boot?“ rief Steven nach hinten.

Zuerst kam nur ein Schnaufen, dann: „Da ist eine Strömung! Wir holen es nicht ein! Die Insel ist besser!“

Steven versuchte, den Kopf zu drehen, aber der energische Griff an seinem Hals ließ es nicht zu.

„Ich kann allein schwimmen!“, brüllte er.

„Nicht mit den Stiefeln und der Jacke!“

„Ich kann sie ausziehen!“

„Versuch´s!“

Er spürte, wie der Druck von Donnies Händen nachließ. Bevor er noch zu den Stiefeln herunterreichen konnte, schlug das Wasser bereits wieder über ihm zusammen. Er geriet in Panik. Da griffen die Hände wieder zu, zogen ihn nach oben und er schnappte verzweifelt nach Luft, als er wieder mit dem Gesicht über die Wasseroberfläche gelangte.

Er gab nach und versuchte nur noch, so steif wie möglich zu liegen, um Donnies schwierige Aufgabe zu erleichtern. Langsam kamen sie in eine Art Gleichtakt. Er unterstützte Donnies Schwimmstöße, indem er im selben Moment seine Beine anzog und von sich stieß.

Endlos, endlos ging das so! Beine anziehen, stoßen, anziehen, stoßen. Er schluckte Wasser und spuckte es wieder aus. Der salzige Geschmack verursachte ihm Würgegefühle. Er spürte, dass jede neue Welle sie ein Stück mit sich trug, aber er hatte nicht das Gefühl vorwärtszukommen. Wenn er die Augen öffnete, sah er nur den grauen Himmel über sich. Bald würde es dunkel sein. Niemand käme ihnen zu Hilfe.

Er dachte an nichts mehr außer an sein Überleben. Er wollte nicht ertrinken. Wilde Panik überfiel ihn erneut! Er musste alle Kraft zusammennehmen, um sich nicht herumzuwerfen und sich an Donnie zu klammern. Ein Rest von Vernunft sagte ihm, dass dies das Schlimmste wäre, was er tun könnte, während sein ganzer Körper danach schrie, sich irgendwo festhalten zu können.

Nun war nur noch der Junge zwischen ihm und dem Ende! Und der Junge hatte eigentlich keinen Grund ihn am Leben zu lassen! Hätten sie das Boot wirklich nicht mehr erreichen können? Waren sie tatsächlich auf dem Weg zur Insel? Schleppte ihn Donnie nicht immer weiter aufs Meer hinaus, um ihn dann fallen zu lassen, in die Tiefe, in der auch schon Jeremy verschwunden war?

„Er schwimmt wie ein Fisch!“, hatte Donnies leiblicher Vater stolz von seinem Sohn behauptet. Norma und Donnie hatten viele Gründe, Jeremys Ende herbei zu wünschen. Für seinen eigenen Tod gab es nur einen Grund: Er hatte seine Nase zu tief in ihre Angelegenheiten gesteckt. Er hatte geglaubt, wie ein Wissenschaftler forschen zu können, auf der Suche nach einer leidenschaftslosen Wahrheit zu sein. Nur, dass diese Wahrheit, der er auf der Spur war, verletzte, lebensgefährlich verletzte. Und er selbst wurde gerade ihr Opfer!

Plötzlich stieß sein Rücken gegen etwas Hartes. Instinktiv griff er unter sich und spürte felsigen Grund unter seinen Händen. Donnies Griff um seinen Hals lockerte sich, aber er versank nicht in ungeheure Tiefen. Unter ihm war fester flacher werdender steiniger Boden, und er schob sich, immer noch auf dem Rücken, Zentimeter für Zentimeter weiter hinauf, aus dem Wasser heraus, bis er mit dem Körper auf dem Trockenen lag, nur noch die Beine im eisigen Wasser, das mit jeder neuen Welle an ihm empor schwappte.

Erst wollte er nur ausruhen. Eine unendlich lange Ruhe, die ihn die Kälte und die Schmerzen seines Körpers vergessen ließen. Aber das Wasser, das an ihm auf und abstieg, hinderte ihn daran einzuschlafen, zwang ihn, eine Entscheidung zu treffen. Mühsam wälzte er sich herum und krabbelte auf Händen und Knien ein Stück vorwärts, weiter aus dem Wasser heraus, bis die vor ihm aufragenden Felsen ihn zum Einhalten zwangen. In einiger Entfernung hörte er ein seltsames Geräusch wie das Rasseln einer rostigen Kette. Mit Gewalt öffnete er die Augen und konzentrierte sich auf die in der Dunkelheit kaum sichtbare Form.

„Donnie?“, keuchte er.

„Aye!“ stöhnte es zurück. Dann erkannte er, dass der andere würgte, hustete und sich schließlich erbrach.

Steven ließ sich an dem Felsen niedergleiten und wartete. Nach einer halben Ewigkeit hörte er, dass Donnie auf ihn zu kroch und fühlte schließlich, wie dessen Hand seine Schulter berührte und seinen Arm heruntertastete.

„Wie geht's?“, flüsterte er.

„Okay!“

„Was jetzt?“

„Wir müssen auf die andere Seite der Insel. Sie können uns da vom Dorf aus sehen.“

„Aber es ist schon dunkel.“

„So dunkel noch nicht. Vielleicht hören sie uns.“

„Und sonst?“

„Sonst warten wir bis morgen früh.“

„Hast du das damals auch so gemacht?“

Er konnte das Gesicht des jungen Mannes kaum sehen, dennoch hatte er das Gefühl, dass diese Frage den anderen weder erstaunte noch verärgerte. Allerdings bekam er auch keine Antwort.

„Wie kommen wir auf die andere Seite?“

„Wir müssen hier hoch. Es ist steil, aber es gibt keinen anderen Weg. Außer du willst wieder ins Wasser...“

Sie waren auf die Beine gekommen und stiegen mühsam einer nach dem anderen die Felsen empor. Die nassen Kleider hingen schwer an ihm. Dennoch war er froh, seine Stiefel nicht im Wasser verloren zu haben. Donnie hatte wahrscheinlich, bevor er ihm nachsprang, Schuhe und Jacke im Boot zurückgelassen und musste seine nackten Füße sehr vorsichtig setzen, weshalb sie nur langsam vorankamen. Es war hier oben noch nicht völlig finster und so konnte Steven sehen, wo er hintrat, und wo er sich festhalten musste. Donnie stieg ihm - manchmal leise fluchend - voran, bis sie auf dem baumbestandenen Plateau, das den größten Teil der Insel ausmachte, angekommen waren.

„Drüben runter ist leichter."

„Was du nicht sagst..."

Es war einfacher. Und schneller. Vor allem, als Steven abrutschte und die letzten Meter auf dem Rücken zurücklegte.

„Alles okay?"

Er bewegte sich vorsichtig. Sein Körper fühlte sich an, als bestände er aus Feuer und Eis gleichzeitig, aber das hatte nichts mit dem Sturz zu tun.

„Denke schon!"

Da saßen sie nun auf dem schmalen Schotterstreifen, der die Felsen vom Meer trennte und sahen hinüber zu den Lichtern von Kinlochlever.

„Kinlochlever City Lights!"

„Hat keinen Sinn, zu schreien?"

„Nein. Nicht bei dem Sturm! Meinst du, sie werden uns suchen?"

„Sicher!"

„Heißer Tee wäre jetzt was!"

„Sei nur still!"

„Und ein heißes Bad..."

„Ich glaube, ich mag kein Wasser mehr..."

Donnie lachte: „Du überstehst das!"

Wieder schwiegen sie.

Schließlich fragte Steven ganz leichthin: „Wer hat dich damals gefunden?"

„Niemand. Ich bin hinübergeschwommen."

Steven hielt den Atem an. Er war sich nicht sicher, ob er richtig gehört hatte. Vorsichtig setzte er noch einmal an: „Wie hast du das geschafft? Es war doch genauso stürmisch wie heute."

„Zu der Zeit hatte der Sturm schon nachgelassen. Und ich musste vorher nicht schwimmen. Ich hatte ja das Boot."

„Du bist mit dem Boot zur Insel gerudert? Dann hast du das Boot treiben lassen, bist hier rüber gelaufen und zurückgeschwommen?"

„Ja."

„Warum, Donnie?"

„Na, ich müsste doch irgendwie zurück. Und ich wollte nicht, dass mich einer sieht."

„Nein. Das meine ich nicht. Warum hast du das getan, Donnie?"

„Was getan?"

„Jeremy umgebracht!"

„Aber ich habe ihn nicht umgebracht! Ist es das, was du glaubst?"

„Was soll ich denn sonst glauben?"

Der Junge schwieg.

„Willst du mir nicht erzählen, was in dieser Nacht wirklich passiert ist?"

„Wenn du mir doch nicht glaubst?"

„Stell mich auf die Probe!"

Donnie sprang plötzlich auf, hielt die Hände an den Mund und brüllte: „Hilfe! Hilfe! Hier auf der Insel. Hallo!"

Steven sah, dass sich am anderen Ufer etwas bewegte. Er sprang ebenfalls auf, wedelte mit den Armen und schrie, so laut er konnte. Er konnte nicht ausmachen, ob sie gehört worden waren. Falls es ein Mensch gewesen war, der sich dort auf der anderen Seite bewegt hatte, war er inzwischen verschwunden.

„Ob sie uns gehört haben?" Er setzte sich wieder.

„Weiß nicht", kam die Antwort aus dem Dunkeln heraus. Dann tauchte Donnie wieder auf und setzte sich neben ihn.

„Ich wollte nicht mit zum Fische stehlen. Ich habe es ihm hundertmal gesagt. Aber er hat mich immer wieder gezwungen."

„Wie konnte er dich zwingen? Du bist doch kein Kind mehr, das sich nicht wehren kann."

„Ach, du kanntest ihn nicht. Ich hatte immer Angst vor ihm." Donnie schluckte, dann fuhr er fort: „Außerdem hat er es an meiner Mutter ausgelassen. Und die hat sich nicht wehren können."

„Er hat sie doch nicht geschlagen?"

„Nein. Aber er hat immer gesagt, dass sie ja nur für ihn arbeitet. Dass er sie jederzeit rausschmeißen kann. Und sie hat doch nichts außer dem Hotel!"

„Aber zu dieser Zeit gehörte ihr das Hotel doch schon. Er hätte sie doch gar nicht mehr rausschmeißen können."

„Das habe ich doch nicht gewusst!" Es klang wie ein Schrei aus tiefster Verzweiflung. „Ich habe es erst gehört, als der Anwalt wegen des Testaments da war."

„Sie hat dir nichts davon gesagt?“

„Nein.“

„Aber warum nicht? Ich dachte immer, ihr wäret euch so nah.“

„Ja, aber wir reden nicht viel.“

„Dann weiß sie auch nicht, was in dieser Nacht passiert ist?“

„Ich habe es ihr nicht gesagt. Vielleicht hat sie so eine Ahnung.“

„Wer weiß es sonst noch?“

„Ich weiß nicht. Ich habe mit niemand darüber gesprochen!“

Steven fühlte, dass Donnie nun, da er zu sprechen begonnen hatte, das Bedürfnis vorwärtstrieb, sich von einer Bürde zu befreien, die er bisher allein getragen hatte.

„Gut. Ihr wart also mit dem Boot zur Fischfarm unterwegs?“

Donnie brauchte keine weitere Ermunterung.

„Er war stockbetrunken! Und stinksauer! Julian Barnes hat ihn irgendwie angemacht und das hat er an mir auslassen wollen.“

„Ihr habt euch gestritten?“

„Nicht mehr als sonst auch. Ich habe einfach nicht geantwortet. Das war das Sicherste."

„Und dann?“

„Wir waren schon in der Nähe der Fischfarm. Da hat er plötzlich schlappgemacht, wollte, dass ich weiterrudere. Ich bin aufgestanden, um mit ihm den Platz zu tauschen und er auch. Aber er konnte sich kaum auf den Füßen halten, so besoffen war er. Als wir gerade aneinander vorbei wollten, hat sich das Boot gedreht und eine Welle ist quergekommen, so dass das Boot fast umgeschlagen wäre. Ich hab mich gerade noch festhalten können. Aber er ist über Bord.“

„Hast du versucht, ihn rauszuziehen?“

„Nein...“

„Nein?“

„Ich habe die Ruder genommen und das Boot gedreht, um nicht auch noch im Wasser zu landen. Als ich mich dann umgeschaut habe, war nichts mehr zu sehen.“

„Was hast du dann gemacht?“

„Ich bin zurück.“

„Du hast nicht gewartet? Er hätte doch wiederauftauchen können!“

„Ich habe nicht daran gedacht. Ich wollte nur weg.“

„Wolltest du Hilfe holen?"

Donnie schwieg.

„Donnie! Bist du schuld an seinem Tod?“

„Nein. Es war ein Unfall! Aber glaub nicht, dass es mir leid tut um den Scheißkerl! Ich weine ihm keine Träne nach!“ Aber seine Stimme klang, als wären ihm die Tränen ganz nah.

„Aber, wenn es ein Unfall war, warum dieses ganze Theater mit dem treibenden Boot. Warum bist du nicht zurückgefahren und hast den Unfall gemeldet? Vielleicht hätte man ihm noch helfen können?“

„Und was hätte ich sagen sollen, warum ich da draußen war? Glaubst du, ich will einer sein, von dem es heißt, er stiehlt Fische?“

Steven verschlug es fast die Sprache: „Und das reicht dir als Grund?“

„Natürlich! Von Jeremy dachten die Leute sowieso das Schlimmste. Er war schließlich nicht von hier. Aber wir, meine Mutter, mein Vater und ich, wir sind von hier, wir sind MacLeods. Und wir stehlen nicht!“

„Du hast einen Menschen sterben lassen, um nicht als Dieb zu gelten!“

„Er ist nicht wegen mir gestorben. Er ist wegen sich selbst gestorben!“

Steven atmete tief durch. Jeremy war tatsächlich wegen sich selbst gestorben! Er hatte alle nach seiner Pfeife tanzen lassen. Aber das Meer, das jetzt so aufgewühlt zwischen ihm und den Lichtern von Kinlochlever tobte, das hatte sich nicht um den Willen eines kleinen, unbedeutenden Menschen gekümmert. Das hatte ihn verschluckt und wieder ausgespuckt und hatte es noch nicht einmal bemerkt. Steven hatte das Meer immer als etwas Lebendiges empfunden, eine gewaltigen Körper, der sie alle umfasste. ‚Das wird sein, weil ich von einer Insel komme‘, dachte er.

Donnie hustete und das brachte Steven wieder in die Gegenwart zurück. Er fror. Seine Zähne rasselten aufeinander und seine nassen Kleider drückten schwer auf seinen schmerzenden Körper.

„Hoffentlich finden sie uns bald!“

„Sonst schwimme ich rüber, sobald es hell wird! Nicht, dass du jetzt noch krank wirst!“ Die Stimme des Jungen klang ehrlich besorgt, was Steven rührte und ihm gleichzeitig lächerlich erschien.

„Und warum bist du mir nachgesprungen und hast mich rausgezogen?“, wollte er schließlich wissen. „Die Situation war doch dieselbe. Du hättest schließlich auch dabei draufgehen können! “

Er erahnte mehr, als er es sah, dass der Junge ihm das Gesicht zuwandte und ihn aufmerksam anschaute. „Aber du warst doch immer gut zu mir!“

Es klang wie die Beteuerung eines Kindes und erschütterte Steven zutiefst. Er erinnerte sich deutlich, wie oft er miterlebt hatte, mit welcher Härte Jeremy mit Donnie umgegangen war. Und noch deutlicher, wie er sich vor sich selbst entschuldigt hatte, dafür, dass er dem Kind nicht beigestanden hatte, obwohl er innerlich auf seiner Seite war, und den Ausdruck der Verzweiflung und den stummen Hilfeschrei durchaus wahrgenommen hatte. Ich wollte mich nicht einmischen, versuchte er sich zu rechtfertigen. Aber das klang entsetzlich schal.

‚Vielleicht bin ich ein Feigling?' Das kam der Wahrheit bereits näher. ‚Ich habe mich auf Jeremys Seite geschlagen, weil er der Stärkere war. Solange ich auf seiner Seite stand, hatten wir eine Menge Spaß. Ich habe nicht sehen wollen, was er anrichtete, weil ich mich dann hätte gegen ihn stellen müssen. Ich weiß nicht, ob ich es ertragen hätte, wenn er auf mich losgegangen wäre. Er war so gewalttätig, und ich wollte mich dem nicht aussetzen. Deshalb habe ich so getan, als existierten Eifersucht und Empörung für mich überhaupt nicht. Kein Wunder, dass Susan mich nicht liebt! Aber, was für ein Wunder, dass dieser junge Mann mir die Treue gehalten hat, obwohl ich ihn hundertmal verraten habe.'

„Ich bin froh, dass er tot ist!", sagte er leise, aber Donnie hatte es doch gehört und drückte ihm stumm die Hand. Und so saßen sie und wärmten sich gegenseitig, bis eine Stunde später das Boot mit einer Sturmlaterne am Bug mit eiligen Ruderschlägen auf sie zu kam, um sie von der Insel herunterzuholen.

Kapitel 12

Norma war die erste, die zu ihm kam, als er endlich eingepackt zwischen Wärmflaschen im Bett lag, nach einem heißen Bad und Tee, der intensiv mit Whisky versetzt war. Sie setzte sich vorsichtig auf die Bettkante und blickte ihn lange an. Schließlich sagte sie: „Er will mir nicht sagen, was passiert ist. Und ich werde dich auch nicht danach fragen. Wenn ich es wissen soll, werde ich es erfahren."

Steven nickt und sie fuhr fort: „Ich habe viele Fehler in meinem Leben gemacht. Und manchmal habe ich Angst, dass mein Sohn mehr dafür zahlen muss als ich selbst. Was immer auch passiert ist, es ist sicherlich auch meine Schuld."

„Hat er vor Jeremys Verschwinden schon gewusst, dass er dir das Hotel überschrieben hat?"

Norma sah ihn mit ehrlichem Erstaunen an: „Nein, das hat er nicht gewusst! Nur Jeremy, Hamish und ich haben davon gewusst. Und der Anwalt natürlich. Warum fragst du?"

„Nur so..."

Er sah, wie es in Norma arbeitete: „Du hast gedacht, Donnie hätte Jeremy wegen des Hotels umgebracht? Vielleicht sogar, dass ich ihn dazu angestiftet hättet? Wie konntest du nur?" Sie war fassungslos.

„War das wirklich so weit hergeholt? Ich weiß, dass du Jeremy finanziell verpflichtet warst. Ich habe versucht, mit dir darüber zu sprechen, aber du bist mir immer nur ausgewichen. Dein Verhalten war so, dass ich mir sicher war, dass du etwas zu verbergen hattest."

„Aber das hatte doch damit nichts zu tun!"

„Womit dann?"

„Ich wusste doch, dass Donnie in dieser Nacht mit Jeremy draußen war. Er glaubt, ich weiß es nicht. Aber das ist doch Unsinn. Seine Sachen waren am nächsten Morgen ja noch nass. Er hat sogar eine Dreckspur im Haus hinterlassen. Ich habe sie weggewischt, bevor die Gäste runterkamen..."

„Aber du hast ihn nicht gefragt, was passiert ist?"

„Nein..."

„Warum nicht?"

„Ich weiß nicht...Vielleicht habe ich Angst gehabt... Weil Jeremy doch verschwunden war. Und Donnie ihn so gehasst hat."

„Es war ein Unfall!", er fasste nach ihrer Hand und drückte sie kurz.

„Wenn du das sagst...", antwortete sie und erhob sich. Bevor sie noch die Tür schloss, drehte sie sich noch einmal um: „Weißt du, manchmal denke ich, Jeremy hatte so viele verschiedene Gesichter. Du hast immer nur das eine gesehen, Donnie nur das andere."

„Ich weiß."

Als es das nächste Mal anklopfte, war er schon fast eingeschlafen. Wie durch einen Schleier äußerster Erschöpfung nahm er Hamish MacLeod wahr, der an seinem Bettende stehen geblieben war und seine Mütze in der Hand drehte: „Entschuldige, dass ich dich jetzt noch störe. Bist sicherlich schrecklich erschöpft. Aber ich muss doch wissen, was du jetzt tun willst."

„Schlafen...?"

„Ich meine, wegen meinem Sohn. Wegen Donnie."

„Nichts! Ich werde nichts tun! Es gibt nichts zu tun. Reicht dir das?"

Ein langsames Lächeln zog über das Gesicht des Älteren. „Gut!“, sagte er und beugte sich zu Steven hinunter. Er legte ihm die Hand auf die Schulter und berührte seine Wange mit einer Art von stacheligem Kuss.

„Bist ein guter Junge! Mehr wert als alle Jeremys der Welt. Wir werden immer sehr froh sein, dich hier zu haben!“

Dann war auch er gegangen. Steven konnte endlich in seiner Erschöpfung versinken, schlafen und träumen.

Renate Dietrich

Ich habe in meinem Leben vieles gelernt und war in verschiedenen Bereichen tätig, aber eigentlich wollte ich immer und vor allem eins: SCHREIBEN.

In meinen Romanen möchte ich Geschichten erzählen, an die meine Leserinnen und Leser mit ihren eigenen Erfahrungen anknüpfen können, die ihnen aber auch neue und überraschende Perspektiven eröffnen.

Alle meine Bücher können als eBook (Kindle) oder als Taschenbuch über Amazon.de bezogen werden.

Mehr über mich und meine Veröffentlichungen:

www.renate-dietrich.de

Serie **Immagini da Venezia – Bilder aus Venedig**

Dem venezianischen Kunsthändler Marzi wird ein bisher unbekanntes Gemälde angeboten: ‚Das Porträt eines jungen Mannes', Giorgione zugeschrieben. Das Bild stammt aus dem Besitz einer der großen italienischen Adelsfamilien, und wenn es das wäre, was es zu sein scheint, dann wäre es eine Sensation. Marzis Helferin Claudia, hat einen besonderen Grund, von dem Bild fasziniert zu sein, ähnelt es doch ihrem ebenso anziehenden wie geheimnisvollen Nachbarn, in den sie verliebt ist, und der ihre Liebe zu erwidern scheint. Diese Liebe aber kann sich erst erfüllen, wenn das Geheimnis um das Porträt geklärt ist. Es beginnt an einem der seltenen Tage, an dem Venedig im Schnee versinkt, und es wird sich erst auflösen, wenn das nächste Mal Schnee fällt.

Serie **Immagini da Venezia – Bilder aus Venedig**

Aus einer Kirche in Venedig wird ein Bild gestohlen, welches der Pfarrer zusammen mit anderen Bildern an reiche Dubaier verkaufen wollte. Angelo, der in der Kirche Restaurierungsarbeiten ausführt, wird verdächtigt, den Diebstahl begangen zu haben. Seine Frau Claudia ist von seiner Unschuld überzeugt, weiß aber auch von seiner dunklen Vergangenheit, deren Aufdeckung ihn in noch größere Schwierigkeiten bringen könnte. Dabei zieht sich das Netz der Verfolger immer mehr um die beiden zu. Als schließlich sogar ihr kleiner Sohn in Gefahr gerät, beschließen sie, den Fall selbst aufzuklären. Aber wird ihnen das gelingen, wenn sogar die Polizei nicht weiterkommt und der Pfarrer eine immer merkwürdigere Rolle spielt?

Serie **Immagini da Venezia – Bilder aus Venedig**

Venedig hat schwere Jahre hinter sich: Erst die große Überschwemmung, die unzählige Kunstschätze zerstört oder beschädigt, kaum ein Jahr später die Covid-Pandemie, die das Leben in Venedig fast vollständig zum Erliegen bringt. Nun kehren Stadt und Bewohner allmählich zur Normalität zurück. Auch Claudia und Angelo bemühen sich, ihr Leben neu zu organisieren. Dazu gehört, dass Angelo endlich eine geeignete Werkstatt braucht. Die Räume ihres Nachbarn, der an Covid gestorben ist, wären dafür ideal. Jedoch können in diesen alten venezianischen Gebäude Dinge verborgen sein, deren Entdeckung die handelnden Personen vor ungeahnte Probleme stellt. Werden sie in der Lage sein, das Rätsel des Verborgenen zu lösen, und was wird das für ihr weiteres Leben bedeuten?

Weitere Veröffentlichungen:

Im Januar 2020 gehen viele hundert Passagiere und die Crew auf eine Kreuzfahrt, die in vier Monaten um die ganze Welt führen soll. Unter ihnen befindet sich Sophia, die diese Reise bereits vor Jahren mit ihrem Mann geplant und gebucht hatte. Danach verstarb aber ihr geliebter Daniel plötzlich und hinterließ für Sophia nur ein tiefes schwarzes Loch. Seitdem ist ein weiteres Jahr vergangen. Sophia hat die Reise dennoch angetreten und an seiner Stelle eine Freundin mitgenommen. Für Sophia beginnt eine Reise zurück ins Leben und sie kann sogar wieder Glück empfinden, weil sie zu lieben beginnt und geliebt wird. Mang, den sie liebt und der sie liebt, gehört allerdings zur Crew, sodass sie sich nur heimlich und an Land treffen können. Aber dann erreicht die Katastrophe der Covid Pandemie auch ihr Schiff. Sie können nicht mehr von Bord gehen und die Häfen der Welt verschließen sich dem Schiff. Aus einer Reise ins Glück wird für alle eine Irrfahrt mit ungewissem Ausgang.
Diese Reise hat tatsächlich so stattgefunden, wie sie beschrieben wird. Die handelnden Personen allerdings entspringen der Phantasie der Autorin, die selbst auf dieser Reise war.

Bettina ist siebzehn, lebt in einer kleinen Stadt und bereitet sich auf das Abitur vor. Der Typ, den sie cool findet, ist leider bereits vergeben. Zuhause ist sie nicht gerade auf Rosen gebettet: sie teilt sich eine kleine Wohnung mit Mutter und Großvater. Ihr Vater kommt manchmal zu Besuch. Eines Tages bemerkt sie in einem verwilderten Garten eine alte Villa, die sie geradezu einlädt, hereinzukommen. Als sie tatsächlich das Haus betritt, scheint jeder dort sie zu kennen, obwohl sie alle Isabella nennen und nur lächelnd abwehren, wenn sie darauf besteht, doch Bettina zu sein. Das Haus und seine seltsamen Bewohner faszinieren sie und sie verbringt mehr und mehr Zeit dort, während sich zu Hause etwas zusammenbraut, was mit der Vergangenheit ihrer Familie zu tun hat und alle ihre Beziehungen belasten und verändern wird. Und doch in eine hoffnungsvolle Zukunft führt.

In drei Bänden wird das Leben von Jennifer MacDonald geschildert, die schon sehr früh empfindet, dass sie zur falschen Zeit und in die falsche Umgebung hineingeboren wurde. Immer wieder passiert es ihr, dass man sie sieht und sie einordnet - in Schubladen, in die sie nicht passt und nicht passen will. So macht sie sich auf den Weg, um herauszufinden, wer sie eigentlich ist, und wo sie hingehört. Und wir begleiten sie auf diesem Weg durch Kindheit und Jugend bis in die Gegenwart, wo sie als Erwachsene ihre Chance bekommt, tatsächlich glücklich zu werden. Aber wird sie, nach allem, was ihr geschehen ist, noch die Fähigkeit zum Glücksein besitzen?

Im ersten Buch wird Jennifers Kindheit in einem schottischen Dorf beschrieben, einer Kindheit, in der es kaum Liebe und Gewissheiten gibt. Sie landet in einem Internat und bricht von dort auf, um ihren Vater zu finden, der bisher in ihrem Leben gefehlt hat und von dem sie sich alles erhofft, was sie bisher vermissen musste.

Im zweiten Buch begleiten wir Jennifer auf ihrem manchmal hoffnungsvollen und manchmal abscheulichen Weg ins Erwachsensein, an dessen Ende die Begegnung mit einem Mann steht, der ihr das Glück verspricht, auf das sie ihr ganzes Leben lang gewartet hat. Und doch geht die Suche nach ihrem Vater weiter. Sie findet Spuren seiner Existenz, macht aber auch die Erfahrung, dass nicht alles, was sie über ihren Vater erfährt, positiv ist.

Im dritten Buch hat Jennifer ihren Traummann geheiratet und ist mit ihm nach Kanada gegangen. Dort erlebt sie, wie schwierig es ist, sich in eine große und komplizierte Familie einzufügen, in der ihr noch dazu von allen Seiten Fallen gestellt werden. Sie erkennt, dass sie erst wird nach Schottland zurückkehren müssen, um ihre eigene Geschichte zu entziffern, ehe sie sich tatsächlich dem Glück anvertrauen kann.

Two girls grow up on different sides of the Iron Curtain which divides Germany into two very different states. They are cousins and they become friends. For most of their years as young adults they take part in each other's life as much as possible until the GDR pressures them to abandon all contacts. Thirteen years later the Berlin Wall comes down and the two revive their friendship immediately, compare their experiences of the years in-between and witness the German reunification and what happens afterwards. Their lives together and apart mirror German history of the last seventy years.

Printed in Poland
by Amazon Fulfillment
Poland Sp. z o.o., Wrocław

43107466R00168